A FILHA DO PRESIDENTE

Obras dos autores publicadas pela Editora Record

O dia em que o presidente desapareceu
A filha do presidente

BILL CLINTON
E
JAMES PATTERSON

A FILHA DO PRESIDENTE

Tradução de
Ângelo Lessa

1ª edição

EDITORA RECORD
RIO DE JANEIRO • SÃO PAULO
2022

CIP-BRASIL. CATALOGAÇÃO NA PUBLICAÇÃO
SINDICATO NACIONAL DOS EDITORES DE LIVROS, RJ

C572f

Clinton, Bill, 1946 -
A filha do presidente / Bill Clinton, James Patterson; tradução de Ângelo Lessa. – 1ª ed. – Rio de Janeiro: Record, 2022.

Tradução de: The President's Daughter.
ISBN 978-65-5587-476-1

1. Ficção americana. I. Patterson, James. II. Lessa, Ângelo. III. Título.

22-77776

CDD: 813
CDU: 82-3(73)

Gabriela Faray Ferreira Lopes – Bibliotecária – CRB-7/6643

TÍTULO EM INGLÊS:
THE PRESIDENT'S DAUGHTER

Esta tradução foi publicada mediante acordo com The Knopf Doubleday Group, uma divisão da Penguin Random House LLC, e Little, Brown and Company, uma divisão da Hachette Book Group, Inc.

Texto revisado segundo o novo Acordo Ortográfico da Língua Portuguesa.

Impresso no Brasil

ISBN 978-65-5587-476-1

Robert Barnett, nosso advogado e amigo, nos convenceu a fazer uma parceria em O dia em que o presidente desapareceu. *A colaboração funcionou muito bem. Depois — e talvez já devêssemos imaginar que isso poderia acontecer —, ele nos convenceu a escrever* A filha do presidente. *Estamos muito felizes por ter ouvido Bob pela segunda vez. Você fez um ótimo trabalho, conselheiro.*

Mesmo abrigado no seu lar em New Hampshire, Brendan DuBois esteve conosco durante toda a pesquisa, a cada esboço e a cada um dos inúmeros rascunhos que escrevemos. Brendan foi a nossa rocha — e de vez em quando o pulso firme de que precisávamos.

PARTE
UM

Capítulo

1

2:00, horário local
Golfo de Sidra, costa da Líbia

A bordo do Spear 1, um helicóptero Black Hawk MH-60M de operações especiais dos Caçadores Noturnos, o comandante de Operações Navais Nick Zeppos, da Equipe 6 dos Seals, olha para o relógio. Cinco minutos antes, ele e sua equipe partiram do navio de assalto anfíbio USS *Vespa* rumo ao seu importante alvo na noite escura. Se ele e sua equipe — junto com outros Seals a bordo do segundo Black Hawk, codinome Spear 2 — tiverem sorte, vão localizar e matar Azim al Ashid bem antes do nascer do sol.

Zeppos olha de relance para os membros da equipe apertados em duas fileiras cheias à sua volta. No barulhento e trepidante helicóptero, eles ficam em silêncio na maior parte do trajeto, alguns bebendo água em garrafas de plástico, outros curvados para a frente, as mãos entrelaçadas. À frente, o piloto e o copiloto dos Caçadores Noturnos do famoso 160º Regimento de Aviação de Operações Aéreas Especiais voam em baixa altitude, apenas uns dez metros acima das águas agitadas, os aparelhos da cabine brilhando verde e azul. Zeppos sabe que cada Seal no helicóptero escuro está repassando mentalmente a missão que se aproxima, pensando no treinamento e esvaziando a mente para se concentrar no que está por vir:

Matar Azim al Ashid.

É um objetivo antigo dos militares e das agências de inteligência dos Estados Unidos. E esta noite, depois de quatro anos de preparação, Zeppos espera tirar a sorte grande.

As equipes dos Seals e as Forças Especiais já perseguiram líderes terroristas antes — em especial, Osama bin Laden e Abu Bakr al Baghdadi e seus vários aliados e seguidores, líderes que permaneceram às sombras, dando ordens, sem sujar as mãos a não ser na hora de fazer vídeos de baixa qualidade e promessas rebuscadas de morte e vingança.

— Estamos quase de pés secos! — anuncia o comandante da equipe dos Caçadores Noturnos, indicando que estão prestes a sair do mar e cruzar as terras da Líbia, uma nação dividida e em constante conflito, lugar perfeito para produzir ou abrigar terroristas como al Ashid.

Mas al Ashid não é como outros líderes de organizações terroristas.

Nos últimos anos, surgiram vídeos documentando as ações do seu grupo, e todos mostravam o líder no meio do caos sangrento, tendo como base uma rede bem planejada e secreta de apoiadores que só apareciam para ajudá-lo no último segundo e depois desapareciam.

Azim num shopping lotado na Bélgica, segurando um dispositivo de acionamento e apertando o botão com calma, o *bum!* seco ecoando pelo saguão, fazendo a câmera tremer, mas não o suficiente para esconder a nuvem de fumaça crescente, os consumidores correndo aos gritos, sangue escorrendo por rostos dilacerados e braços fraturados.

Azim andando por uma rua de Paris, seguido por um cinegrafista, tirando um fuzil escondido de uma capa de chuva, atirando numa multidão, mirando especialmente em mulheres e crianças, até que uma van branca o pega e o leva embora em segurança.

Azim de pé atrás de duas funcionárias da ONU em missão humanitária no deserto do Sudão, ambas chorando de pernas e braços amarrados, enquanto ele transita calmamente de uma para a outra, empunhando uma espada grande e decapitando-as, fazendo o sangue das vítimas respingar em sua roupa.

O comandante Zeppos estica e retrai as pernas. Ele já participou de dois ataques — um no Iêmen e outro no Iraque — em que a inteligência indicava boa probabilidade de encontrar Azim, mas que não foi "boa" o suficiente. Nos dois casos eles saíram de mãos abanando, sem resultados positivos, apenas Seals feridos, helicópteros alvejados e frustração para todo lado.

Mas Zeppos torce para que o terceiro dê sorte.

Existem outros vídeos terríveis demais para serem liberados ao público. Uma professora no Afeganistão, acorrentada a uma pedra, encharcada com gasolina e incendiada. Um ancião de uma aldeia na Nigéria, segurado por homens do Boko Haram, enquanto Azim percorre uma fileira de membros da sua família, cortando a garganta de todos eles.

E Boyd Tanner...

Zeppos olha pela escotilha — ele não quer pensar em Boyd Tanner, cuja causa da morte é um segredo guardado a sete chaves pela comunidade das Forças Especiais — e vê brilhar no horizonte as luzes que marcam a rápida reconstrução da cidade portuária de Trípoli, capital da Líbia. Com o programa chamado Iniciativa do Cinturão e da Rota, a China tem investido muito dinheiro no desenvolvimento da Líbia e de outros países pobres ao redor do mundo.

Para o público, o governo chinês diz que é apenas uma maneira de eles, como potência mundial em desenvolvimento, compartilharem sua prosperidade e seu conhecimento. Mas, na verdade, Zeppos e algumas outras pessoas receberam informações confidenciais descrevendo o verdadeiro objetivo dos chineses: garantir recursos, aliados e possíveis bases militares futuras, para que a China nunca mais seja isolada e humilhada, como foi tantas vezes em sua longa história.

O brilho no horizonte desaparece, fica para trás. Spear 1 e Spear 2 estão sobrevoando o deserto ondulante da Líbia, onde alemães e britânicos lutaram desesperadamente décadas atrás e onde tanques e caminhões enferrujados permanecem presos nas areias impiedosas.

Antes deles, os italianos já estiveram aqui, e agora são os chineses, pensa Zeppos.

Grande coisa...

Zeppos começa a conferir o equipamento outra vez.

— Comandante, mensagem para o senhor — diz o líder da equipe pelo intercomunicador.

Zeppos liga o microfone.

— Quem? O Comando de Operações Especiais Conjuntas?

— Não, Nick — responde o aviador. — Nada a ver com o JSOC.

Merda, pensa Zeppos. *Quem teria coragem de incomodá-lo numa hora dessas?*

— Pode me passar — diz ele, então se ouve um chiado de estática, e logo depois surge uma voz muito familiar, que ele ouviu inúmeras vezes no rádio e na TV.

— Comandante Zeppos, aqui é Matt Keating. Desculpe incomodar, sei que está ocupado e não precisa que eu desperdice os seus preciosos segundos. Só queria que soubesse que não há nada que eu quisesse mais que participar dessa missão com vocês agora.

— Ah, obrigado, senhor! — responde Zeppos, falando mais alto para que o presidente pudesse ouvi-lo.

— Tenho plena fé de que você e sua equipe darão conta do trabalho — continua Keating. — De nossa parte por aqui, você não tem com o que se preocupar. Estamos com vocês. Enfiem o corpo desse filho da puta num saco de óbito, pelo país, pelos Seals e especialmente por Boyd Tanner. Keating desligando.

— Sim senhor — responde Zeppos, em parte surpreso com o fato de receber uma ligação pessoal de Keating, em parte comovido pelas palavras sinceras. Ainda assim, odeia admitir para si mesmo que está puto por Keating ter ligado bem no meio de uma operação!

Porra, pensa ele. *Política sem dúvida fode a cabeça de um homem.*

Mas Zeppos dá uma colher de chá ao presidente. Keating já foi um deles. E ele sabia de Boyd Tanner.

Da Equipe 2 dos Seals.

Pouquíssimas pessoas deveriam saber como Tanner morreu, e não foi num acidente de treinamento, como disseram para a viúva e os filhos.

Tanner foi capturado no ano anterior depois de uma troca de tiros brutal no Afeganistão, ferido e quase morto. Azim al Ashid e seus combatentes tiraram todo o equipamento de Boyd Tanner, depois suas roupas e por fim o levaram para um pátio, filmando o tempo todo.

Então, usando um martelo e pregos, Azim crucificou o combatente da Marinha numa árvore retorcida. O vídeo mostrava a hora agonizante que Tanner passou pendurado ali, até que os sequestradores se entediaram e cortaram seu pescoço.

No Black Hawk, alguns homens estão rindo. Zeppos se inclina para a frente e vê um membro da sua equipe — Kowalski — segurando o que parece uma lança de madeira com uma ponta de metal.

— Essa merda aí é para quê? — grita Zeppos.

Kowalski ri e agita a lança.

— É para Azim al Ashid — grita Kowalski em resposta. — Depois de identificarmos os restos mortais dele, a gente devia arrancar a cabeça, prender nessa lança e levar para o Salão Oval! O presidente vai adorar, não acha?

Mais risadas, e Zeppos se acomoda no assento desconfortável, sorrindo.

Pois é.

Essa é uma boa noite para ele e os companheiros vingarem a morte de tantos inocentes e, enfim, ficar cara a cara com Azim al Ashid. Nesse momento, darão ao terrorista alguns segundos para reconhecer quem está diante dele e, em seguida, colocarão duas balas no seu peito e uma na testa.

O helicóptero Black Hawk preto e sua sombra avançam noite adentro.

Capítulo

2

2:15, horário local
Embaixada da República Popular da China, Trípoli

É tarde da noite — ou começo da manhã — na recepção localizada no térreo da embaixada chinesa, na esquina da rua Menstir com a estrada Gargaresh, e Jiang Lijun, que consta na lista de convidados da embaixada como vice-presidente da Companhia de Engenharia Civil da China, prende um bocejo.

A suposta festa deveria ter acabado há mais de uma hora, mas os convidados especiais desse maldito país ainda não foram embora. Os líderes políticos, tribais e militares — espalhafatosos em seus uniformes, com suas insígnias e medalhas, feito menininhos brincando de se fantasiar —, continuam fumando, bebendo e conversando com os pacientes anfitriões em diversos cantos do salão.

Jiang vê que os representantes locais da Companhia de Perfuração da Grande Muralha, da CNPC Serviços & Engenharia, da Companhia Nacional de Petróleo da China e de tantas outras corporações estão atuando heroicamente em prol do *zhōng guó* — o Império do Meio —

sorrindo, gargalhando das ridículas tentativas de piada e entretendo seus convidados caipiras.

São uns broncos! Mesmo depois de diminuírem as luzes, levarem embora os pratos de comida quase vazios e retirarem as bebidas e as garrafas de cerveja — Carlsberg, Heineken, Tsingtao —, esses caipiras não entenderam o recado de que já estava na hora de voltar para seus casebres infestados de pulgas. Não, eles ficaram e continuaram fofocando, e alguns até pegaram frasqueiras do bolso do casaco, mesmo estando num país supostamente muçulmano. Quando era estudante de intercâmbio na UCLA, na Califórnia, e depois na Columbia, em Nova York, o jovem Jiang achava que nunca encontraria outro povo tão infantil, imprudente, ignorante e grosseiro, mas esses líbios fazem os estadunidenses parecerem dignos do título honorário de *han*.

Ele pega um cigarro do maço de Zhonghua e o acende. Está sozinho perto de dois grandes vasos de plantas, observando quem está falando com quem, quais membros da equipe da embaixada parecem bêbados ou impacientes e fica de olho nos convidados líbios. No ano anterior um governo frágil de cessar-fogo e reconciliação subiu ao poder, mas Jiang ainda quer ver quais chefes tribais ficam longe dos seus supostos aliados, talvez se preparando para fazer parte de uma futura separação ou guerra civil.

É uma boa informação para se obter com antecedência.

Com um terno preto grande demais, um funcionário da embaixada magro e de óculos surge do outro lado do salão e se aproxima. Ele observa as pessoas enquanto anda apressado pelo chão polido. Ling — esse é o nome do garoto. Jiang dá um último trago no cigarro, apaga-o na terra do vaso de planta mais próximo e espera.

O trabalhador se aproxima dele, faz uma ligeira reverência e diz:

— Com licença, senhor. Sua presença está sendo solicitada no porão. Sala doze.

Jiang acena com a cabeça e começa a atravessar o salão, quando um homem barbudo e corpulento, cambaleando de bêbado e num traje tribal típico — blusa branca esvoaçante e calça preta —, entra abruptamente na sua frente.

— Sr. Jiang! — exclama o sujeito num inglês com sotaque carregado, agarrando os ombros de Jiang, que, por sua vez, mantém um sorriso largo congelado no rosto, tentando não engasgar ao respirar o bafo alcoolizado desse caipira imundo.

— Está de saída, é? — pergunta o homem.

Jiang dá um tapinha nas mãos calejadas do homem e as tira gentilmente de seus ombros.

— Sinto muito, meu amigo, mas sabe como é — responde Jiang, também em inglês, a língua franca da diplomacia em tantos lugares do mundo. — O dever me chama.

O homem — Jiang não consegue lembrar o nome, sabe apenas que é líder de uma das 150 ou mais tribos nessa terra estéril — balança de novo, arrota e diz:

— Ah, o dever, claro. — Lágrimas brotam em seus olhos. — Preciso dizer uma coisa... preciso... o seu dever, a sua presença aqui, trouxe muitas coisas boas para a nossa terra. Os italianos, os franceses, os britânicos, os cataris, os malditos egípcios... todos tentaram nos governar, tomar os nossos recursos... Quem diria que a raça amarela viajaria meio mundo para nos brindar com sua sabedoria e conhecimento?

Nesse exato instante, a vontade de Jiang é dar um tapão na cara do homem, girá-lo, torcer e quebrar seu pescoço — *Raça amarela o cacete!* — e jogá-lo no chão.

Em vez disso, ciente de quem é e do que fazer, Jiang mantém o sorriso no rosto, aperta as mãos imundas do sujeito e diz:

— Quando eu voltar a Beijing, farei questão de transmitir as suas palavras de agradecimento ao nosso presidente.

Depois disso, Jiang se afasta rapidamente, sentindo necessidade de ir a um banheiro para livrar de suas mãos o fedor e a sujeira do caipira, mas em vez disso ele segue em frente.

Dever.

Ele passa por dois guardas da embaixada sérios com escutas parcialmente escondidas e pistolas mal cobertas pelo terno e se encontra com Ling, parado na entrada do elevador. Ling mantém a porta aberta para Jiang, que o ignora, descendo de escada para o porão rapidamente. Nesse lugar que alguns chamam de país, de vez em quando ainda ocorrem apagões repentinos e, mesmo com geradores de energia reservas, Jiang não vai correr o risco de ficar preso entre dois andares.

Ele abre a porta do porão, passa por outro guarda, percorrendo um corredor escuro até que chega a uma porta de aço pesada equipada com um leitor biométrico da palma da mão. Jiang pressiona a mão direita, o aparelho emite um breve clarão e a porta se abre.

Jiang entra, a porta se fecha e se tranca. A sala está fresca e confortável, e agora ele está com vontade de fumar, mas ali é proibido. Ali, no centro de operações da embaixada do Ministério de Segurança de Estado da China, com equipes trabalhando vinte e quatro horas por dia.

Usando óculos de armação preta e roupas casuais — calça preta e camisa social branca de gola aberta —, o funcionário da noite, Liu Xiaobo, está digitando em frente a um grande monitor.

— Como vai a festa lá em cima? — pergunta. — Muita merda de camelo no chão?

— Ainda não — responde Jiang. — O que houve?

A saleta está abarrotada de armários de arquivo, bancadas, monitores, aparelhos de TV mostrando a CNN, a BBC e o CCTV-13 — o canal de notícias da China Central Television —, além de telas de plasma representando o norte da África, o Mediterrâneo e o golfo de Sidra. Outros oito membros do Ministério de Segurança de Estado estão trabalhando nesta madrugada.

— Os estadunidenses estão tramando alguma coisa — diz Liu.

— Não é sempre assim? Esses cachorros... O que é dessa vez?

— Eles estão com um navio de assalto anfíbio no golfo de Sidra, a cerca de vinte quilômetros da costa de Trípoli — explica Liu e aponta para um mapa de referência no grande monitor. — Trinta minutos atrás, dois helicópteros UH-60, Black Hawks, levantaram voo. Estão indo nessa direção — prossegue, traçando com o dedo manchado de nicotina um caminho na tela iluminada —, eles violaram o espaço aéreo da Líbia e agora estão mais ou menos... aqui.

Jiang olha para a tela, para os pequenos triângulos que marcam cidades e vilas, a geografia da região tão plana e quase deserta até que...

— Eles estão indo para as montanhas Nafusa — diz Jiang.

— Sim. Ao que parece estão fazendo um voo em linha reta e nivelado, sem manobras evasivas, e, com base no consumo de combustível dos helicópteros que estão usando, quase não há combustível suficiente para chegar lá e voltar para o *Vespa*. Para mim, isso significa que eles foram atrás de alguma coisa muito importante nesses picos, algo que vale o risco de ficar sem combustível.

Um inseto que ferroa, pensa Jiang. *Que tipo de idiota batiza um navio de guerra com o nome de um inseto?*

Ele volta a se concentrar na tela.

— Você não tem... algum interesse pelas montanhas Nafusa? — pergunta Liu cautelosamente.

Após muita experiência e anos de trabalho, Jiang mantém o semblante impassível, a respiração regular e o corpo imóvel. Quem demonstra emoções não tem sucesso nem é promovido.

— Algo mais? — pergunta Jiang.

— Não. Só achei melhor avisar.

Jiang aperta de leve o ombro do homem.

— Muito obrigado, camarada.

Liu parece gostar da atenção que recebe de um homem com um cargo acima do seu.

— Posso ajudar em algo mais?

— Sim. Você tem um funcionário aqui chamado Ling, certo? O que foi lá em cima me buscar.

— Sim — responde Liu, com cautela.

— Mande-o de volta para casa na primeira oportunidade. Coloque-o para trabalhar na maior fazenda de porcos de Liaoning. Agora há pouco, quando foi me chamar, ele praticamente saiu correndo pelo salão e estava quase gritando, deixando claro para qualquer pessoa com um cérebro maior que uma ervilha que eu era alguém importante e não um tecnocrata qualquer. Ele precisa ser punido.

— Certo.

— Ótimo. Agora é hora de voltar lá para cima. Vou lá ver se os camelos chegaram e se os caipiras estão tacando bolas de merda uns nos outros.

Liu ri e vira de volta para o monitor. Jiang se afasta, usa um escâner de mão para sair do centro de operações e faz o caminho de volta pelo corredor vazio. Se virasse à esquerda, voltaria para a escada que o levaria para a recepção.

Em vez disso, Jiang Lijun vira à direita, segue rápido em direção ao seu escritório na outra extremidade, onde não é vice-presidente da Companhia de Engenharia Civil da China, mas um agente sênior do Ministério de Segurança de Estado.

Que diabos os estadunidenses estão tramando?

Capítulo

3

2:30, horário local
Montanhas Nafusa, Líbia

A bordo do Spear 1, o líder da equipe grita:

— Dois minutos! Dois minutos para o alvo!

Nick Zeppos levanta dois dedos para confirmar o recebimento da informação, e o restante da equipe levanta dois dedos em resposta. Eles tiram o equipamento de comunicação do helicóptero e rapidamente colocam os capacetes com óculos de visão noturna. Zeppos liga os óculos, e o interior do Black Hawk modificado e furtivo ganha um tom verde vívido e fantasmagórico.

Dois minutos.

Cento e vinte segundos.

A voz do piloto do Spear 1 chega a Zeppos.

— Alvo à vista, duas horas aproximadamente.

Zeppos logo se lembra de outro assassinato terrível cometido por Azim al Ashid, dois anos atrás, quando ele e os companheiros executaram uma família síria que supostamente havia traído o grupo, em frente aos seus seguidores. Eles transmitiram o vídeo do assassinato para o mundo inteiro. Uma execução simples: a família foi levada para uma gaiola de aço, encharcada de gasolina, e Azim riscou o fósforo.

A última imagem nítida no vídeo, antes que a nuvem de fumaça obscurecesse as lentes, era a silhueta curvada da mãe entre as chamas, desesperada, usando o próprio corpo para proteger inutilmente o filho agonizante.

— Trinta segundos — anuncia o piloto.

O líder da equipe destranca e abre a porta lateral. Zeppos verifica o equipamento uma última vez. O ar gelado entra no helicóptero. Ele se levanta e grita:

— Fiquem juntos, andem rápido! Vamos acabar com isso de uma vez!

A equipe acena e faz sinal de positivo, todos parecendo monstros de olhos esbugalhados, com equipamentos, armas e capacetes com óculos de visão noturna de quatro lentes. Zeppos se inclina para fora e avista as construções que entram rápido no seu campo de visão. Três prédios baixos à esquerda e um maior à direita, mais afastado.

Aquela é a casa de Azim al Ashid, onde ele está neste exato momento, com base em todas informações reunidas para enviar Zeppos e sua equipe a este local esta noite.

Todas as estruturas são de um andar. Construídas em rocha e pedra. Um curral de cabras ao longe. E só. Não há construções suficientes para sequer dizer que o lugar é uma aldeia.

O Black Hawk avança, paira menos de um metro acima do solo rochoso e, segundos depois, Zeppos é o primeiro a desembarcar, seus coturnos de combate Oakley tocando o solo nas montanhas do oeste da Líbia, perto da fronteira com a Tunísia. Está carregando mais de vinte quilos de equipamento, junto com o fuzil Heckler & Koch 416 com carregadores estendidos. Apesar de tudo, sempre que há uma operação como essa, Zeppos parece leve e organizado.

* * *

Pelos óculos de visão noturna, Zeppos vê a silhueta dos outros Seals, deixados ali pelo Spear 2, à medida que executam a rotina ensaiada de escolta de ataque, deixando soldados para trás, na cobertura para os que estão na linha de frente, e depois avançando para tomar a posição. Nick assume a liderança, olhando para a frente e para trás, para a frente e para trás, vendo pelos óculos de visão noturna as linhas finas das miras de laser infravermelho se movimentando no ar frio e no escuro.

Tudo calmo.

Ele sobe a ladeira que dá para as construções, olhando, avaliando, esquadrinhando.

Nenhum contato ainda?

Não surgiu nenhum alvo nos telhados das três construções menores?

Tudo calmo demais.

A equipe está espalhada, cada um na sua função, armas em punho, cabeças olhando para a frente e para trás. A essa altura o avanço já deveria ter encontrado resistência.

— Equipe de invasão — sussurra Nick para os homens ao seu lado — Vai.

Pelos óculos de visão noturna, Zeppos vê o laser infravermelho das miras piscando enquanto ele continua se movimentando. A equipe de invasão contorna a construção maior e vai para uma janela lateral. Provavelmente tem uma armadilha na porta principal.

Ele sente um leve baque pela sola dos coturnos, um breve clarão.

A equipe está entrando no prédio.

Ele e os outros continuam avançando em silêncio.

Pela escuta do rádio PRC 148 MBITR, Zeppos ouve a voz de Ramirez, um dos membros da equipe.

— Nick.

— Fala.

— Estamos na casa-alvo.

— E...?

— Está vazia — diz a voz decepcionada. — Não tem ninguém aqui.

Capítulo

4

19:30, horário local
Sala de Crise da Casa Branca

A Sala de Crise está lotada nesta noite tensa. Estou na cabeceira da mesa, assistindo ao desenrolar do ataque ao complexo de Azim al Ashid. É um espaço apertado, com a vice-presidente Pamela Barnes sentada perto de mim, olhando para as telas, e com o almirante Horace McCoy, chefe do Estado-Maior Conjunto, sentado ao meu lado. Depois de McCoy estão um capitão da Marinha e um coronel do Exército, digitando nos seus laptops protegidos do governo, sussurrando informações para McCoy transmitir às pessoas nesta sala histórica. Uma coisa engraçada e não muito relatada é que há mais de um cômodo aqui. Os outros estão lotados de funcionários transmitindo e processando informações do mundo inteiro.

Além da vice-presidente, os outros funcionários na sala são: Jack Lyon, meu chefe de Gabinete; os membros da minha equipe de segurança nacional; e um fotógrafo da Casa Branca.

Os dois mais importantes são uma mulher negra séria de cabelos longos e trançados, Sandra Powell, conselheira de segurança nacional, e Pridham Collum, secretário de Defesa, um sujeito cínico de óculos que parece mais novo que os seus 40 anos.

Sandra é especialista em defesa e política externa e autora de vários livros sobre política que, por incrível que pareça, são fáceis de ler. Pridham foi nomeado por seu domínio do enorme e complexo orçamento do Pentágono e sua extraordinária capacidade de abrir caminho pela selva de regulamentos e aquisições para tirar sistemas de armas necessários do papel e colocá-los em campo. Por causa do trabalho anterior como secretário adjunto de Política de Segurança Internacional, Pridham também tem grande experiência no ramo da defesa.

Embora a imprensa se refira a eles como a equipe de segurança do presidente Keating, o fato é que a maioria deles fazia parte da equipe do meu antecessor. Ainda não tive tempo de avaliá-los e decidir quem manter no momento em que eu completar meu primeiro ano de mandato, que começou há seis meses, quando meu antecessor, o presidente Martin Lovering, morreu em decorrência do rompimento de um aneurisma da aorta enquanto ele pescava no rio Columbia no seu amado estado de Washington.

— Spear 1 e Spear 2 estão a trinta segundos do alvo — avisou o almirante McCoy.

Aceno com a cabeça e olho para as imagens infravermelhas fantasmagóricas que aparecem no telão central, exibindo os dois helicópteros Black Hawk furtivos e modificados se aproximando do pequeno complexo onde Azim al Ashid e seus seguidores supostamente estão escondidos. Um desses helicópteros transporta o comandante da Marinha Nick Zeppos. Sinto que não devia ter ligado para ele minutos atrás, mas a tentação foi grande. Eu realmente queria lhe desejar boa sorte e realmente queria participar do ataque, onde os objetivos são claros e os inimigos estão expostos, ao contrário do cenário político de Washington, onde os motivos são obscuros e os adversários se escondem por trás de um terno e uma retórica suave.

Sinto uma pontada de dor no quadril direito ao ver os Seals avançando e me lembro das minhas próprias missões. A dor é resultado da memória muscular de quando aquele helicóptero caiu no Afeganistão anos atrás e eu quebrei o quadril, tendo que encerrar minha carreira na Marinha. Tempos depois, sem saber o que fazer, optei por uma nova rodada de perigos e ameaças e resolvi entrar para a política, e os bons cidadãos do Sétimo Distrito Congressional do Texas me escolheram para representá-los no Capitólio.

Os Black Hawks param no ar em pleno voo. Vejo vultos saindo de ambos os helicópteros e avançando para executar a rotina de escolta de ataque que conheço tão bem.

Um leve estalo, e percebo que acabei de quebrar a caneta que estou segurando.

Ninguém parece notar, a não ser minha vice-presidente, que me encara com um olhar frio e calculista e se vira de volta para a tela.

Dizem que política é a arte do comprometimento, e o tumultuado ano passado foi cheio disso. Quando o então senador Martin Lovering estava prestes a conseguir representantes suficientes para ganhar a indicação do nosso partido dois anos atrás, houve um esforço para equilibrar a chapa e aumentar a credibilidade no quesito segurança nacional. Assim, decidiram me escolher... eu, que estava no Congresso havia pouco tempo e que certamente não estava no que é conhecido como corrida pela Casa Branca.

Esse movimento político calculado irritou muitos dos membros mais pacifistas do partido, incluindo a então governadora da Flórida, Pamela Barnes, que tinha perdido por pouco a indicação do partido para o senador Lovering e que, compreensivelmente, achava que deveria ter sido convidada para ser vice-presidente dele.

Bem, para Barnes o sonho acabou se tornando realidade. Um mês depois de me tornar presidente após a morte inesperada de Lovering, eu a indiquei para o cargo. Ela foi a terceira pessoa a se tornar vice-presidente dessa maneira, desde que a Vigésima Quinta Emenda estabeleceu um processo para preencher a vaga. Eu a escolhi porque queria unificar o partido, na expectativa de realizarmos mais coisas enquanto eu cumpria o restante do mandato do meu antecessor. Mas, se Barnes se sentiu feliz ou grata por chegar à sua posição atual, ela nunca demonstrou.

Enquanto isso, rodeado pela minha equipe de segurança nacional, estou fazendo algo que é difícil para mim: manter a boca fechada.

Esperar.

Na tela, vejo as silhuetas dos Seals se movimentando com rapidez e eficiência e tento afastar minhas próprias lembranças de estar em missões exatamente como essa. Com a equipe, a respiração ofegante, arma em punho, todos os sentidos do corpo em alerta máximo, em movimento, seguindo o plano ensaiado, pronto para abrir fogo a qualquer momento.

Já passei por isso: Iraque, Afeganistão, Iêmen.

Em todas essas situações, a constante era a exposição à noite, rodeado dos melhores amigos e companheiros de guerra, todos prontos para causar estrago e mandar bala calibre 5,56mm e lançar granadas contra os inimigos da nossa nação. Exatamente como esses homens estão fazendo nesse momento na Líbia, a quase 8 mil quilômetros de distância, enquanto todos os seus movimentos e ações são observados daqui, desta sala.

Estar aqui, e não lá, me causa estranhamento. Para deixar a situação ainda mais surreal, minha esposa, a dra. Samantha Rowell Keating, está a poucos metros dessa reunião tensa, trabalhando num artigo para algum periódico importante de arqueologia, e nossa filha, Melanie — a quem chamamos de Mel —, está dando uma festa na área da Casa Branca reservada para a família presidencial, junto com os colegas de turma da Escola Secundária Sidwell Friends.

Estou feliz por ambas. Não é fácil manter uma vida normal nesse lugar tão anormal.

Olho para a tela outra vez e vejo os vultos se moverem. Três deles entram numa construção.

E isso é tudo.

Sem explosões de luz, sem balas traçantes, sem o movimento frenético de homens armados correndo para atacar os invasores.

O almirante McCoy pigarreia e diz:

— Senhor...

— Eu sei — digo. — O ataque foi um fracasso. Azim al Ashid não está lá.

Capítulo

5

2:35, horário local
Embaixada da República Popular da China, Trípoli

Em seu escritório seguro e sem graça no porão, marcando seu papel como agente sênior do Ministério de Segurança de Estado da China para todo o norte da África, Jiang Lijun está sentado à mesa, fumando outro cigarro Zhonghua, pensando. A sala é simples — tem apenas uma estante de livros e três armários de metal pesado com fechadura para armazenamento de arquivos. Há uma foto do Grande Timoneiro na parede, ao lado de outra do atual presidente. Na mesa, duas fotos: uma da sua esposa, Zhen, e outra do seu falecido pai. Jiang tinha apenas 5 anos em 1999, quando ele e sua mãe estavam na pista do Aeroporto Internacional de Beijing-Capital aos prantos, esperando as cinzas do pai, morto pelos estadunidenses junto com outras duas pessoas no porão da embaixada chinesa.

O ataque de 7 de maio ocorreu durante a campanha de bombardeio da OTAN para impedir os sérvios de concretizar seu destino: controlar seus territórios e dominar os inimigos. O Ocidente usava essa tática havia séculos, mas, como os sérvios eram "o outro", foram acusados e bombardeados por fazer o mesmo que todas as grandes potências.

Seu pai trabalhava na embaixada chinesa como diretor de comunicações, quando quatro bombas lançadas por um B-2 Spirit dos Estados Unidos atingiram o prédio da embaixada, supostamente por engano, embora ninguém na China tenha acreditado nessa história. Todos sabiam que havia sido uma tentativa proposital do Ocidente de punir a China por se aliar aos sérvios.

Mais tarde, quando cresceu e passou a frequentar a escola, Jiang descobriu que o bombardeiro que matou seu pai fazia parte do famoso 509º Grupo de Bombardeio da Força Aérea Americana, o mesmo que lançou as bombas atômicas em 1945, incinerando dezenas de milhares de civis.

Essa unidade tem experiência em matar asiáticos inocentes, pensa Jiang.

Ele dá uma rápida olhada na foto de Zhen, tirada durante a lua de mel no Havaí. Nesse momento ela está em Beijing, visitando o pai doente. Ela trabalha na sede do ministério na avenida Dongchangan, 14, como gerente de RH.

O avô de Jiang — Jiang Yun — era um camponês analfabeto até se juntar ao Exército Vermelho, lutando contra os japoneses e o Kuomintang e depois se tornando um tranquilo, mas poderoso, funcionário do partido em Xangai. Viveu o suficiente para ver o filho alcançar o sucesso, e Jiang lamenta o fato de os estadunidenses terem impedido seu pai de ver o sucesso do próprio filho.

Jiang toca brevemente a foto de Zhen. Prometeu muitas vezes que seu futuro filho crescerá num mundo pacífico e forte, uma comunidade global que reconhece a força da China e o seu devido lugar.

Custe o que custar.

Ele abre a gaveta do meio da escrivaninha, pega um mapa detalhado da Líbia e se senta no chão frio e acarpetado, abrindo o mapa. Existem centenas de mapas digitais de alta qualidade disponíveis no sistema seguro do computador do ministério capazes de exibir uma flor específica do Roseiral da Casa Branca ou o rosto de marinheiros estadunidenses voltados para cima no passadiço de um submarino nuclear armado com mísseis balísticos partindo de Kitsap, no estado de Washington.

Mas acessar esses mapas deixa rastros digitais que podem ser vistos por outras pessoas no seu ministério e em outros lugares.

E Jiang é hábil em não deixar rastros.

Ele move o dedo do golfo de Sidra para as montanhas Nafusa. Jiang olha a legenda na base do mapa, marcando as distâncias em quilômetros. Vai até a mesa, volta com uma régua de metal e a coloca sobre o mapa.

Ele queria saber a localização exata do navio da Marinha dos Estados Unidos — batizado com o nome de um inseto com ferrão, algo em que ele ainda não consegue acreditar —, mas essa pergunta geraria muitas outras depois.

O agente do turno da noite — Liu Xiaobo — está correto. Em breve, os estadunidenses pousarão naquelas montanhas acidentadas sem muita reserva de combustível. Ah, eles podem reabastecer no ar, mas na Líbia existem muitos olhos e ouvidos eletrônicos do Império do Meio, da Rússia, do Irã e de outros. Olhos e ouvidos curiosos que podem fazer muitas perguntas.

Ele esfrega os pequenos triângulos das aldeias marcadas. Liu está duplamente correto: Jiang tem interesse em alguém que mora lá, e agora ele se pergunta o que fazer.

Jiang deixa o mapa e a régua no chão e volta para a mesa. Tira uma corrente fina do pescoço que contém uma chave eletrônica retangular. Ele a insere na gaveta inferior direita da mesa. Um clique baixo, e ele abre a gaveta. O dispositivo veio direto da Schlage — evitando o sistema de suprimentos do ministério —, e ele tem certeza de que a gaveta jamais poderá ser adulterada ou aberta sem sua permissão.

Entre papéis, pendrives, laptops e outros pertences está o telefone via satélite de última geração, edição limitada, feito pela Iridium, uma empresa dos Estados Unidos. Esse aparelho é especial porque pode ser usado dentro de um prédio. O Ocidente está enfim começando a aprender que todos os eletrônicos baratos que compraram do Império do Meio ao longo de décadas continham spywares e backdoors usados pelos seus empregadores, e Jiang precisa de uma forma segura de fazer ligações sem ser rastreado pelo seu próprio pessoal.

Ele pega um caderninho com alguns números escritos.

Liga o telefone e espera alguns segundos para calcular seu próximo movimento.

Matar estadunidenses, decide Jiang por fim, quando o telefone acende.

É o que está destinado a fazer desde aquela noite de maio de 1999.

Capítulo

6

2:40, horário local
Montanhas Nafusa, Líbia

No ar límpido e frio da montanha, Nick Zeppos ergue o punho fechado, sinalizando para que todos dentro do seu campo de visão fiquem quietos. Dentro dele, a fúria cresce. *Merda, de novo não.*

Não teve sorte pela terceira vez.

Ele observa as casinhas e vê um caminho de pedras que conduz a uma elevação. Olha para o trajeto, sabendo que sua carona para casa está ali perto, circulando ao longe, esperando para levá-los de volta ao *Vespa,* torcendo para voltar com bolsas cheias de informações e um saco de óbito com os restos mortais de Azim al Ashid ainda quentes.

Mas a equipe está de mãos vazias. E em breve o Spear 1 e o Spear 2 vão ficar sem combustível.

Hora de decidir.

Ele pega o microfone, pronto para enviar o pedido de retorno para o navio, quando tem a impressão de ouvir um sino.

Hã?

Zeppos começa a seguir pelo caminho.

O tilintar fica mais alto.

Zeppos sabe que os tanques de combustível dos dois Black Hawks estão ficando cada vez mais vazios.

Mas ele segue em frente.

Capítulo

7

19:40, horário local
Sala de Crise da Casa Branca

Na atmosfera cada vez mais tensa da Sala de Crise, a vice-presidente Pamela Barnes se pronuncia pela primeira vez.

— Por que os Seals não estão indo embora? — pergunta ela, em tom de exigência. — O combustível não está acabando? O tempo em solo líbio não era limitado? Além do mais, a presença deles ali não era ilegal?

Quero responder, mas fico de boca fechada. Anos atrás, quando era membro da equipe — BUD/S (Demolição Subaquática Básica/ Seals) Classe 342 —, eu poderia responder à pergunta em segundos.

Mas não sou mais um Seal.

Só o presidente dos Estados Unidos.

Outras pessoas terão que responder às perguntas dela.

Ao meu lado, o almirante Horace McCoy, chefe do Estado-Maior Conjunto, diz:

— Senhora vice-presidente, a situação permanece... incerta. Imagino que as equipes estejam explorando a área e tentando tirar vantagem da situação, ver se existe algum alvo possível nas proximidades.

— Alguma outra pergunta, Pamela? — pergunto.

Ela faz cara feia para mim, e eu a encaro também. Ela faz um bom trabalho como vice-presidente, teve um desempenho ainda melhor como governadora da Flórida e quase chegou ao Salão Oval como candidata há dois anos, mas é uma pessoa reativa e não sabe quase nada quando se trata de assuntos militares. Minha vice-presidente acha que os Seals e as outras Forças Armadas são brinquedos de corda que, depois de serem enviados em missão, vão numa direção, seguem suas ordens e retornam depressa.

E se eles forem quebrados ou destruídos no meio do caminho... bem, e daí? Tem muitos outros de onde eles vieram.

— Senhor — chama o almirante McCoy. — Olha para a tela.

Eu desvio meu olhar da vice-presidente Barnes e foco nas imagens espectrais em movimento enviadas pelos nossos drones que sobrevoam os homens. As silhuetas brancas dos Seals estão alinhadas para combate, e o drone segue os movimentos.

Outras construções surgem na tela.

Junto com um cercado com pequenos animais se movendo em grupos.

Outras silhuetas brancas começam a aparecer nos telhados dessas outras construções com armas em punho.

— Acho que a situação está evoluindo, senhor — constata o almirante McCoy.

— Ótimo — respondo.

Capítulo

8

2:40, horário local
Montanhas Nafusa, Líbia

Quando se aproxima do topo da pequena elevação, a força de ataque do comandante Zeppos, agindo como uma só, se deita no solo, sobre as rochas, a grama rala e os arbustos raquíticos, para não se destacar contra o céu noturno. Zeppos espia, o fuzil de assalto HK416 firme nas mãos enluvadas, o chão frio no seu corpo.

— Caramba — sussurra ele.

Mais à esquerda ele avista um pequeno curral de pedra, com cabras, algumas com sinos no pescoço.

Ele ouve um tilintar mais alto.

Mas o que realmente chama a sua atenção é o formato do complexo.

É uma imagem espelhada de onde eles pousaram há alguns minutos.

Um erro de mapeamento.

Que bela surpresa.

Um sussurro no seu headphone, um dos membros da equipe usa o código para terroristas.

— Blake falando. Dois tangos à vista na construção a sudoeste. Entrando em ação.

— Entendido — diz Zeppos com uma mudança no estado de espírito e na atitude, pensando: *Isso aí! Lá vamos nós! É o lugar certo. Azim al Ashid, a gente vai te pegar.*

Um *pfff pfff pfff* abafado vem da área da construção menor à esquerda. Dois homens com fuzis AK-47 caem no chão.

Não é um complexo tribal pacífico agora, é? Um elemento surpresa se foi, se é que realmente existiu.

Semper Gumby, pensa Zeppos, *Sempre flexível.*

Ele se levanta, e o pelotão entra em ação de forma silenciosa, rápida e eficiente, avançando como uma unidade articulada, sem nenhum daqueles gritos de "Vai, vai, vai!" típicos de jogos de videogame ruins. Apenas um grupo entrosado avançando conforme foi treinado para fazer, executando a tarefa com o mínimo de drama possível.

Um homem armado sai correndo da pequena construção mais próxima, e Zeppos o derruba com dois tiros. Ao se aproximar rapidamente do corpo imóvel, acerta mais dois no peito do sujeito.

Zeppos se aproxima da construção maior e se dá conta de que, com os drones e os outros recursos de inteligência acima da sua cabeça, cada movimento, sussurro e tiro disparado ali está sendo testemunhado pelos funcionários do centro de Operações Especiais conjuntas em Bagram, em salas de visualização no Pentágono e em Langley e na Sala de Crise da Casa Branca.

Odeia admitir, mas sente um pouco de orgulho e pressão por saber que o presidente dos Estados Unidos está observando seu progresso esta noite, a milhares de quilômetros de distância. Afinal, o ex-vice-presidente e congressista do Texas já havia feito esse mesmo trabalho, tendo servido aos Seals anos atrás, logo depois da queda das Torres Gêmeas.

Não vamos decepcioná-lo, senhor, pensa Zeppos.

— Equipe de invasão — sussurra ele. — Vai.

Dois Seals se destacam e se aproximam da construção maior. Agora a visão do prédio está mais clara, e Zeppos se sente mais calmo e tranquilo. Em mais ou menos um minuto, haverá uma entrada dinâmica, e qualquer homem lá dentro receberá duas balas no peito e uma na testa. Eles vão fotografar os cadáveres, tirar medidas e impressões digitais dos corpos, e amostras de DNA serão retiradas para análise.

Azim, a gente vai te pegar, pensa Zeppos.

Os dois Seals estão diante da porta.

Zeppos vê que a porta é de metal pesado e está trancada com cadeado.

Vai demorar um pouco mais se as janelas estiverem igualmente protegidas.

Os dois Seals avançam pela lateral, procurando uma oportunidade.

Mais um sussurro. É Miller, outro Seal:

— Tango na mira.

Pfff, pfff.

Os dois Seals estão diante de uma janela na construção maior, o alvo. Eles começam a trabalhar e...

A luz e o som da explosão derrubam Zeppos no chão com violência. Ele tosse sangue e terra e rola para ficar de joelhos, com a HK416 nas mãos, cego.

Ele pisca, coloca os óculos de visão noturna e usa as mãos para proteger os olhos da luz repentina.

O prédio-alvo desabou com a explosão, as chamas crescendo, a fumaça subindo.

Ouvem-se tiros das outras duas construções.

Zeppos se joga no chão e começa a responder aos tiros.

— Status! — grita. — Status.

Nenhuma resposta dos seus Seals.

Ele dispara mais duas vezes.

— Status — grita de novo, mais alto. — Status!

Tiros são disparados contra ele e atingem rochas próximas.

— Merda, merda, merda — murmura, trocando o pente vazio do fuzil por um carregado.

Desculpa, senhor, pensa, atirando de novo nas luzes que vê piscando no prédio mais próximo. *Nós falhamos.*

Capítulo

9

19:45, horário local
Sala de Crise da Casa Branca

— Contato — diz o almirante McCoy. — Os Seals estão enfrentando homens armados no segundo complexo. Parece que o outro local de pouso estava errado.

Apenas aceno com a cabeça.

O que mais poderia fazer?

Há um pensamento no fundo da minha mente.

Esse vai ser um momento Carter?

Ou um momento Obama?

Em abril de 1980, o azarado Jimmy Carter soube que o plano ousado para resgatar os reféns presos pelos iranianos terminou num desastre em chamas no meio do deserto.

Em abril de 2011, o sortudo Barack Obama descobriu, nesta mesma sala, que o plano ousado para matar OBL terminou em sucesso com as palavras vindas de Abbottabad: *"Por Deus e pelo país. Gerônimo, Gerônimo, Gerônimo. Gerônimo Inimigo morto em ação."*

O canto do telão mostra rapidamente a imagem dos helicópteros que, em questão de minutos, devem resgatar os Seals, de preferência ilesos e com um monte de discos rígidos, papéis, pendrives, celulares e...

Um enorme clarão surge no canto superior direito da tela.

Algumas pessoas na sala murmuram, e a vice-presidente Barnes grita:

— O que foi isso que acabou de acontecer?

Pego outra caneta.

É tudo o que posso fazer.

Não está ao nosso alcance, não está ao alcance de nenhum de nós, e, assim como já aconteceu tantas vezes antes, uma operação militar cuidadosamente planejada fracassou ao entrar em contato com o inimigo.

Os vilões sempre têm direito a voto, penso, relembrando os meus tempos na Marinha.

— Alguma coisa deu errado — diz o almirante McCoy.

— Percebi — digo.

— O edifício-alvo... todos nós vimos. Simplesmente explodiu.

— Foram os Seals? — pergunta a vice-presidente Barnes de pronto.

— Não senhora — responde o almirante. — Parece uma explosão interna. Não foi causada pelas nossas forças terrestres. Nem pelos ativos aéreos na região.

O capitão da Marinha e o coronel do Exército sussurram algo para ele.

— Entendido — digo.

Na tela, é possível enxergar melhor o prédio desmoronado. Mais vultos fantasmagóricos se movem. Um cai. Depois outro.

Os melhores soldados da nossa nação, caindo em solo estrangeiro, feridos ou mortos.

Enviados por mim.

— Os Seals estão respondendo ao fogo, senhor — diz McCoy. — E... três entraram no prédio destruído. Para vasculhar... ver o que está acontecendo.

Eu me limito a acenar com a cabeça.

Os outros rostos na Sala de Crise estão pálidos, todos os presentes incapazes de pensar em qualquer coisa. Estamos apenas aguardando.

Aguardando.

— Os helicópteros ainda estão seguros em posição para fazer a exfiltração? — pergunto.

Sussurros ao meu lado, e o almirante diz:

— Sim senhor. O senhor...

— Não — interrompo. — Os caras em campo. A decisão é deles.

— Sim senhor — responde McCoy.

Aguardo.

A vice-presidente está me encarando, o rosto sério, o cabelo loiro curto perfeitamente penteado com todos os fios no lugar.

McCoy pigarreia.

— Senhor... os Seals estão preparando a exfiltração. Eles... Hummm... Temos vítimas, senhor.

— Quantos?

— Dois mortos, ao menos três feridos.

Merda.

— E sobre Azim al Ashid? Qual o status?

Sem resposta. Mais sussurros.

Largo a caneta e bato na mesa da sala de conferência.

— Almirante! Qual é o status de Azim al Ashid?

Capítulo 10

2:45, horário local
Montanhas Nafusa, Líbia

A parte inferior da canela esquerda está dolorida. O comandante Zeppos olha para baixo, vê o tecido da calça da farda rasgado, e então sente o sangue escorrer.

Foda-se, pensa enquanto trabalha com os outros Seals para conseguir controlar essa bagunça. Uma parte da construção maior que explodiu há alguns minutos desabou, a fumaça sobe, pequenos focos de incêndio. Eles ainda estão sendo alvejados do monte vizinho, mas os tiros são aleatórios e desordenados, e Lopez, o melhor atirador de elite do pelotão, elimina calmamente os atiradores, um por um, com seu fuzil por ação de ferrolho MK 13 Remington.

As cabras, que tomaram um baita susto com a explosão, se amontoam no curral de pedra, procurando um pastor.

Vão esperar muito, cabras, pensa Zeppos. Um dos seus soldados, Herez, se aproxima e diz:

— Já conseguimos estabilizar os feridos, Nick.

Zeppos assente com a cabeça. Talvez os feridos sobrevivam, e a morte de dois Seals pode ser o único preço alto pago esta noite.

Prudhomme morreu. Era um cara legal de Nova Orleans, o pior cozinheiro da unidade, apesar do sobrenome francês e do sangue cajun.

E Kowalski, que queria a cabeça de Azim al Ashid numa lança, um troféu que seria levado para o Salão Oval.

Três outros homens saem da construção desabada, tossindo e avançando rapidamente na direção de Zeppos.

Picabo está ao seu lado.

— Nenhum homem em idade militar, nenhum disco rígido, nenhum armário de arquivo... Absolutamente nada! Só roupas de cama, fogões e comida enlatada.

Há sete combatentes terroristas mortos dentro e ao redor do complexo, e após uma verificação rápida constatou-se que nenhum deles era Azim al Ashid. Zeppos cospe no chão, vê seus três rapazes recebendo cuidados e Wallace montando guarda sobre os corpos imóveis de Prudhomme e Kowalski.

— Algo mais?

Picabo tosse.

— Porra, chefe, foi mal. Temos civis mortos lá dentro.

— Puta que pariu.

Os tiros vindos do alto parecem ter cessado. A perna ferida ainda dói. O edifício-alvo — que não tinha nada que fizesse valer a missão nem os feridos e mortos — ainda está em chamas.

— Esses merdas sabiam que a gente estava vindo — diz Picabo.

— Pois é.

— Hora de exfiltrar, chefe?

Zeppos liga o microfone.

— Sim — responde. — Hora de dar o fora daqui.

Capítulo

11

19:49, horário local
Sala de Crise da Casa Branca

Na tela, vejo as chamas e a fumaça subindo da construção maior que foi alvo dos Seals nessa noite desastrosa. A imagem do complexo é ampliada um pouco pela plataforma de visualização local, permitindo que vejamos os dois Black Hawks MH-60M furtivos especializados descendo para pegar a equipe. Observo atentamente os vultos brancos se dirigindo aos helicópteros, alguns andando com a ajuda dos companheiros.

Dois grupos de Seals estão andando mais devagar, encarregados de levar seus companheiros mortos.

— Senhor presidente — diz o almirante McCoy.

— Diga.

— Azim al Ashid não estava lá — informa ele, e ouço algumas pessoas na sala suspirarem de decepção. — Sete terroristas foram mortos e minuciosamente examinados, mas nenhum correspondia à descrição de Azim al Ashid.

A sala está silenciosa, todos os olhos voltados para mim.

Nesse momento, a sala lotada é um lugar muito solitário.

— Eles conseguiram algo de valor?

— Não senhor — responde McCoy. — Alguns panfletos jihadistas, documentos de identidade dos terroristas mortos. E só. Sem discos rígidos, pendrives ou celulares.

Vejo os helicópteros decolando do complexo. Logo em seguida a tela fica vazia, exceto pela fumaça e pelas mortes.

— Os helicópteros vão ter combustível suficiente para retornar ao *Vespa*? — pergunto.

— Não tenho certeza — responde o almirante McCoy. — Mas eles vão chegar lá em segurança. O *Vespa* pode se aproximar da costa, ou podemos fazer um reabastecimento aéreo assim que estiverem de pés molhados.

Fico olhando para a tela, onde minutos atrás havia homens determinados lutando por um objetivo, por nosso país, por mim... e agora não há nada.

— Almirante — digo.

— Senhor.

Olho para ele, para os rostos melancólicos da minha equipe. Tenho certeza de que todos estavam ansiosos para me ver anunciar na TV que Azim al Ashid estava morto ou capturado, e não tenho dúvidas de que alguns teriam dito a amigos e familiares como "realmente foi" estar ao lado do presidente dos Estados Unidos numa ocasião tão importante.

— Civis — digo. — Houve civis mortos?

McCoy tem o mérito de não hesitar ao responder.

— Sim senhor. Uma mulher e três meninas. Com base na documentação que os Seals apreenderam, parece que eram a esposa e as três filhas de Azim al Ashid.

Ai, cacete, penso.

— Mortas por nós — digo.

— Mortas quando o prédio explodiu — diz McCoy.

— E explodiu porque estávamos lá — rebato. — Porque um tiro qualquer acertou uma bomba caseira ou alguém usou um lança-granadas que atingiu em cheio uma pilha de munição... qualquer coisa do tipo.

A sala fica em silêncio por um instante.

— Alguém pode desligar essa maldita tela? — peço a ninguém em específico.

Um segundo depois, a tela fica preta.

Pelo menos algo deu certo essa noite.

Chamo a atenção do meu chefe de Gabinete, Jack Lyon. É um sujeito corpulento, de óculos redondos de aro de chifre, cabelo castanho penteado para trás. Está no partido há anos e foi a primeira nomeação do meu antecessor. Eu o mantive porque ele sabe abrir portas e fazer as ligações certas para as pessoas certas, o que, nessa cidade, vale mais que ouro.

— Jack — digo.

— Senhor — responde ele.

Olho para os relógios. Quase oito da noite. Muito cedo.

— Entre em contato com os canais de notícias. Vou fazer um pronunciamento às nove. Até lá os Seals já devem estar de volta ao *Vespa* em segurança.

Ouço um murmúrio e cabeças se viram para mim.

— As grandes emissoras podem relutar em interromper a programação, a menos que eu dê informações sobre o que planeja dizer, senhor presidente — explica meu chefe de Gabinete.

— E deixar que vazem a informação um minuto depois da sua ligação?

— Pelo menos um aviso de cinco minutos. Dê isso a elas, senhor presidente.

— Certo. Diga que às nove pretendo informar o mundo sobre a ação militar dessa noite contra Azim al Ashid e explicar que ela não atingiu os nossos objetivos.

Não diga que fracassou, penso. *O povo americano não gosta da palavra* fracasso.

— Senhor presidente — diz a conselheira de segurança nacional, Sandra Powell —, acho que o senhor deveria aguardar até que todos os fatos venham à tona e...

Levanto a mão.

— Não. Essa noite, não. A gente ferrou tudo. Matamos civis. Não somos assim. Foi um acidente, aconteceu durante o combate, mas não vou permitir que esse governo fique se esquivando e divulgue declarações vazias dizendo que vamos esperar todas as informações chegarem para revelar todos os fatos. Que tudo isso vá para o inferno. Todos nós vimos o que aconteceu. Os Seals entraram, sob ordens minhas e responsabilidade minha, e executaram a missão. Não deu certo. E, nesse meio-tempo, inocentes morreram. É responsabilidade nossa.

A sala permanece em silêncio.

O secretário de Defesa, Pridham Collum, pigarreia e diz:

— Se me permite, senhor presidente, as tropas em campo podem não gostar dessa declaração.

Nesse momento eu perco o controle.

— Pridham, quem você acha que sabe mais sobre como as tropas se sentem: um veterano de guerra ou um homem formado em administração no MIT?

Eu me arrependo das palavras imediatamente.

O rosto do secretário de Defesa fica vermelho, e ele baixa o olhar, encarando uns papéis e um bloco de anotações.

Olho para os meus conselheiros à minha volta.

Aguenta firme.

— Hoje à noite vou explicar os objetivos da missão e repetir o que dizem os relatórios dos crimes cometidos por Azim al Ashid ao longo dos anos. Vou falar que dei a ordem aos Seals com base nas melhores informações e agências de inteligência que tínhamos e vou expressar meu profundo pesar pelo que aconteceu naquele complexo.

— Um pedido de desculpas, senhor presidente? — pergunta em voz baixa o chefe de Gabinete Lyon.

— Com a responsabilidade vem o pedido de desculpas. É o certo a se fazer.

A conselheira de segurança nacional Powell me pressiona:

— Senhor presidente, se me permite, vai ser um erro grave. Ao fazer isso o senhor vai enfraquecer nossa posição e nossa autoridade naquela parte do mundo. Nossos aliados podem até nos elogiar publicamente, mas vão se perguntar em segredo se estamos ficando fracos.

Pego caneta, papéis e bloco de anotações e me levanto. Uma das vantagens de ser presidente é que, quando você se levanta, a reunião termina.

— Se ser fraco significa assumir a responsabilidade pelos próprios erros, por mim tudo bem — respondo.

Outras pessoas da equipe tentam dizer algo quando saio pela porta, mas a vice-presidente Pamela Barnes, que está sentada num canto apenas me encarando, não é uma delas.

Capítulo 12

21:06, horário local

Residência da vice-presidente, Observatório Naval dos Estados Unidos

Depois de um banho longo e fumegante nos aposentos privados nas instalações do Observatório Naval dos Estados Unidos, a vice-presidente Pamela Barnes está usando um roupão de banho atoalhado azul que a acompanha desde a época em que ocupava a mansão do governador da Flórida, em Tallahassee. Como tenta fazer na maioria das noites após percorrer o pântano político de Washington, ela está relaxando numa poltrona confortável, com um copo de uísque Glenlivet com gelo e o marido, Richard, aos seus pés.

Ele está recostado num banquinho, passando hidratante nos pés rachados e doloridos da mulher, que têm sido uma fonte de irritação constante desde que ela passou a defender a si mesma e aos outros quando entrou para a política anos atrás.

A luxuosa sala de estar — cheia de móveis antigos e pinturas a óleo — é pouco iluminada, e na tela grande da TV diante deles o presidente dos Estados Unidos está encerrando seu pronunciamento.

— ... através dos escritórios da Cruz Vermelha Internacional, em Genebra, instruí o Departamento de Estado a iniciar o processo de oferta de compensação financeira às famílias daqueles que foram mortos acidentalmente essa noite por nossos militares...

O marido da vice-presidente bufa, as mãos fortes massageando os pés com o hidratante.

— Idiota. Era melhor entregar um cheque em branco ao terrorista logo. Ele não sabe que qualquer dinheiro que for para os parentes de Azim al Ashid vai direto para o bolso do sujeito?

Barnes toma um gole satisfatório do forte uísque, o único pequeno vício que ela se permite satisfazer todas as noites. Uma dose, apenas uma. Ela passou tempo suficiente em Tallahassee para ver quantas carreiras promissoras foram destruídas por excesso de bebida e falta de bom senso.

— O Tesouro diz que pode contornar isso — explica ela. — Criar um tipo de fundo que só pode ser acessado por certas pessoas e que seja rastreável. Dessa forma, não pode ser usado para comprar explosivos plásticos nem munições.

Richard aplica mais hidratante nas suas mãos fortes e envelhecidas. Ele era pecuarista no condado de Osceola e ganhou a vida com isso e com a venda de um pedaço das suas terras para um cassino anos atrás. Pamela o conheceu quando era senadora da Flórida, e ele, congressista. De início, Pamela se sentiu atraída pelo corpo robusto — ele não era um daqueles representantes estaduais bonitinhos num terno bacana — e pela sagacidade política.

Foi graças às estratégias de Richard que ela chegou à mansão do governador em Tallahassee e a poucos delegados de se tornar presidente do país, objetivo que esteve tentadoramente perto de ser alcançado.

Aquele desgraçado, pensa ela, tomando outro gole, ao se lembrar daquele senador cínico e seboso do estado de Washington que não teve a decência de bater as botas antes do fim da convenção e escolheu Matt Keating como vice, fazendo com que ela assumisse o cargo por aclamação. Agora já se fala em batizar escolas e estradas com o nome do idiota morto que não lhe deu o cargo que era seu por direito.

— ... as ações implementadas essa noite pela Marinha e pelo Exército dos Estados Unidos foram executadas sob ordens minhas, e eles as cumpriram com a excelência e a bravura de sempre — diz Keating. — Se há algum culpado pela ação militar e pelas mortes de civis dessa noite, sou eu e somente eu. O Exército e a Marinha tiveram um desempenho admirável e fizeram tudo o que lhes foi pedido.

Richard volta a massagear os pés da mulher, e, caramba!, ela adora as mãos fortes dele apertando aquela região.

— Que bobagem — diz ele. — Eles erraram feio nessa, e se enrolar na bandeira dos Estados Unidos não vai ajudar, marinheiro. Os eleitores odeiam essas cagadas e é óbvio que não gostam de ver os Estados Unidos pedindo desculpas... isso sem falar no dinheiro que vai sair daqui.

— Richard, por favor...

Richard para de fazer massagem e a encara com os olhos acinzentados impassíveis, o cabelo castanho curto e penteado.

— Pamela, me escuta com atenção e, por favor, não me interrompe.

Outro gole de uísque.

— Tudo bem, vai em frente.

— É o seguinte: você e eu sabemos que, embora Keating esteja indo bem nas pesquisas agora, o apoio a ele é fraco, especialmente dentro do partido. Tem muita gente boa lá fora, pessoas com boa memória e bolso cheio que acham que você foi sacaneada na convenção em Denver. Se Lovering tivesse tido a coragem de fazer a coisa certa e escolhido você para a vice-presidência, seria você quem estaria no Salão Oval, e não o caubói do Texas. E nós dois temos certeza absoluta de que você não estaria agora em rede nacional se desculpando por coisa nenhuma.

O calor do uísque está se espalhando pelo seu corpo, e seus pés estão mais aliviados.

— Isso é história velha, Richard. Ficou tudo no passado — responde ela.

Ele limpa a mão numa toalhinha branca e se levanta.

— Somos nós que fazemos a história, Pamela. Você sabe o que vai acontecer. Ele vai ter um pequeno salto nas pesquisas por fingir ser um homem forte, mas daqui a um tempo as histórias e as fofocas vão começar a aparecer. Vão falar sobre como ele é fraco, sobre o pronunciamento dele em rede nacional após a morte de dois dos nossos destemidos Seals, e como não deu a mínima para a memória e a coragem deles ao se desculpar feito um garotinho. E ainda tem o fato de que ele não consegue controlar a piranha da esposa dele, Samantha, aquela professora universitária esnobe... Bom, daqui a seis meses o grupo de apoio a ele vai estar desmoronando.

Ao longo dos anos, o jeitão interiorano e até meio grosseiro de Richard enganou muitos oponentes políticos engenhosos e supostamente espertos, e Pamela aprendeu a confiar nos instintos do marido.

— E quando isso acontecer vai faltar menos de um ano até as convenções de Iowa e as primárias de New Hampshire — pondera ela.

Um aceno de cabeça satisfeito.

— É isso aí, Pamela. Olha, me deixa começar a sondar, falar com as pessoas, ver quais recursos nós temos. Tem muita gente no partido pronta para largar Keating e apoiar você quando a hora certa chegar. Nosso trabalho é fazer com que exista uma hora certa.

Pamela vê o homem na TV dizer "Obrigado e boa noite". A vice-presidente pega o controle remoto, desliga a TV e termina a bebida.

— Então faça o seu trabalho, Richard.

Capítulo 13

4:05, horário local
Embaixada da República Popular da China, Trípoli

Numa salinha de jantar ao lado da cozinha principal da embaixada chinesa, Jiang Lijun, do Ministério de Segurança de Estado, e alguns outros funcionários do turno da noite estão assistindo ao canal de notícias da China Central Television numa TV suspensa por um suporte no canto do cômodo.

Na tela, o presidente dos Estados Unidos faz um discurso melancólico, as legendas passando. Sentado ao lado de Jiang numa mesa de jantar redonda, fumando um cigarro e tomando uma xícara de chá, está Liu Xiaobo, o agente do turno da noite que alertou Jiang sobre o ataque norte-americano. Ele está fazendo uma pausa matinal.

— Inacreditável, não é? — pergunta Liu.

Jiang faz que sim com a cabeça e toma um pouco de chá Da Hong Pao.

— É mesmo.

Liu balança a cabeça, abismado.

— Impressionante! O idiota está mesmo pedindo desculpas pelo que os seus soldados fizeram essa noite. Pedindo desculpas! Você consegue imaginar o nosso presidente se desculpando por algo assim? Ele jamais ousaria fazer qualquer coisa do tipo! Se ele sequer tentasse, o conselho legislativo o impediria num piscar de olhos... Talvez até o tirasse do cargo.

Jiang sorri e, satisfeito, toma outro gole do chá quente.

— Daqui a dois anos os eleitores norte-americanos vão ter a chance de tirar Keating do poder, se quiserem.

— Verdade. E que dádiva seria se isso acontecesse, hein? — comenta o funcionário noturno.

— Concordo — diz Jiang, refletindo sobre tudo o que aconteceu desde que o ex-presidente dos Estados Unidos morreu repentinamente. — Desde que assumiu o cargo, Keating tem nos pressionado, nos humilhado... fez reclamações na Organização Mundial do Comércio, abriu ações judiciais de patentes e direitos autorais... fora os navios e os aviões que ficam rodeando as nossas bases militares no mar da China Meridional. Como se aquelas águas fossem deles, e não nossas.

Na TV, Jiang observa o humilde, porém arrogante, presidente dos Estados Unidos proclamar seu pedido de desculpas. Liu, com quem Jiang está dividindo a mesa, tem toda a razão. Ver o seu próprio presidente na TV implorando por perdão, quase chorando, como está fazendo esse líder estadunidense nesse exato momento... é algo que jamais aconteceria na China.

Jamais.

E é por isso que venceremos no fim, pensa Jiang.

Sem desculpas.

Apenas as ações de uma potência mundial obtendo seu lugar de direito.

Liu bate as cinzas do cigarro no pires da xícara de chá.

— Camarada Jiang, não seria incrível se, na hora de os estadunidenses votarem, o ataque fracassado dessa noite e esse discurso de arrependimento causassem a derrota de Keating? Seria um resultado incrível...

Jiang faz que sim, satisfeito, relembrando a ligação que fez há menos de duas horas do seu escritório seguro no porão. Uma ligação feita em nome da sua nação, claro, mas também em nome do seu filho que ainda não nasceu.

— Seria de fato um resultado incrível — concorda Jiang.

Capítulo

14

8:00, horário local
Montanhas Nafusa, Líbia

Numa caverna remota dentro dessas montanhas históricas da Líbia, Azim al Ashid está sentado de pernas cruzadas num cobertor de lã, esperando. A xícara de *chai* matinal está quase no fim. O ar frio faz com que os picos das montanhas pareçam íngremes e pontiagudos. Ele está envolto num cobertor especial que seu aliado chinês lhe deu anos atrás, projetado para esconder suas imagens térmicas dos malditos drones que vivem sobrevoando a área, bisbilhotando e tentando rastreá-lo. A cor do cobertor é quase idêntica à das rochas, o que significa que mesmo para um drone com uma boa câmera voando na entrada da caverna ele está praticamente indetectável.

Ao lado dele há uma pequena mochila contendo seu Alcorão, uma muda de roupa, comida, água. Apoiado na parede de rocha está um fuzil AK-47 semiautomático carregado, e ao seu lado, uma pistola Tokarev com munição de 7,62mm, de fabricação russa.

Alguns metros atrás dele, no fundo da caverna, está o mensageiro que lhe trouxe a notícia da morte da sua família. Na noite anterior, nessa caverna, Azim teve um pesadelo com demônios e *djins* dilacerando sua esposa e suas filhas, e com a chegada do mensageiro horas atrás, o pesadelo havia se tornado realidade.

Inna lillahi wa inna ilayhi raji'un, ora ele novamente. *De fato, a Deus pertencemos e a Deus retornaremos.*

O mensageiro não se move, não fala. Está embrulhado num plástico azul, sentado com as costas apoiadas na parede de pedra, quieto.

Azim não se importa com a solidão, com a rocha dura, com a inclemência do ambiente deserto ao redor. Ele conhece os restaurantes finos, os hotéis de luxo e as melhores universidades de Nova York, Londres, Paris e Berlim. Já visitou esses lugares muitas vezes, espalhando dinheiro para acalmar simpatizantes, recebendo garantias de ajuda futura, na hora certa. Mas a vida do Ocidente, com todas as suas seduções, era uma tentação para que ele e seus irmãos e irmãs levassem uma vida de ócio farto e ímpio.

Ele olha para as mãos ásperas, envelhecidas, cheias de cicatrizes. Anos atrás, quando era apenas um estudante, essas mãos eram macias e suaves, e naquela época ele sonhava em se tornar cirurgião. Graças à generosidade de uma tia rica que morava na Tunísia, país vizinho, ele conseguiu passar quase um ano estudando medicina na Université de Tunis El Manar. Lá, ele se embebedou, transou com prostitutas, mas também estudou muito, e a vida do Ocidente o atraiu... até que o chamado do jihad se tornou forte demais para ser ignorado.

Azim esfrega as mãos ásperas.

Muito tempo atrás.

O sol nasceu há pouco. Ele se senta e tenta ficar em paz, lembrando como, há mais de um século, Omar Mukhtar, que a paz esteja com ele, lutou contra os italianos durante anos nessa nação, a terra natal de Azim. Aquele homem abençoado viveu e lutou em montanhas como essas, combateu os colonialistas, os europeus e o Ocidente, que tentaram conquistar essas terras e esse povo durante milênios.

Azim sempre se inspirou nele.

Suas terras, seu povo, sua família.

Um movimento lá embaixo.

Azim pega os binóculos Zeiss de fabricação alemã e mira no que está se aproximando pela trilha quase invisível da montanha.

Lá.

Um homem e uma mulher, andando com cuidado pela trilha estreita e pedregosa enquanto riem e conversam. O vermelho intenso das suas mochilas se destaca contra a terra árida por onde andam casualmente. O homem parece forte, jovem, o longo cabelo loiro de tom semelhante ao da mulher. Alguns metros abaixo de Azim, eles param, ainda conversando.

O homem ajuda a mulher a tirar a mochila. O casaco de lã dela é apertado no busto. O homem tira a mochila das costas, ri de novo e começa a avançar pela trilha, mais perto de Azim e da caverna.

Azim pega a pistola russa.

No céu azul-claro dessas montanhas surge um falcão, aproveitando os ventos térmicos matinais.

O homem loiro para na entrada da caverna, vira, acena e grita alguma coisa com a mulher abaixo, e ela acena em resposta. O homem abaixa a cabeça para entrar na caverna e, quando seus olhos se adaptam à escuridão, sorri e diz:

— *As-salaam 'alaykum,* meu primo.

Para seu primo Faraj, Azim diz:

— *Wa 'alaykum as-salaam.*

O homem se senta de pernas cruzadas ao lado de Azim.

Passam-se alguns minutos de silêncio.

— Quem é a piranha que está com você? — pergunta Azim.

— Estudante dinamarquesa. Conheci numa boate em Trípoli. Ela está fazendo mochilão aqui e na Tunísia pelas ruínas romanas. Eu disse a ela que havia umas ruínas remotas escondidas aqui nas montanhas, e ela concordou em viajar comigo. Usei com ela as belas palavras que aprendi na faculdade. Foi fácil.

— E ela acreditou em você?

Faraj mexe no cabelo longo e claro.

— É uma jovem idiota. Acredita em qualquer coisa.

Azim se lembra da própria vida de estudante e acena com a cabeça, concordando.

— Primo, quando vou poder pintar o cabelo de castanho? — pergunta Faraj. — Eu me sinto um *'ahmaq*, um tolo.

— Quando eu mandar. Esse cabelo tingido e aquela prostituta são o que mantém você vivo enquanto anda pelas montanhas. Nenhum estadunidense operando um drone vai pensar que dois mochileiros loiros são inimigos a serem rastreados ou mortos.

— Sim, primo.

— Mas você se saiu bem, escolhendo essa piranha para vir com você. Muito inteligente.

— Obrigado, primo.

Azim permanece sentado em silêncio por mais um tempo, e Faraj diz:

— Me desculpe, primo, mas... aquele é o Ali, atrás de nós?

— É.

— Ele está morto.

— Ele me trouxe as notícias da minha Layla e das nossas três meninas. Não conseguiu responder a nenhuma das minhas perguntas. Perguntei sobre Layla e depois sobre Amina, Zara e Fatima. Ele não conseguiu responder. Ficou... com raiva das minhas perguntas.

Azim engasga por um breve instante.

Força, pensa. *Alá, dai-me forças.*

— Não pude tolerar esse comportamento, por isso cortei o pescoço dele.

— Entendo, primo.

Azim recupera as forças — *obrigado, Alá* — e diz:

— Me diga tudo o que sabe.

— Os estadunidenses chegaram há seis horas. Parece que os nossos homens foram avisados. Houve uma batalha. O prédio principal, onde estavam as munições e os suprimentos para a próxima ação em Trípoli, explodiu. Sua mulher e suas filhas... no fim, os estadunidenses colocaram os corpos ao lado do prédio, cobertos por mortalhas. — Faraj cospe pela entrada da caverna. — Como se os cães estivessem tentando demonstrar respeito.

Azim junta as mãos.

— Daqui a um ou dois dias, volte lá e faça uma inspeção, enterre os nossos mortos, marque os túmulos da minha esposa e das meninas. Um dia vou visitá-las, *inshallah*.

Uma voz feminina atravessa o ar rarefeito da montanha e chega a eles.

— A piranha está impaciente, primo — comenta Faraj. — Preciso ir. Posso ajudar em algo mais?

— O presidente dos Estados Unidos... Keating. Ele tem uma filha, não é?

— Tem.

— Vou pensar a respeito.

— Você...?

— Não, agora não — diz Azim. — Precisamos ter paciência.

Faraj fica de pé, depois se abaixa, pega a mão direita de Azim e a beija.

— Lamento pelas suas mulheres, Azim.

— Obrigado, primo. Elas são... *foram* uma bênção e uma alegria para mim.

Azim para de falar. Sente um nó na garganta.

Faraj se dirige para a entrada da caverna.

— Devo matar a piranha agora?

— Não. Não é a hora dela. Matá-la ia gerar muitas perguntas, preocupações. Mas, quando retornar à sua casa, pode devolver a cor natural do seu cabelo, Faraj. Você fez um bom trabalho.

— Como quiser, primo.

Faraj vai embora e Azim espera, sem se dar ao trabalho de vê-lo voltar até a estudante dinamarquesa, que deveria orar ao seu Deus com profunda gratidão pelo resto da vida, porque a verdade é que ela chegou muito perto de ser enviada para seu paraíso hoje.

Ele espera.

O cheiro de Ali está piorando. Em algum momento, Azim precisará deixar a caverna.

Mas não agora.

Sua família, sua esposa, suas meninas. Todas mortas. Foi o desejo de Alá, mas ainda assim...

A dor arde dentro dele.

Ele observa o falcão no ar, voando lenta e inocentemente, mas caçando a todo momento, sendo paciente para atacar na hora certa.

Azim ora para ter essa paciência.

Capítulo 15

Dia da Posse
Salão Oval

Sinto a tensão de Samantha essa manhã enquanto um grupo de fotógrafos tira a última foto do presidente Matthew Keating e de sua adorável família, cerca de quatro horas depois de eu me tornar o ex-presidente Matthew Keating. Com meu braço esquerdo envolvo Samantha, e com o braço direito, nossa filha, Melanie. Enquanto os ombros de Mel parecem os de uma adolescente típica, doida para se livrar do velho pai, os da minha esposa parecem ter sido esculpidos em granito.

Uma das minhas assistentes da assessoria de imprensa da Casa Branca levanta a mão e diz:

— Obrigada, muito obrigada, temos um dia agitado pela frente.

Em seguida, ela executa a corajosa tarefa de retirar a imprensa do Salão Oval como se estivesse pastoreando gatos.

Em tese esse é um momento apenas para fotos, mas por décadas a imprensa da Casa Branca se orgulha de ultrapassar os limites e ignorar as regras o máximo possível, e esse dia histórico não é exceção.

— Senhor presidente, o senhor deixou um bilhete na mesa do Resolute para a presidente eleita?

— Alguma consideração final sobre o último dia do seu mandato?

— Como se sente sendo o único presidente na história dos Estados Unidos a perder a reeleição para a vice-presidente?

Os ombros duros de Samantha ficam ainda mais tensos, e mantenho um sorriso no rosto enquanto o bando de jornalistas é empurrado para fora, passando pelo agente do Serviço Secreto, e a porta levemente curvada do Salão Oval é fechada, deixando só nós três lá dentro.

— Nossa, achei que eles nunca iriam embora — diz Mel, afastando-se de mim. — Eles não podiam perder mais uma chance de serem uns escrotos.

Ela está de vestido verde e jaqueta amarela, e seu cabelo loiro — em geral bagunçado e cheio de frizz — está bem arrumado para esse dia histórico. Óculos com armação de acrílico transparente delineiam seus olhos azul-claros, que, infelizmente, têm dois problemas ao mesmo tempo: miopia e astigmatismo.

— Mãe, pai, tudo bem se eu fizer uma última visita ao meu quarto antes de ir embora?

— Procurando algum tesouro perdido? — pergunto.

— Ah, claro, estou procurando a minha Barbie favorita... — responde Mel, revirando os olhos.

— A que luta kung fu ou a que tem um par de revólveres?

Mel revira os olhos de novo.

— Pai... tá bom, até daqui a pouco.

Samantha dá um sorriso de quem conhece a filha adolescente e diz:

— Sem brincadeirinhas hoje, tá bom? A gente tem uma agenda apertada.

— Claro, mãe.

— E, se puder, encontra aqueles óculos que você perdeu mês passado.

— Mãe! Do jeito que você fala parece até que perdi de propósito — reclama Mel.

— Então vai logo. Só não se atrasa — diz Samantha com um sorriso.

Mel deixa o Salão Oval e passa pelo agente do Serviço Secreto de guarda, que sussurra algo no microfone na abotoadura da camisa — provavelmente dizendo: "Esperança está a caminho dos aposentos da família" —, então respiro fundo, tentando aliviar a faixa que aperta o meu peito. Seis meses sombrios e horríveis se passaram desde que a vice-presidente Pamela Barnes me derrotou na convenção do partido em Chicago e eu gentilmente admiti a derrota e incentivei o partido a se unir para apoiá-la.

Desde Chicago, tenho a sensação de estar cumprindo uma sentença. Após o fim da convenção, eu era peso morto, não podia fazer muita coisa, enquanto ela seguia em campanha pelo país. Em momento algum ela pediu minha ajuda, então passei muito tempo relembrando as primárias. Embora eu tenha vencido por pouco na soma total da votação, ela me venceu nas primárias, ganhou mais superdelegados e obteve a indicação do partido de forma justa e honesta.

Sob a orientação sagaz do marido implacável, ela usou a operação fracassada na Líbia e meu relato honesto a respeito do caso para me fazer parecer, ao mesmo tempo, fraco e bélico demais. Foi uma estratégia muito bem executada. Eles conseguiram se sair bem com a imprensa política e com os eleitores mais jovens, que estão sempre em busca de algo novo.

Eu devia ter descoberto um jeito de vencer mesmo assim, mas não consegui. Infelizmente, fui para uma disputada campanha presidencial com mais experiência como Seal em batalhas no exterior do que em guerras políticas domésticas. E fiquei furioso com isso, tão furioso que por vezes me senti tentado a renunciar e deixá-la assumir a porcaria do cargo de presidente antes que ela me vencesse na eleição partidária de novembro.

Mas não consegui. Nenhum Seal, na ativa ou aposentado, desistiria antes de o serviço estar feito. E nenhum presidente jamais deve fazer isso.

Samantha suspira. Está de vestido vinho e com o cabelo preto preso num penteado sofisticado. No pescoço, uma corrente de ouro simples. Ela é uma mulher linda que me fisgou quando nos conhecemos perto de San Diego, onde eu estava treinando e ela cursava antropologia em Stanford, pesquisando povoados indígenas pré-colombianos.

Seu bronzeado é impecável, e sempre a provoquei de leve dizendo que tinha beleza e cérebro para ser modelo. Ela dizia que não, que tinha um nariz grande demais. E eu sempre discordei.

— Acha que podemos confiar em Mel para voltar a tempo? — pergunta ela.

— Ela não gosta de ser deixada para trás. Então acho que sim.

— Quanto tempo falta?

Olho para o meu relógio.

— Mais uns cinco minutos antes de termos que ir embora.

— Pode fazer uma coisa para mim?

— Claro. Ainda sou o presidente por mais quatro horas. Quer que eu bombardeie a Albânia?

— Prefiro o comitê de efetivação de docentes de Stanford. Pode ser? — pergunta ela com aquele sorriso duro tão familiar, provocado por um rancor antigo que minha querida esposa jamais esquecerá.

— Me dá as coordenadas, e ele vai estar nas suas mãos.

Ela pega minha mão, e juntos nos sentamos em um dos dois sofás bege combinando. Penso em todas as pessoas que recebi no Salão Oval ao longo dos anos — do primeiro-ministro de Israel a uma delegação de escoteiras com as melhores vendedoras de biscoitos do país — e digo:

— Pelo jeito, mesmo na minha função oficial, não consigo fazer você mudar de ideia.

Ela faz carinho na minha mão.

— Você não conseguia nem quando estava na Marinha, Matt. Mas boa tentativa.

— Quando?

— Antes do que eu imaginava. A Universidade de Boston me prometeu a vaga para o segundo semestre no Departamento de Arqueologia, e recebi o convite hoje de manhã. Professora titular. Começa em uma semana. E eu aceitei.

Muitos pensamentos me vêm à cabeça, mas escolho o caminho mais fácil.

— Parabéns! Sei que isso é muito importante para você. E sei que vai fazer um ótimo trabalho.

— Eles também disseram que você poderia...

— Obrigado, mas ainda não estou interessado — interrompo.

A mente perspicaz e instruída da minha esposa está lhe proporcionando uma cátedra e oportunidades de pesquisa. Mas não vou tomar o lugar de um professor de verdade para dar seminários sobre política, democracia ou qualquer outro assunto.

Sam está de partida para Boston, e eu, para uma casa afastada à beira de um lago em New Hampshire. Ela está cobrando uma promessa que fiz durante nosso curto mandato na Casa Branca. Nesse meio-tempo eu sempre disse que um dia ela organizaria a própria agenda e decidiria sozinha como usar seu tempo, e Sam, sendo a mulher inteligente que é, está fazendo exatamente isso agora. Demarcando seu lugar no mundo.

Coloco minhas mãos por cima das dela e as aperto.

— A imprensa vai adorar a notícia de que estou assumindo esse cargo na Universidade de Boston — comenta Samantha. — Uma primeira-dama que nunca se adaptou à posição abandona marido e filha para cavar terra quando o mandato do marido acaba.

— Eles podem ir para o inferno.

— Ah, eles tinham razão, Matt. Nós dois sabemos que eu nunca me encaixei aqui em Washington, nunca cumpri os papéis tradicionais das primeiras-damas tradicionais. Mas vão dar pulinhos de alegria com a possibilidade de publicar mais histórias negativas.

— Diz que você está indo para Oak Island atrás de tesouros escondidos. Talvez isso faça com que calem a boca... exceto pelo History

Channel. Eles vão achar que o seu projeto é mais importante que ser primeira-dama.

Ela aperta minha mão também.

— Isso se eu tiver sorte. — Samantha corre os olhos pelo Salão Oval. — Desculpa, Matt, mas eu nunca gostei desse lugar, desse salão. Ver você trabalhando aqui... era como se você fosse um guia de museu, como se estivesse interpretando um papel.

— Segundo os delegados do meu partido, eu não estava fazendo um trabalho muito bom. Mesmo assim, foi uma experiência e tanto, não acha?

Samantha me dá um beijo na bochecha.

— Você me prometeu aventuras e viagens depois que nos casamos, Matt, mas nunca isso.

— Esse é o seu homem: prometendo pouco e entregando muito.

— Você também prometeu que faria história e que eu iria descobrir a história. Minha parte não foi bem assim.

Verdade. Muitas faculdades ofereceram a Samantha cargos de professora depois que ela se tornou primeira-dama de uma hora para outra, mas ela recusou todas as ofertas por um bom motivo: essas universidades só estavam interessadas no seu título de primeira-dama e na publicidade. Elas não queriam dar a Samantha a chance de fazer um trabalho acadêmico de verdade.

— Acha que a transição para se tornar ex-presidente Keating está sendo difícil? — pergunta Samantha.

— Não vou sentir saudade das ligações às três da manhã.

Ela se levanta.

— Ah, acho que em algum momento você vai sentir falta disso, Matt. De não estar no comando. Quando estiver vendo as notícias daqui nos próximos meses e pensar: "Eu faria um trabalho melhor." Mas não vou sentir falta de ser a primeira-dama Samantha Keating. Sem querer menosprezar todas as visitas oficiais que fiz ao longo dos anos, estou ansiosa para voltar a ensinar e colocar a mão na massa.

A porta curva do Salão Oval se abre. Meu chefe de Gabinete, Jack Lyon, enfia a cabeça dentro da sala.

— Senhor presidente, sra. Keating, está na hora.

Samantha começa a andar na minha frente.

— Sem dúvida.

Seguimos adiante, e sei que o agente do Serviço Secreto na porta do Salão Oval está sussurrando — "Porto e Harpa em movimento" —, e, enquanto andamos pelo corredor, pego a mão de Samantha e sussurro em seu ouvido. Ela dá uma gargalhada, e sei que Jack Lyon e outros membros da minha equipe ao nosso redor estão se perguntando o que acabei de dizer.

Eles jamais saberão.

Mas Samantha sabe.

Ainda dá tempo de bombardear o comitê de efetivação.

Capítulo

16

Aeroporto de Manchester, New Hampshire

Dez horas depois, agora sou o ex-presidente Matthew Keating, um presidente com um único mandato que entrou para a história como o primeiro a perder o emprego para uma vice-presidente insurgente. Enquanto ela e o marido estão se divertindo, dançando em um dos, pelo menos, dez bailes inaugurais no Distrito de Columbia, estou na entrada de um hangar no Aeroporto de Manchester, em New Hampshire, observando as rajadas de neve de janeiro açoitarem a pista de decolagem mais próxima. As lâmpadas amarelas dos postes parecem borrões por causa da nevasca. Samantha está a alguns metros de mim, mexendo no iPhone. Vários dos meus apoiadores mais leais de New Hampshire apareceram com placas de boas-vindas.

Mel está do outro lado do hangar, enrolada num casaco azul, pegando café com dois policiais de New Hampshire e uma jovem agente do Serviço Secreto. Está tentando sorrir e ser simpática com os três, mas no fundo sei que é tudo fachada. Acho que ainda não se acostumou com o fato de que pelo menos num futuro próximo os pais dela não vão mais morar juntos — mas não vão se divorciar. Meu plano é relaxar depois dos anos brutais no Salão Oval, e o de Sam é voltar ao seu primeiro amor: o ensino e a pesquisa. É temporário, dizemos um ao outro e a Mel, e espero que estejamos certos.

Com Samantha mexendo no iPhone e Mel pegando café, estou sozinho, com um agente do Serviço Secreto atrás de mim e outro perto da porta. Sei que vai demorar um pouco para eu me acostumar à minha nova situação, mas uma coisa continua: a proteção constante do Serviço Secreto, que estará ao meu lado pelo resto da minha vida, junto com o meu codinome: Porto.

Mas de um indivíduo eu não estou sentindo a menor falta: o oficial, ou a oficial, que ficava ao meu lado desde o dia em que fui empossado e carregava uma mochila enorme e pesada conhecida como "bola de futebol", com os códigos e dispositivos de comunicação que me davam o horrível poder de disparar armas nucleares.

Durante o meu mandato, esse fardo me causou muitos pesadelos, que se somavam aos sonhos violentos e barulhentos das minhas missões da época de Seal.

Esse policial saiu de perto de mim por volta do meio-dia de hoje para estar ao lado de Pamela Barnes, e a nova presidente que fique com ele.

Samantha tira os olhos do iPhone e diz:

— Está tudo pronto, então.

— Está? — pergunto.

— Estou falando do meu apartamento em Boston. A parte elétrica e o aquecimento estão funcionando — responde ela, sorrindo.

Samantha se aproxima de mim olhando para a neve do lado de fora. Parece que a nevasca está mais forte. Agora há pouco nosso transporte da Força Aérea — não mais o Força Aérea Um, é claro — decolou antes da chegada da neve.

Estou sem palavras. O que dizer num momento como esse?

Pedir a ela que mude de ideia?

Não.

Não agora que ela está prestes a retomar sua antiga vida como professora universitária e arqueóloga, a vida que teve enquanto eu era um Seal e depois congressista. Mas então veio o terrível dia da morte do presidente Martin Lovering, e assim, de repente, o subchefe de Gabinete dele entrou no meu escritório, no Old Executive Office Building, com um juiz local da Corte de Apelações dos Estados Unidos carregando uma Bíblia e mudando a vida dela junto com a minha.

Depois que Samantha toma uma decisão, um mero mortal como eu não tem poder para mudá-la.

Além do mais, por mais que odeie admitir, ela está certa.

É a hora dela.

— No que você está pensando? — pergunta Samantha.

— Estou pensando que o caminho vai estar melhor para você que para mim. Basicamente seguir a via expressa até Boston. Sorte a sua.

— Você pode vir comigo.

— Deixa para a próxima.

É a hora dela, mas é a minha também. Tem uma casa no interior esperando por mim, e estou ansioso para ficar longe de cidades, prédios altos e lâmpadas fortes. O sossego vai ser uma mudança bem-vinda.

Tudo bem que a nossa filha, Mel, vai estar comigo, mas aprendi a dormir em abrigos temporários nas montanhas do Afeganistão, então tenho certeza de que consigo me adaptar a uma adolescente prestes a terminar o ensino médio a distância.

Assim espero.

— Algum repórter por perto? — pergunta Samantha.

— Acho que eles estão se escondendo no terminal — respondo. — Os jornalistas conceituados estão de volta a Washington e Georgetown, brindando ao governo Barnes em bailes e festas inaugurais. Não estão interessados em ver um ex-presidente rejeitado pelo próprio partido fugir para o meio do mato e da neve.

— Eles é que saem perdendo — diz ela, aproximando-se para me dar um beijo e um abraço. Em seguida, sussurra: — Você deu o seu melhor, Matt. Você não é um político profissional ou um candidato desesperado. Foi colocado numa situação difícil e deu o seu melhor. A história vai reconhecer isso.

— Vou esperar sentado.

Luzes se agitam do outro lado da pista, e Samantha gentilmente desfaz o abraço.

— Matt, você podia ter feito muito mais se o sistema inteiro não tivesse sido corrompido muito antes de você entrar no Salão Oval. Dos linchamentos no Twitter aos grupos focais, não dá para fazer mais nada. Não é culpa sua.

— Você está dizendo que eu era bom demais para o povo americano?

Outro sorriso, um beijo rápido na minha bochecha.

— Menos, marinheiro. É complicado... e você também é. As pessoas reais continuam por aí, com seus problemas e potenciais, suas esperanças e sonhos. Só que é difícil para elas tomar boas decisões com o cérebro sobrecarregado e com esse desânimo, com tanta coisa ruim acontecendo. Ligo para você quando chegar em Boston. Vou dar um pulo no rancho no próximo fim de semana para ver se você desempacotou mesmo as coisas. Em março, passo com você e Mel o recesso de primavera da universidade.

Outras luzes aparecem na pista.

Um Chevrolet Suburban preto se aproxima e estaciona. Um policial de New Hampshire à paisana está ao volante, e outro no banco do carona. Como era seu direito, Sam recusou proteção do Serviço Secreto e, como cortesia, esses policiais a levarão até Boston.

Outro Suburban chega, seguido por mais dois, escoltados por viaturas da Polícia Estadual de New Hampshire na frente e atrás, o giroflex piscando. Pelo menos minha posição como ex-presidente me garante um transporte um pouco mais chamativo e seguro para minha nova casa no norte.

Mel se aproxima com duas xícaras de café, uma para ela e outra para mim.

Samantha dá um abraço e um beijo rápido na filha, sussurra alguma coisa e depois entra no Suburban, que acelera no asfalto coberto de neve rumo a Boston.

Mel me entrega uma xícara e seca os olhos.

Ponho o braço sobre os ombros dela.

— O que está achando de tudo isso, garota?

— Um saco.

— Sem dúvida. Parabéns de novo por ter sido aceita antecipadamente em Dartmouth. Já sabe que curso vai fazer?

— Não.

— A área?

— Também não.

Mel continua envolta pelo meu abraço, e eu saboreio esse momento especial de silêncio com ela.

— Você tem interesse em estudar alguma coisa?

— Ainda não.

— E que tal coisas que você *não* tem interesse em estudar? — pergunto, apertando um pouco o abraço.

Ela ri e bebe o café.

— Ciência política, pai. Foi mal. E com certeza jornalismo. Ou qualquer coisa que tenha a ver com TV.

Sinto uma conhecida pontada de raiva. Poucos dias depois do meu discurso assumindo a responsabilidade pela morte da família de Azim al Ashid, o *Saturday Night Live* fez um esquete com uma atriz fazendo o papel de Mel — usando óculos fundo de garrafa — acertando vários alvos num estande de tiro. A piada era que pelo menos um membro da família Keating sabia atirar direito.

Foi um fim de semana difícil, e levou meses para Mel se recuperar da humilhação pública diante de uma audiência de milhões de pessoas. O produtor do programa acabou se desculpando por fazer chacota da minha filha e depois disso escalou atores que me interpretaram como um robô militar sem noção. Não tinha problema fazer brincadeira comigo, e os quadros eram engraçados. Aceitei o pedido de desculpas, e o chefe da NBC sentiu que poderia sair de casa em segurança novamente.

— E a carreira militar? Quer seguir os passos do seu velho?

— Pai...

— Diga.

— Você saltou de avião um monte de vezes, certo?

— Sim. E de helicóptero também. Mas sempre com paraquedas.

— Acha mesmo que eu vou gostar de fazer isso?

— Bem, a esperança é a última que morre.

— Vamos para casa, tá bom?

— Tá bom.

Fomos andando em meio à neve esvoaçante, enquanto as possibilidades prometidas e as conquistas reais da presidência de Matthew Keating chegam ao fim.

PARTE
DOIS

Capítulo

17

A pós-presidência de Matthew Keating, ano dois
Lago Marie, New Hampshire

— Vamos, David, deixa o Serviço Secreto orgulhoso! — grito. — Vou acabar com a sua raça!

Estamos remando canoas Old Town verde-escuras idênticas no lago Marie, e a de David está mais de meio metro atrás da minha, seu rosto marcante com uma expressão de quem está se divertindo e fazendo um grande esforço enquanto ele tenta de tudo para tomar a liderança.

É um dia quente de junho e estou sem camisa, mas David Stahl, agente especial do destacamento do Serviço Secreto encarregado da minha segurança, está com uma camiseta preta larga que esconde seu físico e seja lá quais armas e equipamentos de comunicação que carrega. Essa corrida nas águas escuras do lago Marie é nossa atividade diária para manter a forma, embora ele seja uns dez anos mais novo que eu e provavelmente não precise de mais exercícios físicos.

Depois da doca, onde há um barco achatado atracado, fica a mansão antiquada de frente para o lago que comprei no período entre a eleição e a posse de Pamela Barnes. Tem dois andares, é marrom-

-escura, com uma varanda fechada em volta da casa, três anexos, uma garagem independente para dois carros, um galpão para o meu equipamento de academia e um pequeno celeiro reformado para o destacamento do Serviço Secreto. Há pinheiros e bétulas brancas espalhados pelo terreno, e de ambos os lados, áreas de preservação, ou seja, nada de vizinhos intrometidos.

— Só mais uns metros, David, vamos lá, rema! — grito. — Não desiste agora! Rema! Vamos! Rema!

Sei que é injusto, mas fico empolgado por saber que realmente vou vencer David, ainda que ele seja mais jovem e esteja em melhor forma que eu. E ele sabe que não vou aceitar que pegue leve, porque mais tarde vou querer me gabar da vitória.

Estamos numa regata, não numa partida de golfe em que se tem uma segunda chance, por exemplo, repetindo a primeira tacada se ela for ruim. É simples: ganhar ou perder, sem desculpas.

Gosto dessa transparência.

Ouço o som áspero da proa da minha canoa chegando à areia primeiro, dou um grito de alegria e pulo para fora, a água batendo na canela, enquanto o agente David Stahl continua remando e chega em segundo. Meu quadril direito, esmagado num acidente de helicóptero no Afeganistão muitos anos atrás, não está doendo. Ótimo. Arrasto a minha canoa alguns metros acima pela nossa pequena praia particular e vejo David, o cabelo preto curto e molhado de suor, logo atrás de mim. Ele arfa e diz:

— Muito bom, senhor, muito bom.

Ele anda espirrando água para todo lado e eu o ajudo a arrastar a canoa da doca até a pequena estrutura aberta que serve como casa de barcos. Enquanto guardamos os remos e os coletes salva-vidas, ouço uma voz feminina:

— Senhor presidente, tem um minuto?

Há um cooler no chão, aos meus pés. Abro, pego uma garrafa de água, passo para o meu principal agente do Serviço Secreto e pego outra para mim.

Quem vem descendo o caminho de lajota que liga a casa principal à casa de barcos é Madeline Perry, minha chefe de Gabinete enquanto ainda me acostumo com a pós-presidência. Madeline tem mais ou menos a minha idade e, como diria a revista *Glamour*, é uma mulher corpulenta, de cabelo preto na altura dos ombros e uma pele muito clara que não tolera o sol. Ela se ofereceu para se juntar a mim em meu exílio em New Hampshire, ao passo que a maioria dos outros membros da minha equipe da Casa Branca permaneceu em Washington para encontrar trabalho no governo Barnes ou em qualquer outro lugar em D.C. Hoje, Madeline está de uniforme padrão: calça preta e blusa esvoaçante em tom pastel.

Destampo a garrafa e tomo um longo gole gelado. Madeline se aproxima e diz:

— Estou indo para o escritório de Manchester, senhor, e depois tenho um voo para Manhattan.

— Boa viagem.

— Tenho certeza de que vai ser boa, mas o que tornaria essa viagem inesquecível seria o senhor dizer sim.

— Sim para o quê? — pergunto, brincando.

Sei o que ela quer. Pelo menos quatro editoras manifestaram interesse na minha autobiografia. Agora tenho que concordar em escrevê-la.

Ela comprime os lábios finos, e eu ergo a mão, rendido.

— Maddie, Maddie, tudo bem. Hoje não, mas em breve. Tá bom? Prometo.

Ela balança a cabeça.

— Senhor presidente, quanto mais tempo se passar depois de o senhor ter deixado o cargo, mais rápido a janela vai se fechar para o senhor contar a sua história. O interesse vai começar a diminuir, e as editoras vão encontrar outros projetos.

Outro delicioso gole de água gelada.

— Você fala como se isso fosse algo ruim.

Madeline volta para a casa com a cabeça ainda virada para mim.

— E *é* ruim mesmo, a não ser que o seu único objetivo no momento seja ganhar uns trocados que mal dão para sustentar o senhor e a sua família e desistir da fundação que o senhor quer criar para ajudar seus colegas veteranos de guerra com problemas muito maiores que a sua derrota nas eleições.

Essa doeu, penso e viro para o agente Stahl em busca de apoio ou simpatia, mas, esperto como é, Stahl já voltou para a casa de barcos para cuidar das canoas, fingindo não ouvir a breve conversa que tive com Maddie.

Vejo minha chefe de Gabinete ir para trás da garagem, onde seu Volvo está estacionado. Sei que não deveria ser tão duro com ela. O trabalho de Madeline, de gerenciar minha pós-presidência, é ingrato e anônimo. No meu primeiro ano fora da presidência, recebi umas cem mil cartas, a maioria organizada por voluntários, e agora esse número caiu para cerca de vinte mil. Madeline cuida dessa e de várias outras tarefas, de pedidos de discurso a pessoas querendo que eu fale a verdade sobre o que está escondido na Área 51 e se o Caso Roswell foi um encontro alienígena.

Tem certos dias em que sinto inveja da época despreocupada depois da posse de Eisenhower em 1953, quando Harry Truman e a esposa, Bess, entraram no carro e dirigiram de volta para casa no Missouri. Ainda não estou pronto para desistir do prazer de ser apenas uma pessoa e um pai.

Na casa, uma porta de tela se fecha com um baque, e Mel desce saltitando as escadas da varanda, gritando:

— Oi, pai! Estou me arrumando para sair com Tim. Quem ganhou a corrida?

— Quem você acha? — grito também.

Ela ri.

— São dez vitórias seguidas, né?

— Ei, nove! — interrompe o agente Stahl. — Vamos manter o placar correto.

— Se você diz, Dave... — responde Mel, sorrindo. — Precisa de alguma coisa da loja?

Paro um instante para admirar minha filha enquanto ela anda rápido pelo caminho de lajota, os óculos firmes no rosto, o cabelo loiro ainda úmido do banho matinal. Está com uma mochila verde-escura nas costas, botas de trilha, short cáqui e um moletom cinza-claro com a palavra DARTMOUTH estampada. Mel tem 19 anos e é muito mais inteligente que eu era na idade dela — na época eu só queria saber de cerveja, garotas, armas e cavalos, enquanto Mel obteve umas das maiores notas no vestibular.

— Como assim "da loja"? Você só volta amanhã.

Ela para na minha frente, com um sorriso largo e reluzente.

— Eu sei. Mas também sei que você adora os doces da Cook's General Store. Quer que eu pegue uma caixa quando voltar para casa?

Ah, a Cook's General Store! Eu me lembro da vergonha que passei na primeira vez que fui fazer compras lá, dois anos atrás, e não pude acreditar no preço do litro de leite. Quase um dólar? Sério? Quando isso aconteceu?

Foi nesse momento que me dei conta de que tinha vivido dentro de uma bolha por tempo demais.

Balanço a cabeça, dou um abraço em Mel e um beijo na bochecha dela, então digo:

— Eu adoraria, mas o meu colesterol, não. Obrigado.

Mel me dá um abraço rápido.

— Me avisa quando o seu colesterol baixar, tá?

— Pode deixar. E divirta-se com o seu Tim, tá?

Mel revira os olhos de leve.

— *Meu* Tim... Tá bom, pai.

— E me liga amanhã quando estiver com sinal de celular, tá?

Uma risada.

— Claro, pai. Não se preocupe comigo. Vou ficar bem. Olha, tenho que correr. Ele vai me pegar na estrada de acesso. A essa altura já deve estar lá.

Mel dá meia-volta e sobe o caminho de lajota entre a casa e a garagem, e fico observando até não conseguir mais vê-la.

— Qual é a sua programação, senhor? — pergunta o agente David Stahl.

— Ah, nada de importante. Beber a segunda xícara de café, ler os jornais matinais, tomar o primeiro banho do dia e depois podar algumas árvores e cuidar das plantas no velho muro de pedra. Dia emocionante, hein?

— E a Mel?

Mel não se qualificava mais a receber proteção do Serviço Secreto depois que deixei a presidência — a idade-limite para filhos de ex-presidentes é 16 anos —, e, desde que a segurança profissional se afastou, é incrível como ela relaxou e ficou mais receptiva. Mesmo assim, o agente Stahl gosta de acompanhar o que nossa filha está fazendo e com quem se encontra, e eu gosto de saber que ele está fazendo isso.

— Uma trilha com Tim Kenyon, um amigo da faculdade — respondo. — Vai subir o monte Rollins, passar a noite numa cabana do Clube de Excursão de Dartmouth e volta amanhã.

— O tempo está ótimo. Eles vão se divertir. O senhor gosta dele?

— Do Tim? Mel gosta dele, então eu também. Ela me disse que ele até considerou entrar para a Marinha, o que é um ponto a favor dele. Ficou meio nervoso quando a gente se conheceu, mas parece bem desde que tive uma conversinha estimulante com ele.

— E o que o senhor disse?

Sorrio para o agente Stahl, ainda cansado e suado da regata.

— Disse que tinha uma pistola 9mm e uma pá e sabia usar as duas coisas. Vejo você mais tarde, David.

Capítulo

18

Perto da fronteira entre Estados Unidos e Canadá

Lloyd Franklin está dirigindo sua picape Ford F-150 preta caindo aos pedaços acompanhado do primo Josh, quando vê duas pessoas saindo da floresta à margem da estradinha de terra batida dez quilômetros ao sul da fronteira canadense.

Josh, no carona, está dormindo, o rosto barbudo caído de lado e quase tocando a camiseta manchada do Boston Bruins que cobre a barriga de cerveja. Lloyd o cutuca com o cotovelo e diz:

— Acorda.

Josh tosse, coça os olhos e diz:

— Problema? O que foi? Patrulha de fronteira?

Boa pergunta, porque debaixo da lona azul velha na traseira da picape de Lloyd há dez caixas de cigarros Marlboro — quinhentos maços no total — indo para seu comparsa de contrabando em Ontário, Canadá. Lloyd e Josh compram o pacote por 48 dólares a unidade em várias lojas em Líbano, New Hampshire, e em cidades próximas, e revendem por 80 dólares americanos em Ontário.

Mesmo com o custo da gasolina e o pagamento do comparsa canadense, Lloyd e seu primo vão faturar mais de 15 mil dólares nessa viagem rápida por essa estradinha de terra batida que é um dos inúmeros caminhos ilegais de entrada e saída do seu vizinho do norte. Os trabalhos que Lloyd e o primo poderiam exercer nos Estados Unidos estão desaparecendo, e não está dando para viver só de cupons de alimentos, queijo e aveia.

Lloyd espia pelo para-brisa sujo.

— Não sei quem são. Estão de branco.

— Padres, talvez?

— Eu... Ah, seu idiota!

Os dois desconhecidos se metem no meio da estrada, o mais alto e velho com a mão erguida. Lloyd freia — sente o rangido sob os pés; com o dinheiro que vão ganhar, enfim vai poder se dar ao luxo de substituir o disco de freio — e para a cerca de um metro dos caras.

— Será que dá para você olhar para isso?! — exclama Lloyd, pensando: *Sim, eles estão de macacão branco e parecem muito estranhos aqui no meio do nada.*

A respiração de Josh fica pesada, e ele põe a mão debaixo do banco, puxa um revólver Ruger calibre .357. Tira o revólver do coldre, coloca-o no colo rechonchudo e diz:

— Se os dois não saírem da frente, vou dar um jeito na situação.

Lloyd abaixa a janela, e o homem mais alto e velho começa a se aproximar deles.

— Relaxa, Josh. Provavelmente são só uns malucos perdidos na floresta. Devem estar procurando os parceiros de ioga ou coisa assim.

— Relaxa você — responde Josh. — A porra do Citizens Bank está quase executando a hipoteca da minha casa e me expulsando de lá com Lisa e as crianças... mas não vou deixar isso acontecer. Não me interessa se esses dois estão morrendo de fome ou perdidos há um mês: não vamos ajudar e vamos entregar a carga no prazo.

O homem se aproxima da janela do motorista sorrindo. Tem pele morena, sobrancelhas grossas, e, com um sotaque carregado, diz:

— Desculpe incomodar os senhores.

— Qual é o problema? — pergunta Lloyd. — E por que vocês estão usando esses... São macacões de proteção biológica, né?

O homem continua sorrindo com um olhar estranho.

— Isso mesmo. Você é um cara esperto. E não tem problema nenhum. A gente só precisa da sua picape. Agora.

Há um tom leve e divertido na voz do homem, mas Lloyd sente o medo subir pela nuca. Josh diz:

— Que se foda. Arranca, primo!

— Ah, sim, que se foda — diz o homem. — Aposto que estamos atrapalhando vocês dois. Vão dar prazer um ao outro?

Lloyd coloca o veículo em ponto morto, e Josh diz:

— Vocês dois...

Nesse momento Lloyd abre a porta com força e acerta o cara. Ele e o primo já trabalharam com construção civil, extração de madeira e por anos fizeram parte da gangue de motociclistas North Mountain Boys. Esses dois merdas esquisitos estão prestes a tomar uma surra. Ele e o primo têm pelo menos dez centímetros e vinte quilos a mais que os outros dois caras.

Vai ser divertido.

Josh coloca o revólver na cintura, vai até o cara mais jovem e baixo, agarra o sujeito pelo colarinho e diz:

— Tá achando engraçado? Tá achando que a gente é bicha?

Lloyd avança sobre o primeiro cara, mas para um segundo para ver Josh dar o primeiro soco forte no garoto e...

O baixinho se esquiva e faz um movimento rápido com as mãos.

Josh grita.

Dá meia-volta rápido demais para um cara tão grande e pesado.

Josh está com as mãos no pescoço.

Encara Lloyd.

Balbucia.

Tosse.

O sangue jorra por entre os dedos que tentam juntar o pescoço cortado. Josh dá dois passos e cai com todo o seu peso na estrada de terra.

Lloyd entra em pânico ao ver o primeiro cara avançando em sua direção, ainda com um sorriso no rosto, e, apavorado, percebe que os dois estão usando os macacões de proteção biológica para não se sujarem de sangue. Ele dá meia-volta e começa a correr quando leva um soco forte nas costas.

Suas pernas cedem.

Ele cai no chão, sente o gosto da terra, então o primeiro sujeito o vira de barriga para cima, empunhando uma faca fina e afiada. Tem uma gota de sangue vermelho vivo na ponta. Lloyd olha para ela. Sente a respiração ficar mais lenta.

— Cortei a sua medula entre a terceira e a quarta vértebra lombar — explica o sujeito. — Aprendi essa técnica na faculdade de medicina anos atrás, na Tunísia, e a pratiquei muitas vezes em combates pelo mundo. Você nunca mais vai andar. — Ele ri. — Mas esse período de "nunca mais" vai ser bem curto, não é?

O segundo homem se junta ao primeiro, também sorrindo.

— Por que você fez isso? — sussurra Lloyd.

— Por que não? — responde o mais velho enquanto a faca desce pela última vez.

Capítulo 19

Lago Marie, New Hampshire

Mais ou menos uma hora depois de Mel sair de casa, já tomei banho, li os jornais — na verdade, só dei uma olhada, porque é triste quando finalmente se percebe como os jornalistas erram na cobertura de certas histórias — e tomei minha segunda xícara de café enquanto comia um pedaço de salsicha de carne de veado que sobrou do café da manhã.

Em novembro do ano passado, essa salsicha era um veado tentando subir um morro do outro lado do lago quando o abati com um único tiro de um rifle Remington 308 com mira telescópica. A precisão do meu tiro me agradou, e o agente do Serviço Secreto designado para cuidar da minha segurança ficou satisfeito ao ver que seu protegido havia conseguido matar o veado na temporada de caça e podia voltar para a segurança do complexo sem ter que se expor a outros caçadores da região.

Depois de terminar o lanche pós-café da manhã, pego um serrote e uma tesoura de poda e sigo para o lado sul da propriedade.

É um lugar especial, embora Samantha tenha passado menos de um mês aqui, somando todas as visitas. A maior parte dessa terra é de preservação ambiental, não terá outras construções, e quase todas as poucas pessoas que vivem aqui seguem a velha tradição de New Hampshire de jamais incomodar os vizinhos ou fofocar sobre eles para visitantes ou repórteres.

No lago há um barco branco da Boston Whaler com dois pescadores que são, na verdade, do Serviço Secreto. Ano passado, o *Union Leader* publicou uma matéria dizendo que os agentes são os pescadores mais azarados do estado, mas desde então a imprensa praticamente os deixou em paz.

Enquanto trabalho podando, aparando e empilhando arbustos e plantas, penso em dois famosos ex-presidentes que gostavam de jardinagem — Ronald Reagan e George W. Bush — e em como essa atividade nunca fez sentido para muitas pessoas. Elas pensavam: *Ei, você esteve no auge da fama e do poder. Por que sujar as mãos?*

Vi uma muda de pinheiro teimosa perto de um velho muro de pedra da propriedade. Para salvar o muro, preciso arrancar a muda. O trabalho mantém minha mente ocupada o suficiente para evitar os recorrentes flashbacks do meu mandato de três anos e meio e da maneira como ele terminou.

Houve diversas reuniões longas e inúteis com líderes de ambos os partidos, em que eu falava com eles, discutia e, às vezes, implorava, a ponto de dizer: "Caramba, somos todos americanos aqui. Não tem nada em que a gente possa trabalhar junto para melhorar o país?"

E sempre recebia as mesmas respostas presunçosas e com ar de superioridade: "Não coloque a culpa em nós, senhor presidente. A culpa é *deles*."

Também passei muitas noites no Salão Oval, assinando cartas de condolências às famílias de grandes americanos, homens e mulheres que morreram pelo ideal do país, e não pela nação conturbada e vingativa em que nos transformamos. Três vezes me deparei com nomes de homens que conhecia e com quem lutei lado a lado quando era mais jovem, estava em forma e fazia parte dos Seals.

E passei tantas outras noites revisando o que era chamado, de maneira burocrática e tipicamente inócua, de banco de dados da Matriz de Disposição, preparado pelo Centro Nacional de Contraterrorismo, mais conhecida como lista da morte. Meses de trabalho, pesquisa, vigilância e interceptações de informações para formar uma lista de terroristas conhecidos que eram um perigo claro e constante para os Estados Unidos. E lá estava eu, sentado sozinho, como um antigo imperador romano, decidindo quais seriam mortos nos próximos dias. Fico feliz de não ter que fazer isso nunca mais.

Finalmente consigo arrancar a muda da terra.

Missão cumprida. Quase. Amanhã acabo de tirar as raízes, quando precisar me distrair mais.

Olho para cima e vejo um objeto estranho voando ao longe.

Paro, protejo os olhos com a mão. Desde que me mudei para cá, me acostumei com os diferentes tipos de pássaros que sobrevoam o lago Marie, incluindo as mobelhas, cujos gritos noturnos mais parecem o som de alguém sendo estrangulado, mas não reconheço o que está voando ali.

Observo por alguns segundos, então a coisa desaparece atrás da linha das árvores ao longe.

Então volto ao trabalho, de repente incomodado com algo que não consigo precisar.

Capítulo 20

Base da Trilha de Caçadores
Monte Rollins, New Hampshire

No banco da frente de um Cadillac Escalade preto, o homem mais velho esfrega o queixo barbeado e olha para a tela do laptop no console central. Ao lado dele, no banco do carona, o outro homem, mais jovem, segura um sistema de controle, com dois pequenos joysticks e outros interruptores. Ele está controlando um drone com sistema de vídeo, e eles acabaram de ver a casa do ex-presidente Matthew Keating sumir atrás das árvores.

O homem mais velho fica satisfeito ao ver a famosa tecnologia de drones do Ocidente ser usada contra o próprio Ocidente. Por anos usou redes sem fio, celulares e dispositivos de gatilho para criar as bombas que destruíram tantos corpos e semearam tanto terror.

E a internet — tão promissora no seu surgimento com a possibilidade de unir o mundo — acabou se tornando uma rede de comunicações bastante utilizada e segura para ele e seus combatentes.

Depois de esconderem a picape roubada de manhã, eles pegaram esse Cadillac de uma jovem família no norte do estado de Vermont.

Ainda tem um pouco de sangue e massa encefálica no painel e, na parte traseira, um assento de bebê vazio, junto com uma sacola de pano estampada de flores cheia de brinquedos e outras coisas infantis. Se eles ficarem com o carro, vão ter que limpar o sangue.

— E agora? — pergunta o homem mais velho.

— Agora encontramos a garota — diz o jovem. — Não deve demorar muito.

— Pois faça isso — diz o homem mais velho, observando com inveja silenciosa e fascínio a maneira como o mais jovem manipula os controles da máquina complexa que projeta na tela do computador as imagens capturadas pela câmera do drone.

— Lá. Lá está ela.

De uma visão aérea, o mais jovem pensa enquanto olha para a tela. Um sedã vermelho percorre as estradas estreitas e asfaltadas.

— Tem certeza de que os estadunidenses não estão rastreando você? — pergunta o mais velho.

— Impossível — responde o jovem com confiança. — Existem milhares desses drones voando por todo o país nesse exato momento. Os oficiais que controlam o espaço aéreo têm regras que dizem até onde os drones podem ir e a que altura podem voar, mas a maioria das pessoas as ignora.

— Mas o Serviço Secreto deles...

— Depois que ele deixou o cargo, a filha não pôde mais receber proteção do Serviço Secreto. É a lei. Dá para acreditar? Em circunstâncias especiais, eles podem até solicitar, mas não é o caso dela. A filha quer ficar sozinha, ir para a faculdade sem homens armados por perto.

— Uma garota corajosa, então — murmura o mais velho.

— E idiota.

E tem um pai estúpido, pensa ele, *que deixa a filha andar por aí à vontade, sem guardas, sem segurança.*

A câmera aérea segue o carro sem dificuldade, e o mais velho balança a cabeça, novamente observando as terras exuberantes e as florestas ao redor. Um país farto e cheio de recursos, mas por que, em nome de Alá, eles insistem em se meter, em interferir, em ser colonialistas ao redor do mundo?

Uma onda de raiva percorre o seu corpo.

Se os estadunidenses ficassem em casa, muitos inocentes ainda estariam vivos.

— Pronto — diz seu companheiro. — Conforme descobri mais cedo... eles vão parar aqui. No início da trilha chamada Caminho de Sherman.

O veículo entra num terreno ainda visível do alto. Mais uma vez, o jovem fica surpreso com a facilidade que teve para descobrir a agenda da garota: foi só olhar sites e quadros de avisos da faculdade, de algo chamado Clube de Excursão Dartmouth. Menos de uma hora de trabalho e pesquisa o levou até ali, e agora eles estão olhando para ela, como um espírito divino onipresente.

Mas admite que andar pelo campus da faculdade fez ressurgir nele um desejo que pensava ter superado anos atrás, o desejo de ser um estudante e não se preocupar com nada além de amigos e notas.

Ele não é mais tão inocente.

Olha para a tela mais uma vez. Há outros veículos no estacionamento. A garota e o rapaz descem do carro e pegam mochilas na mala. Eles se abraçam, se beijam e se afastam dos veículos, desaparecendo na floresta.

— Satisfeito? — pergunta o companheiro.

Por anos, pensa com satisfação, *o Ocidente usou esses drones para lançar o fogo do inferno sobre seus amigos, seus combatentes e, sim, sua família e muitas outras. Homens (e mulheres!) gordos e confortáveis, sentados, se entupindo de refrigerante em total segurança, matando a milhares de quilômetros de distância, vendo as explosões silenciosas, sem nunca ouvi-las, sem nunca escutar os gritos e o choro dos feridos e moribundos, para depois voltar para casa sem a menor preocupação.*

Agora é a vez dele.

Sua vez de olhar do céu.

Como um falcão caçando, pensa.

Esperando paciente e silenciosamente a hora de atacar.

Capítulo 21

Caminho de Sherman
Monte Rollins, New Hampshire

O dia está claro, fresco e belíssimo no Caminho de Sherman, e Mel Keating aprecia cada momento da subida do monte Rollins, onde ela e o namorado, Tim Kenyon, passarão a noite com outros membros do Clube de Excursão Dartmouth numa cabaninha que o clube possui perto do cume. Ela para num afloramento de granito e enfia os polegares por baixo das alças da mochila.

Tim surge sorrindo da trilha entre os arbustos, o rosto um pouco suado, a mochila azul-clara nas costas. Mel segura sua mão quando ele se aproxima dela.

— Bela vista, Mel.

Ela o beija.

— Tenho uma vista bem melhor mais à frente.

— Onde?

— Aguarde e confie.

Mel solta a mão de Tim e observa os picos das montanhas Brancas e o verde das florestas, algumas árvores mais escuras por causa das nuvens que avançam lentamente. Mais à frente estão o rio Connecticut e as montanhas de Vermont.

Mel respira fundo e sente o ar purificante.

Só ela e Tim, mais ninguém.

Mel tira os óculos, e imediatamente tudo se transforma num borrão verde e azul. Nada para ver. Ela se lembra dos entediantes jantares oficiais na Casa Branca, quando ficava sentada com os pais e abaixava os óculos para ver apenas borrões coloridos. Isso a ajudava a passar o tempo. Ela odiava de verdade aqueles compromissos, odiava ver toda aquela gente bem-vestida fingindo gostar e ser amiga do seu pai só para receber algo em troca.

Mel põe os óculos de volta e tudo fica nítido.

É disso que ela gosta.

De ser ignorada e ver só o que quer.

— O que você está olhando? — pergunta Tim, passando a mão por cima da mochila de Mel e fazendo um carinho na sua nuca.

— Nada.

— Ah, isso não me parece nada bom.

Mel ri.

— Seu bobo, não ver nada é a melhor coisa que existe! Nada de funcionários, repórteres, câmeras, agentes do Serviço Secreto parados feito estátuas num canto. Ninguém! Só você e eu.

— Parece solitário.

Mel dá um tapa na bunda dele.

— Você não entende? Não tem ninguém me vigiando, e eu estou adorando. Vem. Vamos andando.

Minutos depois, Tim está sentado à beira de uma lagoa na encosta da montanha cercada de pedras, árvores e arbustos, deixando os pés de molho, curtindo o sol nas costas, a doce e silenciosa onda do baseado que ele e Mel acabaram de fumar. Está pensando em como pode ter tanta sorte.

No começo, ficou tímido quando ele e Mel — a identidade dela não era um segredo no campus de Dartmouth — caíram na mesma turma de história da África no semestre anterior. Ele não tinha o menor interesse em sequer tentar falar com ela até que um dia, durante a aula, Mel mencionou a importância dos microempréstimos na África, e alguns linguarudos começaram a atacá-la, dizendo que ela não sabia nada do mundo real, que era privilegiada e que não tinha uma vida de verdade.

Quando eles pararam por um segundo para recuperar o fôlego, Tim se surpreendeu ao dizer:

— Quando eu era criança, morava num apartamento no terceiro andar no sul de Boston, o meu pai era eletricista da Eversource, a minha mãe era diarista e só fazia compras quando tinha cupons de alimentação, e eu não pensaria duas vezes antes de trocar essa vida de verdade por uma vida de privilégios.

Alguns alunos riram, Mel sorriu para ele, e, depois da aula, ele a convidou para um café na Lou's Bakery. Foi assim que começou.

Tim, um bolsista, namorando a filha do presidente Matt Keating.

Que mundo.

Que vida.

Sentados numa pedra coberta de musgo, Mel o cutuca e diz:

— Como os seus pés estão?

— Frios e ótimos.

— Então vamos fazer o pacote completo — diz ela, levantando-se e tirando o moletom cinza de Dartmouth. — Quer nadar?

— Mel... alguém pode ver a gente! — argumenta ele sorrindo, ainda um pouco chapado.

Ela sorri também e dá de ombros, revelando o top de academia bege sob o moletom, depois começa a abaixar o short.

— Aqui? No meio de uma floresta? Relaxa, meu bem. Não tem ninguém por perto.

* * *

Depois de tirar a roupa, Mel pula na lagoa, dá um gritinho e mantém a cabeça e os óculos acima da água gelada. Tim demora mais um pouco, tentando se equilibrar ao pisar nas pedras escorregadias, e geme feito um cachorrinho machucado quando a água gelada da montanha chega à altura da cintura.

A lagoa é pequena e, com três braçadas fortes, Mel chega ao outro lado, depois nada de volta, a água fria agora revigorante, fazendo o seu coração disparar, o corpo inteiro formigando. Ela inclina a cabeça para trás, olhando além dos pinheiros altos, e vê um pedacinho do céu azul. Nada. Não tem ninguém vigiando, seguindo ou gravando-a.

Que alegria.

Tim solta outro gemido, e Mel vira a cabeça para ele. Tim queria entrar para a Marinha, mas foi impedido por ter péssimos pulmões, e, embora Mel saiba que seu pai adoraria que Tim cortasse o cabelo, o fato de ele ser de South Boston e ter interesse na Marinha fizeram com que ganhasse pontos com o pai dela.

Tim afunda mais um pouco, até a água chegar aos seus ombros fortes.

— Viu a lista de inscritos para passar a noite na cabana? — pergunta ele — Infelizmente, Cam Carlucci está vindo.

— Eu sei — diz Mel, batendo os pés na água sem sair do lugar, com a cabeça inclinada para trás, deixando o cabelo molhar bem, olhando para o céu azul límpido e sem nuvens.

— Sabe que ele vai querer que você...

Mel olha para seu Tim.

— Sei. Cam e os amigos dele querem ir até a usina nuclear Seabrook esse fim de semana do Dia do Trabalho para ocupá-la e fechá-la.

Os lábios do pobre Tim começam a ficar azulados.

— Não tenho dúvida de que eles vão querer que você também vá.

Mel imita Cam em tom de deboche.

— "Ah, Mel, você pode causar um grande impacto se for presa. Pensa nas manchetes. Pensa na sua influência." Ele que vá para o inferno. Eles não me querem. Eles querem um fantoche para ganhar manchetes.

Tim ri.

— Vai dizer isso para ele hoje à noite?

— Não. Vou dizer que já tenho planos para o fim de semana.

— Ah, tem? — pergunta, confuso.

Ela nada até Tim e, com as mãos nos ombros dele, o beija.

— Garoto lerdo, tenho, sim: com você.

Tim segura Mel pela cintura debaixo da água, e ela está gostando da sensação, quando de repente ouve vozes. Mel olha para cima.

Pela primeira vez em muito tempo, ela sente medo.

Capítulo

22

Lago Marie, New Hampshire

Depois de sair do chuveiro pela segunda vez no dia (após uma queda espetacular no chão lamacento) e me secar, estou preguiçosamente tentando me lembrar de quais operações foram responsáveis por cada cicatriz no meu corpo, quando meu iPhone toca. Me enrolo numa toalha e pego o aparelho, sabendo que só umas vinte pessoas no mundo têm esse número. De vez em quando, porém, chega uma ligação de "John" em Mumbai, fingindo ser um funcionário da Microsoft em Redmond, e fico tentado a revelar a John com quem ele realmente está falando, mas resisto ao impulso.

Dessa vez, entretanto, o número está bloqueado. Intrigado, atendo.

— Keating.

— Senhor presidente, aqui é Sarah Palumbo, ligando do Conselho de Segurança Nacional — diz a mulher com voz poderosa.

Rapidamente o nome me vem à mente. Sarah é ex-general de brigada do Exército, vice-diretora da CIA e vice-conselheira do Conselho de Segurança Nacional desde meu mandato. Quando Sandra Powell voltou a ser professora universitária, Sarah deveria ter sido promovida a diretora, mas a presidente Barnes nomeou uma pessoa a quem devia um favor. Sarah está sempre por dentro de tudo, desde a produção anual dos campos de petróleo russos até o status de submarinos de contrabando do cartel colombiano.

— Sarah, que bom que você ligou — digo, o corpo ainda pingando no piso de cerâmica do banheiro. — Como estão os seus pais? Aproveitando os verões na Flórida?

Sarah e a família são de Buffalo, onde as nevascas de inverno despejam mais de um metro de neve numa única tarde. Ela ri e responde:

— Eles adoram cada raio de sol. Senhor, tem um minuto para falar?

— Meu dia é cheio de minutos. O que está acontecendo?

— Senhor... — O tom da sua voz muda imediatamente, me deixando preocupado — Senhor, isso não é oficial, mas queria que soubesse o que descobri essa manhã. Às vezes, a burocracia demora muito para reagir às urgências, e não quero que isso aconteça nesse caso. É importante demais.

— Prossiga.

— Eu estava substituindo o diretor na reunião de avaliação de ameaças hoje, revisando o informe diário da presidente e outros relatórios interagências.

O jargão imediatamente me transporta de volta à época em que fui presidente, e acho que não estou gostando nada disso.

— O que está acontecendo, Sarah?

Ela fez uma breve pausa.

— Senhor, notamos um pequeno aumento nas conversas de várias células terroristas no Oriente Médio, na Europa e no Canadá. Não conseguimos definir um nome nem uma data específica, mas tem alguma coisa prestes a acontecer, alguma coisa ruim, que vai gerar muita atenção.

Merda, penso.

— Certo — digo. — Os terroristas estão se preparando para atacar. Por que está me ligando? Eles estão atrás de quem?

— Estão vindo atrás do senhor.

* * *

Eu me visto enquanto a vice-conselheira de segurança nacional fala pelo alto-falante do celular.

— Está difícil decifrar as mensagens e os e-mails interceptados, mas o seu nome aparece diversas vezes, junto com várias frases relatando um desejo de vingança, para que jihadistas leais do mundo inteiro se rebelem e matem o senhor. O assunto é sério o bastante para que as informações sejam repassadas à Segurança Interna e ao FBI, mas isso pode levar um tempo... e foi por isso que liguei. Para que o senhor e os seus agentes saibam desde já.

Seco o rosto com uma toalha.

— Obrigado, Sarah. Agradeço o gesto... mas me falar isso por fora dos canais formais pode deixar você em maus lençóis.

— Não gostei de como o senhor foi tratado quando a vice-presidente foi indicada para a disputa presidencial. Aquela campanha... deixou o meu estômago embrulhado. E eu não ia ficar com essa informação parada, sem avisar ao senhor.

— É, eu também não gostei muito da campanha... Obrigado pelo aviso.

— Fique em segurança, senhor presidente.

Encontro o agente Stahl sentado na espaçosa varanda fechada ao redor da casa, digitando num laptop preto do governo, longe do celeiro reformado que funciona como quartel-general do destacamento. Faço um briefing rápido da situação, e ele presta atenção a cada palavra, o rosto sério.

— Quero que avise ao seu escritório em Portland ou à Polícia Estadual do Maine — digo. — Coloque a minha esposa sob proteção. Ela está num local de escavação da Universidade de Boston em... Hitchcock. Isso, Hitchcock, Maine. Ela vai reclamar, mas veja se podem levar Sam depressa para um lugar seguro até descobrirmos o que está acontecendo.

— Entendido, senhor — responde ele, fechando o laptop e assentindo com a cabeça.

— Depois quero que dê a partida no Suburban. Você e eu vamos buscar a Mel. Talvez seja melhor até levar outro agente e todo o poder de fogo possível.

Stahl se levanta, coloca o laptop debaixo do braço e hesita por um segundo. Então diz:

— Lamento, senhor, mas é meu dever aconselhá-lo veementemente a não fazer isso. Não é seguro.

— Que se dane, David! Uma ameaça terrorista séria vindo atrás de mim significa que Samantha e Mel também podem estar em perigo. Você sabe disso, David. A gente vai entrar no Suburban, dirigir até a trilha na montanha e subir o mais rápido possível. Pegar a minha filha e trazê-la de volta.

Stahl parece preocupado.

— Senhor presidente... o Suburban que temos não é blindado nem tem o mesmo nível de proteção que a limusine presidencial. É arriscado demais.

— Não me importo — retruco, começando a sentir uma pressão na base do pescoço.

— *Eu* me importo, senhor, e esse é o meu trabalho. As ameaças que estão por aí... talvez queiram que o senhor saia daqui e se exponha acompanhado de apenas um ou dois agentes. Pode haver uma equipe de terroristas só esperando o senhor sair de carro daqui.

— Então reúna toda a equipe diurna e vamos todos juntos. Vamos aumentar nosso efetivo.

— Senhor presidente, por favor... Precisamos proteger o senhor e defender o complexo. Não posso deixar esse lugar sem agentes e pedir que eles subam a montanha para buscar Mel. E, mesmo que usássemos todos os nossos veículos, nenhum deles é blindado. Bastam uns terroristas com armas automáticas na beira de estrada para destruir todos os veículos e matar quem estiver dentro.

— David...

Ele parece tenso.

— Senhor, vou entrar em contato com a Polícia Estadual de New Hampshire, com o Departamento de Pesca e Caça do Condado de Grafton e mandar alguns homens para a montanha assim que puder. Eles podem proteger Mel e trazê-la de volta para cá.

— Não é o suficiente — retruco.

Ele balança a cabeça.

— Senhor, também vou entrar em contato com o nosso escritório local em Burlington e pedir que agentes se juntem aos homens que vão subir o monte Rollins. Vamos cuidar da sua esposa e de Mel. É o melhor que posso fazer, com base no seu... status.

Eu sei o que agente Stahl quer dizer, mas é educado demais para falar com todas as letras.

Se eu fosse o atual presidente dos Estados Unidos, teria um exército de agentes à disposição e um helicóptero cheio de agentes armados indo até o monte Rollins para buscar minha filha imediatamente. Membros da Equipe de Contra-Ataque do Serviço Secreto estariam cercando a propriedade, e haveria postos de controle fortemente armados em cada estrada a quilômetros do local, parando e investigando o tráfego. Atiradores de elite e cães farejadores estariam rondando a floresta e as estradas secundárias.

Mas eu não sou mais presidente, e o nível de proteção oferecido para mim e para a minha família não chega nem perto do que era quando morávamos no número 1.600 da Pennsylvania Avenue.

— Senhor, por favor, me deixe fazer as ligações — pede Stahl. — Agora mesmo. Aviso assim que tudo estiver seguro. E vou começar a trabalhar para conseguir mais funcionários para vigiar o complexo.

Apenas faço que sim com a cabeça e me afasto, sabendo que o agente Stahl está certo.

Capítulo

23

Caminho de Sherman
Monte Rollins, New Hampshire

Mel se afasta do toque suave de Tim, e sim, está tudo errado. Os dois homens sorriem, mas não há simpatia nem bom humor no olhar deles. E eles estão de calça, sapato social e camisa de botão, sem mochila ou mesmo garrafas de água, totalmente inapropriado para um dia de trilha pelas montanhas.

Tim olha para os homens, depois para Mel e sussurra:

— Acho que fomos pegos, hein?

Ela bate os pés na água sem sair do lugar e sussurra:

— Tim, dá o fora daqui. Agora. Vai para o outro lado da lagoa, entra na floresta. Corre.

Tim está confuso.

— Mel, qual é o problema?

Os dois homens se aproximam, ainda sorrindo.

Ela sabe.

Certa vez, quando seu pai estava concorrendo ao Congresso pela primeira vez, eles estavam num restaurante de frutos do mar enquanto um cara do Rotary Club fazia um discurso. Um repórter que cobria o evento perguntou à entediada Mel o que ela achava, e ela respondeu:

— Ele fala demais.

O que era verdade. Mas ela arrumou uma encrenca com a mãe na época. Mel sempre teve um talento para enxergar as pessoas como elas são de verdade.

E esses dois caras não estão ali para fazer trilha.

São assassinos.

O homem mais alto para.

— Mel Keating, por favor, vista-se e venha com a gente. E o seu amigo também.

— Quem são vocês? — pergunta Tim. — Por que devemos ir com vocês?

O outro homem saca uma pistola.

Ai, meu Deus, pensa Mel, e de repente a água parece muito mais gelada.

— Isso responde à sua pergunta? — rebate o homem mais próximo, ainda sorrindo.

— Podem olhar para o outro lado quando eu sair? — pergunta Mel, levantando a voz, tentando ser forte na frente de Tim.

O sujeito dá de ombros.

— Ah, Mel Keating. Já vi coisa muito pior...

Além de sentir um medo que faz suas pernas e braços tremerem, Mel Keating está cem por cento furiosa consigo mesma ao descer a montanha com os dois homens armados e Tim, o cabelo ainda molhado, os pés úmidos dentro das botas. Quando eles apareceram de repente, Mel soube de imediato que havia algo errado, algo além das roupas inadequadas para atividades ao ar livre.

O rosto deles.

Eram sorridentes e simpáticos, mas Mel os encarou e viu os olhos de caçadores. Ela nasceu no Texas, e a maior parte da sua família era de caçadores. Quando seu pai estava na Marinha e os amigos apareciam para uma visita, pouco antes de partirem numa missão, ela via o mesmo olhar.

Sempre se movendo de um lado para o outro, rapidamente, avaliando, pronto para atacar.

Se eles não estivessem na água — sugestão dela! — e estivessem na trilha, ela teria empurrado Tim para dentro do mato e eles teriam começado a correr, aproveitando a mata fechada para escapar.

Mas na água não havia para onde escapar. Restava apenas a humilhação de sair do lago, vestir-se sob o olhar dos homens e ser forçada a voltar pela trilha e por fim tomar um caminho diferente na descida.

Tim está na sua frente, o rosto pálido sempre que se vira para olhar para ela. Na frente dele, descendo depressa a trilha, está o mais jovem, com o mais velho logo atrás de Mel. Enquanto o mais jovem reduz o passo e atravessa devagar um trecho pedregoso, Mel pergunta ao mais velho:

— Por que estão fazendo isso?

O homem sorri, e o seu sotaque não é tão carregado quanto antes.

— Você sabe.

— Mas meu pai... ele não é mais o presidente! Se você está procurando...

— Mel Keating, você não tem ideia do que estou procurando.

— Mas você não precisa fazer isso — diz ela, pensando furiosa. Tim olha para trás, os olhos arregalados de medo. Ela continua: — Só deixa a gente ir embora.

— Infelizmente, não é o desejo de Alá.

Mel pensa mais um pouco e diz:

— Por favor. O islamismo é uma religião de paz, não é? Prova. Deixa a gente ir. Se você tiver uma mensagem, uma preocupação ou reclamação, eu entrego ao meu pai. Ele pode fazer com que ela chegue às pessoas certas.

O homem não diz uma palavra, mas depois cai na gargalhada.

— Ah, garotinha tola... Você não sabe nada de mim nem do islamismo. Mas tenho sido um professor paciente por muitos e muitos anos... Você e o seu pai têm muito a aprender, e eu tenho bastante a ensinar. Venho esperando há muito, muito tempo por isso.

Com o cano da pistola, ele faz um carinho no pescoço dela.

— Agora, por favor, continue andando — ordena ele. — Toda essa discussão é interessante, mas me parece que você está tentando... Como é mesmo a expressão? Ganhar tempo. Isso. Você quer ganhar tempo, torcendo para darmos de cara com outras pessoas subindo a trilha e encontrar uma chance de nos distrair ou escapar. Por favor... Não fizemos tanto planejamento e viajamos de tão longe para permitir que um ou dois andarilhos perdidos nos atrasem. Melanie Keating, comece a andar.

Tim continua encarando-a, os olhos arregalados de medo e marejados, e Mel quer parar um instante para dizer: *Foi mal, Tim, namorar a filha do presidente acabou não sendo o que você esperava, né?*

Outro empurrão com a pistola.

Ela começa a descer a trilha mais devagar, mas o homem mais velho percebe de imediato e ordena:

— Anda mais rápido, srta. Keating, senão vou perder a paciência e largar a sua cabeça espetada numa placa de orientação da trilha.

Capítulo

24

Trilha de Caçadores

Monte Rollins, New Hampshire

Os minutos passam rápido, e a cada passo Mel sabe que cabe a ela se livrar desses homens junto com Tim. Se ficasse presa numa nevasca nessas montanhas ou numa ilha deserta, Tim seria sem dúvida a melhor companhia possível.

Mas esse caso é diferente.

Ela pensa em todos os caras durões — e em algumas mulheres — que conheceu quando o seu pai estava na Marinha e, mais tarde, quando ele fez campanha para o Congresso. Ela ouvia as histórias, às vezes escondida, quando deveria estar na cama, e aprendeu muito sobre o que realmente havia lá fora, quando se cruza as fronteiras e os oceanos. Daria tudo para ter um desses soldados ali agora, em vez do doce e inocente Tim.

Caramba, sua mãe — que ficou ao lado do seu pai desde o início e trabalhava no desagradável e traiçoeiro mundo acadêmico — estaria pensando as mesmas coisas agora, buscando opções, uma saída.

As árvores vão sumindo.

A trilha vai se alargando.

O estacionamento de terra aparece, e ela olha, e olha...

Droga.

Só tem um veículo nesse início da trilha, que está a alguns quilômetros de onde Tim estacionou o carro dele.

Um Cadillac Escalade preto.

Ah, se ao menos houvesse dois ou três carros aqui, se o lugar estivesse lotado de gente fazendo trilha, talvez uns jogadores de futebol americano ou rugby fortes da faculdade.

Ainda depende dela.

— Anda mais rápido — diz o homem mais velho atrás dela.

Eles estão no estacionamento de terra.

Tim para, dá dois passos na direção de Mel e sussurra:

— Vai ficar tudo bem, eu prometo.

Tim tenta manter a calma enquanto olha para os homens armados, a cabeça a mil, como se seus pensamentos estivessem numa corredeira turbulenta. Como se ele estivesse num rio caudaloso e mortal, você observa as condições e pensa nas melhores opções de sobrevivência.

Droga, pensa Tim. Ele deveria ter dado ouvidos a Mel na lagoa, se levantado e saído correndo. Claro que correr pelado no meio da floresta teria sido doloroso, mas pelo menos poderia ter encontrado alguém, talvez uma pessoa com celular para espalhar a notícia de que Mel Keating estava sendo sequestrada.

Na lagoa, ela era a filha do presidente, capaz de pressentir o perigo, e não a sua Mel, típica estudante de Dartmouth.

Mel dá um passo à frente e diz:

— Tudo bem. Olha. O que quer que vocês queiram, o que quer que precisem, tem a ver comigo. Não com o meu amigo aqui. — Ela aponta para Tim. — Me levem e deixem ele ir embora.

Tim não consegue acreditar na coragem e na calma de Mel. Ele absorve as palavras dela e pensa: *Tudo bem, talvez dê para a gente fazer alguma coisa aqui.*

Num bolso lateral da sua mochila tem um canivete dobrável que ele consegue abrir num piscar de olhos. Na lagoa, enquanto colocava a mochila nos ombros, ele tinha aberto o zíper do bolso silenciosamente. Se fizer com que os dois homens o deixem tirar a mochila das costas, ele pode enfiar a mão no bolso lateral e...

— É isso que você quer? — pergunta o homem mais velho, abaixando a pistola — Que a gente deixe o seu companheiro para trás e leve você sozinha com a gente?

Mel faz que sim com a cabeça enquanto o mais jovem se aproxima de Tim.

Talvez funcione.

Continua falando, Mel, pensa Tim. *Continua falando.*

— Gente, as minhas costas estão me matando — diz ele por fim. — Se importam se eu tirar a mochila?

— Sim, é isso que eu quero — responde Mel. — Deixem Tim para trás. Eu vou com vocês.

Tim começa a afrouxar as alças da mochila. Está desesperado, mas, se conseguir tirar a mochila das costas, pode jogá-la no cara armado e depois atacar o outro que está com a faca. Pode cortá-lo ou apunhalá-lo com o canivete, qualquer coisa que o machuque, então Mel e ele podem fugir correndo pela floresta.

— O que me diz, senhor? — pergunta Mel. — Pode ser assim? Faz sentido, não faz?

— Sem dúvida faz — responde o mais velho.

Ok, vamos lá!, pensa Tim.

— Rapaz, promete ficar aqui quando a gente for embora? — pergunta o mais velho. — Promete?

Meu Deus, vai funcionar, pensa Tim. *O cara está baixando a guarda.*

— Com certeza — responde ele. — Prometo.

Estou me saindo bem, pensa Mel. *Talvez eles façam o que sugeri. Vão deixar Tim ir embora e logo depois ele corre até a polícia, descreve esses dois caras armados, o Cadillac, e indica em que direção eles seguiram... Até que isso pode funcionar.*

Para a surpresa de Mel, o homem mais velho pergunta a Tim se ele promete ficar para trás.

Tim parece aliviado.

— Com certeza. Prometo.

O mais velho fala algo rápido — em árabe, talvez? —, e então, em inglês, diz:

— Pois bem, vamos deixar você aqui.

Obrigada, Deus, pensa Mel. *Vai dar tudo certo.*

Então o homem mais jovem se aproxima e enfia o cano da pistola no ouvido esquerdo de Tim, e Mel observa horrorizada e em silêncio Tim tentando desviar a cabeça do metal, quando um estalo alto ecoa no ar.

Um jorro de sangue.

Tim geme, tomba para a frente no estacionamento de terra, estremece e morre rapidamente.

Capítulo

25

Trilha de Caçadores
Monte Rollins, New Hampshire

Clem Townsend precisou convencer a mulher, Sheila, a abrir a carteira para pagar a diária de uma babá, mas essa manhã ele é um cara feliz ao lado da esposa enquanto seguem pela estrada de terra para a Trilha de Caçadores, que leva ao monte Rollins. Exatamente dez anos atrás, os dois fizeram a trilha até o topo do monte, onde ele a pediu em casamento, segurando um belo anel de noivado comprado no Walmart em West Lebanon. Claro que ela disse sim. Desde então, a montanha e a trilha sempre tiveram um lugar especial nas lembranças do casal, e a cada aniversário de casamento eles fazem questão de repetir a escalada. Dez anos e três filhos depois, Sheila continua muito bem, mesmo com uns quilinhos a mais, e é claro que o próprio Clem também ganhou alguns...

— Clem, cuidado!

Ele vira bruscamente o volante do seu velho Subaru Forester para a esquerda no momento em que um SUV preto desce a toda pela estrada de terra estreita, passando a centímetros de bater na lateral direita do carro deles. Ele grita "Imbecil!" quando as rodas esquerdas do Subaru caem numa vala de escoamento rasa. Sheila se segura no painel enquanto o carro deles faz *tum-tum-tum,* e então consegue voltar para a estrada.

Ele para, a respiração pesada.

— Meu Deus, essa foi raspando! — exclama ele — Você está bem, amor?

Sheila faz que sim com a cabeça.

— Que palhaço! Ele passou tão perto que achei que fosse arrancar o meu retrovisor.

Clem tira o pé do freio e dirige devagar por cerca de um minuto, até que eles chegam ao estacionamento de terra batida que dá para o início da trilha. Quando Clem para perto da placa de madeira da trilha com letras amarelas, Sheila diz:

— Ah, olha só... Aqueles idiotas deixaram um monte de lixo para trás. Não me admira que estivessem com pressa.

Clem olha e trava. Ele e Sheila são donos de um pequeno posto de gasolina e uma loja de conveniência na cidade vizinha de Spencer, onde ele é bombeiro voluntário. Ele sabe o que está vendo, e não é lixo.

Clem desliga o motor.

— Sheila... pega o celular. Vê se tem sinal aqui.

Sheila mexe na bolsa enquanto ele sai do carro para o ar fresco do fim da manhã. Tem um corpo caído na base da trilha. Clem se aproxima rapidamente e pergunta:

— Ei, você está bem? Você está bem?

Um rapaz, olhos abertos de quem foi surpreendido, short cáqui e camiseta do Patriots, encolhido de lado, a mochila nas costas e, na têmpora, um rombo com sangue escorrendo.

Minha Nossa Senhora, pensa Clem.

Sheila está ao lado dele, as mãos trêmulas segurando o celular, e diz:

— Clem, tem sinal.

— Liga para a polícia. Diz onde a gente está e que tem um homem morto aqui.

Sheila faz a ligação, e Clem se afasta do corpo, sabendo o que fazer e o que não fazer. O rapaz está morto e não há nada a fazer por ele. Não tem por que examinar o corpo agora, não é? É melhor deixar o menino em paz, junto com qualquer evidência que a polícia possa encontrar. Ele ouve Sheila ao telefone, a voz serena e calma.

É uma mulher boa e forte, pensa Clem. *Sou muito sortudo em tê-la ao meu lado.*

Mas tem outra coisa estranha.

Tem outra mochila jogada no chão a uns dois metros do corpo.

De outra pessoa fazendo a trilha? Do assassino? Esse garoto no chão estava tentando roubar a mochila, arrumou uma briga e então alguém sacou uma arma?

— Está ouvindo? — pergunta Sheila a Clem.

O som distante de uma sirene.

— Tem alguém vindo rápido — comenta Clem.

— O atendente conseguiu falar com Donny Brooks, da Tropa F — diz Sheila. — Aposto que é ele.

Clem está satisfeito. Essa parte do estado não tem quase nenhuma delegacia municipal, o que significa que a polícia estadual e o delegado do condado costumam ser os primeiros a responder. Por causa da lojinha de conveniência, Clem e Sheila conhecem todos os delegados e policiais estaduais num raio de cem quilômetros.

Conhecem também o policial dirigindo o Dodge Charger verde--escuro que surge na estrada, o giroflex piscando enquanto o carro freia cantando pneu até parar. Donny Brooks está ao volante, e Clem o vê usar o rádio da viatura para avisar que chegou ao local. Em seguida Donny sai rapidamente do veículo com a farda da polícia estadual — camisa de botão verde-escura e calça bege —, o rosto cheio de energia e carregado de preocupação ao se aproximar do casal, colocando o chapéu de feltro sobre o cabelo loiro curto. Ele tem quase 30 anos, ombros musculosos e um andar apressado.

Donny dá uma olhada rápida no corpo, a alguns metros de distância, e pergunta:

— Clem, quando você encontrou o garoto?

— Faz uns dez minutos, Donny. Sheila e eu estávamos subindo para uma caminhada...

— Viu alguém na área? Viu ou ouviu alguma coisa enquanto subia?

— Quase fomos atingidos por um SUV preto — responde Sheila. — O filho da mãe quase tirou a gente da estrada.

Donny continua observando o corpo. Tira um caderninho do bolso esquerdo da camisa, junto com uma caneta, e começa a fazer anotações.

— Vocês encontraram o corpo quanto tempo depois de verem o SUV?

— Uns três minutos — responde Sheila.

— Qual era o modelo do carro?

— Não sei — responde Clem.

— Cadillac Escalade, com certeza — responde Sheila. — Aquela porcaria quase nos acertou, por pouco não arrancou nosso retrovisor.

— Você pegou a placa do carro? — pergunta Donny.

— Não. Infelizmente não vi nem o estado na placa. Foi mal.

O policial olha o relógio, e só de observar soldados e outros policiais trabalhando ao longo dos anos Clem sabe o que Donny está fazendo: estimando até onde o Cadillac pode ter ido desde o quase acidente.

Donny liga o microfone do rádio no ombro e diz:

— Central, um-um-quatro. Alerta geral para Cadillac Escalade preto, saindo da área em direção a Upper Valley Road. Possível testemunha ou suspeito. Avise as delegacias em Purmort, Montcalm, Spencer, Monmouth e Leah para ficarem em alerta também. Entre em contato com o sargento Wagner. Peça que ele venha aqui.

Ouve-se mais conversas no rádio, e, quando há uma pausa, Clem pergunta:

— Está vendo aquela outra mochila? Largada ali? Não acha estranho, Donny?

O jovem policial faz que sim com a cabeça.

— Acho, sim. Notei assim que cheguei.

— Vai dar uma olhada nela?

— Eu deveria esperar o meu superior aparecer, mas... que se dane, pode ser útil.

Donny circula a mochila, coloca um par de luvas de látex, se agacha e abre. Clem se posiciona para ver o que há na bolsa, e Donny tira uma garrafa de água, duas barrinhas de granola, um moletom azul-escuro, um par de meias de lã para caminhada e uma carteira marrom.

— Já é alguma coisa — comenta Clem.

Sheila está ao lado do marido, perto o suficiente para Clem ouvir a respiração da mulher.

O policial abre a carteira e tira o que parece ser uma carteirinha de estudante. Clem olha mais de perto e toma um susto com a foto e o nome de uma bela e jovem mulher loira.

MELANIE R. KEATING

— Puta merda — exclama Donny quando mais sirenes soam ao longe.

— Essa é a... é a filha do presidente Keating! — diz Sheila.

Clem não consegue dizer uma palavra.

Esse será um aniversário de casamento inesquecível.

Capítulo 26

Noroeste do estado de New Hampshire

Mel Keating está tentando acalmar a respiração, tarefa difícil, tendo em vista que está com braços e pernas presos por fita adesiva, com a cabeça coberta por um capuz de pano amarrado na base do pescoço e com a boca tapada com fita adesiva e com um pano embolado enfiado nela. Felizmente, seus óculos ainda estão intactos no rosto. Parte dela se encontra em profundo estado de horror e choque por ver Tim ser assassinado com um tiro na cabeça, morto antes mesmo de ter idade para beber, abatido num estacionamento de terra por dois terroristas.

Tangos, pensa ela, lágrimas escorrendo, usando a conhecida gíria militar para designar terroristas. *Assassinos. Escória.*

O tipo de pessoa contra quem seu pai lutou quando fazia parte dos Seals e, mais tarde, quando foi presidente.

Mel está chocada com a ignorância e a apatia dos seus colegas de faculdade em relação ao mundo real, e ela aprendeu a manter a boca fechada durante as saídas noturnas, quando seus colegas falavam sem parar que as verdadeiras raízes do terrorismo eram a pobreza, o desespero e a desigualdade.

Certa noite, ela apontou que Osama bin Laden vinha de uma família saudita rica do ramo da construção e não tinha nada de pobre nem oprimido, e, depois de aguentar uma hora ouvindo que era uma pessoa ignorante, insensível e privilegiada, nunca mais cometeu esse erro.

O saco é de lona e cheira a grãos. Ela continua se esforçando para manter a respiração estável e tenta desesperadamente ouvir os sequestradores enquanto eles dirigiam o SUV.

Era ela.

Era ela que eles queriam.

Queriam a filha do presidente.

Mas por quê?

Seu pai não está mais no cargo há quase dois anos. Não tem poder, não tem influência, não tem como pegar um telefone para atender às exigências deles.

Cala a boca, pensa ela.

Foco.

Um minuto atrás, o SUV em que ela está saiu da estrada de terra e virou à esquerda, entrando numa estrada asfaltada.

Pensa.

Escuta.

Estrada asfaltada.

Droga, pensa, *você devia ter prestado atenção.*

Fica esperta, garota.

Mantenha a calma, continue respirando pelo nariz, relaxe.

Não pensa no querido Tim, não pensa nele sendo assassinado, não pensa.

Escuta.

O zumbido dos pneus numa estrada asfaltada.

Eles continuam na estrada, Upper Valley Road.

Presta atenção.

O SUV para.

Dá ré.

Volta a pegar uma estrada de terra.

Começa a contar.

Mil e um, mil e dois, mil e três...

Ela está sendo levada para um esconderijo, um lugar afastado onde os sequestradores vão mantê-la em segurança e enviar um pedido de resgate. Se ela monitorar o trajeto e calcular o tempo, poderá refazer a viagem em algum momento...

O SUV para.

Faz uma curva.

Volta para uma estrada asfaltada.

Ok, quantos segundos foram?

Dez, onze?

O SUV anda em círculos, permanece circulando e...

Volta para uma estrada de terra.

Agora uma estrada asfaltada.

Lágrimas brotam dos seus olhos.

Esses caras são bons. Estão tentando confundi-la, impedindo-a de memorizar o trajeto.

As lágrimas caem mais rápido.

Tudo bem, vocês dois são bons, pensa Mel.

Mas eu também sou.

Ela respira fundo, se lembra da ordem: estrada asfaltada, estrada de terra, estrada asfaltada, estrada de terra mais uma vez, e recomeça a contar enquanto os sequestradores aceleram pelo asfalto liso.

Se eles acham que sequestraram uma universitária qualquer que vai exigir um travesseiro e um lugar seguro, Mel vai adorar ter a chance de provar que estão muito, muito enganados.

Capítulo

27

Noroeste do estado de New Hampshire

Algum tempo depois, Mel sente o SUV andar numa estrada de terra por um bom tempo, e com isso recomeça a contar *mil e um, mil e dois,* sem perder o foco.

As lágrimas pararam de cair. Não há tempo para chorar. Suas pernas e braços estão dormentes, a boca está seca por causa do pano, e ela está se perguntando quanto tempo levará para alguém encontrar o corpo de Tim.

O tiro repentino de uma pistola, a expressão de choque no rosto dele, o jato de sangue se espalhando no ar...

Seus ouvidos estalam com a pressão.

Então a altitude está aumentando.

O SUV desacelera.

Para.

Exatamente aos 63 segundos.

Lembre-se disso.

As portas dianteiras abrem e fecham.

Mel ouve vozes murmurando. A porta da traseira do SUV se abre, e ela sente de leve a luz do sol atravessar o saco de pano. Mãos a agarram, e ela é erguida com facilidade. Mel luta para não gemer, gritar ou se debater. Não vai dar aos desgraçados a satisfação de vê-la se contorcer de medo.

Não.

Ela não vai dar isso a eles.

É carregada, e sente que está numa casa porque consegue ouvir os passos dos seus sequestradores e o rangido de uma porta se abrindo, e agora eles estão descendo uma escada.

E...

Mel é gentilmente colocada numa cama.

Ela sente o toque de mãos e recua, mas o toque é rápido e formal, arrancando a fita adesiva e usando... uma navalha?, uma tesoura?... para cortar e arrancar as outras tiras da fita.

O saco na cabeça é deixado por último.

O saco é tirado, e ela pisca várias vezes, os óculos ainda no lugar, então o cara mais jovem se aproxima dela com algo na mão, uma garrafa de...

Óleo vegetal?

Ele espalha um pouco na borda da fita adesiva que tapa a boca de Mel e, em seguida, puxa delicadamente. Repete o procedimento várias vezes, até que a fita seja removida sem muita dor.

Sério? Eles matam Tim e a sequestram, e agora estão com medo de machucá-la?

O cara mais velho assiste à cena, o olhar fixo.

A fita é removida, e ela usa a língua para tentar cuspir o pano, mas o cara que puxou a fita também tira o pano. Mel solta um gemido, e o homem lhe oferece uma garrafa de água mineral.

Ela engole, engole e depois cospe um jato bem na cara convencida do sujeito.

— Seus desgraçados! — grita ela. — Seus miseráveis, assassinos. Vocês vão...

O homem mais velho com as sobrancelhas grossas se aproxima, e alguma coisa nos olhos sem vida dele faz com que ela pare. Respira fundo, agora apavorada. Sem querer encará-lo, dá uma rápida olhada no quarto.

O lugar é basicamente um cubo de concreto, sem janelas, e a única saída é por uma porta pesada de metal. Ela está sentada numa pequena cama arrumada. Há um abajur no canto. Uma mesinha e uma cadeira aparafusadas ao chão. Um banheiro químico.

E só.

— Pronto, Melanie Keating, você vai ficar aqui, até que o seu pai concorde com as minhas exigências — diz o homem mais velho.

Ela quer cuspir nele também, mas não tem saliva.

— Meu pai é mais durão do que vocês pensam, seus idiotas. Não sabem disso? Acham que ele vai ceder às exigências de vocês?

O mais velho abre um sorriso cansado, faz um gesto para o companheiro, que vai até a porta e a destranca.

— Seu pai pode ser um homem durão, como você falou — diz o sujeito.

Ele dá um tapinha gentil na cabeça de Mel, como um brinquedinho ou um animal de estimação querido.

— Mas será que ele é um pai durão?

Ele sai do quarto rapidamente, a porta se fecha e é trancada, e Mel nunca se sentiu tão sozinha na vida.

Ela se encolhe na cama, abraçando-se, orando.

Deus, por favor, faça meu pai me tirar daqui.

Por favor.

Minutos se passam, e Mel para de orar e de se abraçar.

Ela se senta, seca os olhos.

Tudo bem, pensa. *Chega de choro.*

Talvez seu pai a encontre.

Talvez não.

Mas chega de choro.

Hora de começar a pensar e planejar.

Só dependo de mim mesma para sair dessa, pensa.

De mais ninguém.

Capítulo

28

Lago Marie, New Hampshire

Depois da ligação da vice-conselheira de segurança nacional, Sarah Palumbo, e da discussão desanimadora e insatisfatória com o agente David Stahl, estou tentando descarregar minhas frustrações nas tarefas matinais.

Não há muito mais que um ex-presidente possa fazer nessas circunstâncias. Mais cedo, David recomendou gentilmente que eu ficasse dentro de casa durante o dia, e com a mesma gentileza falei que não.

Bem, talvez não com a mesma gentileza.

Estou tentando podar os arbustos e as mudas de plantas e tirar as ervas daninhas que ocuparam esse velho muro de pedra, construído há provavelmente dois séculos. Vai ficar bonito, especialmente depois que eu arar a terra e plantar um pouco de grama. Eu me levanto, alongo a coluna, tento apreciar a paisagem, tento afastar a preocupação que não sai da minha cabeça. Difícil de acreditar com toda essa floresta ao redor, mas a verdade é que essas árvores são relativamente jovens. Séculos atrás, a maioria das árvores da região foi derrubada pelos primeiros colonos e fazendeiros e, então, quando terras mais baratas e férteis foram surgindo no oeste do país (depois que os povos indígenas da região foram praticamente dizimados, claro), muitas fazendas aqui da região foram abandonadas, e as árvores recuperaram sua terra de direito.

E por que New Hampshire?

Fui criado no Texas, vivi por muitos anos onde a Marinha me mandava, voltei para o Texas, mas decidi me instalar aqui, no "Estado do Granito", que me ajudou a superar a derrota na convenção de Iowa pela minha vice-presidente rebelde, Pamela Barnes. O povo daqui me deu uma vitória sólida na primária, e New Hampshire é o estado onde sempre ocorre a primeira eleição primária do país.

Eu amo — e valorizo — a lealdade.

Procuro meu iPhone, olho a hora e faço um vídeo breve com a câmera frontal, deixando em segundo plano o meu trabalho mais recente.

— Ei, Sam, aqui vai a minha atualização diária — digo. — Estou progredindo. Daqui a uns meses isso aqui tudo vai estar limpo. Ei, talvez você e a sua equipe possam vir aqui fazer uma escavação. Quem sabe o que podem encontrar? Te amo. Ligo de noite.

Finalizo e envio o vídeo diário para o e-mail profissional de Sam, com o domínio bu.edu, e estou ansioso para voltar ao trabalho. Durante esse período em que ela está na Universidade de Boston, fizemos a relação dar certo, passando um tempo juntos, geralmente de quinze em quinze dias e por períodos mais longos no verão. Também durante as férias, claro, e em alguns eventos na Dartmouth com nossa filha Melanie.

Sei que é um relacionamento diferente, mas aquela família dos anos cinquenta está mais que ultrapassada.

Volto ao trabalho no muro de pedra e algo surge de trás das rochas com roupas de camuflagem, luvas pretas e um véu de proteção de franco-atirador, segurando um fuzil de assalto SR-16 CQB calibre 5,56mm.

Minha memória muscular entra em ação e levo a mão ao quadril direito onde está a minha...

Nada.

Não tem arma nenhuma.

Afinal, aquela suspeita era mesmo verdade.

Estou prestes a tacar o serrote no sujeito quando de repente ele abaixa a arma, tira o véu de proteção, e o rosto suado de uma jovem loira é revelado...

Agente do Serviço Secreto Stacy Fields segurando uma arma fornecida pela agência

... e ela fala no microfone de pulso:

— Aqui é Fields. Estou com Porto no velho muro de pedra. Repito, Porto está no velho muro de pedra.

Eu me viro ao ouvir o som de um motor.

O barco da Boston Whaler está se aproximando com dois agentes empunhando armas e não mais varas de pesca. A frente do barco cria ondas, e eu relembro meus dias na Marinha e penso: *Esse barco está mesmo a toda.*

Tem algo de muito errado acontecendo.

O alerta sobre rumores da vice-conselheira de segurança nacional, Sarah Palumbo, está certo.

Outro motor ronca ainda mais alto e vejo um automóvel UTV Yamaha de quatro lugares verde militar se aproximando, o agente David Stahl ao volante, de colete à prova de balas, acompanhado de dois outros agentes do Serviço Secreto — Ron Dalton e Paula Chin — também de colete de Kevlar e empunhando seus próprios fuzis SR-16 CQB calibre 5,56mm.

O UTV para, e a agente Fields agarra o cós do meu short e a gola da minha camiseta e diz:

— Senhor, precisamos colocá-lo em segurança. Agora! Por favor!

O Boston Whaler atraca, e dois agentes armados saltam do barco, avançam rapidamente pela água e se ajoelham na areia mirando no lago, armas em punho. Largo o serrote, e a agente Fields me coloca no banco traseiro aberto do UTV. Estou protegido e com cinto de segurança. O UTV dá meia-volta enquanto sou empurrado para baixo, e um cobertor de Kevlar é jogado sobre mim. Mal me acomodei no banco apertado do UTV quando o motor ronca e o veículo acelera.

Tem algo muito errado acontecendo.

Estou quicando e chacoalhando no banco, até que o motor ronca mais alto e o UTV freia derrapando e para rapidamente. Logo em seguida o cobertor pesado é tirado de cima de mim e sou desafivelado do banco detrás e praticamente carregado até a garagem para dois carros adjacente à minha no lago. A porta esquerda da garagem está subindo, revelando um bunker de concreto com uma porta pesada de metal no meio.

O quarto do pânico da minha casa no lago.

Vejo um borrão confuso de movimento e ouço ordens de "Vai, vai, vai", a porta é aberta por dentro pela agente Nicole Washington e sou carregado e impulsionado, com os outros agentes armados ao meu redor.

Sou empurrado para dentro do quarto.

A agente Paula Chin vem na retaguarda e para na porta, o fuzil SR-16 CQB erguido na altura do rosto, impedindo qualquer pessoa do lado de fora de ver algo ou de apontar uma arma para dentro do quarto do pânico, enquanto a porta pesada é fechada, então concluo que é isso que querem dizer com aquela simples frase *Colocar a própria vida em risco.*

A porta se fecha.

Paula Chin dá um passo atrás.

Eu me sento num sofá de couro preto liso.

— David — digo logo em seguida —, o que aconteceu? O que vocês sabem?

Esse cômodo foi construído antes de eu me mudar para cá, projetado para manter a mim e Mel — e Sam, se ela estiver aqui — protegidos em caso de qualquer ameaça externa. Tem um sistema de ventilação independente, comida, água armazenada e um banheiro minúsculo, e a única coisa capaz de causar algum dano a esse cubículo dentro da minha garagem é um míssil nuclear jogado no telhado de modo calculado. Há sofás-camas e uma pequena área para refeições, com geladeira e fogão, e é tão alegre quanto uma cela de cadeia.

— David! — chamo novamente.

Há um painel de comunicação instalado do outro lado do cômodo, com telas de circuito interno de TV monitorando várias partes do complexo. Numa tela vejo o fim da nossa estrada de terra que dá acesso à propriedade. A onipresente viatura da Polícia Estadual de New Hampshire mudou de posição para bloquear a entrada, e dois policiais estão ajoelhados atrás do veículo segurando fuzis automáticos.

A agente Nicole Washington está sentada em frente ao painel, usando fone de ouvido e microfone, e o agente Stahl está atrás dela, falando baixinho, mas com firmeza.

— Entra em contato com as delegacias locais de Burlington, Concord e Boston — ordena ele. — Precisamos de mais gente aqui imediatamente. Depois usa a linha protegida para entrar em contato com D.C. Precisamos alertá-los e precisamos que o FBI...

— Agente Stahl, o que raios está acontecendo? — grito.

Ele se vira imediatamente para mim e não parece mais o subordinado feliz de antes, depois da derrota na regata.

Tem a expressão rígida, carregada de fúria e preocupação. É a expressão de um homem numa missão, um homem no comando, apesar de ter um ex-presidente sentado à sua frente.

Ele enfim responde, e cada palavra me atinge como uma martelada no estômago.

— Lamento informar, senhor presidente. As informações que o senhor tinha sobre ameaças estavam corretas. Mel foi sequestrada.

Capítulo 29

Lago Marie, New Hampshire

O agente do Serviço Secreto David Stahl é de Bakersfield, Califórnia, e, depois de servir nos Marines — foi enviado três vezes ao Afeganistão —, entrou para o Serviço Secreto. Nos últimos dez anos foi subindo na carreira até ser destacado para fazer a proteção presidencial.

Mas, apesar de todo o treinamento, de todas as simulações, de todos os exercícios práticos, ele sente como se todo o peso do Serviço Secreto e da Segurança Interna estivesse nos seus ombros enquanto reage à evolução da situação e toma decisões que sabe que serão avaliadas, criticadas e reconsideradas daqui a anos.

E daí?, pensa.

É para isso que ele está aqui.

E sua principal tarefa, neste exato momento, é manter Porto no lugar antes que o ex-Seal à sua frente pegue uma arma e fuja para resgatar a filha sozinho.

Keating está tenso e curvado, um guerreiro que precisa atacar, atacar agora.

David conhece bem a sensação.

— Me diz o que você sabe — ordena Keating.

— Senhor, vou ser breve, e, por favor... temos trabalho a fazer para localizar a sua filha e proteger o senhor.

O rosto de Keating fica corado.

— Não me insulte. Eu sei disso. Anda logo.

— O pessoal do Pesca e Caça e da Delegacia do Condado de Grafton estava a caminho do monte Rollins, mas não chegou a tempo. A mochila da sua filha foi encontrada no pé da Trilha de Caçadores. O corpo do amigo dela, Tim Kenyon, foi encontrado nas proximidades. Tiro na cabeça. Ainda não recebemos pedido de resgate.

O ex-presidente faz que sim com a cabeça, o rosto pálido. David continua:

— A Polícia Estadual de New Hampshire foi a primeira a chegar à cena do crime e emitiu um alerta contra um Cadillac Escalade preto que foi visto descendo a trilha em alta velocidade. Bloqueios estão sendo montados nas estradas, e estamos pedindo que unidades aéreas das polícias estaduais de Vermont e de New Hampshire iniciem uma busca. Estamos...

Keating levanta a mão para interrompê-lo.

— Estou impedindo você de trabalhar. Vai em frente... mas só uma pergunta: tem mais alguma coisa que eu deva saber neste exato momento?

— Não, senhor presidente.

E para si mesmo, enquanto se vira para a agente Nicole Washington e volta a tratar dos procedimentos que precisam ser seguidos e das notificações que devem ser feitas, Stahl admite que acabou de mentir para Matthew Keating.

Porque o sequestro de Mel é culpa sua.

E não só por causa do aviso dessa manhã.

Dois meses antes, o agente Stahl está em seu pequeno escritório no andar superior do celeiro reformado na propriedade de Keating quando seu telefone fixo toca. Ele atende — "Stahl" —, e é a agente Washington do outro lado.

— David, estou com a diretora Murray na linha — diz ela. — Você está dentro ou fora?

Ele esfrega os olhos cansados. Vai trabalhar no cronograma da equipe pelos próximos três meses e, como sempre, precisa de mais mão de obra, por isso tem que pedir ao pessoal que faça horas extras, o que é uma maneira rápida de esgotar bons agentes e mandá-los para o setor privado. Ele é o agente especial no comando do destacamento e deveria ter um subordinado para assumir parte do fardo, mas esse cargo está vago há meses.

— Queria estar fora — responde ele. — Coloque-a na linha.

Faith Murray é a vice-diretora assistente encarregada da proteção presidencial, e ela vai direto ao ponto.

— Stahl, que raios você está fazendo aí em New Hampshire?

Ele lentamente se endireita na cadeira.

— Meu trabalho — responde. — Qual o problema?

— O problema é que você está violando as nossas políticas e os nossos procedimentos ao fornecer segurança a Mel Keating — retruca ela. — Sabe o tamanho do problema em que você se meteu?

— Não estamos protegendo Mel Keating.

— Não foi o que fiquei sabendo. Para de palhaçada. O que você está fazendo?

Stahl esfrega os olhos de novo e olha pela janela pequena. Mel Keating está fazendo um churrasco com alguns amigos da Dartmouth. Estão ouvindo música, rindo e jogando vôlei. Neste exato momento, Stahl gostaria de ter a idade deles, de que as suas únicas preocupações fossem as próximas aulas e não levar uma bolada na cara.

Também sente uma dor profunda de saudades da esposa, Hannah, que morreu de leucemia há cinco anos, transformando-o num viúvo solitário sem tempo nem interesse em sair com outras pessoas.

— Treinamento de campo — diz ele. — Não quero que o nosso pessoal aqui fique enferrujado. Então fazemos exercícios vigiando e seguindo indivíduos. Fazia sentido que seguissem Mel Keating.

— Ela sabe?

— Não, senhora.

— E o pai dela?

— Não, senhora — repete Stahl.

— Então para com isso — ordena Murray. — Existem módulos de treinamento aprovados. Siga-os. E Mel Keating tem idade suficiente para não precisar de proteção.

— Senhora, eu...

— O que foi?

Ele range os dentes por um instante.

— O pai dela é ex-presidente e ex-Seal. Faz sentido ele ter um bom número de inimigos por aí. Muitos inimigos.

— Ele é o único que você deve proteger.

— Não é o suficiente!

— Pois eu estou dizendo que é! Estou atrasada para uma reunião com o secretário de Segurança Interna. Algo mais? Seja breve.

Stahl quer dizer que não, não é o suficiente, cacete. E que, se Faith tivesse passado mais tempo em campo, debaixo de chuva e neve, trabalhando por longos turnos sempre em estado de alerta, ela saberia. Se em vez de participar de seminários de treinamento, retiros e cursos, sendo promovida pelo caminho burocrático, ela fosse a campo, seu instinto lhe diria o quanto Mel Keating está exposta e vulnerável.

Caramba, até a propriedade em si é vulnerável. Na casa de outros ex-presidentes, o centro de operações está sempre num prédio afastado, para que todos os agentes encarregados da proteção não sejam um único alvo em um só lugar. Mas o governo Barnes e seus apoiadores no Congresso cortaram o orçamento do Serviço Secreto — alguns jornalistas políticos de Washington disseram que era uma vingança da decisão de Keating, então presidente, de contestar o desafio eleitoral da sua então vice-presidente —, e o resultado acabou sendo falta de agentes e recursos.

— No momento não, diretora — responde Stahl, e ela desliga na cara nele.

* * *

Stahl está olhando para as telas que exibem as imagens das câmeras e diz:

— Coloque Towler e Wrenn de volta na água. Ninguém chega a menos de cem metros da margem do lago. Entendido?

— Deixa comigo — responde Washington, que começa a falar baixinho ao microfone, e, como já fizeram nas simulações e nos exercícios, os dois trabalham em sincronia, com foco no trabalho e nada mais.

Proteger Porto a todo custo.

Mesmo que agora Stahl sinta que falhou com o presidente e com sua filha sequestrada.

Capítulo 30

Lago Marie, New Hampshire

Na sala segura surge um leve murmúrio quando o sistema de ar--condicionado caro e confidencial entra em ação, bombeando ar fresco para dentro e filtrando quaisquer agentes patogênicos usados em guerra que possam ter sido liberados no complexo.

Stahl balança a cabeça.

Para de ficar remoendo isso. Faz o seu trabalho.

— Recue os agentes encarregados do perímetro externo — ordena Stahl. — Coloque-os na segunda linha de defesa.

Telefones tocam, e mensagens de rádio não param de soar cheias de estática pelos alto-falantes. A agente Paula Chin está atrás de uma barricada móvel e espessa de Kevlar e metal, organizando cuidadosamente no chão os pentes sobressalentes do seu fuzil automático, com uma máscara de gás ao lado para o caso de alguém tentar arrombar a porta.

Mel Keating foi sequestrada. Isso é um evento isolado ou só o início de alguma coisa? Será que os terroristas querem que Stahl tente evacuar Porto agora, antes da chegada dos reforços? Será que vão tentar eliminá-lo com um lança-granadas ou uma emboscada quando estiver em deslocamento?

Ou será que neste exato instante estão avançando pela floresta, com armamentos pesados e explosivos penetrantes, para tentar sitiar a sala segura?

— A equipe da SWAT da polícia estadual está a caminho do local pré-aprovado — avisa Washington.

Stahl acena com a cabeça. Se Keating ainda fosse presidente, Stahl teria muito mais recursos a sua disposição. Veículos blindados, limusines, helicópteros e aeronaves de fácil acesso, além da Equipe de Contra-Ataque do Serviço Secreto, capaz de enfrentar e vencer uma troca de tiros contra qualquer esquadrão de Exército do mundo.

— Temos três agentes chegando de Burlington, quatro de Concord e oito de Boston — avisa Washington.

— Quem está dentro da casa? — pergunta Stahl.

— Emma Curtis.

Nosso boi de piranha, pensa Stahl. A maioria dos agentes está ou na sala segura ou foi tirada da propriedade para estabelecer um perímetro defensivo local mais definido. Mas é preciso que haja um agente de plantão na casa principal para receber e brifar aos agentes e outras forças policiais que chegarem que reforcem a defesa do complexo, porque ninguém entra ou sai da sala segura até a hora de evacuar Porto.

O que não vai acontecer tão cedo.

Mas isso também significa que, na casa desprotegida e com estrutura de madeira, se ocorrer um ataque, Curtis estará sozinha.

— A Polícia Estadual de Vermont está oferecendo a equipe da SWAT dela — avisa Washington.

— Agradeça e entre em contato com Concord.

Segundos depois, Washington diz:

— O secretário Charles está na linha.

Secretário de Segurança Interna Paul Charles, pensa Stahl. Comandava a Patrulha Rodoviária da Flórida antes de ser escolhido pela nova presidente para comandar a Segurança Interna, que tem autoridade sobre o Serviço Secreto desde o 11 de Setembro.

É um sujeito completamente inútil.

— Diga que estamos ocupados — ordena Stahl.

Ele corre os olhos pela sala.

Ninguém diz uma palavra.

Todos estão focados em suas responsabilidades, assumindo as posições planejadas e para as quais foram treinados.

Keating está no sofá, a mandíbula travada, olhando fixo para Stahl.

Stahl precisa desviar o olhar.

— David, boa notícia vinda do FBI — avisa Washington.

— Até que enfim. O que é?

— Oito membros da Equipe de Resgate de Reféns do FBI estão treinando na Base da Força Aérea Hanscom, em Massachusetts. Eles podem levantar voo em cinco minutos.

— Vamos aceitar a ajuda deles.

Stahl mal consegue reconhecer o sussurro que ouve vindo das suas costas.

— David.

Stahl se vira, e Keating está de pé.

— Duas coisas: qual é o status da minha esposa?

— A professora Keating ainda está no sítio arqueológico em Hitchcock, com cerca de meia dúzia de alunos de graduação e voluntários.

— A proteção dela já chegou?

— A Polícia Estadual do Maine já deve estar lá a essa hora. Tem um centro de treinamento da Guarda Nacional a menos de três quilômetros de onde ela está. É para lá que vão levá-la.

— Certo — diz Keating, acenando positivamente com a cabeça.

Stahl está desesperado para voltar às suas tarefas, verificar o status da defesa do perímetro, ver se consegue colocar mais dois agentes em embarcações no lago, elaborar um plano para tirar Porto dali e levá-lo para algum lugar maior e mais fácil de defender. Ele pergunta:

— Senhor, qual é a outra coisa?

— Ouvi que tem uma Equipe de Resgate de Reféns vindo para cá de helicóptero. É isso mesmo?

— Sim senhor. Estarão aqui em menos de uma hora.

Keating faz que sim com a cabeça, e Stahl vê a mudança no rosto do homem — de uma pessoa sendo protegida para outra, agora no comando.

— Ótimo — diz Keating. — Assim que eles chegarem vamos entrar naquele Black Hawk e dar o fora daqui.

Capítulo 31

Hitchcock, Maine

A manhã está quase no fim no vilarejo de pescadores de Hitchcock, Maine, e a professora da Universidade de Boston e ex-primeira-dama, Samantha Keating, está apoiada nos joelhos feridos e doloridos, olhando para o que lentamente — bem lentamente! — é revelado por dois dos seus alunos a um metro de profundidade.

Está suada, as mãos imundas de terra, bolhas crescendo nos dois polegares, as roupas fedendo, mas está no seu paraíso particular. Em inúmeras campanhas políticas do passado, Samantha se viu obrigada a participar de certos eventos, usando vestidos que não lhe caíam bem, comendo frango duro e batatas frias, tentando conversar com algum bajulador concorrendo a um cargo público.

Mas não agora, não aqui.

É a esse lugar que ela pertence, é aqui que ela floresce. Não na arena falsa e artificial da política, mas aqui, no chão, na terra, descobrindo lentamente histórias e segredos do passado.

Uma jovem aluna da graduação, Cameron Dane, varre cuidadosamente a terra fina com uma escova de pelo de camelo quando diz:

— Professora, está vendo isso aqui? Está vendo?

Uma tenda aberta foi erguida nessa parte da escavação, protegendo do sol forte do Maine o solo descoberto e os artefatos, mas mesmo sem a luz do sol Samantha não tem dificuldade para ver o que é revelado na terra: telhas vermelhas curvas, feitas por humanos, por europeus.

— Sim — responde ela, a voz mais alta de empolgação. — Sim, estou!

Paul Juarez, outro aluno, diz admirado:

— Professora, isso é basco. Sem sombra de dúvida.

O sorriso de Samantha se escancara.

— Bom saber que apostas às vezes valem a pena, não é?

Os alunos riem conforme mais partes da telha vermelha são reveladas.

Bingo!, pensa ela.

Apesar de todos os livros mal escritos e distribuídos nos ensinos fundamental e médio que falavam dos primeiros exploradores e colonizadores franceses e ingleses nessas praias, a história real é mais complexa e intrigante. Em Newfoundland e ao longo de outras províncias do Canadá, existem sítios arqueológicos que mostram que pescadores bascos do século XV — muito antes de Colombo tropeçar no Caribe — pescavam uma quantidade enorme de bacalhau e baleias que se aglomeravam nessa costa.

Sempre foi sugerido que os bascos pudessem ter ido mais para o sul, descendo do Canadá para o Maine, e, se alguma evidência fosse descoberta, mudaria para sempre a história da Nova Inglaterra.

Essa história nunca foi encontrada.

Até hoje.

— Cuidado aí, Paul — diz Samantha gentilmente a Juarez. — Essas telhas não veem a luz do dia há mais de seiscentos anos. Mais uns seis minutos não vão fazer diferença.

O som das ondas do oceano Atlântico batendo nas rochas ásperas e nos pedregulhos se destacam na escavação em Hitchcock, até ela escutar o som de um motor acelerando.

Grande coisa. Nesse momento ela não quer saber de nada relacionado ao século XXI, suas tecnologias e disputas, e só Deus sabe como não quer nem pensar em todas aquelas horas, dias e semanas perdidos como primeira-dama enquanto fingia se importar com isso.

Este é o seu momento, o seu lugar, e ela imagina como deve ter sido a vida de um dos pescadores bascos do século XV, navegando até esse litoral e encontrando volumosos cardumes, uma riqueza inacreditável longe dos seus pontos de pesca tradicionais, na França e na Espanha. Esses homens não vieram para conquistar ou construir um império — não, nada disso. Eles só vieram para viver dessas águas.

Um dos voluntários da região, um sujeito mais velho de calça jeans e moletom chamado Picard, corre até a barraca.

— Professora Keating, tem dois homens ali procurando pela senhora!

— Mande-os embora. Estou ocupada.

Samantha continua vidrada nas telhas que aparecem aos poucos. Encontrar uma estação de pesca basca bem no Maine... as manchetes que sairiam, os artigos que ela poderia escrever, talvez até mesmo um livro. Dois anos atrás, a revista *People* fez um perfil seu quando ela começou o trabalho de campo aqui, e desde então a mídia a deixou em paz.

Mas fazer a imprensa prestar atenção nisso agora...

O voluntário é insistente.

— Professora Keating, eles são...

Samantha ergue a mão.

— Eles podem esperar. Ou ir embora. A escolha é deles. Paul, você está fazendo um bom trabalho aí.

Ao longe Samantha vê dois homens correndo para a tenda vindos do pequeno estacionamento de terra batida, passando pelas outras duas tendas menores, pelas três peneiras de terra usadas para procurar artefatos. Estão indo na direção dela, ambos de terno chumbo, camisa branca e gravata. Ela se levanta devagar.

Os dois homens usam coldres de ombro.

É como se um monte dessa terra fria do Maine tivesse acabado de afundar no seu peito.

— Cameron — chama Samantha.

— Sim, professora Keating — responde a aluna sem tirar os olhos da história que está sendo desenterrada na sua frente.

— Tem alguma coisa acontecendo. Você está no comando até eu voltar.

Cameron ergue a cabeça, e Samantha sai da tenda e se expõe ao sol. O homem de rosto avermelhado mostra uma carteira de couro com um distintivo dourado.

— Sra. Keating — diz ele, esbaforido. — Sargento-detetive Frank Courtney, Polícia Estadual do Maine. A senhora precisa vir com a gente.

Matt, pensa ela de imediato. *Matt, o que fizeram com você?*

— Deixem só eu pegar a minha bolsa — pede ela, e a voz do outro policial a faz congelar sem sair do lugar.

— Sra. Keating, não temos tempo. Precisamos tirar a senhora daqui.

A mais breve e terrível das pausas.

— Sua filha, Mel, foi sequestrada.

Capítulo

32

Noroeste de New Hampshire

Mel não sabe ao certo há quanto tempo está na cela do porão, mas parece que já se passaram horas. Está com sede, fome e frio, e tirou um cobertor da cama para se enrolar. Está sentada na cama de pernas cruzadas, refletindo, escutando e observando.

Não há muito para ver. Mais cedo, ela explorou o quartinho e, quando a porta foi aberta, percebeu que tinha dobradiças externas e era protegida por senha. A cama, a cadeira, a mesa e o abajur estão aparafusados ao chão. O banheiro químico também. Não há cabo de alimentação externo saindo da luminária, e a luz não pode ser desligada. Em certo momento Mel se sentiu tentada a quebrar a lâmpada e usar o vidro afiado como uma espécie de arma, mas logo percebeu que isso deixaria o cômodo no breu, e ela treme só de pensar nisso.

Mel se ajeita na cama, ainda tentando repassar os acontecimentos, tentando não se lembrar...

Tim e seu jeito engraçado de imitar o apresentador do *Daily Show*.

Tim defendendo-a naquela aula de história da África.

Tim e seu hábito fofo de esticar o braço e massagear suavemente o pescoço dela quando estavam sentados juntos na hora do almoço, dirigindo, conversando ou estudando.

Ele não fazia isso com segundas intenções — não, era só um jeito fofo de dizer: *Ei, estou aqui, me avisa se precisar de alguma coisa.*

Ela seca os olhos.

Silêncio.

Está silencioso demais.

Mel se levanta da cama, anda na ponta dos pés, inclina a cabeça para tentar ouvir alguma coisa lá de cima.

Nada.

Sem passos, sem conversa, sem portas batendo.

A cela está muito bem isolada de sons externos.

Ela tira os óculos porque sabe por experiência própria que, por algum motivo, quando os tira e sua visão ruim não é corrigida, sua audição parece melhorar.

Mas dessa vez nada muda.

Ela não consegue escutar nada.

Mel se senta e verifica suas coisas. As roupas e mais nada. As botas de caminhada foram tiradas quando a jogaram no SUV, então não existe a possibilidade de usar os cadarços como garrote para estrangular um dos tangos — como se houvesse chance de isso acontecer.

Um colar fino de ouro em volta do pescoço, presente do seu pai no seu aniversário de 14 anos.

E uma aliança de ouro na mão direita que um dia pertenceu à avó da sua mãe.

Mel se levanta e dá outra volta na sala. Não tem sistema de ventilação, então não há uma grade que ela possa arrancar e ir rastejando pelo duto até a liberdade, como em *Duro de matar* ou outro filme qualquer. Um clique vindo do outro lado da porta. Mel vai para a cama, mas não senta.

Não, pensa, secando as lágrimas, os pensamentos em Tim outra vez. Ela vai encarar esses dois filhos da puta.

A porta abre e o homem mais velho entra, seguido pelo companheiro. O mais velho está segurando o que parece ser uma pequena câmera de vídeo, e o outro segura um jornal.

Ambos com pistolas no cinto.

— Em breve lhe daremos comida e água — informa o mais velho. — Mas essa refeição tem um preço.

Algumas palavras em árabe são ditas rapidamente, e um jornal é jogado para ela, um exemplar do *USA Today*.

Mel não se mexe.

O homem com a câmera suspira.

— Isso vai ser rápido e não vai exigir nada da sua parte, a não ser segurar o jornal para provar para o seu pai que você está viva hoje. Se não cooperar, o meu primo vai dar um jeito de... encorajá-la. Vai ser doloroso e, no fim das contas, você vai segurar o jornal do mesmo jeito.

As palavras, ditas com tanta clareza e franqueza, como se ele fosse um professor explicando gentilmente a diferença entre John Locke e Karl Marx, a atingem em cheio.

— Só isso? — pergunta ela.

Ele concorda com um aceno de cabeça.

— Só. Nem vou pedir para você falar. Só segura o jornal por uns minutos que logo a gente vai embora, e aí você vai ser alimentada.

Mel pega o jornal e pisca para conter as lágrimas, então desdobra o papel e o segura sob o queixo.

— Muito bom — diz o homem com a câmera. Então ele aproxima a máquina e ela sente os dedos começarem a tremer.

O papel está tremendo.

Ela está envergonhada e assustada. Por que esse idiota não anda logo, termina e vai embora de uma vez?

— Pronto — diz ele, baixando a câmera e pegando o jornal das mãos dela. — Em breve você vai ser alimentada.

— Que sorte a minha — retruca ela. — O que tem no cardápio? Vocês dois têm cara de que não sabem nem usar um micro-ondas.

— Será satisfatório, prometo — garante o homem mais velho.

— E depois?

Ele anda em direção à porta, o companheiro ao lado.

— Depende do seu pai e de Alá. Em breve ele vai receber esse vídeo e uma mensagem minha.

— O que vocês vão pedir?

— Uma coisa que seu pai jamais será capaz de dar — responde ele, sorrindo e começando a fechar a porta.

— Espera... Espera aí — diz Mel. — Posso pedir um favor?

O homem para na porta por um instante.

— Pode.

Mel aponta para ele.

— Eu... Eu tenho medo de armas. Sinto muito, mas eu sou assim. Na próxima vez que você ou seu amigo entrarem, por favor, podem deixar as armas lá fora?

O homem sorri e balança a cabeça.

— Não.

Eles saem, e a porta é devidamente trancada.

Minutos depois, ela está de volta à cama, de pernas cruzadas outra vez, o cobertor sobre os ombros frios, lembrando e pensando.

Lembrando-se de uma época, alguns anos atrás, em que seu pai se tornou presidente e eles passaram aquelas semanas estranhas quando se mudaram para a Casa Branca. Houve reuniões, passeios e instruções, e havia um agente do Serviço Secreto — David Stahl — que a puxou num canto e disse:

— Mel, você terá proteção vinte e quatro horas por dia, sete dias por semana aonde quer que vá, mas em algum momento pode acontecer um erro, uma confusão ou um ataque avassalador. Você pode se ver sozinha. Vamos conversar sobre o que fazer caso isso aconteça.

Foi uma conversa de fato interessante, e, embora tenha ficado apavorada com algumas das coisas que o agente Stahl disse que poderiam acontecer, Mel também se sentiu orgulhosa por estar sendo tratada como adulta, ainda que fosse apenas uma adolescente.

Ela se lembra de tudo o que ele disse.

E agora está pensando no que acabou de acontecer, em como os seus pais vão reagir quando virem o vídeo mais tarde, e no que aquele terrorista idiota vai dizer e exigir.

Mel consegue abrir um sorriso.

Uma coisa importante: o sujeito pareceu acreditar quando ela disse que tinha medo de armas.

Tremendo papo furado.

Seu pai a ensinou a usar armas de fogo quando ela estava no primeiro ano do ensino fundamental, e desde então ela já atirou com todo tipo de arma, desde uma pistola Ruger calibre .22 a um fuzil M4 totalmente automático.

Ela sabe disso.

Mas o idiota do terrorista, não.

Essa pequena vitória a anima.

Capítulo 33

Lago Marie, New Hampshire

O agente David Stahl parece bastante irritado e frustrado, e não posso culpá-lo. Estou propondo violar cada procedimento e treinamento que ele aprendeu ao longo dos anos, e nos próximos segundos meu trabalho será superar esse treinamento.

— Se Mel foi sequestrada, significa que vai haver um pedido de resgate — digo, tentando manter um tom de voz calmo.

Parte de mim começa a orar em silêncio: *Por favor, por favor, por favor, que eles mandem um pedido de resgate. Por favor, que ela esteja viva. Por favor, Deus, me ajude a trazer a minha menina de volta.*

Porque eu sei que tenho inimigos com boa memória lá fora, e neste exato momento um pedido de resgate é nossa melhor opção.

Não vou me permitir imaginar mais nada.

— Talvez, senhor presidente — diz Stahl. — Como falei, isso pode ser um estratagema para fazer o senhor se deslocar e ficar vulnerável, exposto a um ataque.

Continuo.

— Talvez. Mas, se houver um pedido de resgate, o FBI e a Segurança Interna vão entrar no caso, junto com todas as forças de segurança da Nova Inglaterra. Samantha e eu precisamos saber o que está acontecendo, qual é a exigência, quais são as opções. Estou certo, David?

Com os lábios pressionados e a mandíbula travada, Stahl faz que sim com a cabeça. Os outros agentes do Serviço Secreto estão fazendo o possível para nos ignorar. Que mudança, que diferença! Ontem à noite eu fiz cheeseburgers e cachorros-quentes para essa equipe, depois dei o meu melhor para vencer no pôquer, e agora essa mesma equipe alegre e feliz se transformou em quem ela realmente é: homens e mulheres treinados, prontos para matar para me proteger.

— Isso significa reuniões, ligações, briefings e videoconferências — continuo, gesticulando ao meu redor. — E nada disso pode acontecer nesse caixote de concreto. Preciso sair daqui, David, imediatamente.

— Mas, senhor presidente, eu...

— Eu não sou o presidente — interrompo. — A presidente é Pamela Barnes. Eu sou só ex-presidente, sem poder, sem influência, sem responsabilidades. Você e todos os outros aqui dentro juraram me proteger, e serei eternamente grato a todos. Mas não vou ficar aqui sentado apenas sendo protegido, esperando.

— Senhor, estamos adquirindo outros recursos para transportá-lo a salvo para um local mais seguro.

— Quanto tempo vai levar? Temos um helicóptero do FBI a caminho. Deixa a Equipe de Resgate se mobilizar, e, depois que todo mundo sair do helicóptero, você e eu e talvez mais um ou dois agentes podemos embarcar e dar o fora daqui.

Stahl mantém o rosto sério, e eu odiaria que ele fosse meu comandante e me chamasse para a salinha dele para me dar uma bronca.

Mas de uma forma ou de outra eu vou sair daqui.

Nós nos encaramos.

— Aonde o senhor iria? — pergunta ele, quebrando o silêncio.

— Aeroporto de Manchester. De lá, Aeroporto Nacional Reagan e, em seguida, o Hotel Saunders, em Crystal City, Arlington.

— Por que o Saunders?

— Minha campanha de reeleição ainda tem um escritório lá. Eles ainda estão finalizando uma papelada e outras porcarias da Comissão Eleitoral Federal. Já foi inspecionado pelo seu pessoal. Além de tudo, Washington fica do outro lado do rio.

— Como vai chegar lá?

— Preciso do meu iPhone, que está lá em casa.

— Não posso abrir essa porta, senhor — diz Stahl, balançando a cabeça.

— Pode, sim. Peça à agente de plantão dentro de casa que traga o meu iPhone e a minha bolsa de viagem, que está no alto do primeiro armário do meu quarto. Eu vou tomar as providências necessárias para garantir um voo.

Outros segundos pesados se passam.

— Posso perder o meu emprego — diz Stahl.

— Ainda tenho alguns amigos em Washington. Vou fazer o que puder para ajudá-lo.

Ele me encara e, sem desviar o olhar, diz:

— Nicole.

— Diga, David — diz a agente no painel de comunicação.

— Entra em contato com Emma e peça a ela que traga para cá o iPhone e a bolsa de viagem de Porto.

— Certo.

Sinto o rosto relaxar um pouco, e a expressão de David também parece mais leve. Em seguida, ele diz a Nicole:

— Depois disso, fala com a Equipe de Resgate. Assim que desembarcarem, eles vão levar duas pessoas para o Aeroporto de Manchester.

— Tudo bem — diz ela.

Aceno positivamente.

— Tudo bem — digo.

É uma vitória minúscula, um passo ínfimo para que eu encontre minha filha, mas o aceito.

Capítulo

34

Lago Marie, New Hampshire

Seis minutos depois estou num canto da sala segura, enquanto minha equipe continua trabalhando, falando ao telefone e em outros sistemas de comunicação. Ouço muitas conversas calmas, telefones tocando e mensagens de rádio com estática. Rolo pela minha lista de contatos no iPhone, pensando e torcendo com a cabeça a mil, vendo com quais amigos posso contar.

E a verdade é que não são muitos.

Uma coisa que logo aprendi na política — e que foi uma curva de aprendizagem e tanto — é que são poucas as pessoas que se conhece e se tornam amigas de verdade. Por mais simpáticas e lisonjeiras, a maioria das pessoas na política só quer saber do que você e o seu cargo têm a oferecer. E, quando você sai de cena, elas desaparecem.

Mas algumas permanecem.

Aqui está.

Trask Floyd.

Ex-Seal como eu, ele encontrou uma segunda carreira como dublê em Hollywood, e depois uma terceira como ator e diretor de cinema bem-sucedido. Nos tornamos amigos quando eu era congressista e ele precisava de uma ajuda da Comissão de Cinema do Texas.

O telefone toca uma, duas vezes, até que uma voz jovem responde:

— Telefone de Trask Floyd.

— Aqui é Matt Keating. Preciso falar com Trask.

Antigamente, meu nome permitia que a famosa central telefônica da Casa Branca me conectasse com praticamente qualquer pessoa no mundo com acesso a um telefone.

Não mais.

— Desculpe, senhor, ele não está disponível.

— Onde ele está?

— Preparando uma cena, e já estamos atrasados, então...

— Rapaz, coloca Trask Floyd no telefone nos próximos sessenta segundos, senão você vai se arrepender pelos próximos sessenta anos da sua vida — ordeno, encontrando minha voz de comando. — Agora.

O telefone fica em silêncio.

Alguns longos segundos se arrastam.

Mel, penso. *Onde você está? Quem fez isso com você?*

Ouço um ruído ao telefone.

— Matt, não sei o que acabou de dizer para o Tommy, mas alguém parece ter drenado um litro de sangue dele — diz Trask.

— Onde você está? — pergunto.

— Vasquez Rocks, Califórnia. Estou me preparando para explodir um monte de merda e gravar, como sempre.

Califórnia, penso.

Droga. Esperava que ele estivesse mais perto.

— Preciso da sua ajuda — digo.

— É só falar, Matt.

O bom e velho Trask. Sem perguntas, sem exigências.

— Do que você precisa?

— Uma aeronave no Aeroporto de Manchester, New Hampshire, para me levar junto com um agente do Serviço Secreto para Washington.

— Para quando?

— Cinco minutos atrás.

— Merda...

Ouço vozes ao fundo do outro lado da linha. Parece que as pessoas no set de filmagem querem a atenção dele.

— Sr. Floyd...

— Trask, a gente tem que...

— Estamos perdendo o sol...

— Espera um segundo — diz Trask, falando comigo. Ele parece segurar o telefone contra o peito, e ouço uma enxurrada de palavrões aos gritos, a voz abafada, então ele retorna e diz: — Tudo bem, deixa comigo.

Fecho os olhos de alívio.

— Não quer saber o que está acontecendo?

— Não. Preciso fazer umas ligações, e você precisa fazer o que tem que fazer. Que Deus o abençoe, senhor presidente. Estou contigo.

Minutos depois, ouço o zumbido baixo de um helicóptero nas proximidades, um ruído que consegue penetrar até concreto. Estou perto da porta segurando a bolsa. O agente Stahl está ao meu lado, também segurando uma bolsa de lona preta. Na outra mão, uma pistola SIG Sauer.

Do painel, a agente Washington diz:

— O Black Hawk pousou.

A porta é destrancada e aberta pela agente Paula Chin. O agente Stahl sai na frente, e sigo logo atrás dele. Na nossa frente, no gramado que desce para uma praia na margem do lago, há um Black Hawk, as hélices ainda girando.

Uma fila de agentes de preto, com capacete balístico e coturnos, da famosa Equipe de Resgate de Reféns do FBI sai do helicóptero, e David e eu passamos correndo por eles, as cabeças abaixadas por causa do vento forte das hélices, cascalho e terra nos acertando.

Meu Deus, tantas memórias me vêm à mente... eu embarcando em helicópteros iguais a esse, a caminho de missões perigosas e desesperadoras, mas nenhuma, nenhuma tão angustiante quanto essa.

O agente Stahl entra no helicóptero primeiro e me ajuda a embarcar. Em seguida um chefe de equipe fecha a porta de correr. Nós nos sentamos nos bancos enfileirados um de frente para o outro.

Colocamos fones de ouvido, embora eu não tenha nada a dizer, enquanto o Black Hawk levanta voo por entre os picos arborizados dessa região de New Hampshire. Olho para baixo, a raiva e o medo batendo, e penso: *Mel pode estar bem aqui. Mel pode estar logo abaixo de nós.*

O que fazer?

Puxo minha bolsa para perto sabendo o que tem dentro dela: mudas de roupa, tênis, água, barrinhas energéticas e dinheiro em espécie.

Entre outras coisas.

Como presidente dos Estados Unidos, as únicas armas das quais me aproximei pertenciam ao Serviço Secreto ou à sua Equipe de Contra-Ataque.

Ainda assim, na bolsa estão uma pistola SIG Sauer P226 9mm, um fuzil Colt M4 automático desmontado, com mira térmica TAWS 32, e muita munição para ambas as armas.

Agora sou ex-presidente dos Estados Unidos.

E um pai disposto a se enfiar em qualquer lugar e matar quem for preciso para ter a filha de volta.

Capítulo

35

Salão Oval
Casa Branca

A presidente Pamela Barnes está tirando uma foto com uma delegação da Câmara de Comércio Júnior e pensando distraída sobre qual expressão usará hoje. Ao longo da carreira na política, ela secretamente se deu conta das diferentes expressões que usa em diferentes ocasiões, de receptiva e graciosa a zangada e exigente, e na frente desse jovem grupo ela apresenta uma expressão interessada, mas muito ocupada.

Ela se posiciona no meio do grupo enquanto as câmeras capturam o momento com seus cliques, faz um cumprimento com a cabeça e ignora as perguntas que a imprensa da Casa Branca atira nela como balões cheios de água.

— Senhora presidente, o presidente da Câmara diz que as negociações sobre o orçamento estão suspensas até a senhora...

— Senhora presidente, como a senhora vai reagir às ameaças chinesas de fechar o estreito de Taiwan?

— Senhora presidente, apesar das promessas pessoais que fizeram à senhora, parece que o orçamento de defesa médio da OTAN vai diminuir novamente esse ano...

Ela mantém aquele sorriso fixo no rosto, e um dos seus jovens funcionários olha para o relógio e diz:

— Já é o suficiente por hoje. Obrigado, muito obrigado. — Ele abre os braços e as mãos para afastar a imprensa e os jovens e ansiosos membros da delegação da Câmara de Comércio Júnior.

Uma das guias, uma mulher asiática robusta de terninho com saia azul-escura, segue Pamela e lhe oferece a mão. A presidente troca um aperto rápido.

— Obrigada por terem vindo — diz Pamela. — Aproveitem o restante do dia.

Os olhos da mulher estão marejados.

— Obrigada, obrigada, senhora presidente... Acredite, estamos todos torcendo pela senhora. Todos nós te amamos. Que Deus a abençoe, senhora presidente.

O sorriso de Pamela é genuíno quando ela estende a mão, coloca-a no ombro da mulher e diz:

— Obrigada, é muita gentileza da sua parte.

Embora tenha se sensibilizado pela comoção repentina da visitante, ela logo começa a pensar: *Bem, nem* todo mundo *está torcendo por mim, especialmente o líder da Câmara, a China, a Rússia, o Irã, boa parte da mídia e da internet e uma grande parte do país que ainda não se acostumou a chamar a líder do mundo livre de "senhora".*

O grupo enfim sai do Salão Oval, e o marido de Pamela, Richard, entra com tranquilidade, segurando uma pasta com capa de couro em suas mãos fortes e enrugadas, e ela mais uma vez sente aquela onda agradável de amor e apreço pelo marido conforme ele se aproxima. Ele está com seu uniforme diário: terno chumbo da Savile Row e gravata vinho, e, antes de ela chegar ao seu lugar de direito — aqui, na Casa Branca —, houve comentários desagradáveis sobre o preço dos ternos de Richard. Na época, ele disse:

— Olha, eu vim do condado de Osceola com bosta de vaca na minha roupa inteira, e agora você não quer me dar uma chance de me limpar?

Para o único homem em quem pode confiar cem por cento nessa cidade, Pamela pergunta:

— O que vem a seguir na agenda?

— Cancelei tudo — responde Richard sem hesitar.

Pamela é pega de surpresa. Depois da sua vitória apertada dois novembros atrás, Richard liderou a equipe de transição de Pamela, e houve fortes objeções quando ela deu uma de JFK (que promoveu o irmão Bobby a procurador-geral) e o nomeou como chefe de Gabinete. Mas sua vitória histórica calou as reclamações, e atualmente há dias, como este, em que ela adoraria voltar ao segundo dia de mandato, rodeada de tanta boa vontade.

— O que aconteceu? — pergunta ela voltando para a histórica mesa do Resolute, usada por tantos presidentes anteriores.

A porta do Salão Oval se fecha, e Richard se senta ao lado dela na mesa.

— Mel Keating foi sequestrada.

— O quê? — pergunta ela, surpresa, horrorizada. — A filha de Matt Keating?

A própria Pamela vinha se preparando para um ataque terrorista, uma ação militar, a morte de alguém importante... mas isso?

Richard abre a pasta de couro e diz:

— Faz quase duas horas. Recebi algumas informações do secretário Charles, da Segurança Interna. Mel Keating e o namorado estavam fazendo uma caminhada pelas montanhas Brancas, a cerca de meia hora de carro da casa de Matt no lago Marie. O corpo do namorado foi encontrado num estacionamento de terra, no pé de uma trilha. Assassinado com um tiro na cabeça. A mochila de Mel estava no chão perto dele.

— Mas que... Onde estava a porcaria da proteção do Serviço Secreto?

— O pai dela não é mais presidente, e a lei diz que a proteção termina quando se completa 16 anos. Mel Keating tem 19.

Pamela respira fundo.

— Alguma exigência de resgate?

— Ainda não.

— Alguma ideia de quem pode estar envolvido?

— Matt foi um Seal e tem um grande histórico político, o que significa uma longa lista de inimigos, senhora presidente. Tenho certeza de que o FBI está investigando isso no momento.

— O que está sendo feito agora?

— A polícia local está no caso, a Equipe de Resgate de Reféns está na casa de Matt, e o FBI está enviando todos os agentes disponíveis de Boston a Buffalo.

— E a imprensa?

— Até agora, só rumores na internet de que tem alguma coisa esquisita acontecendo em New Hampshire, mas pode apostar que essa bomba vai estourar já, já. É melhor você fazer uma declaração o mais rápido possível, ficar à frente do caso imediatamente.

Pamela esfrega os olhos.

— Não seria melhor Lisa Blair assumir? O povo não vai querer ouvir a chefe do FBI?

— Não, senhora — responde Richard, confiante. — Se fosse o sequestro de qualquer outra pessoa famosa, eu concordaria. Mas não a filha do ex-presidente. A senhora precisa tomar a dianteira, assumir o controle, mostrar ao país que está no comando de tudo.

Pamela faz que sim com a cabeça. O que seu marido e chefe de Gabinete disse faz todo o sentido.

— Tudo bem — diz ela. — Quero a diretora Blair aqui o mais rápido possível para uma reunião. Chame também o secretário Charles e o chefe do Serviço Secreto, e o general Perkins e Fred Munroe. Pressão total. Ah... e por onde anda o vice-presidente?

— Num avião rumo à América do Sul. Mas o chefe do Estado-Maior Conjunto e a sua conselheira de segurança nacional... Tem certeza, senhora presidente?

— Absoluta, Richard. Quais são as chances de Mel ter sido sequestrada em troca de dinheiro por alguns caipiras locais? Vai ter um lado militar e um de segurança nacional nesse sequestro, e quero ter certeza de que vamos estar preparados para todas as possibilidades.

— Pode deixar, senhora presidente.

Pamela balança a cabeça. Anos atrás, ela e Richard tentaram ter filhos, sem sucesso, e nenhum dos dois quis seguir o cansativo e provavelmente inútil processo de fertilização in vitro. Então eles voltaram toda a atenção para as sobrinhas, os sobrinhos e os primos (e é incrível o número de primos que brotou do nada depois que ela foi empossada!), e ela não consegue sequer imaginar o horror de ter um filho sequestrado.

— Quero falar com Matt Keating — diz ela.

— Não é possível no momento, senhora.

— Por quê? — pergunta ela, irritada.

— Ele está num Black Hawk do FBI rumo ao Aeroporto de Manchester. Acredito que de lá ele virá para cá, para estar próximo e obter informações e atualizações.

— E Samantha Keating?

— A caminho também.

— Tudo bem, na primeira oportunidade, quero uma reunião presencial com os dois. Sem imprensa.

— Deixa comigo.

Quem mais deve participar da reunião?, pensa Pamela. Ela confia cegamente na diretora do FBI, Lisa Blair, embora tenha sido nomeada pelo antecessor de Pamela, e não há ninguém melhor no mundo para solucionar situações de sequestro. Seu secretário de Segurança Interna, no entanto, é um policial da Flórida com pouca imaginação, e ela vai se certificar de que ele fique calado e faça o que o FBI mandar a Segurança Interna fazer. E quanto à NSA? Eles são os melhores em interceptar comunicações, e ela terá de garantir que...

Seu marido e chefe de Gabinete continua sentado.

Ela sabe por experiência própria que isso é sinal de algo importante.

— O que mais, Richard?

Richard a encara com seu olhar firme e diz:

— Essa é uma situação de crise, senhora presidente. Mas também é uma oportunidade. Os últimos meses não foram bons para nós, não é mesmo?

— Richard, é só que...

— Pamela, estamos afundando — interrompe ele. — Fracassando. Sua conquista histórica já ficou no passado para todo mundo. Essa é a chance de assumir o controle, mostrar liderança de verdade e tomar decisões difíceis que vão impressionar nosso povo e outros países.

Pamela encara o homem que a ajudou a colocá-la ali, no escritório mais famoso do mundo.

— Que tipo de decisões difíceis, Richard?

— Pamela, quando descobrir o que eles querem de resgate, você vai dizer não — responde Richard, o olhar firme e calmo.

Capítulo

36

Hotel Saunders
Arlington, Virgínia

Minutos após minha chegada com o agente David Stahl, o quinto andar do Hotel Saunders está um caos, e faço o possível para que ao menos seja um caos controlado. Fomos recebidos no Aeroporto de Dulles com dois Chevrolet Suburbans e três outros agentes do Serviço Secreto do escritório local, que fica no número 1.100 da L Street NW, Distrito de Columbia. O agente sentado ao meu lado no banco detrás do segundo Suburban era um homem hispânico, e o surpreendi ao dizer:

— Agente Morales, como vai? Como estão os gêmeos?

— Muito... Muito bem, senhor — gaguejou ele, espantado. — Ambos estão no primeiro ano, aterrorizando as freiras da escola.

— Excelente — digo, feliz por ter acabado de passar alguns minutos pensando em outra coisa além de Mel. O agente Morales passou seis meses no Destacamento de Proteção Presidencial quando eu era presidente, e, quando se passa boa parte do seu tempo com agentes como ele, acaba-se conhecendo suas vidas, suas famílias e suas experiências.

No quinto andar, Morales está de guarda na porta aberta que liga a suíte da minha campanha de reeleição fracassada a outra sala vazia, nos dando mais espaço. Ambos os cômodos estão ocupados por seguranças do hotel, gerentes, trabalhadores trazendo mais mesas, cadeiras e computadores, e pago tudo com o cartão de crédito em nome do ainda existente Comitê de Reeleição de Matthew Keating, e imagino que esteja criando uma dívida astronômica, mas não dou a mínima.

As lâmpadas brilham intensamente, os telefones tocam sem parar, e uma grande TV de tela plana está muda e sintonizada na CNN, a rede mundial de notícias que é a décima oitava agência de inteligência não oficial dos Estados Unidos para transmitir notícias de última hora antes que cheguem à Casa Branca ou ao Departamento de Estado.

De pouco em pouco tempo, ouço um "senhor presidente, senhor presidente" — então surgem perguntas sobre a aquisição de mais funcionários, de quartos para dormir, que tipo de café e refeições devem ser pedidos —, e estou no olho do furacão, desejando a simplicidade e a organização da Sala de Crise da Casa Branca.

Quero pelo menos um minuto sozinho para descobrir onde Samantha está e perguntar ao agente Stahl se ele recebeu mais alguma notícia da Polícia Estadual de New Hampshire ou do FBI, mas sempre que me viro tem alguém na minha frente segurando um celular ou um laptop e me fazendo alguma pergunta.

— Todos vocês! Calem a boca, agora! — berra uma voz feminina. — Não quero ouvir mais nem um pio de ninguém!

Viro e quase caio no chão de tanto alívio com o silêncio repentino quando Madeline Perry, minha chefe de Gabinete, entra, os olhos brilhando, a cabeça indo de um lado para o outro, como que desafiando alguém a ficar no seu caminho.

Ela se aproxima e me dá um abraço rápido.

— Ah, senhor presidente...

Eu me afasto, piscando para conter as lágrimas repentinas.

— Obrigado por chegar tão rápido, Maddie.

Ela segura as minhas mãos e dá um aperto rápido.

— Praticamente tive que subornar todo mundo que aparecia no meu caminho para conseguir o melhor voo disponível de LaGuardia para Dulles. Alguma novidade?

— Não que eu saiba.

Ela solta as minhas mãos, vê o agente Stahl ao telefone e diz:

— David! Comigo e com Porto. Agora.

Nós dois a seguimos até o cômodo vazio mais próximo, que por acaso é o banheiro grande da suíte. Madeline nos convida a entrar e, antes de fechar a porta, diz:

— Juro que quebro os dedos de quem bater nessa porta!

No banheiro, Madeline pergunta:

— Agente Stahl, quais são as novidades? Algum pedido de resgate?

Ele balança a cabeça.

— Não que eu saiba. A última novidade é que a Equipe de Resgate do FBI ainda está instalada no lago Marie, todos os agentes do FBI disponíveis na região estão indo para lá, toda a região da Nova Inglaterra está em estado de alerta em busca de um Cadillac Escalade preto que suspeitamos ter sido usado no sequestro de Mel, e, neste exato momento, todos os postos da divisa da Nova Inglaterra com o estado de Nova York estão sendo fechados.

— Senhor presidente, teve notícias da Casa Branca? — pergunta Madeline. — FBI? Segurança Interna?

— Ainda não — respondo. — Não parei nas últimas horas. Se eu parar de responder perguntas sobre que tipo de sistema de telefonia instalar aqui, não vou ficar esperando, vou entrar em contato com eles de uma vez.

— Ótimo — diz Madeline. — Garanto que, quando sairmos daqui, ninguém mais vai incomodar o senhor. — Ela toma fôlego rapidamente. — Não vi nada na mídia sobre a... situação de Mel, mas logo, logo isso vai mudar. Vou começar a preparar uma declaração para o senhor. — Ela tenta conter a emoção. — Pobrezinha...

— Agente Stahl, alguma notícia da minha esposa? — pergunto.

— Eu estava recebendo uma atualização quando Maddie chegou, senhor presidente. A Polícia Estadual do Maine e agentes do escritório de Portland a colocaram num voo da United para Dulles, que pousou há cerca de meia hora. Um destacamento vai trazê-la para cá.

Mais uma onda de alívio percorre o meu corpo.

Preciso de Samantha aqui.

Minha esposa, mãe de Mel e, o mais importante, minha parceira.

Não vou conseguir suportar tudo isso e trazer Mel de volta sem ela ao meu lado.

— Bom saber — digo. — Maddie, quanto tempo antes que a história venha a público?

— No máximo alguns minutos.

Passo a mão no rosto.

— Aí a história vai correr o mundo, e todo tipo de maluco rancoroso ou vidente com alguma premonição vai começar a obstruir as linhas telefônicas e lotar as caixas de e-mail do FBI, da Segurança Interna e de tudo mais.

Madeline acena com a cabeça.

— Verdade, senhor. Mas vamos tirar o senhor daqui para que possa começar a trabalhar, fazer suas ligações por conta própria antes de recebermos uma enxurrada de baboseira.

Faço menção de colocar a mão na maçaneta, e Madeline diz:

— Não, senhor, deixa que eu saio primeiro.

Ela abre a porta e ergue a voz outra vez.

— Escutem todos e prestem atenção! Meu nome é Madeline Perry, e sou chefe de Gabinete do presidente Keating. Qualquer pergunta, pedido ou anúncio vocês devem fazer a mim, só a mim. Entendido? Em outras palavras, deixem o presidente em paz. Vamos ficar no quarto ao lado, e, se precisarem dele, falem comigo primeiro. — Então ela se vira para mim: — Por aqui, senhor.

Sigo Madeline até a porta que dá para a outra suíte, mas o plano dela falha imediatamente quando a porta do quarto é aberta e Samantha entra, me vê e grita:

— Matt!

Alguns segundos se passam, então dou um forte abraço nela, sentindo seu cabelo no meu rosto, o cheiro de ar salino e terra do Maine, e penso no passado: no dia em que ela confirmou a gravidez, no dia em que voltei para casa da minha primeira missão no exterior, no dia horrível dois anos atrás em que a agora presidente Barnes me derrotou nas primárias da Califórnia — e em cada uma dessas situações, eu não queria me afastar do abraço de Samantha.

Como agora.

Mas me afasto e a beijo.

— Nenhuma notícia? — pergunta ela, chorando. — Nada mesmo?

Seguro o rosto dela entre as mãos e estou prestes a pensar no que poderia dizer quando Madeline Perry grita:

— Aumenta o volume! Aumenta!

Todos nos viramos para a TV de tela plana, onde há uma mulher familiar sentada à mesa de âncora da CNN. Ao pé da tela passam letras vermelhas — NOTÍCIAS DE ÚLTIMA HORA —, até que alguém finalmente encontra o controle remoto, e a voz da mulher ressoa na suíte lotada.

— ... A CNN soube de duas fontes do alto escalão de agências federais que Melanie Keating, filha do ex-presidente Matthew Keating, foi sequestrada durante uma caminhada nas montanhas Brancas, no noroeste de New Hampshire, e que seu companheiro de caminhada foi brutalmente assassinado...

Capítulo 37

Monmouth, New Hampshire

A policial Corinne Bradford, do Departamento de Polícia de Monmouth, estaciona sua viatura, que já tem dez anos de uso, numa das vagas reservadas perto da delegacia. Minutos antes, o capitão Randy Grambler ligou para o celular dela, pedindo que voltasse para a delegacia.

Corinne se pergunta o que está acontecendo para o chefe querer que ela volte à delegacia sem mencionar nada de anormal pela frequência de rádio da polícia, e ela espera que tenha algo a ver com o sequestro de Mel Keating, filha do presidente.

Corinne sai do carro com uma prancheta de metal debaixo do braço quando uma viatura da polícia estadual passa a toda pela rota 3, seguida por outra do delegado do condado de Grafton e dois Suburbans pretos com sirenes piscando nas grades do radiador e no para-brisa. Dois Black Hawks estão voando para o sul, onde fica o monte Rollins, a apenas uns vinte minutos de carro da nova cidade de Corinne.

Ainda está se acostumando a chamar esse lugar de lar. Um ano atrás, morava em Brockton, Massachusetts, e tinha um ótimo emprego na Polícia Estadual de Massachusetts, até que uma série de escândalos envolvendo a delegacia em que trabalhava — e não ela diretamente, graças a Deus — levou a uma grande reorganização de pessoal, causando sua demissão e a busca por um novo emprego.

Agora ela é policial numa delegacia com três pessoas no meio das malditas florestas e montanhas, chefiada por um morador da região que aparentemente é capitão desde a última Era do Gelo.

Corinne vai para a lateral do edifício de um andar feito de madeira branca com venezianas pretas e altas. Dentro do edifício está todo o governo e a força policial de Monmouth, sendo que a polícia fica no porão dos fundos. Corinne abre a porta grudenta, e o capitão Grambler está sentado a uma mesa de metal cinza fosco, as longas pernas esticadas. Seu corpo de quase dois metros de altura é tão magro que parece que ele vai desmaiar a qualquer momento se não comer imediatamente. Ele usa uma farda azul-escura igual à de Corinne, mas, na dele, o tecido fino nos joelhos e nos cotovelos brilha com o reflexo do tempo.

Ele anota alguma coisa num papelzinho e o entrega a Corinne. Os canos que passam por cima da cabeça deles, do encanamento da prefeitura, tremem quando alguém no primeiro andar dá descarga. O escritório apertado da polícia de Monmouth contém duas mesas, cadeiras, gabinetes de arquivos e caixas de papelão cheias de registros antigos, do século passado. Não há prisão ou sequer uma cela. As poucas pessoas que Corinne prendeu nos seus dois meses aqui foram todas levadas para a prisão do condado de Grafton, em Haverhill.

— Toma. Vai falar com Yvonne Clarkson, no número 4 da Mast Road. Alguém roubou alguma coisa dela hoje de manhã, e ela está bem irritada.

Corinne pega o papel pensando: *É sério isso?* Logo no primeiro dia de trabalho, ela aprendeu que os policiais dessa cidadezinha são chamados para tudo, desde uma caixa de correio quebrada a um cachorro correndo solto e perseguindo as galinhas de alguém.

— Tudo bem — diz ela. — Mas por que o senhor me chamou aqui? Seria mais rápido entrar em contato comigo pelo rádio.

Grambler sorri, coloca as mãos atrás da cabeça e se inclina para trás, para que Corinne possa ouvir sua cadeira e suas costas rangerem.

— Yvonne é figurinha carimbada aqui. Fazia parte do Conselho Municipal e da Secretaria de Planejamento. Muita gente não vai com a cara dela, então por que dar ao pessoal que fica escutando a rádio da polícia uma chance de fazer fofoca?

Ela olha de relance para o endereço e dobra o papel ao meio.

— Alguma novidade sobre o sequestro de Mel Keating?

— Não.

— Ouviu alguma coisa da polícia estadual ou do delegado do condado?

— Não.

Corinne amassa o papel com força. Quando era da Polícia Estadual de Massachusetts, duas vezes fez parte de uma equipe de segurança encarregada de auxiliar o Serviço Secreto durante uma visita presidencial e adorou a adrenalina e a agitação de fazer parte de algo maior, algo importante.

— A gente podia ajudar na busca, sabe? — sugere Corinne. — A gente podia cobrir áreas que...

— Corinne, vai fazer o seu trabalho, ok? — interrompe Grambler, pegando um exemplar do *Union Leader*. — E o seu trabalho é ver Yvonne Clarkson. Vai logo.

Naquele mesmo dia Corinne passou vinte minutos na sala bagunçada e empoeirada de Yvonne Clarkson, bebendo chá gelado morno, feito de pó concentrado, e ouvindo a idosa fazer queixas de saúde e comentários sobre política, antes de tentar pela quarta vez direcionar a conversa para o motivo da visita.

— Sim, senhora, vou me lembrar do que a senhora disse sobre o dr. Yahn se um dia eu fizer uma cirurgia no pé no Hospital Dartmouth-

-Hitchcock — diz Corinne. — Mas, por favor, pode me dizer o que aconteceu essa manhã?

A mulher parece ter uns 70 anos, cabelo pintado de preto, sobrancelhas igualmente pretas, e está com uma blusa amarela larga e short cáqui até os joelhos enrugados. As unhas dos pés e das mãos estão pintadas de vermelho vivo, combinando com o batom.

— Bem, é o seguinte — começa ela, suspirando, aparentemente frustrada. — Monmouth mudou muito desde que vim morar aqui, conforme a faculdade e o centro médico foram se expandindo, obrigando os bons moradores locais a sair daqui, por causa do aumento dos aluguéis e dos impostos. Acontecem coisas que simplesmente não deveriam acontecer.

— Como o quê? — pergunta Corinne, pelo menos pela quarta vez.

Yvonne Clarkson se inclina para a frente e sussurra:

— Roubo. Roubo de verdade, de uma propriedade privada. Antigamente, você podia deixar as portas destrancadas, a caminhonete estacionada na garagem com as chaves na ignição. Agora não dá mais.

— E o que foi roubado? — pergunta a policial.

— Meu jornal da manhã, isso que roubaram. Acredita? Roubaram direto da caixa de entrega!

Corinne tenta não esboçar nenhuma expressão. *Quando eu estava em Massachusetts,* pensa, *costumava atender a acidentes de trânsito com pessoas embriagadas e salvei pelo menos duas vidas fazendo manobras de primeiros socorros no local. Trabalhei em quatro blitze que resultaram na apreensão de pelo menos cinquenta quilos de heroína, e uma vez fiz parte de um turno de reforço numa situação de sequestro armado em Melrose.*

— Seu jornal? — pergunta Corinne.

— Isso mesmo. Meu *USA Today.* Eles acabaram de começar a entregar em domicílio aqui na área, e esses malditos ladrões roubaram o jornal dessa manhã.

— Ladrões?

Um aceno de cabeça triunfante.

— Eu acordo cedo. Vi o desgraçado... desculpe o palavreado... sair de um SUV preto e tirar o jornal da caixa como se fosse a coisa mais normal do mundo.

Corinne faz algumas anotações.

— Tem certeza?

— Absoluta. Dois idiotas. Um dirigindo, outro que saiu e roubou o jornal. Acha que pode encontrá-los?

Corinne tenta não chiar.

Um jornal roubado, num valor total de — tente não rir! — dois dólares.

— Bem, tenho certeza de que vamos tentar, mas não tenho muitas informações para seguir em frente. Quer dizer, só sei que foi um homem num SUV preto.

Yvonne comprime os lábios.

— Você não é da área, então não conhecia o meu tio Caleb, né?

— Não, senhora — responde Corinne, mais uma vez tendo de se defender do crime de ter nascido em Massachusetts.

— Ele era gerente de uma das maiores concessionárias de Manchester, a Double-C Fine Autos. Por muitos anos eu trabalhei lá durante os verões, ajudando em qualquer tarefa, de datilografia a serviço no departamento de peças. Eu conhecia os carros na época, e ainda conheço. Consigo dizer exatamente que tipo de SUV estava na frente da minha casa hoje de manhã.

— Então qual era o modelo?

— Um Cadillac Escalade, modelo desse ano — responde Yvonne, com um aceno de cabeça satisfeito. — Preto. Com vidros escurecidos.

Capítulo

38

Salão Oval
Casa Branca

Quando a porta curva do Salão Oval se abre em silêncio, a presidente Pamela Barnes se levanta da mesa do Resolute e se aproxima do seu antecessor, Matthew Keating, e da esposa dele, Samantha. Ambos parecem abatidos e assustados, e Barnes tem uma breve lembrança de quando era governadora e se reuniu com uma delegação de pais que perderam os filhos em tiroteios. As duas pessoas à sua frente têm a mesma expressão melancólica nos rostos.

— Matt, Samantha — cumprimenta Barnes, andando rápido até eles. — Lamento muito o que aconteceu com Mel e, acreditem, estamos fazendo todo o possível para resgatá-la em segurança.

Samantha Keating parece um pouco atordoada enquanto anda com cautela, mas seu marido parece querer matar alguém, um olhar agressivo e intenso. Barnes se lembra de um caso histórico: quando o presidente William McKinley foi assassinado, o senador Mark Hanna, seu bom amigo e um poderoso lobista, disse sobre Theodore Roosevelt: "Aquele maldito caubói é o presidente dos Estados Unidos!"

Três anos atrás, ela teve a mesma reação ao saber da morte repentina do presidente Lovering e disse ao marido: "Aquele maldito marinheiro agora é presidente!".

Pamela tenta deixar tudo isso para trás. Dá um abraço rápido em Samantha, troca um aperto de mão com Matt e leva ambos para os dois sofás no centro do Salão Oval. Eles estão acompanhados de Lisa Blair, diretora do FBI, e Paul Charles, secretário de Segurança Interna, junto com o marido de Barnes, Richard, e uma jovem assessora, Lydia Wang.

Matt e Samantha se sentam juntos, de mãos dadas, no sofá de frente para Barnes, que diz:

— Lamento muito o que aconteceu com Mel e garanto a vocês que estamos usando todas as forças e todos os recursos do governo federal para localizá-la com segurança.

Mas ela sente uma pontada ao se lembrar das palavras ditas pelo seu marido e chefe de Gabinete mais cedo.

Pamela, quando descobrir o que eles querem de resgate, você vai dizer não.

Samantha acena com a cabeça ao ouvir as palavras tranquilizadoras de Pamela, mas Matt vai direto ao ponto.

— Me diz o que vocês estão fazendo.

Curto e grosso, sem um pingo de cortesia ou educação, *e é por isso que essa é a minha casa agora, e não a sua,* pensa Pamela.

— Diretora Blair? — diz Pamela. — Quais as últimas novidades?

Blair se senta mais para a frente no sofá bege, as mãos entrelaçadas no colo.

— Estamos enchendo a área de agentes, senhora presidente, até convocando alguns no Canadá. Nossa investigação está no momento trabalhando em duas frentes. A primeira é conversar com colegas de faculdade de Mel, amigos, professores e alunos do dormitório dela, para descobrir se tinha alguma coisa fora do comum acontecendo nas últimas semanas. Estranhos rondando o campus, fazendo perguntas sobre ela, invasões ou ocorrências incomuns.

— E qual é a segunda frente? — pergunta Barnes.

— Tentar encontrá-la efetivamente — responde Blair. — Assumimos o comando e estamos trabalhando em parceria com a Polícia Estadual de New Hampshire e com todas as autoridades policiais locais, incluindo o pessoal de Pesca e Caça. Estamos montando blitze em todas as estradas principais e secundárias perto do monte Rollins, e todas as casas e empresas num raio de trinta quilômetros do local do sequestro estão sendo investigadas, e seus residentes e empresários, sendo interrogados. Também temos unidades de cães farejadores nas trilhas mais conhecidas da região.

— Existem quantos postos de fronteira com o Canadá? — pergunta Matt.

O secretário de Segurança Interna, Paul Charles, parece surpreso ao ouvir uma pergunta, e Barnes mais uma vez lamenta o acordo político que a fez colocá-lo no cargo. Tal qual um policial das antigas, ele pega um bloco de anotações velho, vira uma página e responde:

— São vinte e quatro entre o Maine e o Canadá, um em New Hampshire e quinze em Vermont. Nossas... hummm... Nossas unidades da Patrulha de Fronteira estão em alerta. Há uma retenção enorme no trânsito no sentido Canadá. Nesse primeiro momento não vamos ter muitas reclamações, mas, senhora presidente, se não... hummm... reduzirmos as restrições, em breve haverá muitas queixas. Muito em breve.

Antes que Matt possa falar, Barnes diz:

— Agora não, Paul, agora não. E o Serviço Secreto?

Ele encolhe os ombros.

— Pouca coisa — responde Paul, esboçando um sorriso. — Não adianta chorar sobre leite derramado, certo? O sr. e a sra. Keating estão bem aqui, a residência no lago Marie está sendo protegida e Mel... bem, só queria deixar claro, antes de prosseguirmos, que o Serviço Secreto não era responsável pela proteção de Mel Keating. Ela tinha 19 anos e...

— Ninguém está culpando o Serviço Secreto por nada — interrompe Matt, a voz baixa e gélida. — Senhora presidente, posso interromper?

— Claro, Matt, vai em frente — responde Barnes.

— Senhora presidente, recentemente houve decisões judiciais que afetaram o compartilhamento de informações entre o FBI e a NSA. Colocar a NSA oficialmente no caso para ajudar o FBI vai levar tempo. A senhora consideraria emitir um decreto e entrar em contato com o general Winship, da NSA, para obter a cooperação imediata deles?

Sentada no sofá, a diretora Blair olha para Barnes e acena com a cabeça.

— Isso pode nos poupar algumas horas importantes, senhora presidente.

— Considere feito, Matt — responde Barnes. — Diretora Blair, podemos...

A porta do Salão Oval se abre silenciosamente, e Felicia Taft, uma jovem negra, subchefe de Gabinete, entra com um laptop aberto nas mãos.

Todos na sala se viram para ela, e Barnes pergunta:

— O que está acontecendo, Felicia?

Ela anda apressada até o meio do salão, coloca o laptop aberto na mesinha de centro e, quase sem fôlego, responde:

— Senhora presidente, acabamos de receber um alerta de notícia da Al Jazeera. Eles receberam um pedido de resgate por Mel Keating e vão colocá-lo no ar em um minuto.

Capítulo

39

Salão Oval
Casa Branca

Ainda estou segurando a mão de Sam, mas estar de volta a essa sala familiar faz com que eu me sinta deslocado no tempo e no espaço. A última vez que estive aqui foi há um ano e meio, nas últimas horas da minha presidência, e agora estou de volta, não como presidente, mas como um pai furioso e assustado, ouvindo, sem prestar muita atenção, a mulher diante de mim — uma política elegante que sempre usou as palavras certas e a linguagem adequada para alavancar sua carreira política — fazer as promessas-padrão.

Quero acreditar nela, mas sou experiente demais, desconfiado demais.

Há homens e mulheres lá fora neste exato momento colocando a mão na massa, dando o seu melhor para encontrar Mel. Neles eu confio e acredito.

Mas nos seus superiores, os diretores e burocratas de unhas limpas e consciência suja?

Não muito.

Lá fora, naqueles prédios do governo, há acordos a serem feitos, rancores a serem mantidos, e, nessa crise que se inicia, sei que algumas almas insensíveis enxergarão apenas uma oportunidade de se autopromover e nada mais.

O laptop é girado. Olho para a tela e vejo um âncora tagarelando sobre o sequestro de Mel, o horror da situação, a dor que Sam e eu devemos estar sentindo, e ignoro o sujeito, desejando que algum produtor lá em Doha, no Qatar, ande logo com o vídeo.

Sentadas no sofá comigo estão Sam e Lydia Wang, assessora da presidente. À nossa frente estão a presidente, a diretora Blair e o secretário Charles. O marido da presidente está de pé atrás dela.

O rosto do âncora desaparece.

Uma tela azul é exibida.

Um homem barbeado, de pele escura e cabelo preto aparece usando uma camisa branca cuidadosamente abotoada até o pescoço. Ele parece estar sentado diante de uma parede de cimento preto. (*Bom truque antiespionagem*, pensa o velho Seal dentro de mim. *Com isso ele não fornece nenhum detalhe ao fundo que nos ajude a identificar o local da gravação.*) O homem acena com a cabeça, o rosto determinado, os olhos pretos inclementes, e sua primeira frase me atinge feito uma coronhada de um M4 na barriga.

— Meu nome é Azim al Ashid, sou um guerreiro de Alá, e esta mensagem é para você, Matthew Keating — começa ele. — Estou com sua filha Melanie.

Sam aperta minha mão e solta um gemido.

— Matt, esse é aquele...

— É — digo. Não estou pensando, a resposta sai automaticamente da minha boca. — Esse é o terrorista que teve a mulher e as filhas mortas por minha causa.

E aquela velha voz de operador militar sussurra outra vez na minha cabeça.

Não importa o que seja dito ou prometido, você nunca mais verá Mel.

* * *

Encaro a tela, mantendo o foco.

Ele faz uma pausa, e sei que o desgraçado está fazendo isso para prolongar a minha agonia e a de Sam.

Eu o encaro, e é como se ele estivesse olhando nos meus olhos.

— Sua filha está viva — diz ele. — Ela está bem.

Então ele abaixa a voz.

— Ao contrário das minhas meninas mortas, assassinadas sob suas ordens, sob seu comando. Você consegue imaginar a dor de um pai, sabendo que não apenas sua esposa se foi mas também suas filhas, seus amados frutos?

Ele parece mexer as mãos por baixo da câmera e em seguida mostra três pequenas fotos coloridas de garotas jovens e sorridentes de cabelos escuros cacheados usando roupas de cores vivas. Então diz:

— Essas são as minhas amadas Amina, Zara e Fatima. Elas foram queimadas, esmagadas e desmembradas por você, Matthew Keating. Qualquer pai que se preze buscaria vingança, não é? Vingança pela morte das filhas.

Ele mostra outra foto: uma mulher num xador preto, com o rosto rechonchudo, e sorridente.

— E minha esposa, Layla — continua Azim. — Uma companheira e mãe maravilhosa e devota. Você, Matthew Keating, tem sorte: sua esposa ainda está viva. Sentada ao seu lado neste momento, tenho certeza.

Azim abaixa a foto e respira fundo.

— Como eu disse, a vingança seria um caminho lógico, não seria? Um caminho razoável. Mas sua filha, Melanie, está viva. Vou provar isso agora.

O vídeo é cortado e em seguida mostra vários segundos de uma Mel assustada, encarando a câmera, os olhos avermelhados atrás dos óculos, o cabelo desgrenhado, segurando uma cópia do *USA Today*.

Olho bem para me certificar de que está respirando, de que está viva. Tudo o que vejo é o seu rosto assustado, mas desafiador, e o jornal debaixo do queixo.

Ao meu lado Sam está chorando.

O vídeo é cortado novamente e volta para Azim al Ashid.

— Pronto. Com o jornal de hoje, você pode ver que ela está bem e viva. Você, Matthew Keating, matou minha esposa e minhas filhas. Aqui, eu provei que sua filha, Melanie, ainda está viva. Agora me diga: quem é o verdadeiro terrorista? O verdadeiro assassino? O verdadeiro bárbaro?

Outra pausa.

O filho da puta está me provocando.

— Você, Matthew Keating, tem até o meio-dia de amanhã para atender às seguintes demandas.

Ouço Richard Barnes sussurrar: "Ai, merda, lá vem", e Azim diz:

— Ao meio-dia de amanhã, horário da Costa Leste, vou libertar Mel Keating, em segurança e ilesa, se as seguintes condições forem atendidas.

"Um. A libertação de três companheiros de guerra que estão atualmente detidos em condições bárbaras e desumanas na sua assim chamada prisão de segurança máxima em Florence, Colorado: Aian al Amin, Nawaf al Khatab e Arda al Hadid."

Companheiros de guerra, penso, furioso, e me lembro. Assassinos com sangue-frio que massacraram alegremente dezenas de inocentes na Europa e no norte da África.

— Esses três homens serão libertados de Florence e levados para uma pista de pouso abandonada na Líbia, cujas coordenadas são: vinte e oito graus, vinte e quatro minutos, doze segundos ao norte e treze graus, dez minutos e vinte e seis segundos a leste. Qualquer tentativa de segui-los ou de impedir a fuga deles resultará na morte de Melanie Keating. Isso inclui a vigilância dos seus drones.

"Dois. Um resgate no valor de cem milhões de dólares em bitcoins a ser pago nas próximas vinte e quatro horas. Você acessará um navegador Tor e digitará as seguintes letras e números na janela do navegador — Azim fala uma sequência de letras e números — e seguirá as instruções que aparecerem. O não pagamento do resgate resultará na morte de Melanie Keating."

Sinto Sam tremendo ao meu lado.

— Três. O perdão completo da presidente Pamela Barnes por todo e qualquer crime que eu possa ou não ter cometido contra estadunidenses nos Estados Unidos ou no exterior.

Ele abre um sorriso astuto e satisfeito ao dizer a última exigência.

— Se o perdão não for feito e publicado, você com certeza sabe o que vai acontecer.

Azim faz uma pausa, olha bem para o centro da lente da câmera e continua:

— Matthew Keating, agora enfim você tem uma ideia, uma provinha do que fez comigo anos atrás.

Ele sorri.

— Até o nosso possível encontro, Matthew Keating, *ma'a Salāmah*.

A tela fica branca. O âncora da Al Jazeera reaparece. O Salão Oval está mudo, e eu quebro o silêncio.

— Esse idiota — digo. — Ele acabou de cometer um grande erro.

Capítulo

40

Salão Oval
Casa Branca

Todos no Salão Oval se viram para mim, e vejo uma leve expressão de irritação na presidente Barnes, porque esse é o espaço dela, mas todos estão prestando atenção em mim.

— Matt, prossiga — pede ela.

— Ele acabou facilitando bastante a nossa tarefa de encontrá-lo. Em que pé estaríamos se em vez do vídeo ele tivesse enviado um e-mail com as demandas e uma foto de Mel anexada? Não saberíamos quem ele era, quem estava por trás do sequestro ou qualquer outra coisa. Agora sabemos. A diretora Blair e todas as outras agências de inteligência podem começar a seguir as migalhas deixadas. Estou certo, diretora Blair?

— Absolutamente certo, senhor presidente — concorda a diretora do FBI.

— Explique melhor o que isso significa, por favor — pede Barnes.

— Só para ter certeza de que estamos todos em sintonia — acrescenta respeitosamente seu marido e chefe de Gabinete.

— Agora sabemos quem está por trás do sequestro de Mel Keating, e ele nos forneceu uma foto — diz a diretora Blair. — Então podemos rever o tráfego de mensagens, fotos, postos de fronteira. Podemos seguir seus passos, descobrir quem são os parceiros dele e onde estão. Podemos começar a investigar pistas. Senhor presidente, senhora presidente, essa é uma ótima notícia.

Ouve-se um murmúrio no Salão Oval, e a diretora Blair diz:

— Senhor presidente, preciso fazer algumas perguntas ao senhor e à sua esposa.

Samantha faz que sim com a cabeça e eu digo:

— Vai em frente.

— Algum de vocês recebeu mensagens ou ligações ameaçadoras recentemente?

— Não — respondo.

— Não — responde minha mulher.

— Algum visitante inesperado ou estranho na casa do lago?

— Não — respondo.

A diretora Blair está prestes a seguir em frente com as perguntas quando digo:

— Faça a mesma pergunta à minha esposa.

— Como? — diz Blair.

Num tom de voz desolado, Samantha diz:

— Nos últimos meses, estive em Hitchcock, no Maine, comandando uma escavação arqueológica. Ninguém me incomodou, não recebi cartas ou e-mails ameaçadores nem visitas inesperadas.

Sinto Samantha tremer.

— Senhora presidente, se me permite, preciso voltar para o meu escritório — diz Blair. — Estamos montando uma força-tarefa lá e no escritório de Manchester.

— Diretora Blair, se precisar de qualquer coisa, não importa o horário, ligue para mim — diz Barnes.

A diretora do FBI começa a se afastar dos sofás, acompanhada pelo secretário Charles, que está em silêncio, quando pergunto:

— E quanto ao seu informe diário, senhora presidente?

Barnes me encara, o olhar duro e frio, como no dia em que me comunicou que iria me desafiar nas primárias do partido.

— Não sei do que você está falando, Matt.

Estou pisando em ovos. Acabei de envergonhar a líder do mundo livre na frente de outras pessoas, e isso é inaceitável.

— Hoje de manhã recebi a notícia de que o informe diário conteria dados relativos a um aumento nas conversas entre terroristas, indicando que havia um ataque em fase de planejamento. Um ataque contra mim.

— Quem disse isso para o senhor? — perguntou o marido e chefe de Gabinete de Barnes, sem hesitar.

— A essa altura, Richard, isso não importa, não é mesmo? — rebato. — O que importa é que as agências de inteligência receberam indícios de um ataque contra mim. A diretora Blair deveria estar ciente desse fato.

— Concordo — diz a presidente. — Vou garantir que isso aconteça.

— Obrigado, senhora — agradece a diretora Blair, então ela se dirige à porta, seguida pelo secretário Charles, por Lydia Wang e por Felicia Taft, segurando o laptop.

Então uma voz surpreende a mim, e acho que a todos na sala.

— Vocês são idiotas? — diz a minha esposa Samantha. — Está debaixo do nariz de vocês todos, mas ninguém consegue enxergar. Vocês estão todos errados, inclusive você, Matt.

Fico em choque com suas palavras ríspidas, e sei por experiência própria que é melhor manter a boca fechada.

Mas o chefe de Gabinete Richard Barnes jamais soube essa lição.

— Mas que diabo você quer dizer com *errados*? — pergunta ele num tom agressivo, as mãos nas costas do sofá onde sua esposa está sentada. — O que você poderia estar enxergando de diferente que ninguém mais está?

Já assisti a algumas aulas de Samantha e descobri que, quando ela está prestes a acabar com a raça de alguém, o rosto dela fica vermelho e a mandíbula trava.

Como agora.

— Tudo, seu pateta — retruca ela num tom forte, sem vacilar. — Todos vocês estão olhando para o caso como se fosse um sequestro terrorista padrão com uma demanda terrorista padrão. — Ela respira fundo. — Idiotas. Azim não está fazendo exigências ao governo dos Estados Unidos. Repita a mensagem. Azim está fazendo exigências ao pai de Mel Keating. Ele está colocando uma pressão absurda no meu marido porque quer fazer Matt sofrer, quer que Matt fique remoendo os fatos, e, acima de tudo, quer que ele sinta medo. Quer que Matt sinta o gostinho de como é não poder fazer nada para defender a própria família.

O Salão Oval está em silêncio, e até a diretora Blair e o secretário Charles pararam no meio do caminho no carpete bege com o brasão presidencial no meio. Estão prestando atenção na minha esposa.

Samantha olha para cada um deles e diz:

— Azim quer que Matt tenha medo. Medo não só do que ele pode fazer contra... — a voz de Samantha fica embargada por um instante — ... a nossa filha. Não. Ele quer que Matt também tenha medo do próprio governo, das pessoas em quem deve confiar completamente para cumprir as exigências e conseguir libertar Mel. Matt não é mais o presidente. Não tem poder nem autoridade. Portanto, minha pergunta a todos vocês nessa sala é... Matt deveria ter medo de vocês também?

Capítulo

41

Monmonth, New Hampshire

Menos de meia hora depois de a mensagem de resgate de Mel Keating ser divulgada, a policial Corinne Bradford encontra seu chefe sentado a uma mesa no seu segundo escritório, um reservado no Karl's Diner. Suas longas pernas estão esticadas e vão até o meio do chão de ladrilho, e, conforme Corinne se aproxima, ela vê que ele está acompanhado de duas mulheres mais velhas e um homem também mais velho. Os três colegas são da velha guarda de Monmouth: uma conselheira municipal, uma integrante do conselho de planejamento e um jornalista freelancer que escreve para o *Union Leader* — que é vendido em todo o estado — e para alguns semanários locais.

Eles sorriem quando Corinne se aproxima, e por um breve instante a policial se pergunta que tipo de histórias sobre ela Grambler conta aos moradores da cidade, porque gente de fora é sempre um bom motivo de risada para pessoas da região com ancestrais da época em que os primeiros colonos chegaram a esse vale em 1785.

Uma das mulheres se levanta dando uma barulhenta golada no café e diz:

— Capitão, parece que Corinne está estressada. Melhor deixarmos vocês conversarem.

Eles murmuram "Obrigado" e "Até mais", e Corinne se senta de frente para o chefe.

— Está com fome? — pergunta ele.

— Não, chefe. Eu descobri...

— Café? Sempre tem espaço para um pouco de cafeína. Mary! Traz uma caneca nova, pode ser?

Corinne faz careta, mais uma vez odiando os policiais do estado de Massachusetts que fizeram uma cagada tão grande que a jogaram num trabalho com carga horária muito maior e metade do salário, subordinada a um chefe de polícia que acha que o progresso no policiamento terminou em 1932.

— Chefe, o senhor ouviu a notícia sobre a mensagem de resgate de Mel Keating?

— Droga — diz ele e olha para trás, para a TV pendurada no teto manchado sobre o balcão da lanchonete, sempre ligada na Fox News. — Tudo o que ouvi na última hora foi sobre aquela pirralha de olho esbugalhado. Amanhã você vai descobrir que tudo não passou de uma armação. Uma fraude.

Uma xícara de café recém-passado é colocada diante de Grambler por uma garçonete adolescente, a barriga de grávida quase estourando os botões do uniforme cor-de-rosa.

Grambler toma um gole, balança a cabeça com satisfação e diz:

— Ou seja, *fake news*.

Em qualquer outro momento, Corinne responderia à ignorância do chefe, mas este não é qualquer outro momento. Ela pega o iPhone, passa algumas telas e vira o aparelho na horizontal, de frente para o rosto vermelho e roliço do chefe.

— Viu? — pergunta Corinne. — Essa é a foto de Mel Keating que o sequestrador divulgou mais cedo, ela segurando o *USA Today* de hoje. E, antes desse anúncio, eu fui à casa de Yvonne Clarkson, como o senhor queria. E ela me disse que no início desta manhã o *USA Today* foi roubado da caixa de entrega de jornal por um sujeito dirigindo um Escalade.

O chefe de polícia toma outro gole de café. Parece entediado.

— Nossa...

— Capitão, o senhor não está vendo? Tem um alerta nacional contra um Escalade preto, e o cara que roubou o jornal de Yvonne estava dirigindo um Escalade!

— Puxa, Corinne, isso sem dúvida parece o que nós, no meio investigativo, chamamos de *pista* — brinca Grambler, mas logo seu humor muda. — Mas e daí? Você começa a trabalhar nisso, mergulha de cabeça nessa bagunça, faz hora extra enquanto ignora as tarefas reais? O que é que o Conselho Municipal vai pensar? E você acha que algum agente federal vai se preocupar em compensar a cidade?

— Mas, chefe, a gente podia pelo menos...

Um movimento firme de cabeça, outro gole de café.

— E não, você não vai passar por cima de mim e entrar em contato com o FBI nem com o Serviço Secreto. Eles sempre nos ignoram ou nos chamam de caipiras quando pedimos ajuda. Eles que se fodam agora.

Corinne sente o rosto queimar e torce para que ninguém nas mesas próximas possa ver ou sentir sua humilhação.

— Mas vou dizer o que você pode e vai fazer — completa ele. — Entra na sua viatura e estaciona no velho posto Esso perto da Saída 16. Tem muito agente federal e jornalista de fora correndo demais pela I-89 para chegar na região. Liga o radar. É uma ótima chance de fazer receita com as multas e de deixar a mim, aos conselheiros e aos contribuintes felizes. Entendido?

Corinne não se dá ao trabalho de protestar, porque sabe que esse bloco de pedra sentado à sua frente não vai mudar de ideia.

— Sim, capitão — diz ela.

— Ótimo. Já era hora de você ter mais trabalho policial de verdade.

* * *

Mais tarde, depois de passar algumas vezes pela casa de Yvonne Clarkson e pelo início da Trilha de Caçadores, Corinne Bradford dirige pela Upper Valley Road, de olho em tudo ao redor, sabendo que está a uns vinte quilômetros da Saída 16 e sem dar a mínima para isso.

Aqui a Upper Valley Road se junta à rota 113, e mais à frente está o que para a região é considerada uma conurbação: um McDonald's, um Burger King, um posto de gasolina Irving e uma agência do Citizens Bank, com um drive-thru paralelo à estrada.

Corinne toma uma decisão repentina e para no estacionamento do banco.

Nove minutos depois, ela está na sala de Jackie Lynch, a gerente da agência, que está sentada à mesa, enquanto as duas assistem à filmagem das câmeras de segurança apontadas para o drive-thru.

Jackie é magra e sisuda, cabelo loiro e curto. Tem meia dúzia de brinquinhos em cada orelha e usa um terno chumbo. Esfrega a mão no tampo de sua mesa brilhante e diz:

— Sabe que estou colocando o meu na reta por não seguir os procedimentos adequados e pedir que você volte aqui com um mandado, né?

— Eu sei, Jackie, e me responsabilizo por tudo. A polícia agradece sua cooperação. Mas estou atrás de pistas sobre o sequestro de Mel Keating. Cada segundo é fundamental.

— Bom... Sendo assim acho que tudo bem.

Corinne encara as imagens em preto e branco do drive-thru do banco. Um Fusca para, a gaveta de depósito desliza para fora, um springer spaniel inglês sobe no colo do motorista para pedir um petisco e...

Corinne ignora tudo isso.

Está olhando para a estrada.

Pouco trânsito.

Uma van branca passa em alta velocidade.

Um ônibus escolar amarelo.

Nada.

Caminhonete, seguida por outra caminhonete, e...

— Para a gravação, bem aí. Agora! — diz Corinne, quase gritando.

Jackie pressiona a barra de espaço do teclado para congelar a imagem de um Cadillac Escalade preto com vidros escurecidos.

Ela verifica a hora.

Presumindo que o jornal tenha sido roubado pelos homens no Escalade, eles se dirigiram para o norte, para a Trilha de Caçadores, sequestraram Mel Keating e agora — com o jornal e Mel no SUV — continuavam para o norte.

A ordem dos acontecimentos faz sentido.

O coração de Corinne acelera de empolgação.

— Jackie, pode imprimir essa captura de tela para mim? — pede Corinne.

Os dedos de Jackie tamborilam sobre o teclado, e ela pergunta:

— Essa imagem é útil, policial Bradford?

— Acho que sim. Tenho quase certeza de que sim.

Capítulo

42

Chinatown
Nova York, Nova York

Jiang Lijun, do Ministério de Segurança de Estado, que foi oficialmente credenciado com a missão chinesa nas Nações Unidas, está sentado num banco em Columbus Park, perto da Mulberry Street. Ao lado dele está um corpulento e suado professor adjunto do John Jay College of Criminal Justice. Jiang está destruindo a vida desse homem patético e saboreando cada minuto.

A esposa de Jiang, Zhen, tem um primo distante que é artista no Teatro Acrobático Chinês, e Jiang sempre foi fascinado pela habilidade do sujeito na corda bamba. Embora nunca tenha dito a Zhen, Jiang sempre considerou que os dois — ele e o primo dela — tinham profissões semelhantes: ambos andavam lá no alto com todo o cuidado, equilibrando-se contra mudanças abruptas ou rajadas de vento.

E é isso que Jiang está fazendo neste momento: andando no alto, sem rede de proteção. Espera-se que o encontro com esse sujeito corpulento seja uma negociação, na qual o professor vai repassar informações sobre os colegas de classe quando for para a Academia Nacional do FBI.

Mas Jiang está se arriscando, pressionando o homem, indo além das suas instruções precisas. Para crescer no ministério é preciso ter uma força de vontade inabalável e saber a hora certa de se arriscar, e, à luz do sol nesse pequeno parque de Nova York, Jiang sabe que chegou a hora.

O professor adjunto de direito, ciência policial e administração de justiça criminal era vice-comissário de polícia em Nova York. Ele entrelaça as mãos grandes de novo, o cabelo castanho ralo úmido de suor, colado na enorme testa, o terno bege maior que o corpo, largo demais.

— Foi um acidente, só isso — diz ele pela quinta vez. — Quando quebrei o tornozelo, a dor foi insuportável... e com a repressão a opioides... Eu não queria que tivesse tomado essa proporção.

Jiang cuidadosamente dá um tapinha no ombro forte do homem — a sensação é de fazer carinho num boi idiota — e diz:

— É claro que você não queria que chegasse a esse ponto. Mas você pagou um bom dinheiro por outras fontes, fontes ilegais. Quase cem mil dólares. Cem mil dólares que você desviou das verbas que recebeu do Departamento de Justiça.

— Por favor, para de me lembrar disso — resmunga o professor adjunto.

Esse é o meu trabalho, seu idiota, pensa Jiang, e diz:

— Mas você concordou com a minha proposta, não foi? Providenciamos para que você receba o dinheiro em segredo e consiga repor o valor. Assim você pode colocar a culpa do déficit temporário dos fundos num erro contábil. Em troca, quando frequentar a academia do FBI em Quantico, Virgínia, daqui a uns meses, e aprender como funciona o novo software chamado MOGUL, você passará todas as informações para mim ou para um colega. E os meus superiores em Taipei vão ficar muito gratos.

O ex-policial do Departamento de Polícia de Nova York o encara com os olhos cheios de lágrimas.

— Mas por que vocês não conseguem essas informações por meios oficiais?

Jiang sorri. O idiota à sua frente pensa que Jiang é um agente daquela maldita província separatista, Taiwan. É por isso que ele sempre marca com seus contatos em Chinatown: embora todos neguem, para os funcionários da CIA, do FBI e da divisão de contraterrorismo da polícia de Nova York, todos os chineses parecem iguais.

Até para esse ex-policial do Departamento de Polícia de Nova York.

— Beijing tem controle sobre essa nação, sobre a ONU e sobre muitos países que fazem parte das Nações Unidas. Somos um país pequeno, estamos a poucos quilômetros de milhões de comunistas e devemos fazer o possível para nos proteger. Você entende, certo?

Um aceno lento.

— Sim. Entendo. Meu avô perdeu um pé na Batalha do Reservatório de Chosin, lutando contra aqueles malditos comunistas chineses. Eu entendo muito bem.

O tio de Jiang, Bohai, é comandante do Ministério de Segurança Pública em Beijing e taoista, e, quando Jiang era mais jovem, Bohai lhe transmitiu os ensinamentos do *Livro da iluminação do sábio imperador Guan*. Por exemplo: "É por meio da piedade filial, da harmonia entre irmãos, da dedicação, da confiabilidade, do decoro, do sacrifício, da honra e do sentimento de vergonha que nos tornamos totalmente humanos."

Esse homem chorão ao seu lado, que já foi um proeminente policial dessa cidade de mais de oito milhões de habitantes, definitivamente nunca aprendeu o que é ter decoro, honra ou mesmo confiabilidade.

Por isso Jiang não teve a menor dificuldade para controlá-lo.

Esse homem não é humano em sua totalidade.

Jiang dá outro tapinha no ombro do boi quando seu iPhone vibra no bolso do casaco. Jiang se levanta e diz:

— Entrarei em contato quando a hora chegar. Enquanto isso... você é um homem inteligente. Não preciso explicar o que vai acontecer se desistir do nosso acordo. Certo?

— Mas tudo isso é um mal-entendido, não tive a intenção de... — começa o sujeito, mas Jiang já está se afastando do homem patético, lendo o texto no iPhone, uma mensagem simples.

POR FAVOR, NÃO SE ATRASE PARA O ALMOÇO

Jiang aperta o passo.

Para ir de Columbus Park até a Missão Permanente da República Popular da China nas Nações Unidas, localizada na rua 35, leste, normalmente são necessários apenas quinze minutos de táxi, mas Jiang leva quase uma hora por causa dos vários truques de contraespionagem que usa, conhecidos como rota de detecção de vigilância. Durante os quase sessenta minutos que levou para chegar ao endereço, ele tirou o paletó, colocou um boné de beisebol com aba longa e tirou parte da maquiagem usada para escurecer seu tom de pele.

Agora está no escritório do seu superior, Li Baodong, localizado num porão — um cubo de concreto sem janelas nem saídas, o que impede qualquer tipo de acesso de qualquer agência de inteligência ou serviço de segurança em busca de informações. A sala é quente e acarpetada, com plantas falsas e gabinetes de arquivos trancados, e Li, que pesa bem mais de cem quilos, parece gostar do ambiente.

Ele usa camisa branca — suada nas axilas —, gravata vermelha e calça preta, e seu rosto rechonchudo é realçado pelos cabelos pretos penteados para trás e pelos óculos de aro dourado.

Entre os agentes de inteligência que trabalham na missão, Li é conhecido como *pàng mógū* — cogumelo gordo —, porque adora o porão, mas a verdade é que seu rosto gordo e feliz esconde uma mente afiada e uma atitude que já enviou vários agentes com baixo desempenho para o exílio no Chade ou no norte do Canadá.

— Como foi o encontro hoje? — pergunta Li.

Jiang está sentado numa cadeira de couro fria diante da mesa de Li, preparando-se para o que seu chefe pode dizer em seguida.

— O homem estava desesperado. Decidi pressioná-lo.

— Como assim?

— Fiz uma aposta. Disse a ele que pagaríamos o desfalque que ele causou e, em troca, ele nos daria informações sobre o novo software, MOGUL.

Li pisca lentamente por trás dos óculos.

— Você não deveria ter feito isso.

Jiang o encara, pensando: *Um dia o seu cargo vai ser meu porque você é gordo demais para estar em campo e fazer o que precisa ser feito para proteger o Império do Meio.*

— Surgiu uma oportunidade — explica Jiang. — Eu aproveitei. Vai valer a pena para nós.

— Mas e se ele for ao FBI confessar tudo?

— O idiota pensa que eu trabalho para o *tái bāzi*, e, se ele confessar, o que duvido que faça, qualquer reação será contra Taipei, não contra nós.

— Isso foi perigoso.

— As probabilidades estão a nosso favor.

— Talvez. Você sem dúvida é um *bào dàtuǐ*, isso eu reconheço.

Bào dàtuǐ, pensa Jiang. Em outras palavras, uma pessoa que gosta de agradar os mais poderosos.

Mas Li está errado.

Jiang não está tentando agradar o chefe.

Está preparando o chefe para ser substituído na hora certa.

— Camarada, em qualquer outro lugar eu estaria repreendendo você por abusar da sua autoridade, mas não tenho tempo para isso — diz Li. — Surgiu uma notícia hoje que envolve você. A filha do presidente foi sequestrada.

— Mas a presidente não é mulher?

Li balança a cabeça.

— Não, ela não. O presidente anterior. Keating. A filha adolescente dele foi sequestrada.

Jiang está confuso, e ele odeia essa sensação.

— Mas como isso me envolve?

— O criminoso que está levando o crédito pelo sequestro da garota é Azim al Ashid — diz Li, olhando para uma folha de papel na mesa ao lado de um terminal de computador seguro. — Ele foi um ativo nosso por um período na Líbia, correto? Controlado por você, não era?

Azim, pensa Jiang. *Um guerreiro competente que aceitou de bom grado a ajuda de estrangeiros, mas que era impossível de controlar.* Jiang se orgulha de várias conquistas na vida, e uma delas foi sair da Líbia e nunca mais ter de se encontrar cara a cara com aquele bárbaro.

Azim não passa de uma ferramenta. Além disso, ele sem dúvida não é totalmente humano.

— Sim, claro — responde Jiang. — Ele nos ajudou a resolver as diferenças entre várias tribos para muitos dos nossos projetos de oleodutos e expedições para perfuração. Onde havia competição e caos, Azim levava a paz, para que nosso trabalho não fosse interrompido.

Seu superior comprime os lábios carnudos.

— "Resolver as diferenças." Boa escolha de palavras. Bem, ele tem uma diferença com o presidente Keating e sequestrou a filha dele hoje de manhã, em algum lugar de New Hampshire, perto daquela faculdade... Dartmouth.

Jiang se mantém em silêncio. Não tem nada a acrescentar, portanto não há a menor chance de dizer algo inoportuno.

Bùzuō bú huì sǐ. *Você não arrumará encrenca se não for atrás de problemas.*

Li suspira.

— Você tem meios de entrar em contato com esse tal de Azim al Ashid?

A cabeça de Jiang está a mil. A resposta fácil seria dizer não, pois ele teme a possibilidade de ter de entrar mais uma vez no mundo daquele bárbaro, em que uma simples ofensa ou uma diferença de pensamento religioso pode resultar num pescoço cortado, mas Jiang não chegou tão longe fazendo o mais fácil.

Vingar o pai e ferir a nação que o matou significa correr riscos, e este é apenas o mais novo risco a enfrentar.

— Sim, tenho — responde.

Li faz que sim com a cabeça e passa para ele um papel.

— Então faça isso. As negociações e outras conversas com os Estados Unidos sobre comércio, tecnologia e relações militares estão paralisadas. Beijing está atrás de qualquer oportunidade de eliminar as barreiras com os estadunidenses e ter uma vantagem. Nenhuma pressão e oposição que fizemos surtiu os efeitos desejados por Beijing. Trabalhar para garantir o retorno seguro da filha do ex-presidente vai alcançar esse propósito. Com isso nos tornaremos heróis aos olhos do mundo e, mais importante, aos olhos desse povo simplório.

— Entendo. Então devo entrar em contato com Azim al Ashid e fazer o que puder para que a menina seja libertada.

O rosto gordo de Li fica vermelho.

— Não. Nada disso. Você vai se encontrar *pessoalmente* com essa criatura e a convencerá, de uma forma ou de outra, a libertar a garota. Entendido? Beijing exige isso. E eu também.

Com anos de prática, Jiang mantém o rosto inexpressivo. Está pensando nas ordens, mas ao mesmo tempo se lembrando de outra coisa. De quando era criança, em maio de 1999, e estava naquela pista de voo fustigada pelo vento ao lado da mãe pesarosa, recebendo a caixa formal contendo as cinzas do pai, morto por bombas estadunidenses, e jurando naquele momento dedicar a vida a destruir os Estados Unidos.

Mesmo que isso signifique desobedecer a uma ordem direta como essa e não levantar um dedo para evitar a morte da filha sequestrada do ex-presidente. Qualquer coisa para ferir e envergonhar essa nação.

— Entendido — mente Jiang com facilidade, levantando-se da cadeira. — Vou começar a trabalhar nisso agora mesmo.

Capítulo

43

Salão Oval
Casa Branca

Depois que a porta curva do Salão Oval se fecha, deixando os quatro sozinhos, Samantha Keating olha para o rosto furioso da presidente Barnes e do seu marido, chefe de Gabinete, e pergunta:

— Bem, e aí? Alguém quer responder à minha pergunta? Matt e eu temos algo a temer?

— Sra. Keating, com todo o respeito, não acredito que acabou de dizer isso! — diz Richard Barnes, com raiva.

— Richard — diz ela, sentindo o rosto esquentar —, você, eu e todo mundo aqui nesse salão passamos por provações, mentiras, traições para chegar aqui. Todos nós temos muito mais em comum do que gostaríamos de admitir. Ninguém é inocente. Fiz uma pergunta legítima. Pode responder?

Ela respira fundo. As lembranças do tempo em que viveu nesse lugar horrível, os compromissos, as discussões, as traições — tudo vem à tona. Samantha se esforçou ao máximo para enterrar esse passado quando foi embora, em janeiro de dois anos atrás. Diante dela estão o homem e a mulher que anos atrás escolheram trair a confiança do seu marido e forçá-lo a deixar o cargo.

Tudo está voltando.

— No último ano e meio estive de volta ao mundo real, trabalhando com alunos que se preocupam com financiamento estudantil, notas e as chances de arrumar um emprego depois de se formarem — continua Samantha. — Tem sido muito revigorante estar entre pessoas que não se importam com pesquisas, com grupos focais, com quem está por cima ou por baixo. Neles eu posso confiar. Matt e eu podemos confiar em vocês?

A presidente Barnes se inclina para a frente e, num tom tranquilo, responde:

— Samantha, por favor, acredite em mim quando digo que toda a força do governo federal trabalhará como uma só para encontrar Mel e trazê-la de volta em segurança.

Matt aperta a mão de Samantha, mas se mantém em silêncio.

— Tudo bem, então — diz Samantha, controlando o tom. — Apesar da minha passagem pela política, no fundo sou só uma professora universitária. Não lido com especulação. Apenas fatos. E queria que ficasse claro aqui, nessa sala, que, apesar dos esforços daquele filho da puta do Azim al Ashid, Matt e eu não temos nada a temer vindo desse governo.

— É sério, sra. Keating — diz o marido e chefe de Gabinete da presidente. — A senhora e seu marido não têm com que se preocupar. Estamos no comando. Não vamos decepcioná-los. Dou minha palavra.

Samantha precisa se segurar para não dar uma resposta, mas, no fim, apenas balança a cabeça.

— Sua palavra. — Ela ergue os olhos e o encara. — Tudo bem, Richard. É a sua palavra.

Algo nos olhos de Richard lhe diz que ela o ofendeu, e nesse momento uma lembrança de mais de dois anos vem à tona, como um antigo pesadelo que não desaparece, mesmo no meio de um dia ensolarado.

* * *

Na época, Samantha estava trabalhando até tarde no seu escritório na Ala Leste quando um visitante inesperado apareceu, trazido pela chefe de Gabinete, June Walters, que Samantha sabia que em segredo torcia para que a vice-presidente de Matt o derrotasse na convenção. O visitante havia se identificado na guarita do Serviço Secreto localizada no Portão Nordeste, e, assim que seu nome foi passado para Samantha, ela tomou as providências necessárias.

Samantha sorriu ao ver aquele jovem familiar entrar no seu escritório de calça jeans, camiseta verde-escura e jaqueta de couro. Então ela se levantou da mesa bagunçada — vinha tentando conciliar a própria agenda com as necessidades constantes do Comitê de Reeleição de Matthew Keating — e estendeu a mão.

— Carl. Que surpresa agradável!

— Obrigado, professora — disse Carl Sanchez, sentando-se numa cadeira depois de um breve aperto de mão. Ele tinha sido um dos seus alunos da pós mais inteligentes e competentes na época em que Samantha lecionava em Stanford. Ela havia escrito uma de suas melhores cartas de recomendação para ele ao fim do curso.

Samantha voltou para a mesa e disse:

— Não sou professora no momento, Carl. Sou a primeira-dama da nação... e na maior parte do tempo adoraria estar de volta à Califórnia. E você? Por favor, me diz que está em alguma faculdade, dando aula para calouros e supervisionando uma escavação em algum lugar.

— Não deu certo, professora... ou melhor, sra. Keating. — respondeu Carl, balançando a cabeça.

— Por favor, já passou muito tempo. Pode me chamar de Samantha.

Carl dá de ombros ao pensar na sua situação profissional.

— Ah, sabe como é. Muitos candidatos, poucas vagas, faculdades reduzindo salários, mas pagando fortunas para administradores e construindo refeitórios elegantes. Dei aula por uns semestres como professor adjunto e, no meu último emprego, estava morando no banco detrás do meu carro e tomando banho na academia. Então decidi mudar de carreira e comecei a trabalhar para o meu tio. Ele é dono de uma empresa de segurança. Paga bem, tem bons benefícios, às vezes viajo a trabalho...

Que pena!, pensou Samantha ao se lembrar dos trabalhos e projetos excepcionais que Carl havia desenvolvido em Stanford, com foco na história esquecida de tribos nativas negligenciadas do condado de Siskiyou.

— Mas e então? — perguntou ela.

— Não vou fazer você perder tempo, prof... é... Samantha. É o seguinte. Meses atrás eu estive em Macau supervisionando a atualização de um sistema de segurança que a empresa do meu tio havia instalado num novo hotel-cassino de lá, o Golden Palace Macau. Apostas altíssimas, perfeito para aqueles que chamam de baleias, os grandes apostadores.

Samantha viu uma centelha de nervosismo nos olhos de Carl, mas, como uma boa professora que sabia que seu aluno estava prestes a dizer algo importante, manteve a boca fechada.

— Prossiga — foi tudo o que disse.

Carl esfregou as mãos nas pernas e respirou fundo.

— Eu estava trabalhando no centro de operações de segurança às duas da manhã, bebendo um café pavoroso, tentando depurar um sistema e de olho nas imagens de algumas câmeras de segurança. Sabe, as baleias e as pessoas que podem pagar por sistemas de interferência eletrônica portáteis não sabem que eles não funcionam contra o sistema mais básico dos chineses.

— E o que você viu?

— Alguém que não deveria ter visto.

— Quem?

Carl correu os olhos pelo escritório bagunçado, incapaz de encarar Samantha.

— O marido da vice-presidente. Aquele caubói da Flórida. Que um tempo atrás vendeu parte das terras para um cassino.

— Richard Barnes?

Carl olhou para o tapete.

— Isso. Mas ele não estava sozinho... Foi, hummm... Olha, não quero dizer isso em voz alta. Ele não estava sozinho. Entende o que quero dizer? É uma coisa... ilegal na maioria dos países.

Samantha teve a sensação de que todo o café que havia bebido para se manter acordada estava prestes a ser expulso do seu estômago revirado.

Carl se levantou.

— Ele... Eu não gosto dele. E não gosto da mulher dele. E não gosto do que os dois estão fazendo com o seu marido. Não é certo.

Carl enfiou a mão no bolso, tirou um pedacinho retangular de plástico preto, colocou com cuidado numa pilha de papéis e disse:

— Isso aqui é para você.

Samantha olhou para o objeto como se fosse um escorpião ou outro inseto com ferrão.

— O que é isso, Carl?

— Um pendrive com uma gravação do marido da vice-presidente em Macau, a milhares de quilômetros da esposa e do seu país, achando que não tinha a menor possibilidade de ser pego... — respondeu ele já saindo do escritório. — Professora Keating, usa esse vídeo na hora certa, e que o seu marido não vai perder a disputa. Eu apaguei a gravação da fonte, então nem os chineses têm acesso a isso. Só você.

Carl saiu do escritório, e ela não disse uma palavra, apenas ficou olhando para aquele pedacinho de metal e plástico.

Fora do Salão Oval, Samantha anda ao lado de Matt por um dos corredores históricos decorados com móveis de qualidade desse lugar que já foi sua casa e diz:

— Matt, sinto muito por ter perdido a cabeça lá dentro.

Matt segura a mão dela com força. Ao redor deles há agentes do Serviço Secreto e membros da equipe do governo atual, e, enquanto anda a passos firmes por esse corredor familiar, ela sussurra:

— Matt... cadê a nossa filha?

Uma coisa que Samantha aprendeu há muito tempo foi nunca, jamais, deixar que eles — incluindo a própria equipe — vejam você sentir medo ou perder a calma em público, porque fofocas e vazamentos podem chegar à imprensa e a blogs vorazes por esse tipo de notícia. Apesar disso, ela seca os olhos com a mão livre, e as lágrimas simplesmente começam a rolar fora de controle.

Em um segundo, Matt a abraça com força, Samantha afunda o rosto no ombro dele, e as lágrimas começam a cair de verdade enquanto ela pensa que a filha deles — a garotinha deles! — está sendo mantida em cativeiro por um monstro capaz de matar com facilidade e prazer.

— Sam, milhares de pessoas em todo o país estão procurando Mel neste exato momento — sussurra Matt. — Não estamos sozinhos. Nós vamos trazê-la de volta. Eu prometo. Vamos resgatá-la.

— Matt, a culpa é minha... minha — sussurra Samantha, desesperada.

Matt se desvencilha do abraço da mulher com delicadeza, faz carinho no cabelo dela, beija sua testa e diz:

— Sam, não é culpa sua. Como pode dizer uma coisa dessas? Não é culpa sua.

Ela morde o lábio inferior, olha por cima do ombro de Matt, percebe os funcionários da Casa Branca e do Serviço Secreto fazendo o possível para não encará-los e pensa: *Mas a culpa é minha, Matt. Eu tinha a chave da sua reeleição nas minhas mãos, o pendrive com as perversões de Richard Barnes gravadas, e não usei.*

Eu não poderia usar esse pendrive.

Não faria isso.

Samantha seca as lágrimas, tenta sorrir para seu marido forte e preocupado.

— Eu sei, é só que... isso é difícil.

Mas no fundo ela está pensando: *Matt, na época eu não queria que você ganhasse. Eu queria ir embora dessa cidade horrível e construir uma nova vida para nós, e a culpa de você não ter sido reeleito é minha. Se você tivesse vencido, ainda estaríamos aqui na Casa Branca com toda a proteção, e Mel estaria em segurança.*

— Tudo bem? — pergunta Matt, preocupado.

Ela faz que sim com a cabeça, as lágrimas ainda escorrendo.

— Chega. Vamos voltar para o hotel.

Capítulo

44

Noroeste de New Hampshire

Mel Keating está sentada na beira da cama arrumada em sua cela de concreto, pronta para escapar, pronta para humilhar seus sequestradores.

Sua primeira refeição do dia foi frango com arroz, servido num prato de papelão com uma colher e um copo de plástico vermelho com água.

Mas, quando ela tomou um gole de água, descobriu que, sem querer, os sequestradores tinham lhe dado dois copos de plástico, um grudado no outro.

Ela escondeu um dos copos debaixo da roupa de cama e estava sentada educadamente e em silêncio quando o homem mais jovem — chamado Faraj — entrou para pegar as coisas.

Um erro.

Os sequestradores deram algo a mais para Mel, e ela vai usar isso a seu favor.

Ela se lembra mais uma vez das instruções que recebeu do agente Stahl durante aquelas semanas estranhas e agitadas, em que ela e os pais se mudaram para a Casa Branca.

O agente do Serviço Secreto David Stahl estava sentado numa cadeira de madeira simples no novo quarto de Mel na Casa Branca quando disse em voz baixa, mas num tom firme:

— E outra coisa, Mel. Se você for sequestrada, as primeiras horas são as mais importantes.

— Por quê? — perguntou ela, ainda tentando conceber que tudo aquilo era real, que ela não estava mais morando no Observatório Naval com a família, que o pai era mesmo o presidente dos Estados Unidos e que agora ela estava morando na Casa Branca.

Inacreditável!

— Os primeiros minutos, as primeiras horas... são momentos instáveis — explicou o agente Stahl. — Os sequestradores estarão nervosos, tensos, tentando se adaptar ao que acabaram de fazer. É quando você deve agarrar qualquer oportunidade de escapar. Um ou dois dias depois, eles já estabeleceram uma rotina, um cronograma de vigilância, e aí você é prisioneira deles. Aí já vai ser tarde demais. Mas, nas primeiras horas... você tem essa vantagem. Use-a.

Mel assentiu, assustada com o que ele dizia, mas tentava absorver tudo.

Agora ela era filha do presidente.

— Alguma dúvida, Mel? — perguntou o agente Stahl.

— Agora não.

Ele sorriu.

— Não se preocupe. As chances de isso acontecer são ínfimas. Mas é bom estar preparada.

Mel queria rir ou fazer piada com a ideia de ser sequestrada, mas o olhar severo daquele agente do Serviço Secreto — tão parecido com o de seu pai! — a fez manter a boca fechada.

Mel ouve a porta sendo destrancada, respira fundo, tira os óculos com uma das mãos, esfrega os olhos com força novamente e belisca as bochechas com a outra, tudo para fazer as lágrimas caírem.

Então recoloca os óculos.

Esteja preparada, lembra ela.

Nas primeiras horas... você tem essa vantagem. Use-a.

A porta se abre, e é Faraj outra vez, o terrorista mais novo. Ele entra segurando uma bandeja de plástico amarela com um prato coberto e outro copo plástico vermelho. Está de calça jeans, camisa de flanela xadrez e uma pistola no coldre do lado direito da cintura.

Ele dá um passo na direção de Mel, que tosse, engasga e faz o possível para começar a chorar e diz:

— Por favor... Estou com tanto medo... Vocês podem me libertar? Por favor! Vou garantir que o meu pai recompense vocês!

Faraj zomba de Mel, que pensa: *Só mais dois passos, mais dois passinhos, e vou arrancar essa merda de sorriso da sua cara, seu idiota.*

Faraj al Ashid se aproxima da garotinha chorosa e pensa: *Que pirralha mimada, uma idiota.* Ela tem toda uma vida de alegrias pela frente e chora feito uma criança que perdeu a boneca. Sempre teve uma vida de privilégios e segurança, sem precisar se preocupar com fome, sede, roupas esfarrapadas ou a explosão repentina de uma bomba caindo do céu.

E para ele? Uma vez, anos atrás, Faraj teve a chance de escapar das guerras entre milícias e tribos ao redor de Trípoli e foi para Paris. Com sorte e algumas conexões, chegou a passar dois semestres como bolsista na faculdade de cinema da École Internationale de Création Audiovisuelle et de Réalisation, aprendendo a fazer filmes e efeitos especiais, querendo criar suas próprias obras e...

— Para de chorar, garotinha — ordena Faraj. — Sua...

Mel se levanta e atira um líquido nos olhos de Faraj, que começam a queimar.

— Eu não sou uma garotinha! — grita Mel ao atirar o líquido nojento do copo de plástico vermelho, uma mistura de produto de limpeza do vaso sanitário e — eca! — seu próprio xixi, na cara do desgraçado, e funciona. O homem começa a gritar, deixa a bandeja cair e se desequilibra para trás. Mel não hesita e dá um bico com toda a força no saco do sequestrador.

Faraj grita algo em árabe e se encolhe, e Mel puxa a pistola 9mm do coldre dele.

— Não se mexe! — grita ela, enquanto desvia do terrorista e segue em direção àquela linda porta aberta, mas o idiota tenta impedi-la.

Eu avisei, pensa, então destrava a pistola e aperta o gatilho com rapidez e suavidade.

Capítulo

45

Noroeste de New Hampshire

O clique baixo do cão da arma batendo na câmara atordoa Mel, e com a naturalidade de quem já fez isso antes em muitas idas ao estande de tiro com o pai, ela rapidamente começa a verificar o que há de errado com a pistola, tentando eliminar qualquer possível obstrução, e mais uma vez...

Só um clique baixo.

Faraj se levanta sorrindo, os olhos meio fechados, e puxa a bainha da camisa de flanela para secar os olhos. Mel joga a pistola inútil no desgraçado sorridente, se esquiva de Faraj e...

Dá de cara com Azim al Ashid.

Ele a agarra pelo pescoço com a forte mão direita e começa a apertar.

Mel não consegue respirar.

Não consegue gritar.

Ela se debate acertando-o nos braços, no peito musculoso e no rosto, mas Azim entra na cela e a joga de volta na cama.

Mel respira fundo, engasga e leva as mãos ao pescoço dolorido.

Um forte acesso de tosse a faz se encolher, e as lágrimas falsas de antes agora são substituídas por outras reais.

Azim fica de pé ao lado dela e, num tom lento e ameaçador, diz:

— Criança idiota, você acha mesmo que eu permitiria que o meu primo entrasse aqui com uma arma carregada? Acha?

Faraj está ao lado de Azim, sorrindo, embora esteja com os olhos vermelhos.

— Nós sabemos muito sobre você, como foi criada, o que lhe ensinaram — diz Azim. — Sabemos que você não se sente desconfortável com armas de fogo. Sabemos que você mentiu mais cedo. Meu primo veio aqui aparentando estar armado, mas foi tudo uma... cilada. Isso, uma cilada, para lhe dar esperança, para fazer você achar que tinha uma chance, e funcionou. Agora você sabe, Mel Keating, agora tem certeza de que não vai conseguir fugir, de que nunca vai fugir daqui e de que pertence a nós, na vida ou na morte.

As lágrimas descem mais rápido, e Mel se vê obrigada a desviar o olhar.

— Para sempre — completa Azim.

Azim diz algumas palavras em árabe, e Faraj volta para a cela com uma cadeira dobrável de metal. Azim se senta encarando Mel Keating. Está satisfeito com a forma como tudo correu, satisfeito ao ver que seu plano funcionou. Em algum momento ela tentaria pegar a pistola de Faraj e fugir. Azim só está um pouco surpreso com a rapidez da tentativa.

Mel para de chorar, tira os óculos, esfrega os olhos e encara Azim.

Não com medo.

Nem tristeza.

Mas com rebeldia.

Ver o rosto determinado da jovem deixa Azim abalado, pois faz com que se lembre de sua filha mais velha, Amina, que é — era! — quase da idade dessa garota. Elas não têm nada em comum, do cabelo à cor da pele, a não ser o olhar destemido... Amina era uma boa filha, obediente à mãe, ajudando a fazer comida e lavar as roupas, mas sempre havia uma chama de rebeldia naqueles olhos.

Como nos olhos dessa jovem à sua frente, que está sob seu poder.

— Por que você acha que está aqui? — pergunta Azim.

— Você gosta de garotas loiras? — retruca Mel, cruzando os braços.

Azim se contém, pois a vontade é de dar um tapa forte na cara de Mel, deixar um hematoma na bochecha, fazer um corte no lábio, deixar o sangue dela escorrer.

— É porque você é uma prisioneira de guerra — responde Azim. — Uma guerra que já está acontecendo há séculos.

— Agora você vai dar uma palestra sobre conflitos entre civilizações, Ocidente contra Oriente, islã contra cristianismo? — retruca Mel, dando de ombros. — As obras de Samuel Huntington, prós e contras? Ah, qual é? Já ouvi isso antes, de profissionais que sabem muito mais que vocês sobre o assunto.

Azim cerra os punhos.

— Acadêmicos. Homens fracos. Aprendem nos livros. Eu conhecia bem essa laia quando tinha a sua idade e estava na faculdade, antes do chamado do jihad. O que eles sabem sobre a guerra?

— Guerra? — revida a filha do presidente. — Que bela guerra a de vocês. Decapitando inocentes. Explodindo shoppings. Pegando uma metralhadora e atirando pelas ruas de Paris. Tenho certeza de que daqui a uns anos os poetas vão declamar versos maravilhosos exaltando a sua coragem de enfrentar pessoas indefesas e crianças chorosas.

— O que você sabe sobre a guerra? — pergunta ele, esforçando-se para manter a voz calma.

— Muito. Ou já esqueceu quem é o meu pai e o que ele fazia antes de se tornar congressista?

— Seu pai... — diz Azim com desdém. — Ah, então você fala de grandes guerreiros... Seu pai e a laia dele, fortemente armados e conectados à internet. Capazes de ver o campo de batalha inteiro graças a satélites e drones de vigilância... Que chance um guerreiro como eu tem contra tecnologias e armas tão avassaladoras?

Ainda de olhos avermelhados, Mel responde sem titubear:

— Sua chance é incendiar uma creche, matar crianças que mal sabem andar e falar. Que grandes guerreiros vocês são...

— Sim, por mais cruel que seja, essa é a ação de um guerreiro. Olhe para si, olhe para o seu pai quando era presidente. Quando um drone dispara, erra o alvo e destrói uma festa de casamento, por quanto tempo vocês choram pelos inocentes? Vocês exigem uma investigação sobre o que aconteceu? Ou se uma van se aproxima de um soldado estadunidense assustado numa terra estrangeira e não para a tempo e ele metralha o pai, a mãe e os filhos lá dentro... vocês se importam? Não, Mel Keating, você e o seu povo apenas dão de ombros, olham para a tela do celular e não prestam atenção.

Mel começa a responder, mas Azim fala por cima dela, gesticulando para a cela de concreto.

— Um país tão rico, afortunado, gordo, corrupto e sem Deus... Como você se sentiria, como reagiria, Mel Keating, se essas terras fossem tão ricas, mas ao mesmo tempo tão fracas que as potências estrangeiras se sentissem no direito de entrar e sair quando quisessem, instalando e depondo governantes à vontade, matando civis em nome do que consideram sagrado? Como você se sentiria?

Há hesitação nos olhos antes inabaláveis de Mel. Azim sente que enfim está vencendo sua certeza presunçosa.

— Vou lhe dizer como você se sentiria — continua Azim. — Você se sentiria oprimida, derrotada, e você e seus semelhantes pegariam em armas para expulsar os estrangeiros das suas terras. Não importa a que custo, não importa quanto sangue seja derramado.

Mel pigarreia.

— Essa é só uma explicação simples — diz, por fim. — Só isso.

Azim se levanta.

— Você e seu povo deveriam ter seguido a filosofia do seu sexto presidente. Ele era um homem sábio.

Mel não diz nada.

Azim sorri.

— Confusa, mocinha? Você se atreve a me dar uma lição sobre minha história e minhas crenças, mas eu menciono seu sexto presidente e você fica perdida? Vou ajudar. O nome dele John Quincy Adams, e certa vez ele disse: "Os estadunidenses não deveriam ir para o exterior para matar dragões que não entendem em nome da disseminação da democracia." Entendeu agora? Vocês atravessaram o mundo para matar dragões. Então não se surpreendam quando eles quiserem retribuir o favor.

Mel aperta os braços cruzados com mais força.

— Considere-se uma pessoa de sorte — prossegue Azim. — Em qualquer outra situação, se alguém tivesse atacado meu primo, receberia uma punição severa, criativa e sangrenta. Mas para você, Mel Keating, a filha do presidente, meu único castigo é esse.

Ele aponta para o chão, onde a comida derramada, o prato de papel e os utensílios de plástico estão espalhados.

— Aqui está o seu jantar. Você vai ter que comer do chão, como tantos refugiados são obrigados a fazer por causa do seu governo.

Azim se vira e começa a se afastar, quando Mel diz:

— Por favor... você falou uma coisa antes. O que quis dizer? Sobre me manter em cativeiro... para sempre. Por que disse isso? Você não fez um pedido de resgate? Você não vai... me soltar se a exigência for cumprida?

Ele digita o código que destranca a porta e vira para ela com um sorriso largo.

— Você é uma jovem bem instruída. Tenho certeza de que você vai descobrir o que significa *para sempre*.

Capítulo

46

Hotel Saunders
Arlington, Virgínia

Graças aos esforços de Madeline Perry, minha chefe de Gabinete altamente qualificada e um tanto assustadora, Samantha e eu estamos de vigília na segunda suíte conectada do Hotel Saunders. O quarto está entulhado de bandejas de comida praticamente intocadas, enviadas pelo serviço de quarto, a TV ligada na CNN com o volume baixo, e Samantha está numa das duas camas, encolhida, assistindo em silêncio a correspondentes e especialistas na tela conversarem uns com os outros e com as milhões de pessoas que assistem.

Abaixei o volume da TV meia hora atrás, depois que algum suposto "especialista" em sequestro e situações com reféns disse presunçosamente que era muito provável que nossa filha já estivesse morta e Samantha começou a gritar. Na hora, eu e o agente Stahl corremos para abaixar a porcaria do volume.

Permaneci calado, mas anotei o nome do sujeito, sabendo que de alguma forma, em algum lugar, qualquer dia desses, ele e eu teríamos um encontro interessante.

Ando de um lado para o outro pela suíte espaçosa feito um animal enjaulado, e o que me mata é essa maldita sensação de impotência. Quando eu era um Seal, tinha o treinamento, o planejamento, mais treinamento e depois a execução. Como congressista, vice-presidente e depois presidente, pelo menos eu tinha a ilusão de que podia tomar decisões e fazer escolhas, e, na maioria das vezes, elas eram seguidas à medida que eram filtradas pela burocracia.

E agora?

Agora eu dependo de outras pessoas para garantir a segurança da minha filha e estou odiando cada segundo sombrio e assustador dessa situação. Vejo minha bolsa de viagem de lona preta no canto e quase dou risada. Dentro dela há armas e munições, prontas para... o quê? Para eu voar de volta a New Hampshire, entrar às cegas na floresta e começar a caçar?

Ouço telefones tocando e vozes abafadas na suíte anexa, onde Madeline Perry mantém o controle da situação com rédeas curtas, e preciso continuar confiando nela. Ela virá aqui se houver alguma novidade ou se uma decisão tiver de ser tomada.

Olho para minha mulher. Está de olhos fechados. Parece cochilar.

O agente Stahl trabalha num laptop.

E eu?

Aparentemente, eu sou inútil.

Deixo passar alguns segundos e sussurro para mim mesmo:

— Vira homem, cara!

Se algum dos meus ex-colegas Seals estivesse aqui, ficaria chocado com o que estou fazendo.

Nada.

As cortinas estão fechadas. Olho para a TV, e a CNN transmite imagens de um engarrafamento em algum posto de controle numa estrada rural de New Hampshire.

Hora de mudar essa equação.

Vou para um canto da suíte espaçosa onde há uma área de trabalho com mesa e cadeiras, pego meu iPhone e começo a trabalhar.

* * *

A primeira ligação é para Sarah Palumbo, vice-conselheira do Conselho de Segurança Nacional, que me alertou horas atrás — apesar de parecer que se passou uma eternidade desde então — sobre o informe diário da presidente que indicava que eu era o alvo de um número crescente de conversas e interesses terroristas.

Claro.

Como muitas análises de inteligência, essa foi certeira de modo geral, mas não específica o suficiente.

Eles realmente vieram atrás de mim.

Mas fizeram isso sequestrando Mel.

O telefone toca uma vez, continua tocando e cai na caixa postal.

— Aqui é Sarah Palumbo — diz a voz familiar. — Você sabe o que fazer.

— Sarah, aqui é Matt Keating... Por favor, retorna quando puder. Obrigado.

Desligo.

Quem é o próximo?

Eu poderia ligar para outros oficiais conhecidos em Washington e para os militares que estão fazendo de tudo para tentar encontrar Mel, mas o que ganharia com isso? Só estaria distraindo as pessoas de seus respectivos trabalhos. E talvez irritando a presidente Barnes e seu pessoal num momento em que não posso me dar ao luxo de fazer isso.

Hora de ir para o exterior.

Olho o relógio e me surpreendo ao ver que estamos nas primeiras horas da manhã.

Mas não deveria ficar surpreso. Quando era um Seal e estava no meio de um planejamento ou conduzindo uma operação, eu conseguia dormir apenas quatro horas por dia e ficar bem, e Deus sabe que estou no meio de um planejamento agora.

* * *

Tenho duas ligações a fazer e decido começar pela mais difícil.

Como congressista, vice-presidente e presidente, conheci muitos líderes estrangeiros, militares e um pessoal de inteligência, além de inúmeros assessores e conselheiros. Na maioria dos encontros, troquei um aperto de mão e um sorriso no meu escritório, ou mais tarde no Salão Oval, e só, mas às vezes surge uma conexão, uma rápida compreensão de que você poderia fazer negócios com a pessoa que está à sua frente representando um governo estrangeiro, que conhece o assunto e sabe fazer as coisas acontecerem.

Com isso surgem canais de apoio, linhas de comunicação não oficiais e negociações com homens e mulheres de confiança que você acredita não o estarem enganando.

É o caso do homem para quem estou ligando agora.

O telefone toca uma vez e é atendido.

— Sim?

Estou com medo dessa ligação, mas admito que fico feliz que ela tenha sido atendida.

— Ahmad? É Matt Keating.

Um suspiro do outro lado da linha, em algum lugar no meio do deserto ou nos arranha-céus com ar-condicionado da Arábia Saudita.

— Ah, Matt, lamento pelo que aconteceu — diz Ahmad em seu tom de voz refinado com um leve sotaque britânico. — Você sabe que desejo tudo de melhor para você e Samantha e que Melanie seja libertada em segurança.

— Obrigado.

Por alguns segundos, o tempo passa devagar enquanto Ahmad, também conhecido como general de divisão Ahmad Bin Nayef, ex-vice-diretor do Diretório de Inteligência Geral da Arábia Saudita, me faz esperar. Anos atrás, quando eu era um simples congressista do Texas, ouvi dizer que um dos filhos de Ahmad estava fazendo treinamento de voo na Base Aérea de Sheppard, no condado de Wichita, e recebendo um trote mais pesado que o normal para um estrangeiro.

Acabei com a palhaçada com uma ligação para o comandante da base e outro para o secretário da Aeronáutica.

— Ahmad, por favor — digo. — Estou em busca de qualquer ajuda que você e seus parceiros possam dar a nós.

— *Nós* significa você, Matt, ou os Estados Unidos?

Aperto mais o iPhone.

— O que for preciso para trazer a minha filha de volta.

— Ah, bem, isso coloca um problema, e tenho certeza de que você sabe disso. A presidente Barnes e o secretário de Estado dela não são muito queridos aqui na Arábia Saudita. A insistência deles para que mudemos nosso governo e modo de vida para o que se vê em Palm Beach não foi bem recebida. O chefe da CIA aqui no país e nosso contato com o FBI pediram oficialmente a nossa ajuda, mas muitos aqui em Riade têm boa memória e orgulho ferido. Lamento dizer, mas isso impacta em até onde podemos ir.

Fecho e esfrego os olhos. Como aquele velho astuto, Henry Kissinger, disse certa vez: "Os Estados Unidos não têm amigos ou inimigos permanentes, apenas interesses." E desde que Roosevelt concordou, em 1945, em fornecer assistência militar à Arábia Saudita, esse país rico e complicado tem sido um dos nossos maiores interesses no Oriente Médio.

Eu e outros presidentes anteriores concordamos com tudo o que eles fazem? Claro que não, em especial no que diz respeito a direitos humanos. Mas eles têm um amplo serviço de inteligência, e, embora alguns cidadãos da Arábia Saudita tenham dado dinheiro para terroristas ao redor do mundo, outros sauditas, amigos do Ocidente, financiaram importantes missões secretas com os Estados Unidos, a Inglaterra e a França para estarmos sempre um passo à frente daqueles que gostam de mutilar e matar inocentes.

Como Azim.

E, nas batalhas sangrentas, como a que travamos para conter e esmagar o Estado Islâmico, os sauditas se mostraram um aliado silencioso e fundamental.

— Eu sei, Ahmad — respondo. — E tenho feito o possível para moderar as demandas e propostas do governo Barnes, mas não há muito que eu possa fazer. Sou ex-presidente e sei o que é ser ignorado e menosprezado pelo atual governo. Ahmad, por favor: de pai para pai, estou pedindo a sua ajuda.

— Então você a receberá, meu amigo — diz Ahmad imediatamente. — Já fiz algumas perguntas por aqui, mas até agora as respostas não têm sido animadoras. Essa... criatura, Azim al Ashid, é temida até pelos homens mais corajosos da Arábia Saudita. Ele sente muito prazer em matar usando as palavras abençoadas do Profeta como escudo. E também conta com uma rede mundial de amigos e recursos. Mas vou lhe dizer uma coisa que está me incomodando.

— O que, Ahmad?

— A CIA e o FBI não têm nos pressionado, não tentam apressar nossos processos quando percebem que estamos demorando, enrolando. É como se já esperassem que fôssemos resistir e tivessem decidido que não há problema nisso. E vendo a sua situação, Matt, isso me assusta quase tanto quanto Azim al Ashid.

Capítulo

47

Lagoa Williams
Leah, New Hampshire

Jiang Lijun, do Ministério de Segurança de Estado da China, boceja novamente quando o sol desponta atrás dos picos das montanhas Brancas. Ele aguarda em seu sedã da General Motors alugado nesse estacionamento de terra batida diante de uma lagoa no norte do estado de New Hampshire.

Jiang gastou quase todos os segundos livres para planejar e fazer essa viagem depois da conversa com o chefe, Li Baodong: dirigiu até Newark, depois pegou um voo para Montreal, em seguida alugou um carro para ir a Sherbrooke e por fim alugou outro até essa cidadezinha chamada Leah. No posto de fronteira em Vermont, a fila de carros e caminhões indo para o Canadá andava devagar, quase parando, enquanto homens fardados com cachorros revistavam tudo e todos.

Os Black Hawks e outras aeronaves foram uma presença constante no céu durante o trajeto de Jiang até ali, e por duas vezes ele foi parado por viaturas que o seguiam com luzes piscantes e sirenes ligadas.

Mas agora ele espera a chegada de Azim al Ashid.

Quando enganou a guarda da fronteira para entrar de forma ilegal no Canadá e voltar ilegalmente aos Estados Unidos, Jiang violou inúmeros protocolos diplomáticos estadunidenses para representantes chineses, e se fosse pego seria imediatamente deportado. Mas e daí? É só mais uma caminhada pela corda bamba.

Ele boceja de novo, pensa na esposa, Zhen, e em como ela estava chateada por ele ter de viajar de uma hora para outra. Zhen é uma mulher inteligente, conhece o trabalho de Jiang, trabalha na missão como supervisora administrativa. Com a filha do casal, Li Na, nos braços, ela perguntou:

— Você precisa ir mesmo?

Em qualquer outra época, Jiang teria dado um fora na mulher, mas, diante da sua filhinha, daqueles olhos doces e inocentes... ah, ficou sensibilizado.

Talvez a paternidade estivesse mudando Jiang.

Será que ele continuaria fazendo esse tipo de trabalho de campo no futuro?

Mais cedo, Jiang havia entrado em contato com Azim e tinha ficado satisfeito ao receber a resposta rápida desse homem desprezível. O sistema de comunicação dos dois era simples e quase impossível de rastrear. Anos antes, quando controlava Azim na Líbia, Jiang tinha criado uma conta de e-mail anônima por meio de uma empresa com sede na Suíça que oferecia a criptografia mais segura do mundo e compartilhou o login e a senha com Azim. Usando essa conta compartilhada, eles podiam deixar mensagens na pasta de rascunhos do e-mail sem que ninguém, da NSA à Sede de Comunicações do Governo da Grã-Bretanha, tivesse ideia do que estavam fazendo.

Mais ou menos a cada seis meses, Jiang entrava em contato com Azim, só para manter a linha de comunicação aberta, mas o último e-mail foi importante: o que possibilitou esse encontro.

No painel do carro, há um maço de Marlboro. Hora de fumar. Ele só fuma Zhonghuas no escritório da embaixada de Nova York. Sai do carro e dá uma olhada na lagoa e no pequeno parque. Já tem gente na área, a maioria pescadores e crianças. Há homens sentados a uma mesa de piquenique, curvados, tomando café e comendo doces de café da manhã. Mais ao longe, em outra mesa de piquenique, crianças discutem com os pais.

Piedade filial, para esses bárbaros?

Nunca.

Cruzes. Viver num lugar tão vazio e arborizado.

Anos antes, sua querida mãe chorou quando ele partiu para estudar nos Estados Unidos. Ela achou que ele nunca mais voltaria, mas não tinha com o que se preocupar. Na Universidade da Califórnia e depois na Universidade Columbia, onde fez mestrado em relações internacionais, Jiang achou os estadunidenses preguiçosos e sem foco e, enquanto eles falavam sem parar sobre liberdade, a única liberdade que ele e outros estudantes chineses experimentaram foi a liberdade de os estadunidenses darem um sermão neles.

Certo dia, durante um almoço no restaurante Ferris Booth Commons, em Lerner Hall, uma cordial aluna de Cambridge — do estado de Massachusetts, não da Inglaterra — começou a lhe dar uma aula sobre Tiananmen e só calou a boca quando ele perguntou se ela já tinha ouvido falar dos massacres em Kent State e Jackson State.

Uma caminhonete preta estaciona nas proximidades. Um velho corcunda sai do veículo lentamente segurando uma vara de pescar. Está de jeans largo, casaco amarelo sujo e gorro preto. Jiang lê os adesivos no para-choque da caminhonete: REGISTRE CRIMINOSOS, NÃO ARMAS. MOLON LABE/VEM PEGAR. TENHO MEDO É DO GOVERNO.

Jiang balança a cabeça. Ainda é um mistério para ele como essa gentalha que chamam de povo americano consegue fazer qualquer coisa. Seu próprio país só entrou no palco mundial quando o partido assumiu o controle em 1949. Um partido, um governo, um líder forte. Foi assim que seu avô deixou de ser um soldado analfabeto para se tornar um respeitado agente do partido que ainda foi capaz de escapar ileso da Revolução Cultural.

Jiang olha o relógio. Azim está atrasado. Claro. Os homens do Oriente Médio com quem lidou ao longo dos anos são capazes de matar crianças, explodir aviões e massacrar pessoas num shopping center, mas não de respeitar horários ou manter...

O velho se aproxima mancando, vira e esbarra em Jiang, deixando a vara de pescar cair.

Algo duro pressiona as costelas dele.

— Olá, meu velho amigo chinês — diz Azim al Ashid.

Azim dá um sorriso satisfeito ao ver a expressão de choque no rosto do chinês. Azim respeita o dinheiro e as armas do sujeito, e só. Para ele, Jiang não passa de um funcionário do Estado leniente e de cara lisa. Está longe de ser um guerreiro que precisou lavar o sangue dos inimigos das próprias roupas.

E Jiang mal notou quando Azim chegou na caminhonete fedorenta, a mesma que ele e o primo pegaram anteontem depois de matar os contrabandistas de cigarros na floresta de Vermont. Com roupas velhas, pedrinhas dentro dos sapatos para fazê-lo mancar, um pedaço de fita adesiva nos ombros para deixá-lo corcunda e um pouco de tinta nas sobrancelhas para torná-las grisalhas, Azim enganou esse agente da "inteligência".

Azim recolhe a pistola.

— Estou aqui, Jiang Lijun. Não fique tão surpreso. E não me faça perder tempo. O que você quer?

O chinês se recupera rapidamente, sorri, acende um cigarro e não oferece um a Azim, que ignora o insulto.

— Parabéns, Azim — diz Jiang. — De um profissional para outro, essa operação foi impressionante. Deve ter levado anos de preparação. Muito admirável.

— Obrigado. Meus contatos e minhas redes são bem pagos, bem preparados e existem há anos. Além de tudo, eles sempre atendem aos meus pedidos, seja por armas, dinheiro ou transporte.

— Mas e agora, Azim?

— Você sabe quais são as minhas demandas.

Jiang dá de ombros.

— É bobagem, e você sabe disso. Se os estadunidenses atenderem às suas exigências e você libertar a garota, eles vão persegui-lo até os confins do mundo e matá-lo. E, se eles não atenderem às suas exigências e você matar a garota, eles vão fazer o mesmo, só que mais rápido. Os estadunidenses são um povo de coração e cabeça mole. Matar uma garota só vai enfurecê-los.

O chinês dá outra tragada no cigarro e pergunta:

— E então?

— Meus planos são meus. E quais são os seus?

Jiang joga o cigarro no chão e o amassa com a sola do sapato.

— Oficialmente estou aqui para pedir a você, como cortesia e favor, que liberte a garota para mim. Isso tiraria um fardo perigoso dos seus ombros e ajudaria meu governo a melhorar as relações com os Estados Unidos. Em troca, seremos muito generosos na recompensa a você e a seu primo. Um bom valor em dinheiro e realocação em um lugar seguro em qualquer parte do mundo. Até na China.

Azim sorri e balança a cabeça.

— Vocês nos transportariam, então, para a província de Xinjiang, onde viveríamos entre nossos primos, os uigures? Seríamos colocados em campos de detenção, reeducados, forçados a trabalhar em fábricas como escravos?

O chinês permanece em silêncio, estoico. Azim diz:

— Você disse... *oficialmente*. Existe uma posição não oficial?

Jiang olha para a lagoa tranquilo.

— Sim.

— E...?

Jiang faz uma longa pausa, como se estivesse pensando no que dizer em seguida.

— Quero que você tenha sucesso, qualquer que seja o seu plano — declara Jiang num tom de voz mais leve. — Posso fornecer verbas, transporte, armas. Algumas informações sobre o que os estadunidenses estão tramando. O que for preciso para você humilhar essa nação. Estou do seu lado.

Azim reflete sobre o que acabou de ouvir.

— Por que você faria isso por mim? — pergunta.

— Isso é problema meu — responde Jiang. — Estou colocando minha carreira e minha vida em risco com essa oferta. Lembre-se disso, porque eu não vou esquecer.

Azim pega a vara de pescar e volta para o caminhão.

— Vou me lembrar do quanto você está se expondo, e vou pensar na sua oferta generosa e extraoficial. Obrigado pela visita, velho amigo. Vamos mantendo contato.

Jiang abre a porta do seu carro.

— Sim. Vamos.

Dez minutos depois, Jiang está dirigindo por uma estrada secundária quando vira uma esquina e se aproxima de um bloqueio policial. Há viaturas, uma barricada de madeira pintada de laranja e oficiais de macacão e capacete pretos segurando armas automáticas.

Jiang reduz a velocidade do seu carro alugado e abaixa a janela.

Dois homens se aproximam. Um chega perto da porta do motorista, o outro fica atrás, dando cobertura com um fuzil.

— Identificação e registro do carro, senhor — ordena o homem mais próximo, o rosto corado, os olhos vermelhos, como se estivesse trabalhando há muitas horas sem descanso.

— Claro, senhor — diz Jiang e entrega a carteira de motorista e os documentos de aluguel do carro.

O agente dá uma boa olhada na papelada.

— O senhor é cidadão canadense, sr. Yang?

— Sou.

— Está com o seu passaporte?

— Com certeza. Um momento, por gentileza.

Ele entrega o passaporte azul-escuro — a capa estampada com o brasão do Canadá e as palavras PASSPORT/PASSEPORT em letras douradas.

— Sua empresa fica em New Hampshire, sr. Yang? — pergunta o policial.

— Estou indo para Boston — responde Jiang, percebendo que está na corda bamba outra vez, mas tudo bem. — Trabalho para a Resolute Forest Products em Montreal e estou fazendo vendas para várias empresas em Manchester e Boston. Quer ver o meu cartão de visita?

O policial balança a cabeça e devolve o passaporte e a papelada.

— Não precisa. Pode abrir o porta-malas, por favor?

— Claro.

Ele aperta o botão para abrir o porta-malas, que é inspecionado por outros policiais. O homem armado perto dele mostra duas fotos a Jiang e pergunta:

— Viu algum desses homens durante as suas viagens? Por favor, olhe com atenção.

Jiang mantém a expressão neutra enquanto olha as fotos coloridas de Azim al Ashid e de seu primo Faraj, um deles com barba, o outro de rosto liso.

Um pensamento lhe ocorre.

Jiang poderia dizer que viu Azim na caminhonete e fornecer a placa do carro, e em questão de minutos eles fariam um cordão de isolamento. Depois a região ficaria entupida de centenas — senão milhares — de policiais, agentes do governo e militares.

Azim seria capturado, a garota seria libertada e Jiang teria cumprido sua missão.

Ou melhor: sua missão oficial. Ele seria parabenizado, promovido e condecorado, e talvez isso melhorasse as relações entre sua pátria e esse país sem virtudes.

Mas ele prefere a missão não oficial.

É por você, pai, pensa Jiang, *e por você também, filha.*

— Não, senhor, não vi esses dois homens — responde ele, sorrindo.

— Certo — diz o policial, afastando-se, gesticulando para que o porta-malas de Jiang fosse fechado e a barreira se abrisse. Outros carros pararam atrás de Jiang nesse meio-tempo. — Está liberado.

— Obrigado — agradece Jiang, pensando: Cào nǐ mā, *você e todo esse lugar asqueroso.*

Capítulo 48

Hotel Saunders
Arlington, Virgínia

Depois de terminar a ligação para a Arábia Saudita, espero um minuto antes de fazer minha segunda ligação para o exterior. Samantha — que Deus a abençoe — parece ainda estar dormindo, então me aproximo silenciosamente do agente Stahl, que está digitando em seu laptop do governo, sentado a uma mesa redonda do meu lado da suíte.

Preciso que ele verifique uma coisa.

— David — digo em voz baixa.

— Diga, senhor.

— Me diz uma coisa: você tem contatos no Departamento do Tesouro?

David levanta a cabeça. Seu cabelo está uma bagunça só, o rosto pálido, os olhos inchados e cansados.

— Com certeza, senhor.

— No Departamento do Tesouro existe aquele fundo... o Fundo Judiciário — continuo, usando minhas lembranças dos tempos de congressista em que atuei no Comitê de Serviços Financeiros. — É uma forma rápida e fácil para a presidente transferir fundos, como bitcoins, para o pagamento do resgate de Mel.

— Me parece familiar, senhor — diz o agente Stahl, abafando um bocejo.

— Fala com os seus contatos. Descobre o que está sendo feito para preparar o pagamento em bitcoins.

Olho o relógio, e meu coração parece chumbo de tão pesado. Restam apenas sete horas para o fim prazo do resgate.

— Agora mesmo, senhor.

Volto para minha área de trabalho, dou uma olhada em Samantha.

Ainda dormindo.

Espero que ela não se lembre dos sonhos que possa estar tendo.

Pego meu iPhone, digito outro número, mas cai na caixa postal.

— Aqui é Sarah Palumbo — diz a voz familiar. — Você sabe o que fazer.

Sim, penso, *sem dúvida eu sei o que fazer.*

A vice-conselheira de segurança nacional do Conselho de Segurança Nacional não está atendendo às minhas ligações.

A ligação seguinte é mais tranquila e atendida no segundo toque.

— Senhor presidente — diz a voz com um sotaque que é uma mistura do Brooklyn com hebraico pertencente a Danny Cohen, comandante aposentado do Mossad. — Eu estava esperando sua ligação. Como você e sua querida esposa estão lidando com a situação?

— Tão bem quanto o esperado. Estamos numa suíte de hotel do outro lado do rio de Washington, tentando nos manter a par das notícias. E você, Danny? Como vai a aposentadoria?

Uma leve risada.

— De certa forma, é bom quando o maior problema do seu dia é trocar a bomba do sistema de irrigação para evitar que o seu laranjal não morra sem água. Mas... você não ligou para saber como está a minha aposentadoria. No que posso ajudar, senhor presidente?

— Primeiro, me chame de Matt. E, segundo... sei que Langley e Tel Aviv já trocaram comunicações oficiais e compartilharam informações, mas tem alguma coisa que você possa estar ouvindo extraoficialmente e que possa ser útil? Eu... Eu simplesmente não posso ficar sentado esperando que tudo dê certo, Danny.

— Azim al Ashid sempre foi um homem implacável, Matt.

— Eu sei — respondo. — Um terrorista freelancer sem vínculos com nenhum Estado-nação, feito um daqueles vilões que Ian Fleming criava quando as coisas eram mais simples, mas com uma rede mundial de apoiadores.

— Boa analogia, Matt. Nosso pessoal está trabalhando muito, muito mesmo, para conseguir alguma informação sólida, tentando encontrar qualquer coisa que ligue as viagens de Azim para os Estados Unidos e para sua casa. Mas Azim e o primo são meticulosos, usam intermediários de confiança e identidades falsas. São frios, astutos e contam com aliados silenciosos no mundo inteiro. Mas o trabalho em Tel Aviv não para, isso eu posso garantir. Muitos favores estão sendo solicitados e estamos colocando pressão.

Faço que sim com a cabeça. O Mossad é considerado uma lenda pelo seu trabalho de inteligência e pelas suas operações por um bom motivo. Desde o início, uma precondição para a sobrevivência de Israel é saber o que os vizinhos estão fazendo. Então, à medida que mais e mais judeus chegavam refugiados e imigrando de países como Rússia e Cazaquistão, Marrocos e Etiópia, Estados Unidos e Canadá, Israel foi capaz de desenvolver canais e redes de coleta de informações diretas, não só na própria região mas em países do mundo todo, incluindo aqueles que desejam publicamente sua morte.

Se existe uma agência de inteligência capaz de farejar as viagens de Azim al Ashid, é a antiga casa de Danny Cohen.

— Obrigado, Danny — agradeço. Do outro lado da sala, ouço o agente Stahl falando com alguém ao telefone.

— Gostaria de poder fazer mais, Matt — diz Danny, compadecido —, e gostaria que você pudesse ter feito mais quando estava na Casa Branca. Você herdou uma situação complicada. Acredito que teria realizado muito mais no segundo mandato, algo que a traição da sua vice-presidente o impediu de fazer.

Danny está sendo generoso demais. Presidentes antes de mim tentaram resolver as questões espinhosas que dividem israelenses e palestinos, e futuros presidentes continuarão tentando. A fórmula para o sucesso parece simples: terra para paz — terra para um Estado palestino independente, garantias de segurança para Israel. É como a velha piada sobre como fazer ensopado de elefante. Primeiro passo: ferva uma panela grande de água. Segundo passo: arrume um elefante.

Embora a violência entre Israel e palestinos tenha diminuído, a possibilidade de paz, que antes parecia tão próxima, ficou mais distante: a expansão contínua dos assentamentos na Cisjordânia deixa menos terra para um Estado palestino, e a ascensão do Irã, com sua crescente xiita se estendendo por partes do Iraque, da Síria, do Iêmen e do Bahrein, aproximou Israel dos Estados árabes sunitas, que se preocupam mais com suas relações econômicas e de segurança com Israel que com a solução do problema palestino. Esses fatores, além do controle rigoroso do Hamas sobre os palestinos em Gaza por mais de uma década, vão atormentar quem quer que ocupe o Salão Oval.

Danny sabe de tudo isso melhor que eu, é claro.

— Fiz o que pude com o tempo que tive — digo por fim. — O que não foi muito. Um dia desses, se a paz for instaurada, serei apenas uma nota de rodapé. Se chegar a tanto.

Danny também sabe disso. Para ele, o importante era a certeza que tinha do meu compromisso com a segurança de Israel. Já no governo atual ele não tem tanta certeza disso. Ele realmente quer ajudar.

— Você é um bom homem, senhor presidente — diz Danny. — Que Deus abençoe você, Samantha e Mel. Entrarei em contato se descobrir alguma coisa, qualquer coisa que seja.

Ao desligar o telefone com o ex-comandante do Mossad, ouço um palavrão abafado e viro para trás. É o agente Stahl no laptop.

— Canalhas. Canalhas desalmados — sussurra.

Eu me aproximo.

— David?

Seus olhos estão marejados de lágrimas.

— Nada — diz ele, erguendo a voz. — Nada! Não tem movimento, não tem planos nem procedimentos em andamento para fazer a transferência em bitcoins. Nada, senhor presidente!

Ouço um suspiro atrás de mim.

Eu me viro.

Samantha está sentada na cama, a mão no rosto.

— Eu estava certa! Matt... eu estava certa! Eles não vão trazer a nossa filha de volta, vão?

Tento não perder a paciência.

— Não, não vão.

Os olhos de Sam estão marejados, mas sua voz é firme e forte.

— Matt, o que a gente vai fazer?

Olho para o agente Stahl e para minha mochila lotada de armas e munições, estou totalmente alerta, consciente, todos os sentidos aguçados, como se estivesse prestes a entrar num Black Hawk no meio da noite, pronto para atacar qualquer inimigo que aparecer na minha frente.

— O que for preciso — respondo. — Vamos trazer Mel de volta.

Capítulo 49

Monmouth, New Hampshire

A policial Corinne Bradford está deitada de bruços numa área de árvores e mato baixo, de olho na casa grande abaixo dela, a uns trinta metros de distância. O chão está frio e úmido, e sua pele está gelada quando ela ergue o binóculo de novo para observar o quintal silencioso.

É uma manhã fria, e Corinne tem esperança de que essa pequena pista, esse pequeno fio de esperança, renda frutos.

Ela passou as horas anteriores subindo e descendo a rota 113, parando em cada venda, posto de gasolina e lojinha, mostrando a foto do Cadillac Escalade obtida da câmera de segurança do Citizens Bank e dizendo a todos que era uma investigação confidencial para que a notícia não chegasse ao seu chefe idiota. Até que, finalmente, na Loja de Ferragens RJ, Corinne teve sucesso.

— Claro — disse Bing Torrance, gerente da loja, uma hora atrás. — Eu vi um carro parecido com esse subir a estrada de terra para a casa dos Macomber dia desses. Sei que faz anos que eles colocam a casa para alugar, mas achei esquisito ver um veículo estranho ali, porque eles não a alugavam já fazia mais de um ano.

E aqui está ela.

Com frio.

Com sede.

O que ela não daria por um café e um sanduíche de café da manhã do McDonald's...

Ou dois.

Corinne olha o relógio.

Daqui a uma hora, deve se apresentar para o serviço na delegacia.

Será que ela deve ir para o trabalho e contar o que descobriu ao capitão Grambler?

Ah, claro...

Um gerente de loja de ferramentas acha que viu um Cadillac Escalade subir até essa casa. Passei algumas horas observando a casa e não vi nenhuma luz, ninguém, nada.

E o capitão Grambler provavelmente vai demiti-la por insubordinação.

Corinne ergue o binóculo outra vez. É uma impressionante casa de madeira escura de dois andares, com garagem independente para três carros. É cara. Nos fundos da casa, o gramado bem aparado desce um barranco e dá para uma lagoa isolada com um píer fixo.

Corinne dá outra olhada no relógio e pensa: *Droga! Não importa o que aconteça, daqui não saio. Vou ligar dizendo que estou doente ou algo assim, mas daqui não saio.*

Corinne abaixa os binóculos novamente, esfrega os olhos cansados e frios.

Café quente.

Mas por que cargas-d'água ela não veio preparada, com uma garrafa térmica e talvez...

O som de um motor a faz voltar a si.

Os binóculos estão de volta em suas mãos.

O coração bate forte.

Tem uma área aberta em frente à garagem. De onde Corinne está dá para ter uma boa visão, e tem alguma coisa subindo a estrada de terra, o som do motor cada vez mais alto.

— Droga — sussurra.

Não é um Cadillac Escalade.

Uma velha picape preta acabada. Ford.

— Droga — sussurra ela de novo.

Todo esse tempo, toda essa espera, suas roupas ensopadas e frias, só para ver uma velha caminhonete Ford preta.

A porta do meio da garagem desliza silenciosamente, e a caminhonete entra na vaga vazia.

Epa.

Espera aí!

Ela tenta controlar a respiração. Seus pulsos e suas mãos começam a tremer.

Tem um Cadillac Escalade preto na vaga esquerda da garagem.

O gerente da loja de ferramentas estava certo!

Ela espera.

Respira fundo.

Movimento.

Um homem sai da garagem enquanto a porta começa a descer lentamente atrás dele. Está segurando um casaco amarelo opaco e esfregando a testa com um pano, e, quando ele abaixa o pano, Corinne quase arfa.

É o sequestrador terrorista.

Azim al Ashid.

Bem na sua frente.

Corinne pega os binóculos, recua lentamente para uma área de mata mais fechada e pega o celular.

SEM SERVIÇO

Puta merda!

Essa é uma coisa com a qual não se acostumou: essa região tem muitas áreas sem serviço de celular. É como se estivesse de volta aos anos noventa.

Corinne olha para trás, na direção de onde veio.

Sua SIG Sauer 9mm está no coldre.

Corinne está plenamente convencida de que a filha do presidente está naquela casa.

Deveria tentar resgatá-la?

Agora?

Corinne sente raiva de si mesma, mas não, isso seria suicídio.

Ela tem de entrar em contato com...

Quem?

Com o capitão Grambler?

Não.

Aquele imbecil iria reclamar, desprezar e ignorar o que ela descobriu.

É hora de pensar em outra pessoa. E de orar para conseguir sinal no celular.

Minutos depois — louvado seja Deus! — ela consegue sinal de celular e pesquisa seus contatos até encontrar Clark Yates, que trabalhou com ela na Polícia Estadual de Massachusetts e teve a sorte de ir para a Polícia Estadual de New Hampshire antes do grande expurgo.

O telefone toca.

Toca.

Toca.

— Atende, atende, atende — sussurra Corinne.

— Alô.

Ela sente o corpo arquear de tanto alívio.

— Clark, é Corinne Bradford.

— Corinne... Caramba, é cedo. Quer dizer...

— Clark — interrompe Corinne. — Você tem que me ajudar. Eu sei onde a filha do presidente está. Encontrei o sequestrador e vi o veículo.

— Corinne... tem certeza? E por que você está me contando? Não é melhor você...

— Sim, eu sei — interrompe ela, olhando ao redor para as árvores, para os pedregulhos de granito expostos e para os arbustos. — Mas meu chefe é um idiota. Pense nisso como uma dica. No norte de Monmouth, numa estrada de terra marcada com uma placa de madeira que diz *Macomber,* saindo da rota 113, logo depois da Loja de Ferragens RJ. No fim da estrada tem uma casa de estilo rústico de dois andares com um grande lago aos fundos.

— Corinne...

— Eu vi o cara! Eu vi a porra do terrorista sequestrador, Clark. E o Cadillac Escalade. Juro por Deus.

Ela ouve alguma coisa farfalhando no mato, provavelmente o vento fazendo as árvores altas balançarem para a frente e para trás e se esfregarem umas nas outras.

— Tá bom — diz Clark. — Entendi. Vou começar a fazer ligações. Espero por Deus que você esteja certa.

— Eu também. Eu também... Até logo. E não me decepcione!

Corinne desliga e ouve um estalo, como um graveto se partindo. Olha para trás e vê o homem que tinha saído da garagem se aproximando com uma faca na mão, sorrindo com tranquilidade e confiança.

Capítulo 50

Noroeste de New Hampshire

Mel Keating rola e se senta na cama quando a porta da cela se abre. Não tem certeza de que horas são, não com a lâmpada ainda brilhando sobre sua cabeça. Está confusa e sonolenta, e sabe que isso faz parte do plano deles para enfraquecê-la. Mel ouviu histórias do seu pai e dos colegas Seals sobre o treinamento SERE — sobrevivência, evasão, resistência e escape —, no qual eles aprendem a sobreviver como prisioneiros de guerra. E parte do treinamento SERE inclui como lidar com a privação de sono ou com a confusão nos padrões de sono.

O sequestrador mais jovem, Faraj, entra, e Mel sente uma onda de medo percorrer o corpo.

Ele está de mãos vazias.

Não é hora do café da manhã?

Por que ele está aqui?

Faraj está sorrindo, os olhos ainda um pouco vermelhos do ataque de ontem. Mel não quer permanecer sentada e por isso se levanta, uma vítima assustada pronta para o que vier.

Se a ideia desse filho da puta for agredi-la, ela vai fazer de tudo para impedi-lo ou para que pague por isso com arranhões, testículos inchados ou um olho a menos.

Ele dá um passo à frente e acena com a cabeça.

— Está com fome? — pergunta.

— Isso é uma pegadinha?

— Pega... o quê?

— Uma pergunta que na verdade é uma provocação. Ou um insulto. Não é uma pergunta de verdade.

Ele acena com a cabeça de novo, sorrindo.

— Não, é uma pergunta de verdade. Só isso. Está com fome?

A verdade é que seu estômago está roncando há um bom tempo, e ela já não sabe quanto tempo faz desde que tomou a sopa de vegetais fria do chão de concreto com as mãos feito...

Feito uma refugiada assustada e faminta.

Exatamente como Azim queria.

— Sim, estou.

— É hora do café da manhã. Do que gostaria?

— De tomar o café da manhã no Pope's Diner, em Spencer. Vocês dois podem vir junto se quiserem.

Faraj acha divertido e abre um sorriso maior.

— Não vai ser possível — fala. — Pode me dizer qual é o seu café da manhã favorito. Vou dar o meu melhor para prepará-lo.

Mel responde sem pensar.

— Panquecas. Com manteiga. E xarope de bordo de verdade, não aquela porcaria de cana-de-açúcar que vendem no mercado. E bacon. Extracrocante. Suco de laranja. Café.

Faraj a escuta e diz:

— Você parece saber o que quer.

— Esse é... — A voz de Mel falha. — Meu pai gosta de fazer o café da manhã para mim aos domingos. E para os agentes do Serviço Secreto que trabalham lá em casa. E... às vezes ele vai para as cidades próximas, ajuda as igrejas locais quando elas oferecem *brunch* aos domingos para as congregações.

— Não sabia disso — diz Faraj.

Mel cruza os braços, querendo que seus olhos parem de lacrimejar.

— Porque ele não fica se promovendo, não permite cobertura da imprensa. Ele só... faz.

— Você é uma menina de sorte.

— Eu não sou uma menina. E sim, sei que tenho sorte. E, se você quiser vir com esse papo de que tenho muita sorte porque moro no Ocidente, porque não tenho medo de passar fome nem de ficar doente e não ter tratamento, pode calar a boca. Já ouvi isso.

O rosto de Faraj fica tenso.

— Não, não era isso que eu ia dizer. Você está errada.

— Prova.

— Já ouviu falar de uma prisão em Trípoli chamada Abu Salim?

— Não — responde Mel, perguntando-se: *Por que está tentando me constranger? Por que zombar de mim? Anda logo com isso.*

— É a prisão mais famosa e cruel do meu país — comenta Faraj num tom de voz tranquilo. — Aquele cachorro desgarrado, aquele coronel moleque, aquele idiota fantasiado... foi nessa prisão que ele prendeu as pessoas que se opuseram a ele, ou que o insultaram, ou que ele simplesmente quis punir por capricho. Em 1996, os prisioneiros se revoltaram, e mais de mil e duzentos foram massacrados. E, depois que os corpos foram removidos, e o sangue, lavado, a prisão continuou funcionando.

Mel vê o rosto do jovem mudar de um terrorista, assassino e sequestrador para um filho carregado de memórias.

— Eu nunca conheci a minha mãe — continua ele. — Meu pai, Hassan, tinha uma casa de chá em Trípoli... e me lembro dele me dando doces no fim do dia, aqueles que ele não conseguia vender. Quando eu tinha 5 ou 6 anos, ele foi levado para Abu Salim e jamais saiu.

Mel quer dizer algo no silêncio que se faz na cela de concreto, mas não consegue pensar em nada.

O sequestrador balança a cabeça brevemente, como se estivesse tentando voltar ao presente.

— Eu disse que você tinha sorte porque conhece o seu pai e ele ainda está vivo — diz ele, num tom tranquilo. Em seguida vira de costas e avisa: — Daqui a pouco seu café da manhã estará aqui.

Mel fica admirada com o café da manhã que acabou de comer, porque foi exatamente o que ela pediu, e, por causa da fome absurda que estava sentindo depois de ter tomado a sopa fria do chão horas atrás, come cada pedaço.

Ela coloca a bandeja no chão e boceja de repente. Está muito cansada.

Mel se recosta na cama e boceja de novo. E por que ela não se sentiria cansada? Está em estado de choque e num pico de adrenalina desde que foi sequestrada e viu Tim ser assassinado...

Ela se deita na cama. Pensa nas coisas. Mais uma vez se lembra do agente Stahl e das suas instruções na Casa Branca.

Mel tira a aliança do dedo anelar direito, coloca-a sob a luz da lâmpada, que está sempre acesa. Ainda dá para ler as antigas iniciais na parte interna: DE ST PARA KM 10/12/41.

Um presente do avô da sua mãe para a noiva, que se tornaria esposa — e avó da sua mãe — depois que ele se alistou na Marinha logo após o ataque a Pearl Harbor.

Ela segura a aliança com força no punho cerrado.

Tão, tão cansada.

Capítulo

51

Salão Oval
Casa Branca

— São oito da manhã — diz a presidente Pamela Barnes ao secretário de Segurança Interna e à diretora do FBI. — Faltam quatro horas para o prazo final de meio-dia estabelecido por Azim al Ashid. Quais são as últimas novidades?

O secretário Paul Charles começa a falar, mas a diretora do FBI, Lisa Blair, o atropela e diz:

— Temos pelo menos cem agentes em campo ao redor do monte Rollins, com mais agentes chegando de avião ou de carro a cada hora. Eles estão trabalhando com agências locais na montagem de barreiras, interrogando viajantes e analisando possíveis pistas. O desafio atual é que essa área de New Hampshire perto da fronteira com Vermont é muito arborizada, muito rural, com muitas casas, chalés e campos de caça isolados, isso sem contar as trilhas de caminhada e as estradas de terra que não constam nos mapas nem aparecem nos GPSs. Muitos agentes estão circulando a área de carro, batendo de porta em porta, conversando com motoristas, mas até agora não surgiu nenhuma pista real.

Além dos funcionários das agências do governo, a única outra pessoa no Salão Oval é o marido e chefe de Gabinete de Pamela Barnes, Richard. Conforme ele disse antes, esse não é o momento para ter assessores ou assistentes tomando notas e deixando um rastro de papel dos tópicos delicados que estão sendo discutidos.

— E quanto ao veículo visto saindo da cena do sequestro? — pergunta ele. — O Escalade preto.

Blair e Charles estão sentados em poltronas de couro em frente à mesa do Resolute, enquanto o marido de Pamela Barnes está sentado à esquerda dela, de pernas cruzadas, inclinado para a frente com impaciência.

A diretora Blair comprime os lábios de raiva.

— Essa era uma pista que esperávamos manter em sigilo. Mas alguém da região vazou para um jornal semanal local. O escritório da Associated Press em Concord divulgou a matéria, e a notícia se espalhou rapidamente.

— E por que isso é um problema, diretora? — pergunta Barnes.

— Porque agora todos os cidadãos preocupados, excêntricos ou malucos da região do Vale do Rio Connecticut estão congestionando a linha para denúncias de todas as delegacias, da fronteira canadense ao estuário de Long Island, dizendo que viram um Escalade preto na rua ou entrando numa garagem ou no estacionamento de um prédio. E cada uma dessas pistas precisa ser rastreada, senhora presidente. É um trabalho do cão.

— Entendo. E a cooperação entre agências?

— Tão bem quanto o esperado. A CIA tem trabalhado com suas fontes no exterior, e a NSA está examinando registros de telefone e e-mails. O desafio é que a CIA trabalha numa selva de espelhos e labirintos... As informações que eles estão recebendo são reais ou será que estão sendo plantadas por alguém com outro propósito? Até que ponto as informações que estão recebendo são válidas? Já a NSA tem milhares de terabytes de informações registradas para filtrar. E sabemos por dolorosas experiências próprias que Azim al Ashid, seu primo Faraj e seus apoiadores são extremamente cuidadosos com seus meios de comunicação.

— Então sem boas notícias — comenta Richard.

— Exatamente, sr. Barnes.

— Algo mais a acrescentar? — pergunta a presidente.

— Por precaução, posicionamos uma unidade da Equipe de Resgate de Reféns do FBI numa escola nos arredores de Spencer, a cerca de oito quilômetros do monte Rollins, onde Mel Keating foi sequestrada. Outra unidade está a caminho para dar apoio a eles. A equipe instalada lá tem transporte aéreo e terrestre para responder imediatamente se obtivermos alguma informação que nos permita agir. Além disso, temos acesso aos recursos do Departamento de Defesa, e tem um representante da NSA no local para dar o devido suporte.

A presidente olha para seu desgrenhado e abalado secretário de Segurança Interna e lamenta mais uma vez tê-lo nomeado para o cargo após a eleição. Mas, como chefe da Patrulha Rodoviária da Flórida e cabo eleitoral, Paul Charles a ajudou a conseguir muito apoio quando ela começou a insurreição contra Matt Keating.

Ela deveria ter pedido a demissão dele ontem, mas despedi-lo seria um enorme sinal de fraqueza nesse momento.

— E você, Paul?

— Estamos fazendo o melhor trabalho possível com os amigos do FBI — responde ele, a voz carregada de desprezo — e adicionamos duas unidades da nossa Equipe de Contra-Ataque do Serviço Secreto para fornecer suporte à Equipe de Resgate de Reféns.

— Não precisamos delas — diz a diretora Blair.

— Bem, mas elas estarão lá — retruca ele, sorrindo.

— Chega — intervém Barnes. — Mais alguma coisa, Paul?

— Os postos de fronteira — diz Charles. — Precisamos reavaliar a situação com cuidado, senhora presidente. O engarrafamento para quem entra no Canadá...

— Não — interrompe Barnes.

— Com todo o respeito, senhora presidente, as chances de os terroristas cruzarem a fronteira com o Canadá com Mel Keating são muito, muito remotas — comenta o secretário de Segurança Interna

— Mas existem, não é? Então mantenha as inspeções.

— Sim senhora.

— Algo mais? — pergunta a presidente

Charles olha para Blair, dá de ombros e diz:

— Hummm, acho que vou ter que fazer a pergunta que todos estão pensando. O resgate.

— O que tem o resgate?

— Hummm... ele vai ser pago?

— Não. Não pagamos resgate a terroristas — responde Barnes, com firmeza.

— Mas é a filha de Matt Keating — continua Charles.

— Sim, e nesse momento estou impedindo vocês de encontrá-la — retruca Pamela Barnes. — Vão em frente, diretora Blair e secretário Charles. Encontrem a garota. Vocês têm apenas quatro horas.

Sozinha com o marido, a presidente Barnes se recosta na cadeira e esfrega a testa.

— Meu Deus, Richard... Será que estou fazendo a coisa certa?

— Sem dúvida.

— Mas Mel Keating pode estar morta ao fim do dia.

— E de quem é a culpa? — pergunta o chefe de Gabinete. — Eu digo. É de Azim e do primo açougueiro dele. E do FBI e da Segurança Interna, por não fazerem o trabalho direito. E de mais uma pessoa.

— Quem?

— Você não vai gostar, Pamela, mas é culpa de Matt Keating.

— Richard...

Ele vira a cadeira para poder encará-la melhor.

— Estou falando sério. Você tem um ex-presidente que foi Seal com vários inimigos ao redor do mundo. Ele não protegeu a filha. Isso cai na conta dele.

— Mas Mel Keating não tinha mais direito a proteção do Serviço Secreto depois de completar 16 anos.

— Então ele deveria ter feito alguma coisa — insiste Richard. — Restringir os movimentos dela. Se mudar para algum lugar mais movimentado. Contratar segurança privada. Ou pedir a você uma ação executiva, uma proteção especial para a filha dele, para que ela pudesse manter a proteção do Serviço Secreto. Matt Keating não fez nada disso. — Ele se levanta e continua: — Se você se mantiver firme contra os sequestradores de Mel Keating, por mais pressão que receba, vai ganhar respeito e admiração em todo o mundo, inclusive de muitos encrenqueiros da Coreia do Norte, do Irã, da Rússia e dos nossos concorrentes insuportáveis de sempre, os chineses. A longo prazo, isso salvará muito mais vidas do que a de uma garota sequestrada.

— Entendo o que você quer dizer, Richard, mas não significa que eu tenha que gostar.

Ele vai até a porta que dá para o corredor principal do lado de fora do Salão Oval e diz:

— Em uma hora termino uma declaração para você fazer à imprensa, falando da sua decepção pelo fato de o prazo ter acabado e Mel Keating não ter sido localizada.

— Mas e se ela for encontrada viva nas próximas quatro horas?

O marido dela apenas balança a cabeça e abre a porta para sair.

A presidente Barnes esfrega a testa outra vez, tentando se lembrar do motivo pelo qual queria tanto esse emprego.

Dirigindo-se ao saguão da Casa Branca depois de deixar o Salão Oval com o secretário de Segurança Interna Paul Charles, a diretora Blair se lembra de quando, anos antes, entrou nesse prédio para ser entrevistada para seu atual cargo pelo então presidente Matt Keating. Ele estava pronto para indicar o nome dela ao Senado, que viria a confirmá-la no cargo por votação, e aquela reunião era o último e mais importante passo. Ela havia sido preparada para falar sobre sua carreira na Divisão de Investigação Criminal do Exército, sobre os seus anos como chefe do Bureau de Investigação do Kansas e sobre seu trabalho mais recente como vice-diretora assistente do FBI.

Mas a entrevista durou cerca de cinco minutos. Enquanto servia uma xícara de café para ela numa mesinha em frente ao sofá no qual estavam sentados, o presidente Keating disse:

— O FBI se tornou muito politizado nos últimos anos. Quero que a agência volte às raízes da aplicação da lei, fique longe da política o máximo possível e faça o trabalho direito. O que acha?

— De acordo, senhor presidente.

— Que bom. O cargo é seu.

— Só isso? — perguntou Blair, confusa.

Keating sorriu e entregou a xícara de café.

— Quer dar uma passada na academia do FBI em Quantico e ver quem se sai melhor num exercício tático em Hogan's Alley?

Ela se lembra dessa ordem simples e direta com melancolia. Blair jamais admitiria isso em voz alta, mas sente falta de se reportar a Keating.

— Meu Deus, em dias como esse eu odeio essa cidade — diz ela em voz baixa.

— O que disse? — pergunta o secretário Charles.

Mas ela o ignora.

O celular está vibrando sem parar em seu bolso.

Capítulo

52

Hotel Saunders
Arlington, Virgínia

Estou andando de um lado para o outro na minha suíte no Hotel Saunders, com tanta raiva e violência que tenho certeza de que os funcionários na cozinha do porão conseguem me ouvir. Vou até a porta que se conecta com a outra suíte, abro e grito:

— Maddie!

Ela surge do meio de um amontoado de agentes do Serviço Secreto, funcionários do hotel e alguns dos funcionários que sobraram da campanha de reeleição. Maddie se aproxima de mim de cabelo desgrenhado, os olhos vermelhos e inchados, e diz:

— Senhor?

— Você tem algum contato no Sistema Federal de Prisões, certo? Uma... irmã? Ou prima?

— Sobrinha, senhor. Minha sobrinha Sharon.

— Pode ligar para ela? Descubra se estão fazendo alguma movimentação para tirar os três homens do presídio de segurança máxima. Os que Azim al Ashid quer que sejam libertados como parte do pedido de resgate.

Ela faz uma breve pausa, e eu penso: *Você passou dos limites, você a pressionou demais.*

Mas, antes que eu pudesse voltar atrás, Maddie diz:

— Sim, claro, senhor presidente. Vou falar com ela agora mesmo.

Volto para a suíte. O agente Stahl está falando em voz baixa ao telefone, e Samantha está sentada de pernas cruzadas na cama da suíte, abraçando um travesseiro no colo.

— Estou cuidando das coisas, Sam — digo. — Vamos resgatá-la.

— Eu sei — diz Sam, e os olhos dela, embora ainda úmidos por ter chorado pouco antes, estão cheios de raiva e desprezo. — Eles mentiram para nós no Salão Oval.

— Não. Mais tarde a presidente e o chefe de Gabinete vão nos dizer que nos contaram a verdade quando estivemos lá, mas que, quando fomos embora, a situação mudou, houve novos desdobramentos, notícias que eles não puderam nos transmitir porque não tiveram tempo.

— Como o quê?

— Vou descobrir.

Volto para minha pequena área de trabalho, tento ligar novamente para Sarah Palumbo, vice-conselheira do Conselho de Segurança Nacional e, mais uma vez, a ligação cai na caixa postal.

Que mensagem deixar?

— Sarah, acho que todos nós estamos tendo um dia ruim — digo. — Certo?

Desligo e alguém bate à porta.

— Entra! — grito.

Minha chefe de Gabinete, Maddie, entra com o rosto tenso e preocupado e diz:

— Senhor... conversei com Sharon. Minha sobrinha. Do Sistema Federal de Prisões.

O olhar em seu rosto diz tudo.

— Nada, não é? — pergunto. — Nenhuma movimentação para soltar os três prisioneiros.

Ela balança a cabeça e diz:

— Eu vou... vou voltar ao trabalho, senhor presidente.

— Obrigado, Maddie.

É hora de ligar para a presidente Barnes.

Ao contrário do que retratam em livros ruins e filmes piores ainda, é raro ex e atuais presidentes ligarem um para o outro, pois o país tem apenas um presidente por vez, e agora seu nome é Pamela Barnes e ela mora na Pennsylvania Avenue, 1.600. E, quando há uma ligação, em geral é do atual presidente para o anterior e não o contrário.

Ainda assim preciso falar com ela, e passar por telefonistas e guardiões será uma tarefa árdua. Existe um número privado direto que não passa pela central telefônica da Casa Branca, para que amigos e familiares dos presidentes possam falar com eles sem perder tempo, mas esse número é alterado toda vez que o presidente muda.

Então, ligo para a central telefônica principal da Casa Branca — 202-456-1414. Ao primeiro toque a ligação é atendida por um jovem com voz animada.

— Casa Branca.

— Aqui é Matt Keating. Pode me transferir para Felicia Taft, por favor?

Felicia é subchefe de Gabinete, e há um momento de silêncio, certamente para que o telefonista confirme se ela aceita minha ligação. Então Felicia atende e diz:

— Bom dia, senhor presidente. O que posso fazer pelo senhor?

Sentada na cama desfeita, Samantha lança um olhar severo para mim, e sinto como se estivesse de volta ao campo de treinamento, recebendo uma avaliação fria e rigorosa de um instrutor que julga cada passo meu e cada palavra minha.

— Felicia, preciso falar com Richard o mais rápido possível.

— Hummm, posso perguntar do que se trata, senhor presidente?

— Você precisa mesmo perguntar, Felicia? — retruco e imediatamente me arrependo do meu tom, porque a coloquei numa sinuca de bico, e ela é a guardiã que vai decidir se essa ligação terá continuidade, mas ela é profissional e diz:

— Um segundo, senhor presidente. Vou ver se ele está livre.

— Obrigado — digo e me sento, esfrego o rosto, penso em Mel por aí, cativa, cansada, faminta, se perguntando se seu pai vai encontrá-la, então ouço uma voz familiar na linha.

— Matt, aqui é Richard Barnes.

— Richard, preciso falar com a presidente.

— Ah, Matt, isso vai ser complicado.

— Richard, tudo o que você disse para Sam e para mim ontem é mentira, e você sabe disso. Não houve nenhuma movimentação de bitcoins para o resgate, e os três prisioneiros que Azim al Ashid queria libertar continuam na solitária no presídio de segurança máxima. O que está acontecendo?

— Matt, você sabe tão bem quanto eu que as circunstâncias mudam e...

— Richard, quero falar com a presidente. Agora.

Olho para o relógio. Meu Deus, são realmente quase nove da manhã?

— Vou ver o que posso fazer. Ela está muito ocupada.

— Em três horas o prazo acaba. O que é que vocês estão fazendo?

— Nosso trabalho. Junto com o FBI, a Segurança Interna, o Serviço Secreto, todo...

— Não se atreva a me insultar assim, Richard — interrompo. — Vou libertar a minha filha, com ou sem vocês.

Uma pausa fria.

— O que você quer dizer com isso?

— Ainda tenho amigos da imprensa em Washington. Como acha que eles vão reagir quando eu contar que vocês estão brincando com a vida da minha filha? Que por alguma razão vocês estão enrolando e não pretendem pagar o resgate?

— Matt, não se atreva.

— Então não se atreva a me ignorar, Richard, porque eu vou fazer isso — retruco, elevando a voz de raiva. — E, se o prazo acabar e Mel não for libertada, o sangue dela vai estar nas suas mãos e nas mãos da porcaria da sua esposa!

Perdi a cabeça.

Não deveria ter feito isso.

— A presidente é uma mulher muito, muito ocupada — diz Richard, a voz tensa. — Sua filha é apenas uma das preocupações dela. O mundo é um lugar grande, desagradável e perigoso. Você sabe disso tão bem quanto nós. E estamos deixando nas mãos dos profissionais a tarefa de encontrá-la. Mas, se você vazar alguma história maluca de que não estamos fazendo nada para encontrar sua filha, essa administração e eu vamos com tudo para cima de você. Entendido?

— Encontra a minha filha, Richard.

— Estamos trabalhando nisso. E, se a presidente puder, vou fazer com que ela entre em contato com você hoje mais tarde. Mas não conte com isso.

Desligo e suspiro alto. Me levanto, ando de um lado para o outro por mais um tempo. O agente Stahl está olhando para mim, assim como Samantha. É hora de entrar em Defcon 1.

Pego o telefone, começo a rolar os contatos sabendo que estou prestes a violar meia dúzia de leis, contratos sociais e formas extraoficiais de negociar em Washington, mas estou me lixando para tudo isso.

Mel.

É só o que me importa.

Eu disse a Samantha que a traria de volta e não há como parar agora.

Aqui está.

Encontro um número de celular particular, pressiono sem hesitar, e ele toca, toca e é atendido por uma mulher quase sem fôlego.

— Diretora Blair. Quem está ligando? — pergunta ela num tom irritado.

Eu me dou conta de que o identificador de chamadas dela está mostrando DESCONHECIDO e rapidamente digo:

— Lisa, é Matt Keating.

— Ah, senhor presidente, eu...

— Lisa, não tenho tempo para amenidades — corto rapidamente. — O que raios está acontecendo?

— Senhor presidente, eu...

— Lisa, me diz que eles não estão fazendo corpo mole. Me diz que os bitcoins estão sendo separados, me diz que os três prisioneiros estão sendo preparados para serem transportados para a Líbia. O que raios está acontecendo aí?

— Senhor presidente...

— Lisa...

— Senhor presidente, cala a boca! — grita ela, quase arrancando minha cabeça pelas ondas de rádio do telefone.

Paro de andar na hora, respirando com dificuldade.

— Diretora — consigo dizer —, prossiga.

Então o universo parece se reduzir ao meu telefone e à voz empolgada da diretora do FBI.

— Estou tentando contar, senhor, que recebemos boas informações de New Hampshire. Acho que encontramos a sua filha.

Capítulo

53

Escola de Ensino Médio Regional de Eastfield
Eastfield, New Hampshire

No ginásio da Escola de Ensino Médio Regional de Eastfield, perto de faixas penduradas nas vigas em homenagem às conquistas dos Eastfield Explorers no basquete e no lacrosse, o agente especial do FBI Ross Faulkner, líder da Equipe de Resgate de Reféns, está fazendo o possível para não dar um soco no major da Polícia Estadual de New Hampshire parado na frente dele, quase cara a cara. Ross é um veterano com dez anos na unidade de elite do FBI e, antes de ingressar no Bureau, ele era sargento de artilharia dos Marines, tendo participado de três missões no Iraque. Ross tem experiência em negociações com várias tribos e milícias no norte do Iraque, mas esse policial local está de fato começando a tirá-lo do sério.

O major Harry Croteau, da Polícia Estadual de New Hampshire, está de macacão e coturnos pretos, como qualquer outro homem dentro desse ginásio protegido, e seu rosto rechonchudo está vermelho de raiva quando ele diz:

— Vou falar mais uma vez, agente Faulkner: você não tem jurisdição aqui!

— Eu digo o contrário — retruca Ross. — É um sequestro.

— Só é crime federal em certas circunstâncias, como uma criança menor sendo raptada, se o criminoso cruza a fronteira estadual com a vítima ou se o crime ocorre a bordo de uma aeronave — diz Croteau, erguendo a voz. — E nada disso se aplica a essa situação. É um crime estadual, e nós vamos tomar a dianteira.

— Com todo o respeito, major, não tenho tempo para essa palhaçada — diz Ross. — Nós estamos aqui, a filha do presidente está lá fora, sendo mantida em cativeiro por um terrorista conhecido. Isso é tudo de que preciso, e é assim que vai ser.

— Você que pensa!

Telefones estão tocando, outros membros da equipe de vinte pessoas comandada por Ross estão espalhados pelo ginásio, armas e equipamentos sobre mesas dobráveis compridas, os veículos estacionados do lado de fora em vagas marcadas APENAS PARA PROFESSORES. Já faz quase um dia que estão ali, depois de partirem da Instalação Aérea do Corpo de Marines de Quantico numa aeronave de transporte Globemaster C-17 da Força Aérea emprestada e pousarem no Aeroporto Lebanon, que fica nas proximidades de onde estão agora. A Equipe de Resgate de Reféns do FBI se orgulha de estar a apenas quatro horas de distância de qualquer localidade dos Estados Unidos, e essa viagem não foi diferente.

— Sim, é o que penso, e também é o que pensa a diretora do FBI e o procurador-geral. Essa operação é nossa e...

— Ross! — grita alguém do outro lado do ginásio. — Vem aqui, agora!

— Major, cai fora daqui agora — ordena Ross. — Antes que eu o prenda por suspeita de sonegação de impostos ou algo assim.

Ross vai até uma mesa onde um membro da Equipe de Resgate de Reféns, Gus Donaldson, gira numa cadeira dobrável, com equipamentos de comunicação e telefones atrás dele, segurando um papel com algo escrito.

— Ross — diz Gus com a voz cheia de entusiasmo. — Boa notícia. Boa mesmo.

Outros membros da equipe se reúnem ao redor de Gus.

— Fale — diz Ross.

— Essa manhã, uma policial da região avistou um Cadillac Escalade preto entrando na garagem de uma grande casa no fim de uma estrada de terra não sinalizada, perto de um lago, isolada. A estrada começa na rota 113 e é marcada com uma placa que diz *Macomber*. Perto da Loja de Ferragens RJ. Ela viu o motorista sair da garagem. Tem certeza de que foi Azim al Ashid.

— Ela ligou para nós?

— Não. Ligou para um sargento conhecido dela na Polícia Estadual de New Hampshire, ele falou com o superior na polícia, e a coisa foi empurrada escada acima. Ele confia nela, diz que é honesta. Não fica de palhaçada.

— Onde ela está agora?

— Sem contato. A cobertura de celular é muito irregular por aqui.

— Tyler! — grita Ross, chamando outro membro da Equipe de Resgate de Reféns. — Pegou as informações da localização?

Tyler é o especialista em pesquisas da equipe e neste momento está sentado diante de dois grandes monitores.

— Já estou vendo — responde ele e começa a digitar alguma coisa.

Ross vai até Tyler, e nos poucos segundos que leva para se aproximar, o pesquisador diz em tom alegre:

— Achei! É em Monmouth, perto da divisa com Spencer. O dono do imóvel se chama Dan Macomber, de Salem, Massachusetts. Aqui está a planta oficial da casa.

Novamente a Equipe de Resgate de Reféns se aglomera e olha para a tela à direita. O arquivo digital encontrado no Escritório de Impostos Municipais tem não só a planta da residência como até mesmo uma foto.

Casa de madeira de dois andares. Garagem independente para três carros. Porta da frente e porta lateral de acesso à casa. Janela de sacada à direita da porta da frente. Janela padrão à esquerda da porta lateral. Janelas no segundo andar.

A planta baixa mostra dois grandes quartos e um banheiro no andar de cima. Banheiro no andar de baixo. Uma sala de estar espaçosa e um quarto pequeno à direita da porta da frente, cozinha e sala de jantar à esquerda.

Graças a anos de treinamento e operações em campo, Ross analisa rapidamente as opções, vendo onde colocar os primeiros esquadrões.

— Equipe de reconhecimento de atiradores de elite, vai. Dividam-se quando chegarem lá: um esquadrão a leste, o outro a oeste. Localizem o alvo o quanto antes. Façam contato comigo quando estiverem em segurança... e saiam daqui sem fazer alarde, como se estivessem saindo de uma lanchonete. Tem um monte de jornalistas lá fora, e não queremos uma maldita escolta da imprensa.

Ao mesmo tempo, todos os membros da equipe saem correndo para as mesas, pegam suas armas e equipamentos, correm para a saída dos fundos do ginásio, os pés em coturnos ecoando alto na construção. Ross está cansado, tenso, nervoso. Em qualquer outra ocorrência com refém haveria tempo para construir uma maquete em escala real da casa-alvo para dar aos grupos de assalto da Equipe de Resgate de Reféns a chance de treinar a dinâmica de entrada diversas vezes.

Mas o tempo está passando. Essa vai ser uma operação rápida.

Ross percorre a fileira de mesas e para no final, onde está uma jovem ruiva com óculos de armação preta e camiseta de uma banda de rock da qual ele nunca ouviu falar. Ela se senta diante de um conjunto de teclados complexos, o olhar fixo em um monitor que exibe fileiras de letras e números.

— Senhorita — diz Ross, esquecendo o nome dela por um instante, ciente apenas de que ela é da NSA e que se ofereceu para ajudar na operação. — Ouviu nossa atualização?

— Ã-hã — responde ela, mordendo o lábio inferior. — Ouvi, sim, obrigada. Estou coletando dados agora.

Ao lado da representante da NSA está um jovem negro magricela com farda da Força Aérea, insígnia de primeiro-tenente e placa de identificação escrito COLLINS. Ele está falando sozinho enquanto maneja um joystick. O grande monitor à sua frente mostra uma vista aérea de um pico arborizado e fileiras de números nas partes inferior e lateral. Em seguida surge um lago, depois uma casa.

A casa-alvo, pensa Ross. *Aí está.*

Você está aí dentro, Mel Keating?

— Alguma chance de quem está lá dentro ouvir ou ver você? — pergunta Ross.

— Só se eles tiverem imagens térmicas de última geração e equipamentos de detecção acústica que nem mesmo chineses e russos têm ainda. O drone Kestrel é muito irado e bom no que faz... Estamos a cerca de três mil metros de altura, quase invisíveis... E lá vamos nós.

Ross está acostumado com o equipamento de alta qualidade que o Departamento de Defesa tem e às vezes empresta ao FBI, mas a imagem desse drone é tão nítida e clara que ele sente que está sobrevoando a casa. Esse equipamento é tão secreto que ele e os colegas da Equipe de Resgate de Reféns tiveram de assinar documentos sigilosos para poderem ver o que essa máquina é capaz de fazer. Esse drone vê até manchas de líquen e musgo nas bordas das telhas da casa.

A câmera dá um zoom ainda maior conforme mergulha e dá uma inclinada, e a casa parece vazia. Ninguém no gramado da frente ou dos fundos. A prainha de terra do lago está vazia. Não tem nenhum barco amarrado na doca.

— Tem marcas de pneus recentes no chão de terra batida que dá para a entrada da garagem — informa Collins.

Ross olha o relógio. Qual a distância dessa nossa base até a estrada de terra? Quantos minutos mais antes de as primeiras equipes fazerem contato?

— Ei, sr. FBI!

Ross se vira para Claire — sim, esse é o nome dela, Claire Boone da NSA, uma jovem que parece durona, mesmo com a camiseta e jeans rasgado. Ela diz:

— A empresa local de energia se chama Liberty Utilities. Acessei o sistema deles e fiz uma leitura em tempo real do medidor de consumo da casa, um daqueles dispositivos inteligentes. Nos últimos três meses o consumo se manteve inalterado, mas nos últimos três dias houve um aumento de cinquenta por cento no uso de quilowatts-hora.

Um dos membros da equipe de Ross se aproxima dele e diz:

— Alguém se mudou para lá.

— Certo, agente Faulkner, vamos ver se conseguimos dar uma espiada lá dentro — intervém Collins.

O tenente da Força Aérea digita alguma coisa no teclado, e logo em seguida a vista aérea da casa muda para uma imagem espectral em preto e branco, conforme o drone vai lendo as fontes de calor térmico de dentro.

Três manchas brancas aparecem na tela.

Duas parecem estar juntas, na área da cozinha.

A terceira está mais fraca.

— Tenente, o que estamos vendo? — pergunta Ross.

— Kestrel está mostrando duas pessoas na cozinha da casa-alvo. Com base na localização, parece que eles estão sentados a uma mesa ou algo assim. Talvez tomando um café da manhã tardio. Também estou vendo uma leve fonte de calor do que parece ser um fogão.

Ross está tentando se manter focado, estável, mas sua frequência cardíaca e sua respiração estão acelerando.

— E a terceira mancha?

— Muito fraca — diz Collins. — Como se a pessoa estivesse no porão abaixo das outras duas pessoas.

— Gus, avise a diretora: acertamos em cheio e estamos entrando em ação — diz Ross ao agente encarregado das comunicações. Em seguida aumenta o tom de voz e continua: — Equipes de assalto, preparem-se! Vamos resgatar a filha do presidente!

Capítulo 54

Hotel Saunders
Arlington, Virgínia

Abro a porta que conecta as duas suítes a tempo de ver a diretora do FBI Lisa Blair entrar pela porta do corredor seguida por quatro agentes, dois deles carregando grandes caixas pretas de plástico. Eles passam por Madeline Perry, minha chefe de Gabinete, por outros agentes do Serviço Secreto e pelos escassos funcionários que restaram da minha fracassada campanha de reeleição de dois anos atrás.

— Senhor presidente — diz Lisa, aproximando-se de mim. — Peço desculpas por ter gritado com o senhor mais cedo.

Abro mais a porta.

— Eu mereci. Alguma atualização?

O agente David Stahl se levanta da mesa onde está seu laptop, e minha esposa sai da cama, o rosto se iluminando, as mãos juntas, e os quatro agentes de Blair — duas mulheres e dois homens — entram no quarto e logo começam a trabalhar, tirando as coisas das caixas: teclados, computadores e monitores. Madeline Perry também entra, com as mãos entrelaçadas, como se estivesse orando em silêncio.

— Uma policiou avistou um Cadillac Escalade preto na garagem de uma casa remota, perto de um lago, no fim de uma longa estrada de terra. O lugar é isolado. Ela disse que viu Azim al Ashid ir da garagem para a casa horas atrás.

Meus punhos cerram instintivamente.

Peguei você, fujão desgraçado.

— A informação foi verificada? — pergunto. Sam para ao meu lado, e eu a abraço pela cintura.

— Nossa Equipe de Resgate de Reféns montou base numa escola de ensino médio perto de Monmouth — explica Lisa. — Tem gente da NSA e da Força Aérea. A NSA acessou o histórico de consumo de energia elétrica da casa. Ele andava bastante estável até recentemente. A casa devia estar vazia. Mas agora está sendo usada.

— E a Força Aérea? — pergunto. — O que descobriu?

Na mesa em que eu estava trabalhando antes os agentes estão configurando um terminal com um monitor fino e conectando um plugue de alimentação e cabos a caixas pretas e teclados.

— Me dá um segundo e mostraremos ao senhor — diz a diretora do FBI. — Cynthia, nos mostre a imagem mais recente da casa-alvo.

— Sim senhora — diz uma agente do FBI magra.

— Lisa... não me leve a mal — digo. — Sou muito grato por tudo isso, mais do que você pode imaginar. Mas por que você não está de volta à Casa Branca ou ao edifício Hoover?

— É aqui que quero estar — responde ela, lançando-me um olhar duro. — Esse é o meu lugar, senhor presidente.

— Senhora — chama Cynthia, a agente do FBI. — Acessei a imagem de vídeo atual de Monmouth.

Imediatamente reconheço o tipo de filmagem em preto e branco que aparece na tela, a visão aérea de uma casa grande, os números na lateral e no pé do monitor indicando altitude, hora e data, longitude e latitude do local onde o drone está sobrevoando. Mas o que realmente chama minha atenção são as três figuras brancas dentro da casa, duas delas mais brilhantes que a outra. Acho que sei o que estou vendo, mas não quero adivinhar.

Lisa assume o controle e bate o dedo nas pequenas formas brancas.

— Imagem térmica. O oficial representante da Força Aérea diz que as duas formas que estão brilhando mais forte são pessoas na cozinha. A terceira forma, mais fraca, é alguém no porão.

Samantha arqueja e leva a mão ao rosto.

Ao lado de Sam, Maddie agarra a mão dela e dá um aperto reconfortante.

Um agente do FBI rechonchudo — um pensamento aleatório vem à mente: como ele passou nos exaustivos testes físicos obrigatórios do Bureau? — usando um headset diz:

— Senhora, estou com o agente especial Ross Faulkner na linha.

— Vamos ouvi-lo — diz ela, então se dirige a mim: — Ele é o comandante da Equipe de Resgate de Reféns do FBI em New Hampshire.

Ouve-se um chiado e um estalo vindo das caixas de som do computador, e Lisa diz em voz mais alta:

— Agente Faulkner, aqui é a diretora Blair. Está me ouvindo?

— Perfeitamente, senhora — responde uma voz masculina forte, um tipo de voz que já ouvi antes. De um agente experiente e perspicaz em campo, pronto para fazer o trabalho.

Meu Deus, como eu gostaria de estar lá com ele e os outros.

— Estou com o presidente Keating, sua esposa e outras pessoas, e estamos recebendo uma imagem de vídeo do drone da Força Aérea. Qual é o seu status?

— Senhora, temos quatro atiradores de elite/observadores na propriedade. No momento, eles estão tomando posição e vão nos dar retorno em breve. Estamos mandando uma equipe de assalto e outras unidades para o local agora.

— Pergunte ao agente Faulkner se dá para diminuir o zoom do drone — sussurro para a diretora do FBI. — Quero ter uma visão mais ampla da propriedade.

— Agente Faulkner — diz Lisa. — O senhor poderia pedir ao oficial da Força Aérea para diminuir o zoom da imagem atual? Queremos ter uma visão mais ampla da área.

— Entendido, senhora — diz Faulkner.

Aos poucos a imagem em preto e branco na tela se afasta, revelando um lago, uma doca e o que parece ser uma entrada para carros de terra batida, então vejo o que desejo desesperadamente ver.

Quatro imagens térmicas na floresta, duas de cada lado da estrada, avançando lentamente em direção à casa.

Como o agente Faulkner prometeu, quatro atiradores de elite do FBI estão se aproximando.

Pego a mão livre de Sam e ela se recosta em mim. Maddie ainda está segurando a mão direita da minha esposa.

— Sam, olha — sussurro. — Vamos resgatar a nossa menina.

Capítulo 55

Residência Macomber
Monmouth, New Hampshire

O agente especial do FBI Chris Whitney tem três anos na Equipe de Resgate de Reféns e, embora tenha participado de centenas de missões de treinamento e meia dúzia de operações reais, está se esforçando para manter o foco e trabalhar com a equipe para realizar esse resgate, para libertar a filha do presidente Keating, e não dar uma de novato idiota e começar a se tremer todo.

Sem tremores hoje.

Execute o trabalho.

Resgate a filha do presidente com segurança.

Ele está escondido atrás de uma linha de árvores e arbustos baixos a cerca de vinte metros da entrada para carros de terra batida, com uma boa visão da frente da casa e da garagem de três vagas. Está de macacão camuflado Nomex, capacete balístico e colete à prova de balas MOLLE com uma pistola Springfield calibre .45 no coldre, um fuzil Remington calibre .308 e munição extra para ambas as armas.

Os três outros atiradores de elite/observadores estão carregando armas semelhantes e, antes de chegarem ao local, Chris e os três caras fizeram um acordo não oficial. As regras normais de combate são de que eles só devem abrir fogo se pelo menos um dos dois terroristas lá dentro — Azim al Ashid ou seu primo Faraj — estiver armado.

Que se dane. Chris e outros membros da divisão sabem da história de Boyd Tanner, da Equipe 2 dos Seals — de como ele foi pregado numa árvore no Afeganistão pelo desgraçado que está dentro daquela casa e seus amigos. Então, se Chris ou qualquer agente estiver com a mira focada em Azim, mesmo que ele esteja apenas segurando um gatinho, uma bala calibre .308 encamisada vai separar seu tronco encefálico da coluna, e que se dane o que vão falar depois.

Chris se aproxima lentamente, ainda com uma excelente visão da frente da casa. O outro atirador, Javier Delgado, está perto da garagem, e Henry Fong e Tom Plunkett se posicionaram do outro lado da casa.

Do fone de ouvido na orelha direita, Chris ouve os sussurros profissionais dos seus colegas atiradores.

— Delgado em cena.

— Fong em cena.

— Plunkett em cena.

Antigamente essas transmissões eram feitas em código, como Sierra 1 ou Hotel 4, mas anos de experiência mostraram que falar os nomes de forma clara e usar uma linguagem direta reduzem as chances de falha de comunicação.

Chris ativa o comunicador.

— Faulkner, aqui é Whitney. Todos em cena, alvo na mira.

A voz do líder da Equipe de Resgate de Reféns é ouvida.

— Entendido. A Equipe de Ação Imediata está no fim da estrada. Eles estão a caminho.

Chris mantém o alvo na mira, seu fuzil personalizado firme nas mãos. Está usando uma mira telescópica Leupold Mark 6 3-18 x 44mm. Em cada semana de treinamento, ele e os outros agentes da Equipe de Resgate de Reféns disparam mais de mil cartuchos de munição em vários alvos.

Ele espera ter a chance de somar mais um ou dois a esse total hoje.

— Whitney, aqui é Delgado. — Ele ouve pelo fone de ouvido.

— Prossiga — diz ele.

— Dei uma olhada rápida na garagem — diz Javier. — Aparentemente não tem ninguém nela. Mas vi um Cadillac Escalade preto lá dentro.

— Entendido — responde Chris. — Faulkner na escuta?

— Afirmativo — confirma o líder da Equipe de Resgate de Reféns. — A Equipe de Ação Imediata deve estar na sua localização em sessenta segundos.

Chris para e olha o relógio. Quase meio-dia.

Surpresa, Azim!, pensa ele. *Suas exigências serão atendidas em menos de um minuto.*

Com amor e boas energias.

Um movimento quase imperceptível.

Dois grupos de três homens armados vestidos de preto saíram do meio das árvores próximas e, em segundos, chegam à janela de sacada em frente à casa e à porta lateral.

Chris está olhando pela mira, o dedo no gatilho, precisando de apenas um pouco de pressão para disparar uma bala.

Vamos, Azim, pensa ele.

Venha até mim.

Capítulo

56

Sala de Crise da Casa Branca

A presidente Pamela Barnes está na cabeceira da mesa na Sala de Crise com o marido, Richard, à esquerda e Gary Reynolds, vice--diretor do FBI, à direita. Ali dentro há outros funcionários da Sala de Crise da Casa Branca, junto com duas agentes do FBI que acompanham o vice-diretor. Em circunstâncias normais, o vice-presidente de Barnes — senador do Oregon, Coleman Pelletier — estaria aqui, mas felizmente ele está numa viagem diplomática de dez dias pela América do Sul, longe da imprensa da Casa Branca e de Richard, que o detesta. Um tempo atrás, falando sobre ele, Richard disse:

— Esse idiota ajudou a gente a entrar na Casa Branca, mas dizer que ele é burro feito uma porta chega a ser um insulto à madeira de qualidade.

Na outra ponta da mesa há três telões. Um está desligado. O telão à esquerda mostra o fim de uma estrada de terra que dá para uma outra asfaltada, e essa pequena interseção está cheia de viaturas da Polícia Estadual de New Hampshire, Humvees e Chevrolet Suburbans pretos da Equipe de Resgate de Reféns do FBI. Um cordão de isolamento policial com barricadas de madeira foi montado na estrada principal, e parece que toda a imprensa da Nova Inglaterra está se reunindo lá. Mais cedo, Barnes recebeu um relatório informando que a Administração Federal de Aviação impediu todo o tráfego aéreo nessa região de New Hampshire para que nenhum helicóptero da imprensa interferisse no desdobramento da operação.

O terceiro telão exibe a casa-alvo, onde imagens térmicas mostram duas pessoas no andar principal, e uma terceira imagem, mais fraca, indica a presença de alguém no porão.

O vice-diretor Reynolds é um sujeito magro, de aparência tensa, e está de terno chumbo e fone sem fio no ouvido esquerdo. Ele narra o que está acontecendo e — *por tudo o que há de mais sagrado,* pensa Barnes — o que está para acontecer.

— O líder da Equipe de Resgate de Reféns relata que os atiradores de elite estão no local e que um deles confirmou que há um Cadillac Escalade preto na garagem.

Barnes apenas acena com a cabeça.

— A equipe de assalto está se posicionando. Vão invadir a casa em menos de um minuto.

Uma sensação de satisfação e expectativa começa a crescer dentro de Barnes.

Richard estava certo. É melhor se recusar a pagar o resgate e deixar os profissionais trabalharem.

Ela se vira e sorri para o marido e chefe de Gabinete, mas, em vez de retribuir o sorriso, ele sussurra:

— Ainda acho uma palhaçada a diretora do FBI ir até o quarto de hotel de Matt Keating. Ela deveria estar aqui, e não o vice. Esse é o trabalho dela.

— Isso pode esperar. Uma coisa de cada vez. Vamos nos concentrar em fazer o que tem que ser feito.

Isso faz o rosto de Richard se animar.

— Eu disse que daria tudo certo, senhora presidente. Daqui a uma semana, seus índices de aprovação vão ter subido pelo menos vinte pontos. Aí você vai demitir a diretora Blair e aquele idiota que comanda a Segurança Interna.

Barnes olha de novo para a vista aérea da estrada. Impressionante como a imagem é nítida e clara. Isso faz com que ela se lembre do enorme desperdício e dos recursos ocultos dentro do orçamento do Departamento de Defesa e de como logo chegará o momento de dar uma boa olhada nessa história e acabar com o mau uso desse investimento, por maior que seja o protesto dos empreiteiros militares.

— As equipes estão posicionadas — informa Reynolds.

A sensação de empolgação e antecipação que Barnes sente fica cada vez maior. Richard tira um papel de uma pasta de couro e diz:

— Senhora presidente, temos coletiva de imprensa meio-dia e meia no Rose Garden. Aqui estão as observações para a senhora revisar quando tiver um momento.

Barnes ergue a mão, seu sinal para o chefe de Gabinete: *Agora não; mais tarde, por favor,* e Reynolds diz:

— Dez segundos, senhora presidente.

— Ótimo.

Concentrando-se no telão à sua frente, ela ouve o vice-diretor Reynolds dizer:

— Eles estão avançando agora.

E, embora ao longo dos anos ela tenha sido convidada a assistir a sessões de treinamento de todas as divisões militares dos Estados Unidos, dos Boinas Verdes à Força de Reconhecimento da Marinha — todos mostrando como são bons com suas armas caras e seus brinquedos militares na tentativa de conseguir mais financiamento —, Barnes tem certo respeito pela velocidade desses agentes do FBI.

Dois grupos de três homens (por que não tem nenhuma mulher?) saem do meio das árvores e se aproximam da casa. Eles se separam — três vão para a frente, onde há uma janela grande, e os outros três vão para a lateral da casa, onde tem outra janela e uma porta.

Richard sussurra em seu ouvido:

— Vamos exibir essa filmagem vinte e quatro horas por dia, sete dias por semana nas nossas propagandas de TV quando você for candidata à reeleição, senhora presidente.

Ela sorri.

Vai ficar tudo bem no fim das contas.

Capítulo

57

Hotel Saunders
Arlington, Virginia

Sinto uma onda de lembranças tomando conta de mim quando vejo a imagem nítida e colorida transmitida pelo drone mostrando em detalhes o ataque da Equipe de Resgate de Reféns do FBI à casa onde estão Azim al Ashid, Faraj al Ashid e Melanie Keating.

Continuo segurando a mão esquerda da minha esposa, e Madeline Perry continua do outro lado, segurando sua mão direita, e me lembro de todos os meus treinamentos e operações anteriores no Iraque e no Afeganistão, da sensação fria e calma de fazer o seu trabalho, executar o que foi treinado, com confiança tanto nas suas habilidades quanto nas da sua equipe. É difícil acreditar que não há medo real, apenas foco no que está à frente, no que está em jogo.

Silenciosamente digo "Vai, vai, vai" quando vejo as duas equipes de três homens irromperem da floresta, sabendo que há quatro atiradores vigiando na mata e que nesse exato momento veículos da Equipe de Resgate de Reféns estão acelerando pela estrada de terra para se juntar à ação.

Ouço mensagens de rádio com estática saindo dos alto-falantes, e até a diretora Blair permanece em silêncio enquanto a operação se desenrola.

A primeira equipe chega à janela de sacada na frente, os homens agrupados e trabalhando como um só, todos de macacão camuflado Nomex, capacete e óculos de proteção, além de armas e equipamentos firmemente presos ao corpo.

O primeiro homem usa uma ferramenta Halligan para quebrar a janela e remover os cacos de vidro presos à moldura, se abaixa rapidamente e se afasta enquanto o segundo homem joga uma escada de metal na parede abaixo da janela.

Granadas de atordoamento M84, penso na hora. O agente com a escada atira uma pela janela quebrada, em seguida surge um clarão intenso e uma nuvem de fumaça, além de um clarão semelhante e fumaça vindos do outro lado da casa.

O terceiro agente sobe a escada correndo, seguido pelos dois companheiros de equipe. Tudo isso acontece em questão de segundos, e eles entram rapidamente na casa. Nesse momento penso no caos controlado em erupção no interior da casa, os agentes armados da Equipe de Resgate de Reféns avançando com tudo e gritando:

— Pro chão, pro chão, pro chão, mãos pra cima, mãos pra cima, mãos pra cima!

O lema da Equipe de Resgate de Reféns em operações como essa: *ação com velocidade, surpresa e violência.*

Quando eu era dos Seals, costumávamos treinar e trabalhar com a Equipe de Resgate de Reféns, e sinto a tensão no peito um pouco mais aliviada por saber o tipo de agente que está entrando na casa, sabendo que, tirando os Seals ou a Delta Force, eles são os melhores no que fazem.

Das caixas de som vem a voz satisfeita do líder da operação.

— A equipe de assalto informa que há dois homens sob custódia. Nenhum tiro foi disparado.

— Ah, obrigada, obrigada — diz Samantha, e Maddie seca as lágrimas com a mão livre, sorrindo de alívio.

— Equipes de assalto seguindo para o porão — avisa o líder.

Meu Deus, o que Mel deve estar pensando e ouvindo nesse momento, penso. *As explosões das granadas de atordoamento, o barulho de passos sobre sua cabeça, os gritos.*

Sorrio em meio às lágrimas, sabendo que nossa menina está a segundos de ser libertada.

E quanto tempo leva para voltar para New Hampshire? Para o grande encontro? Será que vamos conseguir dormir nas próximas vinte e quatro horas com tanta emoção e alegria acumulada?

E será que um dia vamos deixá-la sair sozinha de novo?

— Equipe entrando no porão.

Abro um sorriso maior.

— Equipe no porão.

Samantha se recosta em mim, silenciosa mas alegre, então tudo acaba.

A voz confiante do líder da Equipe de Resgate de Reféns não está mais confiante.

— Como? — pergunta ele de sua posição em New Hampshire a alguém do seu lado. — Repita. Confirme essa informação.

— Matt, o que está acontecendo? — pergunta Samantha.

Eu não faço a menor ideia, e o que ouço em seguida quase me faz cair para trás, como se de repente trevas profundas tivessem me dado um soco no estômago.

A voz das caixas de som:

— Equipe de assalto confirma, terceiro homem sob custódia no porão. Repito, terceiro homem.

— Líder da Equipe de Resgate de Reféns, preciso de outra confirmação — diz a diretora Blair. — Você está dizendo que tem um homem no porão? Não é mulher? Não é Mel Keating?

Alguns segundos de estática.

— Confirmado, diretora Blair — diz a voz desanimada. — Três homens sob custódia. Parecem ser moradores locais. Nenhuma mulher, nada de Mel Keating. Mais informações em breve, senhora.

O rosto da diretora Blair está pálido, e consigo imaginar o meu e o de Sam.

Pais aterrorizados e amedrontados, a segundos de receber a notícia mais feliz de suas vidas, prontos para comemorar, se abraçar e chorar da mais pura alegria por saber que a filha sequestrada tinha sido libertada, estava em segurança e seria devolvida para nós.

E então caímos de um penhasco escondido.

— Matt, Sam... Eu... Nós vamos descobrir o que aconteceu — diz a diretora Blair. — Juro. Vamos descobrir em alguns minutos. Prometo.

Olho meu relógio.

É meio-dia e quinze, quinze minutos após o prazo de resgate dado por Azim al Ashid.

Prazo que não foi cumprido.

Minha esposa me vê olhando para o relógio e também se dá conta da hora.

Tentando manter a voz firme em meio às lágrimas, Sam diz:

— Matt, o resgate não foi pago. Eles mataram a nossa menina.

Capítulo

58

Residência Macomber
Monmouth, New Hampshire

O líder da Equipe de Resgate de Reféns e agente especial do FBI Ross Faulkner entra na cozinha da casa-alvo, tira o capacete balístico, corre os olhos pelo lugar, os coturnos esmagando os cacos de vidro da janela. Uma mesa de madeira está caída de lado, duas cadeiras estão quebradas, e o ambiente cheira a bombinhas estouradas; o odor vem das explosões de magnésio das granadas de atordoamento. Quatro membros da sua equipe estão na cozinha, e outros estão se espalhando pela casa. Um esquadrão de processamento de evidências chegará ao local em apenas alguns minutos para vasculhar todos os cômodos, armários e guarda-roupas, além da garagem ao lado.

Três jovens descalços estão sentados encostados na parede da cozinha, tremendo, o rosto vermelho, os olhos lacrimejantes, os braços para trás, bem amarrados. O da direita está apenas de cueca xadrez, e os outros dois estão de calça de moletom e camiseta. A do cara do meio é azul com letras vermelhas que dizem UMASS LOWELL.

Os três estão com grandes manchas de molhado logo abaixo da cintura.

O procedimento-padrão é separar os três e começar a interrogá-los um por um, mas Ross e sua equipe não têm tempo, e o que está acontecendo hoje definitivamente não é o padrão. A centenas de quilômetros de distância, a diretora do FBI Lisa Blair e Matt e Samantha Keating estão aguardando respostas.

— Quem são vocês? — pergunta Ross em tom de exigência. — Que diabos estão fazendo aqui?

O da esquerda, mais corpulento que os outros e de cabelo loiro raspado, responde:

— Meu nome é Bruce Hardy. Esse é Gus Millet e aquele ali é Lenny Atkins. Somos alunos da Universidade de Massachusetts Lowell.

— Vocês ou seus pais são os donos desse lugar?

— Não estamos invadindo! — protesta Bruce. — Juro por Deus! Estamos aqui legalmente!

— Quando vocês chegaram? — pergunta Ross.

— Faz mais ou menos... uma hora. Talvez uma hora e meia.

— Se nenhum de vocês é o dono dessa casa, vocês conhecem os proprietários?

— Nós ganhamos esse lugar — responde o do meio, Gus Millet, um jovem magro, ruivo, com sardas no rosto e ombros expostos.

— Como assim "ganharam"?

Gus começa a tossir sem parar, e ao lado dele Bruce responde:

— Isso. Eu ganhei. Recebi um e-mail de uma empresa dizendo que tinha ganho uma semana aqui de graça. Pegaram o meu nome no Facebook. Um daqueles jogos em que você responde perguntas sobre que tipo de estrela do cinema você é, sabe? Foi assim.

Ross não sabe, mas faz que sim com a cabeça.

— Continua. Anda logo.

— A empresa me mandou um cheque no valor de mil dólares — continua Gus. — E disse que tinha mais mil em dinheiro esperando por mim e meus amigos quando a gente chegasse. O lugar estaria aberto. A gente não ia precisar de chaves. E foi assim, do jeito que falaram no e-mail: tinha mil dólares em dinheiro aqui. Dez notas de cem dólares na gaveta de talheres.

Para Ross, tudo está ficando claro de um jeito lógico e horrível; ele sabe da experiência de Azim em forjar redes de apoio clandestinas.

— E se vocês três chegassem juntos aqui num determinado horário haveria outro pagamento de mil dólares no fim da semana. Certo?

— Não. Seriam dois mil, e não mil. Esse dinheiro seria enviado para mim por cheque. Opa, isso era legal? Era? Porra, se não era, não vou devolver o dinheiro. Ele é meu. Ganhei de forma justa.

Ross olha para o jovem à direita, Lenny Atkins, que está só de cueca xadrez, e pergunta:

— E você? O que estava fazendo na porcaria do porão?

O rosto de Lenny está pálido, e ele engole em seco sem parar, como se estivesse se esforçando para não vomitar.

— Hummm, quando a gente chegou, eu ainda estava com uma puta ressaca de ontem à noite. Eu só precisava dormir um pouco mais. Esses dois não paravam de falar e peidar, e não aguentei. Lá embaixo tem uma cama, então eu desci e caí no sono.

Ross se afasta quando Neil Spooner, membro da Equipe de Resgate de Reféns, sai do porão.

— Tem uma cela lá embaixo, construída na fundação de concreto. Cama, banheiro químico, lâmpada. E só. Até a cama foi arrumada.

Ross assente com a cabeça e vai para a sala de estar principal, sentindo na boca o gosto amargo do fracasso. Ele e sua equipe fizeram tudo o que foi mandado. Conseguiram executar uma invasão e uma entrada perfeitas com apenas alguns minutos para se preparar, e em qualquer outro universo essa operação teria sido considerada um sucesso.

Claro.

É como aquela velha piada: a cirurgia foi um sucesso, mas o paciente morreu.

Azim al Ashid e seu primo Faraj estiveram mesmo aqui? E Mel Keating?

Atrás dele, um dos três prisioneiros grita:

— Ei! Quando a gente vai sair daqui? Quero ligar para o meu pai!

Ross o ignora.

Merda.

Uma voz surge no seu fone de ouvido.

— Faulkner, aqui é Martinez.

— Martinez, fale.

— Encontramos o corpo de uma mulher na propriedade, cerca de trinta metros a leste da casa.

Ross sente um nó na garganta. Olha a hora. É meio-dia e trinta e cinco, muito depois do prazo do resgate.

— É a filha do presidente? — pergunta.

— Não — responde Martinez, firme. — Mulher na casa dos 30 anos, roupa camuflada, SIG Sauer no coldre e identificação dizendo que é policial do Departamento de Polícia de Monmouth. Deve ter sido ela que emitiu a denúncia original. Foi por isso que não conseguimos entrar em contato com ela depois.

— Entendido. — Faulkner suspira. — Causa da morte?

— Corte no pescoço. Bem brutal. E eu diria que foi morta há poucas horas.

A voz de uma mulher chega a ele pelo fone de ouvido.

— Agente Faulkner, aqui é a diretora Blair. Só quero reconfirmar o que ouvi pelo rádio. Tem uma policial morta na propriedade. É isso?

— Afirmativo, senhora. Temos equipes de processamento de evidências trabalhando na casa, buscando pistas. Mas, com a denúncia da policial e o assassinato dela, estou confiante de que Azim al Ashid esteve aqui.

A diretora não diz nada, mas não precisa.

Ross sabe que os dois estão pensando a mesma coisa.

É bem provável que Azim al Ashid tenha estado naquela casa.

Mas e Mel Keating?

Cadê a filha do presidente?

Capítulo

59

Hotel Saunders
Arlington, Virgínia

O agente do Serviço Secreto David Stahl está afundado numa cadeira na suíte de hotel dos Keating, ciente de que sua carreira e sua vida estão praticamente acabadas. Nada comparado ao que está acontecendo com o presidente e sua mulher, mas essa é a vida dele e só dele. Ao longo dos anos, durante bebedeiras e papos furados, ele e outros agentes conversavam sobre proteções bem-sucedidas — Rawhide em Washington, 30 de março de 1981 — e sobre o maior fracasso da agência — Lancer, em Dallas, 22 de novembro de 1963.

Agora os historiadores vão acrescentar Esperança à lista de fracassos, e o nome de Stahl estará atrelado ao caso para sempre.

Ele pensa no atormentado agente Clint Hill, que estava no veículo do Serviço Secreto atrás da limusine presidencial naquele dia em Dallas. Mesmo tendo arriscado tudo para pular no automóvel e usar o próprio corpo como escudo para proteger a primeira-dama e Lancer, que havia sofrido um ferimento letal, Hill carregou uma culpa profunda por anos, pensando que se tivesse sido apenas um ou dois segundos mais rápido poderia ter levado o terceiro tiro e salvado o presidente.

Consumido pela culpa, Stahl se afasta dos olhares abalados de Matt e Samantha Keating e encara uma impressão emoldurada de uma pintura de Winslow Homer retratando o oceano. Mesmo depois daquele dia horrível, o agente Hill permaneceu no Serviço Secreto, atuando com honra, tornando-se agente especial encarregado da proteção presidencial e, posteriormente, vice-diretor da organização antes de se aposentar.

Stahl sabe que não pode fazer nada disso. Seus dias no Serviço Secreto estão contados, ele não passa do fim desse mês ou do próximo. Deveria ter desobedecido às ordens, usado suas "sessões de treinamento" para manter uma proteção discreta a Mel Keating. Ou ter convencido Porto a gastar dinheiro contratando segurança privada para Mel.

Inferno! Porto queria subir a montanha, encontrar e recuperar Mel por conta própria e, em vez de seguir os protocolos, Stahl deveria ter aceitado o risco, se juntado a Porto na busca com outros dois ou três agentes. Faça o trabalho e que se danem protocolos e regras.

Derrote Azim al Ashid no seu próprio jogo.

A conversa do outro lado da sala entre a diretora do FBI, os Keating e Madeline Perry chama sua atenção quando o presidente diz:

— Tudo bem, com o assassinato da policial, é seguro dizer que Azim al Ashid esteve lá. Mas isso não significa que Mel estava presa lá, certo?

— Havia uma cela no porão — responde a chefe de Gabinete do presidente.

Keating balança a cabeça.

— Isso não significa absolutamente nada. Aquele desgraçado é bom em cobrir os próprios rastros, em criar pistas falsas. Até onde sabemos, Mel está com o primo de Azim, Faraj.

— Vasculhem a cela — diz Stahl.

A diretora Blair lança um olhar fulminante para Stahl, o olhar de um agente da lei contemplando o fracasso de outro.

— Isso já foi feito.

Stahl se endireita, encontrando coragem para falar.

— Não. Coloque uma equipe de coleta de evidências lá, revire o lugar pelo avesso. Cada canto, cada fresta, cada centímetro.

— E o que os agentes devem procurar? — pergunta ela, mal conseguindo disfarçar o tom de desprezo na voz.

— Eles vão saber quando encontrarem — responde Stahl.

Lisa fica imóvel, e o presidente diz:

— Lisa, por favor.

— Tudo bem, então — concorda a diretora do FBI, que entra em contato com o comandante da Equipe de Resgate de Reféns no local, enquanto Stahl fica sentado esperando.

E lembrando...

No quarto de Mel Keating, no segundo andar da Casa Branca, num daqueles dias frenéticos depois da posse de Matthew Keating, Stahl disse:

— Srta. Keating, espero não ter assustado a senhorita.

Ela balançou a cabeça, e Stahl pensou: *Não, ela é filha de pais inteligentes e durões. Não teria medo.*

— Não, está tudo bem — responde Mel. — Quer dizer, quando o meu pai era Seal, a gente vivia em estado de alerta em casa quando tinha algum estranho na região ou quando alguém ligava e desligava na nossa cara imediatamente depois que um de nós atendia o telefone.

— Essa é uma boa experiência. Mas, se você for sequestrada, os sequestradores podem decidir levar você para outro lugar depois de um ou dois dias. Se isso acontecer, procure conhecer bem o que está à sua volta e tente deixar algo para trás para nos ajudar a saber que você estava lá. Um bilhete escondido. Alguma coisa escrita numa parede. Ou um item pessoal que só os seus pais reconheceriam. Acha que consegue se lembrar disso?

E Mel o encarou meio orgulhosa.

— Claro, agente Stahl.

A espera termina seis minutos depois.

— Diretora — diz a voz nos alto-falantes do computador. — Faulkner falando.

— Prossiga — diz Blair.

— Encontramos uma coisa.

Stahl se levanta. Os Keating e sua chefe de Gabinete se aproximam do terminal e dos alto-falantes.

— Prossiga — diz Blair.

— Estava embaixo da cama, encostado numa das barras de metal que a prendia no chão. Uma aliança de ouro com uma inscrição na parte interna, que diz...

— DE ST PARA KM, 10 de dezembro de 1941 — interrompe Samantha, a alegria fazendo sua voz falhar. — Vovô Steve deu essa aliança para vovó Kim logo depois que ele entrou para a Marinha, quando Pearl Harbor foi bombardeado. Eu dei essa aliança para Mel no aniversário de 16 anos dela.

Agora todos estão olhando para Stahl, e a diretora Blair pergunta:

— Como você sabia?

— Poucos dias depois da posse do presidente Keating, quando a família presidencial estava se mudando do Observatório Naval para a Casa Branca, eu tive uma conversa com Mel. Expliquei os desafios de morar na Casa Branca e como a proteção do Serviço Secreto aumentaria ao redor dela, porque ela era a filha do presidente. Entre os temas da conversa estava o que ela poderia fazer em caso de sequestro. Expliquei que, mesmo com proteção, algo poderia acontecer.

Madeline Perry murmura alguma coisa, e Stahl tem certeza de que ela acabou de dizer "'Algo' é eufemismo", mas ele a ignora e continua:

— Eu disse que sempre haveria uma chance de os sequestradores tentarem levá-la de um local para outro. Expliquei que, se isso acontecesse, ela deveria tentar deixar algo para trás, um bilhete, uma peça de roupa ou uma joia, para que soubéssemos que esteve lá.

— Garota esperta e durona — diz a diretora Blair.

Samantha Keating olha para o marido.

— Matt, então ela estava lá. Ela estava lá!

E a pergunta seguinte paira no ar, provocando todos eles.

Onde está Mel Keating agora?

Stahl se sente ainda mais culpado.

Ele não tem resposta para essa pergunta. E pensa de novo: *É tudo minha culpa.*

Capítulo

60

Ala residencial

Casa Branca

A presidente Pamela Barnes está sentada numa poltrona confortável em seus aposentos privativos no segundo andar da Casa Branca, tomando sua dose diária de Glenlivet com gelo três horas antes do costume. Seu marido, Richard, está sentado perto dela, bebericando um copo de água gelada, as pernas compridas e as caríssimas botas de caubói Lucchese Romia estendidas para a frente.

Ele começa a falar, mas ela levanta a mão.

Ele se cala de pronto.

Uma das vantagens, pensa ela, *de ter o marido trabalhando para você.*

— Não recebemos nenhuma outra notícia do Tesouro, não é? — pergunta ela.

— Não, Pamela. Eles estão tentando várias alternativas para localizar a tal conta, mas ela sumiu.

Pamela se lembra daqueles primeiros minutos desesperadores na Sala de Crise depois que o resgate deu errado, quando ela se virou para Richard e disse:

— Pague o resgate. Agora mesmo. Dê seu jeito. Solte os prisioneiros e escreva a porcaria do perdão. Vamos ver se dá para salvar algo desse desastre.

Mas não há nada a ser feito. A conta preparada para receber o resgate por meio de um navegador Tor pela *dark web* foi desativada.

Parece que a janela para o pagamento do resgate foi fechada de vez por Azim al Ashid.

Pamela toma uma golada do Glenlivet, sente a bebida estimulante sacudi-la, acordá-la, e considera a situação à sua frente.

— Mais cedo foi uma montanha-russa e tanto, não foi? — diz ela.

— Sim, Pamela, foi.

— Havia uma tarde maravilhosa e os dias seguintes pela frente, né? — continua ela, recostando-se na poltrona. — A filha do ex-presidente resgatada. Um dos terroristas mais procurados do mundo capturado. Uma filmagem incrível do FBI em ação, sem fazer besteira, para variar. Reportagens maravilhosas sobre a reunião da família Keating. Talvez até um encontro no Salão Oval depois, em que eu premiaria os agentes do FBI que resgataram Mel e a família Keating assistindo feliz da vida. Sorrisos, apertos de mão e abraços por todo lado.

Seu marido e chefe de Gabinete permanece calado.

Ótimo.

— Nossos índices de aprovação nas alturas — continua. — E com todas essas notícias maravilhosas outro benefício colateral seria a ala machista e patriota do partido que ainda adora aquele marinheiro talvez finalmente calar a boca e ficar do nosso lado na campanha de reeleição. Mas isso não vai acontecer, Richard, vai?

— Não, Pamela.

Ela esfrega o copo de vidro frio na testa, vê as fotos emolduradas, as placas e outras lembranças de quando era governadora da Flórida. No alto, há uma velha bandeira da Flórida do final do século XIX, com o brasão do estado num fundo branco, antes de aquela maldita cruz vermelha de Santo André ser adicionada em 1900. A maioria dos historiadores acredita que esse acréscimo foi uma forma de mostrar nostalgia pela velha Confederação.

Um dos objetivos secretos de Barnes como governadora era tirar aquela cruz vermelha nojenta da bandeira antes de deixar o cargo, mas sabia que a maioria dos eleitores e seus representantes em Tallahassee jamais aceitariam isso.

Essa é a alegria e o flagelo da política. Fazer o que é certo, mas conhecer suas limitações.

Outra golada.

— Na próxima hora você vai deixar vazar uma história para um repórter de confiança, de alto escalão. Tem que ser de confiança *mesmo,* Richard — continua Pamela. — Isso não pode dar errado de jeito nenhum, não pode ter nada que ligue a notícia a você ou a mim. Especialmente a mim.

— Com certeza.

— É sério, Richard — continua ela, elevando o tom.

Ele entrelaça as mãos ainda calejadas de fazendeiro, sorri e diz:

— Um conselheiro de política externa de confiança de um dos seus antecessores disse certa vez que a maioria dos jornalistas de Washington tem 27 anos, nenhuma experiência profissional de verdade além de cobertura de campanhas políticas e não sabe nada de nada. Ainda bem que isso ainda é verdade hoje em dia.

— Ótimo. A história que quero ver publicada mais tarde na internet é a de que o governo Barnes foi levado ao erro por uma falha de informação do alto escalão do FBI e da Segurança Interna. Que o Governo Barnes estava pronto e disposto a pagar em segredo o resgate para libertar Mel Keating, mas foi fortemente orientado por esses conselheiros a não seguir esse caminho. As agências disseram à presidente Barnes que tinham uma pista certeira do paradeiro de Mel Keating e, confiando no julgamento profissional das agências, a presidente deixou que fizessem seu trabalho. Por isso o resgate não foi pago.

Richard não diz nada.

Barnes continua, sentindo as forças voltarem a cada palavra.

— A história também deve dizer que a presidente Barnes está de coração partido por causa da missão de resgate fracassada de hoje e garante que todos os policiais federais e locais estão redobrando esforços para encontrar Mel Keating. Entendeu?

Ele assente com a cabeça.

— Isso é... muito ousado.

— É aquele velho ditado: a sorte favorece os ousados. Ou é "os audazes"? Como você disse há alguns dias, Richard, estamos no fundo do poço. Precisamos sair, custe o que custar.

— A diretora Blair e aquele idiota do Paul Charles, da Segurança Interna, vão tentar rechaçar a notícia. Vão negar tudo.

— Sem problema. Não havia nenhum assessor nem funcionários fazendo anotações com a gente na última reunião. O FBI pode negar o que quiser, e Paul Charles não vai nem perceber que está sendo manipulado. Vai vazar para os próprios jornalistas de estimação que concordou comigo em pagar o resgate e dizer que é tudo culpa do FBI. O idiota não vai se dar conta de que, ao se defender, vai apenas confirmar a nossa versão.

— Impressionante. E para quando você quer isso?

— Agora — responde ela, e Richard se levanta da cadeira. Antes que ele saia, ela acrescenta: — Ah, mais uma coisa.

— Diga.

Barnes mostra o copo vazio.

— Hoje foi um dia terrível. Pega outra bebida para mim.

Richard pega o copo da mão dela.

— Com certeza, senhora presidente.

Capítulo

61

Hotel Saunders
Arlington, Virgínia

Samantha Keating está sentada numa poltrona na suíte do hotel, olhando pela janela. Não aguenta ficar olhando para a enorme tela de TV que repete o vídeo da missão de resgate fracassada inúmeras vezes, mesmo com o som desligado, e ver várias cabeças falantes debatendo, discutindo, argumentando se sua filha ainda está viva.

Que se danem todos eles.

Matt está falando com a diretora Blair, do FBI, e o agente Stahl também participa da conversa. Ao lado dela, a doce Maddie Perry está quieta, segurando uma Bíblia dos gideões, lendo e orando por Mel em silêncio.

Samantha fecha os olhos, visualizando novamente a vista aérea daquela maldita casa e da lagoa perto dela, e não sabe ao certo por quê, mas tem uma sensação incômoda de déjà vu, como se já tivesse visto o lugar, como se já tivesse estado lá, e sabe que não pode ser verdade.

É impossível.

Mas o sentimento permanece.

Ela é doutora e professora, só acredita em evidências, e, em especial quando se trata de arqueologia, evidências sólidas. Nada de pesquisas ou escavações baseadas em lendas de druidas ou monges irlandeses desembarcando na América do Norte — somente fatos. Foi isso que a levou a pesquisar sobre os bascos. Os fatos relacionados às viagens dos bascos rumo à América do Norte eram verdadeiros e serviram de base para as pesquisas e as escavações finais e para a incrível descoberta de um assentamento basco até então desconhecido no continente americano.

Ela gostaria de poder se lembrar da alegria pura e inocente proporcionada pela descoberta que aconteceu dias atrás naquela cidadezinha costeira de Hitchcock, antes de aqueles dois detetives da Polícia Estadual do Maine correrem para lhe contar que sua vida tinha acabado.

No canto do quarto segue a conversa de seu marido com o FBI e o Serviço Secreto. Eles debatem opções, para onde ir e *como* ir. Um grande questionamento que surgiu foi: como o terrorista mais procurado do mundo e seu primo conseguiram tirar Mel daquela casa e passar por um cordão policial tão cerrado?

Pois Samantha e todos os outros têm certeza de que Mel esteva lá.

A aliança de ouro cuidadosamente escondida é prova disso.

Maddie continua sua leitura silenciosa.

Os três continuam conversando.

E é então que a lembrança retorna, de estar naquela casa, perto da lagoa e... Samantha se lembra tudo.

Quase dois anos atrás, Samantha foi contatada por uma amiga da Universidade do Maine, em Orono, que disse que um tio idoso alegou ter pescado algumas peças de cerâmica basca enquanto trabalhava numa traineira. O tio foi convencido pela sobrinha a entregar as peças a Samantha, mas o problema era que ele tinha deixado a vida de pescador e se tornado sobrevivencialista, mudando-se para uma lagoa isolada na Grande Floresta do Norte, no norte do Maine.

Para chegar lá seria necessário dirigir por horas em estradas de terra, ou...

— Matt — chama Samantha, então se levanta e vai até ele, Stahl e Blair.

— Diga.

— Aquela lagoa... do lado da casa onde Mel foi mantida. Qual é o tamanho dela?

— Hein? — diz Matt, confuso.

— Qual é o tamanho da lagoa? O maior comprimento dela.

— Não estou entendendo por que... — começa a dizer a diretora Blair, mas é interrompida por Matt.

— David, você sabe usar o Google melhor que eu. Descubra isso.

— Deixa comigo, senhor presidente.

O agente Stahl se senta diante do teclado e Blair ainda parece confusa, mas Samantha olha para a expressão no rosto do marido e sabe que ele entendeu o que ela está procurando.

— Achei, senhor presidente — diz o agente Stahl. — Lagoa Long Pea. O maior comprimento é... pouco mais de novecentos metros.

— Hidroavião. Foi assim que eles saíram sem serem notados... Um hidroavião pousou na água e levou os três embora.

— Como você sabe? — pergunta a diretora Blair.

Lágrimas brotam nos olhos de Samantha ao se lembrar daquele dia ensolarado, um dia tranquilo e agradável, sem preocupações reais, em que ela sobrevoou florestas e picos, vislumbrando lagos e lagoas, ansiosa para ver o que aquele velho pescador tinha encontrado.

Que acabou sendo uma tigela de sopa da Sears, Roebuck & Co. fabricada perto de 1930.

— Um hidroavião Cessna T206 com quatro passageiros pode decolar e pousar em um corpo de água com 893 metros de comprimento — diz Samantha. — Sei disso porque voei em um dois anos atrás. Foi assim que eles fizeram. Voaram baixo, decolaram, pousaram, e então...

— Se o piloto for bom, consegue evitar o radar voando baixo. É possível.

A diretora Blair se afasta, pega o telefone e começa a falar rápida e firmemente com quem está do outro lado da linha.

O agente Stahl faz o mesmo.

Matt olha para Samantha, nitidamente cansado e angustiado, mas mesmo assim demonstrando um respeito amoroso. Em qualquer outro momento, lugar ou situação, Samantha teria adorado o olhar de Matt.

— Bom trabalho — diz ele.

— Eu sei como tiraram Mel de lá, mas não sei onde ela está agora, Matt. Não é bom o suficiente. Nem de longe.

Capítulo

62

Hotel Saunders
Arlington, Virgínia

Com base na descoberta de Sam, a diretora Blair passa alguns minutos ao telefone e em seguida diz:

— Senhor presidente, sra. Keating, sinto muito, mas...

Dou um aceno de cabeça cansado para ela.

— Você tem que voltar para o seu escritório. Entendo. E provavelmente vai receber uma ligação desagradável do chefe de Gabinete da presidente.

Blair aponta para o rechonchudo agente do FBI e diz:

— O agente especial Burke vai ficar aqui, vai ser a minha ligação pessoal com o senhor e sua esposa. Vou mantê-los informados de quaisquer progressos. E receber ligações desagradáveis de Richard Barnes é uma das alegrias do trabalho.

— Obrigado, Lisa.

Blair se aproxima de Samantha, para, dá um abraço nela e depois me abraça também. Totalmente antiprofissional e desnecessário, mas reconfortante.

— Vamos trazê-la de volta em segurança — diz ela. — Prometo.

— Sei que vão — digo, mas Samantha olha para o chão acarpetado e não diz nada quando a diretora Blair e três dos seus agentes vão embora.

— Vou voltar ao trabalho na outra sala, senhor — diz Madeline Perry, minha chefe de Gabinete. — Vou pedir comida para os senhores. O que gostariam de comer?

— Qualquer coisa — respondo. — Nada.

Em certo momento faz-se um silêncio tenso na suíte, que combina cheiro de suor, desespero e sanduíches e cheeseburgers não comidos. Sam está na cama cochilando, e o agente especial do FBI Burke está recostado numa cadeira, os braços cruzados no peito gordo. O agente Stahl também está numa cadeira, do outro lado da suíte, dormindo.

O único progresso ocorreu horas atrás, quando três testemunhas na área da lagoa Long Pea disseram ter visto um hidroavião cinza-claro voando baixo nas proximidades hoje de manhã, perto da linha de árvores e picos.

Uma testemunha tem certeza de que a aeronave voou rumo ao norte.

Outra está igualmente certa de que foi para o oeste.

E a terceira não tem nenhum senso de direção e só respondeu:

— Estava lá no alto em algum lugar. Tenho certeza.

Abro a porta que dá para a outra suíte. Está tudo quieto lá, com funcionários da minha campanha fracassada e outras pessoas cochilando nas cadeiras ou no chão, mas Madeline Perry encara fixamente o monitor.

— Maddie?

Ela parece tomar um susto e olha de relance para mim.

— Ah, desculpe, senhor. O senhor me assustou. O que foi?

— Está tudo calmo por aqui agora — respondo. — Preciso fazer uma coisa, uma coisa que devia ter feito horas atrás.

— O quê?

— Falar com os pais de Tim Kenyon. Pode organizar isso?

— Claro, senhor.

Menos de quinze minutos depois, Madeline Perry entra na segunda suíte e entrega seu telefone.

— Bill Kenyon, senhor — informa. — E a esposa, Laura.

Pego o telefone, respiro fundo. Quando presidente, fiz ligações semelhantes para pais e mães, maridos e esposas de pessoas que foram mortas no cumprimento de seu dever. Nenhuma das ligações foi fácil, mas havia um protocolo a seguir, o comandante em chefe expressando as condolências da nação à família daqueles que fizeram o maior sacrifício de todos.

Mas agora?

Agora estou expressando meus sentimentos a um pai e uma mãe que perderam o filho porque ele estava namorando a minha filha.

— Sr. Kenyon? Sra. Kenyon? Aqui é Matt Keating.

Uma voz masculina cansada — "Olá, senhor presidente" — e uma voz mais fraca, feminina, dizendo apenas "Olá".

— Posso chamá-los de Bill e a Laura?

— Pode ser — responde ele, e a esposa não diz nada.

Fecho os olhos. Todos nós estamos sofrendo, cada um à sua maneira, mas o luto deles é real e palpável. A minha dor é a de um desfecho desconhecido para minha filha sequestrada, cada segundo preenchido por pensamentos terríveis sobre o que pode estar acontecendo com ela.

— Bill, Laura, sinto muito pelo que aconteceu com Tim — digo. — Estive com ele algumas vezes nos últimos meses, e ele era um ótimo rapaz, muito inteligente, muito simpático. Sei que Mel adorava ficar com ele. Eu...

Fico sem saber o que dizer. O que mais? *Desculpe, o filho querido de vocês teve o azar de namorar a filha do presidente — que fez muitos inimigos — e morreu como dano colateral?*

— O FBI, a Segurança Interna e centenas de policiais e outros investigadores estão atrás do assassino de Tim — digo finalmente. — Sei que não é um grande consolo, mas o assassino dele não vai escapar. Isso eu prometo a vocês.

Há um longo momento de silêncio e me pergunto se a ligação caiu, mas então ouço o suspiro triste do pai de Tim, que diz:

— São boas palavras, senhor presidente, e agradeço, mas nesse momento são só palavras. Quer dizer, você olha as notícias, lê os jornais e vê o quê? Várias histórias sobre a sua filha e quase nada sobre o meu garoto. E o pouco que sei sobre ele é um monte de baboseira... escrevem o nome dele errado ou confundem a idade.

Ouço um choro e um clique, e imagino que seja a mãe de Tim desligando, mas Bill continua.

— Sua filha tem tudo. Uma vida confortável, as melhores escolas que sempre quis... Ela poderia escolher a vida que desejasse. Já o meu Tim... — prossegue Bill, cuja voz falha — teve que batalhar por bolsas de estudo e trabalhar depois da escola e durante o verão para juntar dinheiro e entrar para uma faculdade como Dartmouth. Ele tinha sonhos, senhor presidente, e Laura e eu tínhamos depositado nossas esperanças nele. E agora ele se foi. Porque foi longe demais, quis namorar a sua filha, e por isso foi assassinado.

Eu aguardo, sem querer interromper esse homem de luto, e ele diz, engolindo o choro:

— Hoje à noite minha esposa e eu vamos orar novamente pelo nosso filho. E depois vamos orar por você e sua esposa. Para que vocês não tenham que passar pelo que estamos passando agora, senhor presidente.

Ele desliga.

Abaixo o celular de Maddie, estico as costas e olho para o teto de gesso branco, na esperança de que Deus esteja com ânimo para atender a pedidos essa noite e atenda às orações dos Kenyon.

Mel.

Cadê você?

* * *

Quando eu era criança na zona rural do Texas, numa cidadezinha com areia por todo lado horas a oeste de Austin, era fascinado pela Marinha, embora não houvesse nenhum rio ou lago digno de nota perto de nós. Mas estávamos perto de Fredericksburg, onde nasceu Chester Nimitz, famoso almirante de esquadra da Segunda Guerra Mundial, e devo ter ido ao museu sobre a vida dele meia dúzia de vezes.

Entre os inúmeros livros que li sobre a Marinha naqueles anos, havia um chamado *The Terrible Hours,* sobre as tentativas desesperadas de resgatar marinheiros presos no USS *Squalus,* um submarino que naufragou em 1939 na costa de New Hampshire durante um acidente de treinamento.

Um ótimo livro, um ótimo título, e não pretendo desrespeitar a memória dos trinta e três homens resgatados que já morreram há tanto tempo, mas adoraria trocar as horas terríveis deles pelas minhas próprias, com o tempo se arrastando após a tentativa fracassada de resgatar Mel.

As horas passam devagar, com refeições pela metade, ligações, visitas de representantes da Segurança Interna e do Serviço Secreto e até algumas informações enigmáticas de agentes da CIA. Troco algumas palavras reconfortantes com Samantha, um tentando animar o outro conforme os números vermelhos dos vários relógios avançam para o dia seguinte.

Maddie Perry também está ocupada no cômodo ao lado, fazendo malabarismo com tantas ligações e visitas, um número assombroso delas de médiuns que afirmam saber onde Mel está neste exato momento. Às vezes, as "leituras" são precisas, indicando o nome de uma rua e o número de uma casa, e outras vezes é um pensamento psíquico de que Mel está perto de uma ferrovia que passa ao lado de um corpo de água.

Uma ligação que não recebi, no entanto, foi a de Pamela Barnes, presidente dos Estados Unidos.

Em algum momento no meio da noite meu corpo desiste, e caio num sono agitado na cama bagunçada, com Samantha encolhida ao meu lado.

Um toque no ombro e acordo no mesmo instante. Um homem gordinho está me encarando e, por um instante, não o reconheço na luz fraca do quarto da suíte.

— Senhor... — diz ele.

Agora eu sei quem é. O agente especial Burke, do FBI, que ainda está de terno cinza, embora a camisa branca esteja amarrotada e manchada e o nó da gravata azul-marinho esteja desfeita.

Uso o peso do corpo para sair da cama tentando não acordar Samantha, mas o sono dela é tão leve quanto o meu.

— O que foi? — pergunta ela. — O que está acontecendo?

— Senhor, senhora, a diretora Blair está vindo para cá. Deve chegar em dez minutos.

— Que horas são? — pergunta Samantha.

Olho para o relógio na cabeceira.

— São duas da manhã. Agente Burke, por que ela está vindo para cá?

Burke parece ao mesmo tempo cansado e preocupado.

— Senhor, recebemos a notícia de que Azim al Ashid vai emitir um comunicado dentro de uma hora.

Capítulo 63

Ala residencial

Casa Branca

Uma das várias coisas que a presidente Pamela Barnes odeia em seu trabalho é saber que o seu tempo nunca é de fato seu, que outras pessoas exigem coisas dela e que, a qualquer minuto do dia ou da noite, ela terá de reagir a uma crise ou a um desastre iminente.

Durante anos seus antecessores veicularam anúncios na TV na época das eleições alegando que *eles* tinham o que era preciso para atender ao telefone às três da manhã em caso de emergência, mas a verdade é que ela nunca foi acordada por uma ligação no meio da noite.

Agora, por exemplo, ouve uma batida suave à porta seguida de outra um pouco mais forte. Ela acende o abajur de cabeceira e diz:

— Entre. Estou acordada.

Depois da posse, Barnes deixou claro para o marido, Richard, que sua equipe não deveria demorar a acordá-la caso acontecesse algo de importância nacional. Ela se lembra de um comentário de um famoso colunista do *New York Times* que, citando um assessor da Casa Branca, disse: "Não se pode ser demitido por acordar o presidente; só se pode ser demitido por não acordar o presidente."

Ou *a presidente*.

Uma figura familiar entra em silêncio no quarto. À porta, do lado de fora, há um agente do Serviço Secreto, que parece tê-la acompanhado até ali. É Felicia Taft, subchefe de Gabinete.

— Desculpe incomodá-la, senhora — diz Taft.

O chefe de Gabinete de Barnes dorme profundamente ao lado dela, com um travesseiro sobre a cabeça. Ela costumava zombar de Richard dizendo que ele seria capaz de dormir durante um terremoto, ao que ele respondia brincando:

— Nunca houve um terremoto na Flórida desde que eu nasci, então nunca saberemos, não é mesmo?

Barnes sai da cama, coloca seu velho robe azul felpudo, que viajou muitos quilômetros e anos com ela.

— É sobre Mel Keating? — pergunta.

— Sim senhora.

— O que foi?

— Senhora, os agentes de plantão na Sala de Crise receberam a notícia de que a Al Jazeera vai divulgar um comunicado de Azim al Ashid dentro de uma hora. A vice-conselheira de segurança nacional está a caminho neste momento.

Barnes calça as sandálias de couro macio e diz:

— Logo vou para lá também.

Taft sai, fechando a porta delicadamente, e Barnes se inclina sobre a cama e sacode o marido e chefe de Gabinete para acordá-lo.

Richard tosse, grunhe e se senta, sem camisa, apenas com a calça azul do pijama.

— O que foi, Pamela?

— Levanta e veste uma roupa. É hora de fazer jus ao seu salário. Azim al Ashid vai fazer um anúncio na próxima hora. Precisamos descer para a Sala de Crise.

Richard boceja e coça a nuca.

— Sabemos o que ele vai dizer?

— Alguma coisa terrível e sangrenta.

Ele começa a sair da cama.

— Sério?

— Só um palpite bem fundamentado. O quê? Você acha que ele vai devolver Mel Keating porque gosta dela e esquecer tudo isso? Qual é, Richard. Não temos tempo a perder.

Capítulo

64

Hotel Saunders
Arlington, Virgínia

A suíte está lotada de novo, com a diretora Lisa Blair e mais três agentes do FBI, e eles instalaram outra TV, que tem transmissão direta vinda da Al Jazeera, em Doha, Qatar. A TV da suíte está ligada na CNN. Mesmo neste momento terrível, Lisa usa uma roupa imponente — calça e jaqueta pretas e blusa branca —, e seu cabelo está perfeitamente penteado.

Samantha está na beira da cama com o olhar fixo, as mãos entrelaçadas com força no colo. De repente ela se vira para mim, e seu olhar está atormentado — ela me vê, mas ao mesmo tempo olha fixamente para algo a mil metros de distância. Já vi esse olhar antes, no rosto de companheiros de equipe, soldados do Exército ou marines em campo há muito tempo que viram coisas demais.

Quando esse olhar aparece no rosto de alguém, a pessoa está perigosamente à beira de um colapso.

Eu a abraço, mas é como abraçar um manequim.

Dou um passo para trás, e Lisa olha a hora e diz:

— Nosso contato do FBI em Doha disse que é um arquivo de vídeo em um pendrive deixado por um mensageiro. Estamos tentando rastrear o mensageiro, mas...

A voz dela some.

Claro. Eu sei o que ela está prestes a dizer. Qualquer força de segurança dos Estados Unidos em país estrangeiro sofre enormes limitações: é seguida de perto pelas agências de inteligência do país anfitrião e é incapaz de levar em frente uma investigação sem a cooperação das agências locais e de trabalhar ou reagir rapidamente aos desdobramentos.

É como correr num lamaçal.

A imagem que chega às duas TVs é a mesma, embora a da CNN esteja alguns segundos atrasada em relação à da Al Jazeera.

Eu me sento ao lado de Samantha, abraço-a pela cintura, e ela se recosta de leve em mim enquanto esperamos.

O âncora da Al Jazeera é um homem bem-vestido, de cabelos pretos e bigode. Ele fala rápido, uma expressão empolgada no rosto por apresentar uma notícia de última hora.

— Podemos colocar o som, por favor? — pergunto. — Da Al Jazeera.

Um dos agentes do FBI obedece e dá um passo atrás.

Entre as outras pessoas na sala estão o agente do Serviço Secreto David Stahl e minha chefe de Gabinete, Maddie Perry, que segura uma Bíblia contra o peito e parece que não dorme há dois dias. O caos e o medo que sinto se misturam ao meu afeto por essa mulher inteligente e obstinada. Ela poderia ter conseguido qualquer cargo no governo Barnes ou ido para a iniciativa privada, mas decidiu me seguir da Casa Branca para o exílio.

Numa voz firme, o âncora diz:

— Agora vamos transmitir o vídeo que nos foi enviado por Azim al Ashid. Não fizemos nenhuma edição devido à sua utilidade e ao seu valor jornalístico. Você e nossos estimados espectadores assistirão a esse vídeo em primeira mão.

A mesa do âncora some e a tela fica azul, depois surgem linhas de estática, e por fim a imagem fica clara.

Um paredão rochoso com um pouco de musgo e um matinho rasteiro na base que leva à borda da rocha.

Azim al Ashid vai para a frente da câmera, sendo mostrado na tela da cintura para cima. Está de camiseta preta e exibe um sorriso no rosto. Sem a barba ele parece mais agressivo, impiedoso, mortal.

Ele assente com a cabeça e começa a falar.

— *Al salaam alaikum,* Matthew Keating, Samantha Keating, presidente Pamela Barnes e todos os que estão assistindo. Peço desculpas por isso não ser uma... aquilo que vocês chamam de *live,* mas uma gravação, de várias horas atrás, depois de sairmos da casa do sr. Macomber nas montanhas Brancas, mas aqui estamos nós, ainda nas mesmas montanhas. Meus agradecimentos ao sr. Macomber pela hospitalidade involuntária e minhas desculpas pelo que aconteceu com sua casa. Tenho certeza de que as autoridades competentes vão compensá-lo pelos danos causados pelo FBI.

A suíte está silenciosa. Sam está firme ao meu lado, meu braço ainda na cintura dela.

— E por que chegamos a esse ponto, Matthew Keating? — prossegue Azim. — A resposta é simples, já que tudo isso se resume às suas ações de dois anos atrás, quando você matou minha esposa, Laila al Ashid, e minhas queridas filhas Amina, Zara e Fatima. Eu sou um jihadista, um guerreiro de Alá, e sabia que era meu destino morrer no campo de batalha. Mas minha esposa? Minhas filhas? Elas eram inocentes, e você as matou. O sangue delas está nas suas mãos. O sangue delas estará nas suas mãos até você morrer.

Uma longa pausa. É como se ele estivesse olhando diretamente para mim.

— Então aqui estamos. De acordo com o grande legislador Hamurabi, com as leis do sagrado profeta Moisés e com as leis do Islã, tenho direito a uma compensação. Tenho direito à reparação. Tenho direito à... justiça. Eu pedi tudo isso e fui ignorado, ridicularizado, e ontem de manhã homens armados tentaram me matar.

Ele olha para o lado por um segundo, como se algo o estivesse interrompendo, e diz:

— E o que eu pedi é tão irracional assim? Pedi uma quantia muito menor do que você paga por uma aeronave F-22 Raptor. A vida da sua filha não vale o custo de uma de suas aeronaves que bombardeiam e metralham inocentes?

Ele abre um sorriso ainda maior. O desgraçado sabe que está defendendo um argumento que será aceito por muitas pessoas aqui e ao redor do mundo.

— Pedi a libertação de três companheiros de batalha — prossegue ele. — Eu sei a desculpa para não libertá-los. "Esse governo não negocia com terroristas." Ah, por favor. O governo dos Estados Unidos negocia com terroristas sempre que lhe convém, quando atende aos seus interesses. Os Estados Unidos têm como aliados governos que fazem o mesmo que eu, só que em escala muito maior. Então pergunte a si mesmo, Matthew Keating: por que o seu governo não deseja a libertação da sua filha?

Sinto o corpo de Samantha tremer encostado no meu, como se estivéssemos no meio de uma nevasca e o aquecedor do quarto estivesse desligado.

— Por fim — diz ele —, pedi uma folha de papel, uma promessa da presidente Pamela Barnes para garantir minha segurança. É um pedido razoável, tenho certeza de que você entende. Além de ser uma troca justa pela segurança da sua filha. Mas qual foi a resposta dela? Homens armados tentando matar a mim e ao meu primo Faraj.

Azim balança a cabeça.

— De acordo com as leis e com a tradição que aprendi quando novo, tudo o que eu buscava era justiça. E isso não me foi oferecido. Então, Matthew Keating, infelizmente isso é o que sou forçado a lhe dar em troca.

Os próximos segundos me levam brutalmente de volta ao meu primeiro salto noturno de paraquedas, quando treinava para me tornar um Seal. Meus primeiros saltos se deram à luz do dia, quando eu podia ver a paisagem abaixo de mim, os outros paraquedistas, o horizonte distante e o céu azul e as nuvens acima. Mas naquela noite de vento, partindo de um Hercules C-130 quadrimotor, eu saltei para a escuridão, para o desconhecido, torcendo e confiando no meu treinamento e no meu equipamento.

Agora não há confiança — em nada.

Estou apenas me lançando às cegas numa escuridão implacável outra vez.

Pois a câmera se afasta lentamente, revelando o corpo inteiro de Azim al Ashid, e ajoelhada ao lado dele está nossa filha, Mel Keating, os olhos arregalados de medo por trás dos óculos, os braços firmemente amarrados às costas.

Capítulo

65

Rua 33, leste
Nova York

No escritório da sua casa no Condomínio Great Bay, Jiang Lijun, do Ministério de Segurança de Estado da China, fuma um Zhonghua e assiste ao vídeo gravado em algum lugar nas montanhas Brancas numa TV pequena instalada na parede. O escritório é modesto e não tem janelas, pois Jiang não quer que câmeras de vigilância e intrometidos fiquem monitorando suas atividades. Uma luz se acendendo a essa hora da manhã faria a CIA pensar que algo está acontecendo com os chineses.

O que é verdade.

Poucos minutos atrás o relógio de pulso de Jiang vibrou para despertá-lo, e, no escuro, ele saiu da cama sem acordar a esposa, Zhen, nem a filha, Li Na. Foi ao escritório, pegou o telefone seguro que o conecta à missão, que fica a apenas dois quarteirões de distância, e o agente encarregado do plantão noturno disse:

— O senhor foi aconselhado a ligar a TV em um dos canais a cabo estadunidenses, camarada Jiang.

Ele dá outra tragada no cigarro. Seu escritório tem estantes de livros, em sua maioria obras históricas e políticas sobre os Estados Unidos e a China, e não há nenhum terminal de computador para ser hackeado ou gabinetes de arquivos a serem arrombados. Metade dos andares do prédio pertence à missão e abriga diplomatas e funcionários, e Jiang usa essa sala para reflexão, leitura e contemplação.

A TV passa um vídeo recém-gravado por Azim al Ashid falando com clareza e confiança para a câmera.

— ... Pedi uma quantia muito menor do que você paga por uma aeronave F-22 Raptor. A vida da sua filha não vale o custo de uma das suas aeronaves que bombardeiam e metralham inocentes?

Não é uma pergunta ruim, pensa Jiang, sentado confortavelmente num pijama de algodão azul, coberto por um robe de seda vermelho que outrora pertenceu ao seu pai.

O homem na TV fala com naturalidade e sinceridade, e Jiang admira seu comportamento controlado. Suas palavras são poderosas. Azim al Ashid poderia ter se tornado um líder político proeminente em seu mundo, ou mesmo médico, que, como Jiang sabe, era seu sonho e desejo originais.

Mas Azim escolheu o caminho sangrento de um terrorista, e, embora haja milhões de *bèndàn* — idiotas — nos Estados Unidos e no exterior que neste momento enxergam Azim al Ashid com bons olhos, Jiang se lembra de um homem diferente.

Quatro anos atrás.

Num conjunto de cabanas açoitadas pelo vento e estradinhas de terra batida que mal poderia ser chamado de aldeia no sul da Líbia, Jiang foi encarregado de supervisionar a construção de um oleoduto fundamental para o distrito, mas o equipamento fornecido pela Companhia de Engenharia Civil da China tinha sido sabotado, e os petroleiros contratados da Geórgia haviam sido ameaçados e expulsos da região.

A tribo que vivia na aldeia e outras da região se recusaram a cooperar com a construção do oleoduto, mesmo com a promessa de dinheiro e emprego para seus homens.

A construção estava um mês atrasada.

Mandaram Jiang resolver o problema. Sem ordens específicas, sem sugestões, sem recomendações.

Apenas resolva.

Jiang estava ao lado de uma picape Toyota amarela velha com dois seguranças pessoais de uma equipe contratada no Paquistão que o acompanhara de Trípoli até ali, e eles viram Azim al Ashid convencer a tribo a não agir contra o projeto do oleoduto. Havia seis outras picapes estacionadas num semicírculo.

Tiros. Gritos. Um berro. Al Ashid e seus capangas arrastaram oito pessoas para a frente das picapes estacionadas. Eles foram forçados a se ajoelhar. Havia uma multidão de cerca de cinquenta aldeões aglomerados, encurralados pelos homens armados de Azim. Alguns meninos e meninas foram levados para a frente da multidão, então Azim percorreu a fileira de pessoas em frente às picapes e deu um tiro na nuca de cada uma delas.

As aldeãs gritaram e lamentaram num árabe melodioso que fez Jiang gelar. Quando Azim al Ashid se aproximou de Jiang, satisfeito, disse:

— Você não vai ter mais problemas nessa aldeia.

— Por que você forçou as crianças a assistir?

Azim pareceu surpreso com a pergunta.

— Porque elas vão se lembrar para sempre do que aconteceu aqui e contar aos filhos e aos filhos dos seus filhos o que acontece quando você se opõe a Azim al Ashid e à grande e poderosa China.

Em sua mesa estão os jornais *Reference News, People's Daily* e *The Global Times* do dia anterior, que chegam todos os dias de Beijing. É sempre bom ficar a par do que está acontecendo em casa, não depender de matérias publicadas na internet, que podem ser reeditadas ou desaparecer em segundos. O telefone de Jiang está ao lado dos jornais, e uma tela acende — chamada recebida. Ele pega o telefone.

— Sim?

Seu chefe, Li Baodong, respira fundo ao telefone e diz:

— Seu garoto está falando bem na TV, não está?

Jiang se irrita com o tom de Li e pensa: *Um dia, seu gordo, você vai ter o que merece e eu estarei na sua cadeira.*

Mas, quando a hora chegar, vou encomendar uma cadeira nova, porque não quero ficar sentado onde a sua bunda gorda e suada passou anos e anos.

— Ele é talentoso — responde Jiang.

— Além de teimoso e estúpido. Uma pena você não ter conseguido convencê-lo a libertar a filha do presidente... Ah, olha, ela apareceu agora.

Não é uma pena, pensa Jiang. *Não é uma pena mesmo.*

— O que o *hún dàn* vai fazer agora? — pergunta Li.

Com satisfação, Jiang assiste à movimentação na TV.

— Acho que estamos prestes a descobrir, camarada Li — responde Jiang, recostando-se na poltrona.

Capítulo

66

Sala de Crise da Casa Branca

A presidente Pamela Barnes boceja, louca por uma xícara de café, mas sabe que é melhor evitar, imaginando que, se ingerir uma dose de cafeína a essa hora, não vai mais conseguir dormir. Está de calça de moletom cinza e camisa laranja de mangas compridas do Florida Gators, e Richard está ao lado dela, com a vice-conselheira de Segurança Nacional Sarah Palumbo do outro lado.

A tela principal mostra um âncora da Al Jazeera, no Qatar, e Barnes melancolicamente pensa que a maioria dos seus antecessores passou meses sem serem levados à Sala de Crise, e aqui está ela agora, nessa sala no porão, por dois dias consecutivos.

— Ah, merda, aí está o desgraçado — diz Richard.

Pamela olha para o rosto presunçoso e arrogante de Azim al Ashid, que está parado em frente a uma formação rochosa qualquer em algum lugar nas montanhas Brancas. Azim fala com fluência e energia, num bom inglês, sobre justiça, dinheiro e o custo de um F-22.

— Sarah, tem algo que a gente possa aproveitar disso? Dá para descobrir onde ele está? Ou como a filmagem chegou à Al Jazeera? — pergunta a presidente.

— Creio que não, senhora. Infelizmente ele é muito bom no que faz. Se a mensagem foi gravada algumas horas atrás, então ele foi para outro lugar. Imagino que tenha gravado essa mensagem num pen-drive e entregado a algum mensageiro de confiança, que por sua vez a enviou por e-mail para outro mensageiro no Qatar, que a entregou em mãos nos estúdios da Al Jazeera.

— Esse maldito estúdio deveria ter sido bombardeado por acidente há anos — resmunga Richard. — Malditos apoiadores de terroristas. Um verdadeiro pé no saco, é isso que eles são.

— Que análise temos de Azim al Ashid? — pergunta Barnes a Sarah. — Ele parece tão... controlado.

Na tela, Azim fala de suas próprias ações, e Barnes queria era que os inúteis dos militares tivessem as coordenadas exatas da localização dele, porque, embora sempre tenha se oposto ao uso de drones para matar de forma extrajudicial, ela ficaria muito tentada a lançar um míssil Hellfire na cara do sujeito.

— Senhora — diz a vice-conselheira de Segurança Nacional Palumbo —, a última análise que recebemos de psicólogos contratados pela CIA diz que Azim al Ashid é um clássico sociopata narcisista, que teve uma infância conturbada e marcada pela pobreza e agora vive numa constante busca por atenção e reafirmação da sua importância.

— E o que isso significa?

— Ele adora a atenção. Ama os holofotes. Não quer que isso acabe. Os psicólogos previram que, se ele fizesse outra aparição após o fim do prazo de resgate, seria para acrescentar condições adicionais, fazer novas solicitações, para mostrar como ele é importante e especial. Com isso Azim mantém o rosto e o nome no noticiário.

— Mas o sujeito é um assassino — retruca Barnes. — Crianças, mulheres, famílias... Ele já matou de tudo, de perto e com as próprias mãos.

— Isso faz parte das tendências sociopatas dele — explica a vice-conselheira de Segurança Nacional. — Quanto mais chocantes os crimes, mais atenção ele recebe. Como agora. Ele está na sua zona de conforto. O mundo inteiro prestando atenção no que ele diz e em quais serão suas próximas exigências. Isso é o que ele vai fazer hoje.

A câmera se afasta, e, com um choque que faz Barnes acordar no mesmo instante, a filha de Matthew e Samantha Keating surge na tela. Está ajoelhada numa superfície rochosa, os braços amarrados nas costas, de short cáqui e moletom cinza-claro sujo e rasgado de Dartmouth.

Mel Keating olha para cima, a cabeça trêmula, os olhos arregalados por trás dos óculos, o cabelo bagunçado. Barnes se lembra da última vez que viu Mel Keating, no dia da sua posse, quando ela parecia uma adolescente normal, um pouco sobrecarregada com toda a pompa e cerimônia que existia à sua volta.

Azim al Ashid diz algo em árabe. Barnes arqueja, vê o que ele está segurando, e nos terríveis segundos seguintes, com a voz trêmula, Richard diz:

— Com todo o respeito, sra. Palumbo, esses especialistas contratados pela CIA não sabem de porra nenhuma.

Capítulo
67

Hotel Saunders
Arlington, Virgínia

Na tela está a nossa filha, Mel, olhando para cima com seus óculos, os olhos arregalados, e me dói perceber que ela ainda está com o moletom de Dartmouth que estava usando na última vez que a vi, naquele dia lindo e claro, quando ela estava prestes a fazer uma trilha com o namorado e se ofereceu para me trazer doces da mercearia local.

Ai, Mel...

Azim al Ashid sai do campo de visão da câmera por um instante, volta e mostra o que está em suas mãos fortes:

Um sabre afiado.

Na suíte as pessoas arfam e gritam, e eu fico encarando e pensando...

Aquela abençoada madrugada de 19 anos atrás, num quarto do Centro Médico Naval de San Diego, com Samantha, exausta mas sorridente na cama, segurando uma bebezinha rosada e dizendo: "Ai, Matt, ela é tão perfeita... ela é tão perfeita."

O rosto de Azim al Ashid endurece, e ele vocifera uma frase em árabe.

A pequena Mel aos 5 anos, a expressão séria e os óculos presos por uma cordinha na nuca, as pernas gorduchas com arranhões e cortes, camiseta rosa e short branco, pegando a pequena bicicleta sem rodinhas e dizendo: "Papai, eu vou conseguir dessa vez, eu vou mesmo."

O sabre sobe, sobe, sobe. O sol refletindo na lâmina. Mel ainda ajoelhada, os olhos bem fechados, os lábios comprimidos.

Ao meu lado Samantha geme, o som baixo de partir o coração de uma mãe em desespero.

Mel vencendo sua primeira competição distrital aos 12 anos, ultrapassando a linha de chegada num pulo, olhando para trás para ver a adversária mais próxima a metros de distância, depois virando-se e sorrindo, erguendo os braços magros, feliz da vida, e Samantha e eu batendo palmas com força e alegria na lateral da pista.

O sabre erguido bem alto.

O mundo inteiro parece parar.

Estou na beira daquela aeronave à noite, pronto para pular na escuridão.

Mel encolhida na cama no seu quarto no segundo andar da Casa Branca, a coberta cobrindo tudo, chegando quase até a cabeça, o rosto vermelho e os olhos inchados de tanto chorar, e ela dizendo: "Pai, por que eles me odeiam? Eles estavam rindo de mim! Rindo de mim na TV! E milhões de pessoas também estavam rindo... Pai... o que eu fiz de errado?"

E eu acariciando suavemente suas costas por baixo das cobertas, sabendo que não tenho uma boa resposta para dar.

O sabre desce rápido na direção da minha menina.

A TV à esquerda corta a transmissão do que um produtor de TV de Atlanta sabe que está prestes a acontecer. A tela volta a exibir a imagem normal da CNN, com um dos âncoras noturnos em choque.

A Al Jazeera continua transmitindo, embora o âncora pareça estar gritando com alguém fora do quadro, pedindo para tirar o vídeo também.

Estou pulando para a escuridão.

Apenas três dias antes — só três dias! —, Mel, feliz e sorridente, com o cabelo ainda molhado depois de sair do banho, parecendo tão alegre, tão viva, tão pronta para o dia, perguntando se eu queria que ela fizesse algo para mim, e depois rindo antes de ir embora, eu pedindo para ela me ligar quando estivesse com sinal no celular no dia seguinte.

E a resposta dela:

Claro, pai. Pode confiar em mim! Vou ficar bem.

O reflexo do sol no sabre descendo, tudo paralisado aqui nessa suíte de hotel, e, no último segundo, Mel abre os olhos e grita com uma voz poderosa:

— Mamãe, não olha!

Pego a cabeça de Samantha, puxo para o meu ombro, enquanto...

O sabre a acerta.

Uma explosão de sangue respinga na lente da câmera.

Alguém solta um "Aaaah" baixo, de lamento.

Seguro Samantha com toda a força.

Quero desviar o olhar.

Mas não vou me permitir fazer isso.

Um dedo parece tirar um pouco do sangue na lente da câmera, manchando-a, mas limpando-a o suficiente para mostrar o que está na superfície rochosa.

Um corpo caído de lado, a palavra DARTMOUTH ainda visível no moletom sujo e rasgado, short cáqui, pernas fortes à mostra, sola dos pés suja.

E, a um metro mais ou menos, uma...

Não posso dizer o que estou vendo.

Só uma forma oval com cabelo loiro cacheado, ensanguentado. E um par de óculos caído na pedra.

Pulo para a escuridão e caio para sempre.

PARTE
TRÊS

Capítulo

68

Duas semanas depois
Lago Marie, New Hampshire

Estou sentado numa cadeira de vime na varanda fechada da minha casa, observando a chuva cair no lago e nas colinas arborizadas da região. Tem dois Boston Whalers na lagoa, com agentes do Serviço Secreto em ambos, o dobro da vigilância aquática habitual. Na floresta ao redor da minha casa, membros da Equipe de Contra-Ataque do Serviço Secreto estão em patrulha ostensiva, e a Polícia Estadual de New Hampshire bloqueou as estradas, redirecionando o tráfego para longe da entrada da estrada de acesso para minha casa.

Não conheço um exemplo melhor do provérbio "casa roubada, trancas à porta".

A chuva não para de cair.

Não importa como esteja a previsão do tempo, aqui tem feito frio e chovido há duas semanas sem parar.

Tirando os agentes do Serviço Secreto dentro e ao redor do terreno, em número também dobrado, estou sozinho em casa. Samantha voltou ao Maine semana passada e mais uma vez se lançou em suas escavações arqueológicas. Nossas poucas ligações foram educadas e tensas. Antes da partida dela, houve muitas lágrimas, abraços, acessos de raiva, dedos apontados, portas batendo e mais lágrimas e abraços, além de longas conversas noite adentro, compartilhando lembranças de Mel.

Minha chefe de Gabinete, Madeline Perry, veio me visitar duas vezes, e em ambas trouxe cartões de condolências e cartas do mundo inteiro, incluindo uma que veio por engano, com um garrancho dizendo: "Que bom que a sua filha horroroza morreu. A piranha da sua mulher e você deveriam ser os próssimos, traidor."

Semana passada, Yvette Cloutier, uma franco-canadense local que trabalha como faxineira aqui há seis meses, começou a chorar quando me viu na sala de estar. Segurou minhas mãos e orou em voz alta, em francês, e só parou quando um dos novos agentes do Serviço Secreto gentilmente a afastou de mim.

Eu me sinto como se estivesse preso numa grande funerária, sem um corpo pelo qual chorar, mas com um monte de pessoas de luto passando por mim, sem ousar falar alto demais ou rir na minha presença.

Tenho tentado evitar o noticiário o máximo possível, mas o que tenho visto é ao mesmo tempo encorajador e desanimador. Fizeram vigílias de oração em memória de Mel em instituições religiosas em todo o país, houve ataques policiais e militares a células terroristas aliadas de Azim al Ashid aqui e no Canadá, na Grã-Bretanha e na França, e centenas de pessoas se reuniram nas estradas que levam à minha casa com flores e cartões.

Mas há quem se aproveite da morte dela para defender os próprios argumentos, de políticos que culpam o governo Barnes por ter permitido que isso acontecesse a outros que criticam o governador de New Hampshire por não pedir imediatamente a todos os proprietários de armas do estado que ajudassem nas buscas iniciais.

Também há boatos de que minha sucessora está planejando uma ação militar, mas onde? E como? E quem sabe onde Azim al Ashid está agora, depois de retornar às sombras, como fez tantas vezes antes? Está no Canadá, nos Estados Unidos ou escondido entre seus apoiadores ao redor do mundo?

A única outra distração aqui foi quando, logo depois de Samantha voltar ao trabalho, três agentes do FBI vieram de Washington com a intenção de entrar no quarto de Mel para vasculhar seus pertences e levar seu laptop para análise forense.

Eu me coloquei na porta do quarto dela.

— Sem chance — falei, incapaz de suportar a ideia de estranhos mexendo nas coisas de Mel, nas suas anotações, lendo seus pensamentos particulares e seu histórico de pesquisa na internet.

— Senhor — disse o agente —, precisamos ver se existe qualquer evidência de que a sua filha chegou a manter contato com...

— Sem chance — interrompi. — Ninguém vai entrar no quarto de Mel. Ninguém vai olhar o computador dela.

— Senhor...

— O único jeito de um de vocês entrar no quarto da minha filha é passando por cima do meu cadáver, e talvez o Serviço Secreto não goste muito dessa ideia.

O FBI foi embora e, naquela noite, dormi no chão do quarto de Mel, enrolado num cobertor, simplesmente sofrendo, lembrando e sofrendo mais um pouco.

Esfrego o rosto e a barba por fazer. Já se passaram alguns dias desde que fiz a barba. Os primeiros dias de volta ao lago Marie foram preenchidos com bebida e culpa. Então parei com isso e comecei a trabalhar, fazendo longas corridas pela estrada de acesso e por trilhas próximas — nunca sozinho, é claro — e malhando no galpão perto da garagem, onde guardo halteres e outros equipamentos de treino. E fiz outro treinamento, um tipo de treinamento que escondi da equipe que cuida da minha proteção.

Olho a hora.

Cinco da tarde.

Pego o iPhone, ergo o aparelho e começo a gravar um pequeno vídeo para a minha mulher.

— Oi, Sam, sou eu. Olha só o tempo aqui no lago Marie. — Giro o celular lentamente para que ela possa ter uma visão da doca, do pontão e da praia sem ondas. Aponto o celular de volta para o rosto e digo: — Muita chuva. Pelo menos isso afasta turistas e curiosos. Espero que o tempo esteja melhor no Maine, espero que você esteja fazendo progresso, espero que esteja fazendo história...

Paro e penso: *Seu idiota: claro que ela está fazendo história, a primeira-dama deprimida, longe do marido, a única primeira-dama a ter a filha assassinada.*

— Enfim, se amanhã o tempo estiver ensolarado, vou pegar as ferramentas e voltar a podar os arbustos. Fora isso não tem nada de mais acontecendo...

Ou seja: *Pois é, Sam, o corpo da nossa filha ainda não foi encontrado.*

— Essas são as notícias do lago Marie. Te amo. Estou com saudade... Liga quando puder. Até mais.

Termino o vídeo e envio a mensagem para Sam, me perguntando se ela vai me ligar de volta.

Olho para a chuva de novo, para as canoas paradas, e imediatamente me lembro da regata e de ver Mel pela última vez. Seco os olhos.

A porta de tela se abre e o agente David Stahl sai, acena com a cabeça e olha para as águas frias e cinzentas do lago. Ele perdeu peso, está esgotado, com uma aparência cansada, e a sensação é de que se passaram anos desde que eu e ele estávamos ali, naquelas águas ensolaradas.

— Descansa um pouco, David — digo.

— Obrigado, senhor.

Ele arrasta uma cadeira de vime e se senta. Está de mocassim, calça bege e camisa polo azul-escura amarrotada.

Alguns segundos se passam, até que ele diz:

— O senhor sabe que temos alguns novos agentes aqui. Acho que essa noite pode ser uma boa oportunidade para o senhor mostrar suas habilidades no pôquer.

Em outro momento qualquer, eu teria sorrido e dito sim com entusiasmo; afinal, uma das alegrias simples que tive aqui foi o pôquer, às vezes jogando noite adentro com os agentes destacados, ganhando mais que perdendo.

Mas esse não é outro momento qualquer.

— Talvez não essa noite — respondo. — E talvez nunca, se o agente Peyton estiver de plantão.

David faz careta. Um dos novos agentes designados é Brett Peyton, um sujeito impetuoso e arrogante e que acredito estar se reportando diretamente a Faith Murray, vice-diretora assistente encarregada do Destacamento de Proteção Presidencial. Ela está preparando um expurgo e uma ação disciplinar contra o meu destacamento original.

— Quais são as novidades? — pergunto.

— A busca está se expandindo para o Maine e para o estado de Nova York, e também para o sul de Vermont, de Ontário e Quebec. Surgiram muitas denúncias sobre o hidroavião, mas, infelizmente, ninguém consegue se lembrar de um número de registro, então não temos como rastreá-lo. E, com o número de lagos, rios e lagoas isolados dentro do alcance de voo daquele hidroavião...

David para, e nós dois sabemos que ele não precisa continuar.

As chances de o corpo de Mel ser encontrado num futuro próximo são muito remotas.

Cruzo os braços, olho para as canoas, me perguntando se um dia voltarei a disputar uma regata com David no lago.

Eu me esforço para falar as frases seguintes com uma voz firme e inabalável, como se estivesse fazendo um discurso sobre o Estado da União, mas falho logo nas primeiras palavras.

— Quando ela for encontrada, não importa onde, David... e for a hora de removerem o corpo... Eu quero você lá, junto com cinco outros agentes do destacamento original... Quero que você traga o corpo dela para casa. Tudo bem?

Lágrimas rolam por seu rosto.

— Senhor presidente, não podemos fazer isso — diz ele, a voz rouca.

— Por quê?

— Porque nós falhamos com ela... e com o senhor, e com a sra. Keating. Não seria certo.

Balanço a cabeça.

— Todos nós falhamos com ela. David, faça o que estou dizendo, está bem? Traga a minha menina para casa.

Ele apenas acena com a cabeça.

Eu aceno também.

Depois de alguns minutos sombrios, digo:

— Eu admiro você, David, você e os outros agentes, pelo trabalho que fazem, por se manterem em alerta durante longas horas de tédio, por viajarem comigo enquanto escutam o mesmo discurso monótono várias vezes e por aguentar a gente, os protegidos. É um trabalho difícil do qual a maioria das pessoas não sabe nada, só as besteiras que veem na TV e no cinema.

Ele não diz nada, e não tem problema.

— Peço desculpas de antemão, David, porque nesse momento complicado vou tornar a sua vida, e a vida dos outros agentes, muito, muito difícil mesmo.

— Como assim, senhor?

Olho mais uma vez para a praia sem ondas. Penso na rede de vôlei armada, em Mel e os amigos de Dartmouth rindo e brincando, desfrutando os melhores momentos das suas vidas. Todos os dias aqui eram perfeitos, com muito sol, sem chuva ou nuvens.

— Vou sumir do mapa nas próximas semanas. Vou a alguns lugares, conversar com certas pessoas. Algumas delas provavelmente não tão boazinhas. E vai chegar o dia em que vou encontrar Azim al Ashid, e nesse dia vou olhar para ele, cara a cara, para que saiba que estou ali, bem na frente dele, nos últimos segundos.

Faço uma pausa.

— E então vou estourar a cabeça dele.

Capítulo

69

Lago Marie, New Hampshire

A reação do agente Stahl é digna de nota: ele não pisca, não protesta, não diz uma palavra. Então continuo:

— Talvez no caminho eu encontre o piloto do hidroavião que ajudou Azim a escapar com a minha menina. Talvez eu encontre o cara que vendeu a corda que a amarrou e o sujeito que deu a Azim o sabre usado para decapitar a minha filha. E, se eu encontrar essas pessoas, vou matar cada uma delas.

Paro novamente.

Nenhuma palavra do agente Stahl. Continuo:

— Em algum momento vou sair daqui, sem a sua aprovação e sem o conhecimento da diretora do Serviço Secreto e do secretário de Segurança Interna. Entende o que estou dizendo, David?

— Sim senhor.

— Não há nada nesse mundo que vá me impedir — prossigo, a voz tranquila, sem hesitar, diferente de quando eu estava falando sobre resgatar o corpo de Mel. — Se quiser expor seus argumentos para me convencer a não fazer isso, vá em frente. Vai ser perda de tempo, mas vou ser educado e escutar o que tiver a dizer. Se você e o restante dos agentes daqui quiserem me impedir, vão ter que me algemar na sala do pânico.

— Tudo bem, senhor — diz David. — Então, por favor, ouça o que tenho a dizer.

— Eu disse que ouviria.

Ele me encara com o rosto cansado e os olhos atormentados e diz:

— Quero ir também.

Quando me recupero do pedido inesperado, digo:

— Espera aí, David, espera aí. O que eu vou fazer vai ser difícil, complicado e acima de tudo ilegal. Se você for...

— Se eu for o quê? — interrompe ele, balançando a cabeça. — Se eu for, é o fim da minha carreira? Ela já acabou. Tudo o que resta são as audiências no Congresso e os procedimentos disciplinares. Vou ter sorte se mantiver a pensão, e, nesse momento, não estou dando a mínima para isso. Quero ajudar, senhor presidente.

— David...

Ele se inclina para a frente na cadeira de vime velha.

— Senhor presidente, permita-me reformular o que acabei de dizer. Eu *preciso* ir com o senhor.

Seus olhos ainda estão atormentados, mas também cheios de súplica.

— O que você quer, David? Redenção?

David sacode a cabeça energicamente.

— Não. Assim como o senhor, quero justiça.

Vejo determinação em seu olhar e tenho certeza de que ele quer justiça, mas sei o que quis dizer quando afirmou que precisava disso.

Todos nós precisamos.

— Tá bom — digo, juntando as mãos cansadas. — Vou precisar de vários celulares descartáveis e cartões de débito pré-pagos cadastrados com e-mails falsos. E devo precisar que algumas pessoas de confiança se juntem a mim. Vou ter que fazer diversas investigações, pesquisas por conta própria. Tenho dinheiro vivo no cofre do quarto. Se quiser ajudar, passe um ou dois dias indo a diferentes lojas daqui da região. Use um chapéu ou qualquer coisa do tipo para esconder o rosto. Compre um Chromebook ou algo parecido numa loja de eletrônicos. Os celulares têm que ser de lojas diferentes. Você vai precisar criar uma conta de e-mail criptografada para ativar os celulares e comprar cartões de débito pré-pagos. Depois...

Paro.

Há um leve sorriso no rosto dele.

— Me desculpe, David — digo. — Estou te dizendo como fazer o seu trabalho, os meandros da profissão. Você não precisa ouvir isso de mim. Você sabe do que preciso e o melhor jeito de conseguir.

— Não tem problema, senhor presidente — responde ele ao se levantar da cadeira. — Vou fazer uma ronda no perímetro da casa daqui a alguns minutos. Se o senhor estiver com o dinheiro quando eu voltar, já posso começar o trabalho.

— Obrigado, David.

— Peço desculpas, senhor, mas devo dizer que já sabia o que o senhor estava tramando.

Fico surpreso.

— Como?

— Sei que, quando o senhor ia malhar no galpão nas últimas duas semanas, o senhor levava suas armas e estava praticando tiro seco lá dentro, se reacostumando a segurar um fuzil automático ou uma pistola. O som é inconfundível se você estiver perto o suficiente do galpão e prestar atenção.

Eu deveria ficar chateado, mas, na verdade, estou impressionado.

— Bom trabalho novamente, David. Obrigado.

Enquanto se dirige à porta de tela, ele faz algo muito antiprofissional e nada condizente com o Serviço Secreto.

Ele coloca a mão no meu ombro e o aperta de leve.

— Não, senhor — diz ele. — Sou eu quem deveria agradecer ao senhor.

Ele volta para dentro de casa, e eu espero um pouco, olhando para o céu nublado. Parece que finalmente parou de chover, o que pelo menos vai diminuir o índice de infelicidade daqueles agentes encharcados nos dois Boston Whalers.

Esfrego o rosto e o queixo.

Hora de fazer a barba, tomar banho e vestir roupas limpas.

É hora de voltar ao trabalho.

Capítulo 70

Lago Marie, New Hampshire

Depois de fazer uma ronda no perímetro — e descobrir que uma equipe de dois agentes da Equipe de Contra-Ataque do Serviço Secreto tinha acabado de prender o fotógrafo de um tabloide tentando entrar escondido na propriedade para tirar fotos do ex-presidente em luto —, o agente David Stahl vai até a cozinha para tomar um gole de água gelada antes de sair. Poucos minutos antes, ele estava em seu pequeno escritório no celeiro, onde encontrou um envelope branco com vinte notas de cem dólares novinhas em folha na cadeira.

Mas a chefe de Gabinete Madeline Perry está bloqueando seu caminho para a geladeira de inox na cozinha espaçosa, com uma expressão severa e determinada no rosto. Maddie está de calça preta e pulôver vermelho com as mangas arregaçadas e não parece nada feliz.

— Precisamos conversar, David.

— Tá bom — diz ele, sem saber qual é o problema e esperando que não seja nada grave.

David tem anos de experiência lidando com funcionários da Casa Branca, e essas pessoas acham que os agentes do Serviço Secreto são servos à sua disposição, anjos da morte de rosto severo ou apenas parte do cenário a ser ignorada. No fim das contas, David prefere ser ignorado. Fazer parte do cenário é o objetivo do trabalho.

No que diz respeito a Maddie, David a considera uma mulher durona, mas razoável. Ela entende a tarefa do Serviço Secreto na casa do ex-presidente, mas não tem medo de se impor se achar que algum agente está forçando a barra para executar as regras.

Na maior parte do tempo, David gostava de trabalhar com ela, mas segundos depois essa percepção vai por água abaixo, como um avião bombardeiro da Segunda Guerra Mundial sendo abatido por um caça.

— O que você tem na cabeça para ajudar Porto a planejar uma missão para matar Azim al Ashid? — pergunta ela num tom gélido. — Isso é loucura!

Hein? Como ela sabe?, pensa David.

— Eu sei o que vocês estão tramando — continua ela. — Não digo isso com orgulho e admito o que fiz, mas eu estava passando pela porta de tela da varanda quando ouvi você falar com ele. David, o que você tem na cabeça?

David tem raiva na cabeça. Ele sabia que mais para a frente teria de cometer algumas fraudes e falsificações para colocar o plano em prática junto com o presidente, mas não esperava que toda a operação fosse comprometida antes mesmo de começar.

— Não é loucura — diz ele.

— Mas parece muito. Sei que ele está de luto, sei que ele quer se vingar... Todos nós queremos! Mas isso é maluquice. Deixem os profissionais cuidarem disso, e não um ex-presidente com um quadril machucado tomado pelo luto e pela culpa.

— *Profissionais?* O governo Barnes não está em seu momento mais glorioso, está? Ainda mais com aquela história ridícula de que a presidente queria pagar o resgate, mas que foi impedida pelo FBI e pelas outras agências. Você viu as histórias que saíram depois. A versão dela é cheia de mentiras.

— Não temos certeza disso, temos? É apenas a palavra de um lado contra a do outro. Eu sei que é uma dessas palhaçadas típicas de Washington, mas, por favor: você sabe que esse assunto deve ficar na mão de profissionais.

— Bem, os profissionais têm procurado Azim al Ashid há anos e até agora não conseguiram nada. Por que dessa vez vai ser diferente?

— E você acha que Porto vai conseguir encontrar Azim? Sério mesmo?

Stahl respira fundo e tenta apaziguar a situação e manter a calma.

— Maddie... o que está acontecendo? Você trabalhou com Porto, a esposa e a filha por anos. Por que toda essa resistência?

Ela desvia o olhar, e David sabe que acertou na mosca. Tem algo por trás da atitude tempestuosa da chefe de Gabinete, mais que apenas o desejo de impedir Porto de fazer o que deve ser feito.

Perry agora o encara, os olhos arregalados e marejados de lágrimas.

— Eu acreditei nele, David. E foi horrível quando ele não conseguiu o segundo mandato. E eu achei que poderia fazer um bom trabalho com ele ao acompanhá-lo na pós-presidência, especialmente quando ele disse que criaria uma instituição de caridade para veteranos de guerra.

As lágrimas começam a escorrer.

— Porto não sabe disso, então, por favor, não conte para ele, mas um primo meu serviu com honra nos Rangers. No fim do mandato de Porto, ele morreu por causa do frio nas ruas de Detroit, assim como outros veteranos sem-teto espalhados pelo país. Porto disse que isso nunca mais aconteceria e que sua instituição cuidaria dos veteranos... de todas as necessidades deles.

Agora tudo faz sentido, pensa Stahl.

— A instituição ainda não foi criada, foi?

Perry balança a cabeça.

— No papel, foi. Mas no que importa, nas contas, quase não tem dinheiro. Planejávamos que ele escrevesse uma autobiografia falando de tudo, da infância pobre no Texas até a época em que serviu como Seal, depois da carreira na política, e por fim do choque de se tornar presidente. O livro renderia milhões para ele e para a instituição de caridade, então a ajuda começaria a acontecer, e nunca mais haveria um veterano sem-teto. — Ela respira fundo. — Mas ele nunca escreveu uma palavra sequer! É sempre "Amanhã ou semana que vem", enquanto eu tento ajudar Robert Barnett, o agente literário, a negociar um bom contrato de publicação sem ter nem mesmo um rascunho do livro. E agora... ele quer sair numa missão de vingança. Você sabe que não vai dar certo. Vai acabar em humilhação.

— Pode ser. Mas isso não importa agora, não é? Ele vai de qualquer jeito.

— Importa, sim — responde Perry, firme. — Se ele falhar, e você sabe que vai, os editores vão parar de retornar as minhas ligações e os veteranos que ele quer ajudar vão ser ignorados.

— Maddie, você está fazendo boas observações, mas isso está fora da minha alçada. Ele vai seguir com o plano, e não há nada que a gente possa fazer para impedir.

— Por favor, David. Deixe as agências caçarem Azim al Ashid. Eles têm muito mais recursos do que Porto poderia conseguir por conta própria.

Stahl começa a se afastar da chefe de Gabinete do presidente, pensando que terá de esperar um pouco mais para tomar seu copo de água gelada.

— Mas as agências não têm uma coisa, Maddie.

— O quê?

— Um pai que vai dar conta do trabalho, custe o que custar.

Capítulo

71

Lago Marie, New Hampshire

Sozinho no meu escritório — o que poderia ser um bom título de livro um dia —, à meia-luz, me recosto numa velha cadeira giratória de couro que já estava aqui quando comprei a casa. O computador está desligado, e não dá para ver nada da minha janelinha, o que é bom. Nenhuma luz distante no lago para destacar os vizinhos se divertindo, vivendo a vida, rindo e conversando.

As estantes de livros do meu pequeno escritório estão repletas de histórias, autobiografias e livros de referência sobre assuntos militares, e tem mais outros empilhados no chão. Samantha costumava brincar comigo, comentando que tenho livros demais, e eu rebatia, dizendo:

— Não, o problema é que não tenho estantes suficientes.

O pouco de parede que sobra tem fotos de família emolduradas, algumas fotos coloridas desbotadas da minha infância no Texas, com Lucille Keating, minha mãe, que morreu há dez anos de câncer de pulmão. Meu pai, Gus Keating, trabalhava numa plataforma de petróleo no golfo do México, ficou bêbado de Jack Daniel's contrabandeado, caiu no mar e se afogou quando eu tinha 5 anos. Existem vários livros e estudos sobre os Seals, e um fato curioso que chama a atenção é que a maioria deles — como eu — vem de um lar disfuncional ou foi criada por mães ou pais solo.

Ao longo dos anos, resisti ao impulso de montar uma parede que chamo de "Está vendo como sou maravilhoso?", com placas, troféus e certificados emoldurados. Isso é para quem gosta de olhar para trás, e sempre fui do tipo que olha para a frente.

Ao lado do computador, estão minhas fotos mais importantes: uma de Mel ainda criança, outra em que estou todo orgulhoso ao lado de Samantha, quando ela terminou o doutorado, e por último uma foto tirada aqui durante o inverno alguns anos atrás, no jardim da frente coberto de neve, nós três em pé, sorrindo na paisagem branca, prontos para o que estava por vir na minha pós-presidência.

Pego um bloco de anotações amarelo de uma pilha que Maddie Perry comprou para mim meses atrás para me ajudar a escrever minha autobiografia. Pego uma caneta e começo a trabalhar.

Não tenho tempo para me preocupar com o passado, penso.

Aos meus pés está uma sacola de plástico azul e branca do Walmart, e pego o primeiro de quase uma dúzia de celulares pré-pagos com crédito e ativados, comprados em várias lojas do condado. Usando o meu iPhone como lista telefônica, faço minha primeira ligação para o exterior. Toca, toca, então uma voz irritada com leve sotaque do Brooklyn atende.

— Quem é? — exige saber Danny Cohen, comandante aposentado do Mossad. — E como você conseguiu esse número?

— Danny, por favor, não desliga. É Matt Keating.

O tom dele muda imediatamente, e diz:

— Ah, Matt, Matt... Me desculpe por atender assim. Meu telefone dizia "número privado" e...

— Estou usando um telefone descartável — interrompo. — O seu é seguro?

— É. Matt, mais uma vez, Dora e eu enviamos a você nossas mais profundas condolências pela perda de Mel. É de partir o coração.

— Eu sei — respondo, segurando a caneta com força. — O cartão de condolências e a carta que vocês enviaram foram muito bem-vindos. Mas, Danny...

— Sim — diz ele, seco. — Você está usando um celular descartável. Não me ligou para bater papo. Que tipo de ajuda posso oferecer?

— Toda e qualquer informação sobre Azim al Ashid: amigos, comparsas, qualquer coisa que me dê uma boa indicação do paradeiro atual dele.

— Pode deixar. Por quanto tempo você vai manter esse celular?

— Um dia — respondo, espantado com a resposta rápida e afirmativa de Danny. — Amanhã começo a usar outro.

— Então fique à vontade para me ligar a qualquer hora, em qualquer situação, para receber as atualizações. Vou trabalhar nisso. Sei que as suas agências também estão procurando Azim, mas nós dois sabemos o que acontece quando agências concorrentes buscam as mesmas informações.

Nem preciso ser lembrado. O desastre do 11 de Setembro poderia ter sido facilmente evitado se a CIA, o FBI, a Alfândega e outras agências tivessem deixado as guerras territoriais de lado e se o Congresso tivesse permitido comunicações cruzadas entre canais para que essas agências trocassem dados e informações sem dificuldade.

As coisas melhoraram desde aquela fatídica terça-feira, mas ainda há muito a ser feito.

— Danny... isso é muito generoso da sua parte. Eu meio que estava esperando alguma resistência sua. Ou um monte de perguntas.

— Não tenho perguntas para você, porque sei o que está planejando. E não é função minha tentar dissuadi-lo ou desencorajá-lo. Você conhece a nossa história, Matt. Sabemos a importância da família e de acertos de contas, não importa quanto tempo tenha se passado, não importa o custo. De novo, ligue a qualquer momento. Ficarei honrado em ajudar. *Shalom lekha,* meu amigo.

Ele desliga. Esfrego os olhos e volto ao trabalho.

* * *

A segunda ligação é quase idêntica à primeira, exceto pelo sotaque ao mesmo tempo árabe e britânico.

— Quem é? — exige saber Ahmad Bin Nayef, ex-vice-diretor do Diretório de Inteligência Geral da Arábia Saudita. — De onde está ligando?

— De New Hampshire, Ahmad. É Matt Keating.

Assim como aconteceu com Danny, o tom de voz muda.

— Ah, Matt, que bom falar com você. Mais uma vez, minhas profundas condolências. Como você e Samantha estão?

— Samantha está de volta ao trabalho, tentando viver um dia de cada vez. E eu estou fazendo o melhor que posso... Ahmad, essa ligação é segura? Estou num celular descartável.

— Sim, sim, bastante segura. Do contrário meu sobrinho vai se ver comigo. Matt, por favor, o que posso fazer por você?

— Descobrir o que for possível sobre o paradeiro de Azim al Ashid. Não precisa ser cem por cento. Pode ser qualquer coisa que possa se transformar numa pista. O que quer que você tenha que possa compartilhar comigo

Passam-se um ou dois segundos.

— Tem certeza, meu amigo?

— Absoluta.

— Você está assumindo uma tarefa perigosa.

— Você está negando meu pedido?

— De forma alguma, Matt, de forma alguma. É só que... por favor, escute o que vou dizer com meu profundo e verdadeiro carinho e com o maior respeito: esse é um trabalho para um homem mais jovem. Ou homens mais jovens, no plural. Com as habilidades mais afiadas e, infelizmente, não com um quadril fraturado no passado.

— Isso precisa ser feito.

— Sim, claro. Mas me permita oferecer uma alternativa. Se eu tiver muita sorte e, de alguma forma, conseguir informações relevantes sobre Azim, vou pessoalmente fazer o que for possível com elas. Eu poderia repassar qualquer informação para os oficiais responsáveis aqui na Arábia Saudita, mas talvez ela ficasse lá parada, sendo analisada e reanalisada, em vez de ser compartilhada com as agências dos Estados Unidos. Lamento dizer, mas algumas pessoas aqui em Riade admiram Azim al Ashid.

É duro ouvir isso, mas sei que Ahmad está certo.

— Mas, se eu souber onde ele está, por sorte e bondade de Alá, posso enviar um esquadrão de homens implacáveis e treinados pelos seus Seals e pelo SAS britânico, e eles vão fazer o trabalho por você.

Meu Deus, que oferta tentadora, mas não posso aceitar, não se quiser viver em bons termos comigo mesmo pelos próximos anos.

— Ahmad, fico tocado e honrado pela oferta, mais do que sou capaz de expressar, mas preciso fazer isso com minhas próprias mãos. Pela... minha família.

— Eu entendo perfeitamente — responde ele na mesma hora. — Você sabe como entrar em contato comigo, e prometo que não vou atender soltando os cachorros da próxima vez que vir um número privado no celular. Mas minha oferta permanece de pé, Matt. Podemos fazer isso por você.

— Obrigado de novo, Ahmad. Mas eu mesmo tenho que fazer isso.

— Muito bem. *Wadaeaan*, Matt.

Quando a segunda ligação é finalizada, e antes de retomar meu trabalho, penso na quanto é estranho o que acabou de acontecer. Anos atrás, o avô de Danny e o avô de Ahmad deviam se odiar, odiar o país e o povo um do outro, e cada um à sua maneira teria ficado muito satisfeito em ver o outro destruído.

E agora?

Seus netos não só estão trabalhando em segredo juntos nessa região tão turbulenta para trazer algum tipo de paz e estabilidade como também ajudando um ex-presidente dos Estados Unidos em sua própria missão pessoal.

Talvez ainda haja alguma esperança lá fora, em algum lugar.

Volto para os meus celulares e para a tarefa que tenho em mãos.

Capítulo 72

Lago Marie, New Hampshire

São duas da manhã em Montana quando faço minha terceira ligação. O telefone toca sem parar, e me pergunto quem finalmente vai atender esse telefone fixo numa fazenda isolada perto das montanhas Beartooth na propriedade de Trask Floyd, diretor de cinema, estrela de filmes de ação e ex-agente que me forneceu transporte para Washington semanas atrás. O telefone toca por um longo tempo até que uma voz masculina sonolenta atende e diz, lenta e claramente:

— Se você é uma atriz em início de carreira e tem certeza de que deve estar no meu próximo filme porque sabe dar uma risadinha na hora certa, cai fora. E se você é um ex-empresário atrás de esmola, manda o seu currículo para a minha caixa postal. Fora isso, se ligar de novo, eu vou atrás de você e vou te arrebentar.

— E que tal o ex-líder do mundo livre?

Trask solta um palavrão na hora, e uma voz bem desperta agora diz:

— Senhor presidente! Meu Deus, me desculpe. Não reconheci o número.

— Tem um motivo para isso, Trask. Estou usando um telefone descartável e ligando para o seu fixo. E, por favor, me chame de Matt.

Um bocejo do outro lado da linha.

— Foi mal, Matt, foi uma reação automática. E, caramba, ainda sinto muito por Mel. Meu Deus...

— Obrigado, Trask.

— Como sabia que eu estaria em casa?

— Li no Google uma notícia de que você iria a um festival de cinema em Boise. Imaginei que fosse dormir aí depois da farra.

Ele começa a falar algo, mas então para e diz:

— Telefone descartável, é?

— É.

— Do que você precisa?

O bom e velho Trask, direto ao ponto.

— Preciso de dois agentes qualificados da sua confiança. Eles têm que ter se aposentado recentemente ou estar de licença. Precisam estar disponíveis o quanto antes e devem ser capazes de sumir por um tempo, sem perguntas.

— Arranjo um. Eu vou ser o segundo.

— Trask, é uma oferta maravilhosa, mas...

— Matt — interrompe Trask. — Estou com o mesmo físico da época de Seal. Treino tiro quase todos os dias e, comigo, você tem fundos e opções.

— Mas também tenho Trask Floyd, ator e diretor de cinema. Muito fácil de ser reconhecido, seguido a cada movimento por vários fãs esquisitos.

— E você? — pergunta Trask, incrédulo. — O ex-presidente!

— Um ex-presidente de roupas surradas, óculos escuros, barba por fazer e boné — respondo. — Só mais um cara dirigindo um carro ou entrando num avião. Ex-presidentes são reconhecidos quando estão bem-vestidos, cercados por um grupo de agentes do Serviço Secreto, discursando ou aparecendo num jornal da TV a cabo. Não é isso que vou fazer.

— Então seremos três assim. Matt, eu quero ajudar.

— Então consiga dois agentes, fundos e suporte quando eu precisar e você estará dentro, Trask. Não dificulte as coisas.

Um suspiro.

— Tá. Pode deixar. Dois agentes. Para onde devo enviá-los?

— Ligo para você daqui a dois dias, ao meio-dia, no seu fuso horário. Tudo bem?

— Tudo bem, né? Fazer o quê...

— Obrigado.

— Tá bom. Se não posso acompanhar você para onde quer que esteja indo, pelo menos estarei dando apoio. E se você voltar com a cabeça daquele filho da puta numa caixa cheia de gelo, vamos dar uma festa no meu rancho que vai ser notícia por cem anos. Se cuida, senhor presidente.

— Obrigado, Trask — digo e desligo o celular.

Abro a parte detrás do celular, tiro a bateria e o chip e o quebro ao meio. Me levanto da cadeira e minutos depois estou na ponta da doca, uma noite tranquila no lago Marie.

As nuvens desapareceram do céu noturno do norte de New Hampshire. Aproveito o momento para apreciar todas as estrelas e todos os bilhões de galáxias lá fora. Há certas noites em que essa vista me enche de admiração — quando penso num Criador que fez tudo isso. Em outras noites, me enche de desespero — quando penso em toda aquela grandeza lá fora, e, ao mesmo tempo, nesse grãozinho de poeira em que tanto tempo é gasto com ódio e mortes.

Jogo o chip quebrado e o telefone nas águas escuras do lago e paro de olhar para as estrelas. Enfio a mão no bolso da calça e toco a aliança de Mel, a que ela deixou para trás quando foi sequestrada e que mais tarde nos foi devolvida pelo FBI.

— Azim, eu vou atrás de você — sussurro.

Capítulo

73

Lago Marie, New Hampshire

O agente do Serviço Secreto David Stahl está em frente à garagem da casa do presidente Matt Keating, perto do galpão onde Porto malha, pronto para ir à cidade cumprir algumas tarefas nesse início da noite, quando uma voz masculina estridente grita:

— Opa, David! Antes de você sair, tem um segundinho para falar comigo?

Quem se aproxima com um grande sorriso falso e um olhar contente é o também agente do Serviço Secreto Brett Peyton. David precisa conter o suspiro de desgosto com a chegada do sujeito. Peyton parece o agente dos sonhos de qualquer funcionário encarregado de contratações na Segurança Interna: é alto, forte e musculoso e está sempre bronzeado, tem um cabelo castanho sempre perfeitamente alinhado e um jeito encantador.

Ele também é o agente favorito de Faith Murray, vice-diretora assistente responsável pelo Destacamento de Proteção Presidencial; ela é a chefe de David e a mulher que ordenou meses atrás que ele parasse de fornecer proteção não oficial a Mel Keating. Além de tudo, por longas semanas David insistiu que tivesse um agente especial substituto para ajudá-lo, e Brett foi nomeado para o cargo.

— Claro, Brett. O que foi?

— Está indo para a cidade?

Não, seu imbecil, pensa David, *vou dar um passeio de carro até Cape Cod*.

— É o que parece — responde. — Quer que eu compre alguma coisa para você? Um café? Um doce? Um refrigerante?

— Não, não, não — recusa Peyton num tom gentil. — Só achei estranho. Você é o responsável por esse destacamento, mas aqui está, cumprindo uma tarefa que deveria ser designada a um novato.

— Gosto de sair de vez em quando, ver o que está acontecendo na comunidade, sentir o lugar.

— Isso faz parte dos seus procedimentos oficiais, então? — pergunta Peyton, e David é lembrado mais uma vez do verdadeiro motivo de Peyton estar ali: não é para ajudar na proteção a Porto ou para auxiliar David como seu subordinado, mas para reunir informações e dados sobre David e sobre o destacamento, para que todos possam ser humilhados em público e exonerados no momento apropriado por permitir que a filha do presidente fosse sequestrada e assassinada.

— Não, Brett — responde David, batendo o dedo na lateral da cabeça. — Faz parte da minha experiência de campo. Você deveria tentar isso algum dia.

Peyton continua sorrindo, e David entra num dos quatro Chevrolet Suburbans pretos do destacamento e segue para Monmouth.

A estrada de acesso é de terra batida, mas está bem conservada, e, enquanto dirige, David pensa em Porto e no que o ex-presidente pretende fazer. David está surpreso ao perceber que só de pensar nessa missão improvável seu humor melhorou, suas baterias foram recarregadas.

Ele sabe que não existe a menor chance de essa missão dar certo — pelo menos não com toda essa atenção, com tanta gente observando todos os passos de Porto —, mas, por Deus, ele, Porto e quem mais o ex-presidente recrutar vão dar o melhor de si.

Mais à frente está a nova guarita, uma construção de madeira comandada por dois dos novos agentes transferidos para cá, e eles acenam para que David passe. Ele então vira à direita, em direção ao vilarejo de Monmouth, e se depara com uma barreira rodoviária feita por policiais fortemente armados da Polícia Estadual de New Hampshire. Eles também o deixam passar. David percebe a faixa preta nos distintivos — ainda estão de luto pela morte da policial de Monmouth, Corinne Bradford, que se esforçou para encontrar o cativeiro de Mel Keating.

David fica feliz ao notar o número reduzido de pessoas se aglomerando nas calçadas dessa estrada rural, feito urubus, em busca de qualquer sinal de um Porto triste e solitário. Há mais de duas semanas a cidade de Monmouth está sob cerco da mídia e de todo tipo de idiotas, médiuns e pessoas atrás dos seus quinze minutos de fama, e David queria que uma nevasca pesada caísse de repente na região, meses antes do previsto, para mandar essas pessoas de volta para casa.

Rodney Pace anda de um lado para o outro no estacionamento de terra lotado da Cook's General Store, esperando, sabendo que, se não vir Matt Keating hoje, terá de dormir outra noite no banco detrás do seu velho sedan Monte Carlo, e ele não sabe se suas costas vão sobreviver a isso.

Três dias atrás ele tomou a importante decisão de sair da porcaria do seu apartamento bagunçado em Baltimore e ir de carro até ali para encontrar o ex-presidente e explicar o que realmente está acontecendo, mas suas tentativas de se aproximar da casa de Keating à beira do lago não chegaram nem perto de ser bem-sucedidas.

Muitos bloqueios nas estradas, muitos policiais e, acima de tudo, muita gente.

Pesquisando sobre Monmouth, Rodney descobriu que em tese o vilarejo tem uma população de apenas umas seiscentas pessoas, mas, a julgar pelo estacionamento, parece que o número dobrou de tamanho. No terreno de terra batida, há vans de canais de notícias de TV a cabo e de estações locais, vans e carros alugados, e pessoas andando de um lado para o outro tomando café, conversando e fofocando, todo mundo à espera.

Não à espera do fim da busca e do resgate — não, as palavras mudaram.

Agora é uma recuperação.

Do corpo de Mel Keating.

Até parece.

A Cook's General Store parece uma casa vitoriana amarela reformada de dois andares, com um pórtico amplo de madeira. Do lado de fora, há cartazes feitos à mão anunciando as panquecas do café da manhã de domingo da igreja, feno à venda pelos fazendeiros, rifas para ajudar a pagar o transplante de rim de alguém. Lá dentro, nas tábuas de madeira que rangem a cada passo e devem ter pelo menos cem anos, há caixas de cereais à venda a um corredor de distância do óleo de motor, e mais outro corredor dos cortadores de cascos e escovas para cavalos.

Rodney sente o estômago roncar.

Seu plano era ver o presidente e ser recompensado por seus esforços, mas ele está sem dinheiro — tem menos de um dólar em moedas no bolso direito do casaco.

E agora?

Um Chevrolet Suburban preto estaciona na estrada estreita, e um homem musculoso sai, e Rodney para de andar de um lado para o outro, maravilhado com o que está vendo.

Um agente do Serviço Secreto.

É o que esse homem é.

Bem na sua frente!

Agora tudo o que ele precisa fazer é convencer o agente a levá-lo até o presidente Keating.

Rodney começa a se dirigir para abordá-lo e coloca a mão no bolso direito do casaco de tecido fino, segurando a coronha do revólver Smith & Wesson calibre .38 que pertencia ao seu pai quando era policial em Baltimore anos atrás.

De uma forma ou de outra, Rodney vai se encontrar com o presidente Keating.

Capítulo

74

Monmouth, New Hampshire

O agente do Serviço Secreto David Stahl sai do automóvel e começa a atravessar a estrada estreita em direção à Cook's General Store, balançando a cabeça ao ver o circo montado ali. Três semanas atrás, ele conseguiria estacionar bem em frente à loja, junto com talvez dois ou três carros e uma ou duas caminhonetes enlameadas no estacionamento de cascalho, mas agora não há mais espaço para outros veículos. A loja em si também vive lotada, e em vez de passar alguns minutos agradáveis conversando com a sra. Grissom, dona da loja, ou com os filhos dela, Clay e Todd, agora David simplesmente entra, compra o que tem que comprar e volta para casa.

Hoje ele vai comprar café para o turno da noite e mais outras coi sas, e David espera poder entrar e sair sem que nenhum jornalista o reconheça e comece a fazer perguntas, em especial: *Como você deixou a filha do presidente ser sequestrada e assassinada?*

O pórtico e o estacionamento estão repletos de repórteres, parasitas, gente de luto e caçadores de emoção torcendo para que Porto faça uma aparição ou — ainda mais emocionante! — para ver uma van verde-escura do instituto médico-legal de New Hampshire escoltada por viaturas da Polícia Estadual de New Hampshire carregando os restos mortais de Mel Keating, 19 anos.

Eles todos podem ir para o inferno.

David muda o desejo anterior e não quer mais que uma nevasca fora de época caia na cabeça desses imbecis, mas, sim, que o fogo e o enxofre do Antigo Testamento se abatam sobre essa gente, quando vê um sujeito que parece um profeta do Antigo Testamento se aproximando. Magro, calça jeans larga, casaco marrom puído, barba desgrenhada, cabelo cheio e oleoso, um olho inchado, expressão decidida no rosto.

Que ótimo, mais um, pensa David.

Tem um pessoal que vai atrás do Serviço Secreto onde quer que esteja, parasitas que querem avisar sobre locais de pouso de OVNIs ou prédios comerciais ocupados por lagartos alienígenas, e esse cara...

Esse cara tem um objeto pesado no bolso direito do casaco.

Como uma arma.

O homem coloca a mão no bolso e diz:

— Agente Stahl, agente Stahl, preciso ver o presidente agora mesmo!

A mão começa a sair do bolso segurando alguma coisa, e David reage na mesma hora.

Meu Deus, como esse agente é rápido e cruel! Ele baixa a mão, saca um cassetete que se estica num piscar de olhos e acerta em cheio a mão de Rodney, provocando uma onda de dor que percorre todo o braço direito até o ombro.

Rodney grita e larga o revólver, e o bastão o acerta novamente, dessa vez na parte de trás dos joelhos. Rodney cai no chão. É revistado por mãos fortes e escuta o clique de algemas colocadas nos seus pulsos. Nesse momento ele não consegue evitar e começa a chorar, pensando:

Fracassei de novo, fracassei de novo, fracassei de novo.

Rodney ouve o agente ligar o rádio e dizer algo como "... solicitando viatura na Cook's General Store, indivíduo sob custódia...", então rola o corpo e fica de barriga para cima.

O agente do Serviço Secreto o encara com raiva no olhar. Lembra o reitor da universidade em que trabalhava, com aquela cara de desprezo durante aquela porcaria de audiência no ano passado.

— Quem é você e o que está fazendo aqui? — pergunta o agente Stahl.

Tem cascalho e terra na boca de Rodney, que ele cospe e responde:

— Agente Stahl, sou eu! Não me reconhece?

O agente está de pé ao lado dele e se inclina um pouco.

— Eu... Não, acho que não.

— Sou eu, Rodney Pace. Da Universidade de Baltimore. Você... Quando eu era professor lá, dei alguns seminários no Centro de Treinamento Rowley, do Serviço Secreto. Tenho certeza de que você participou de dois seminários meus!

O agente Stahl se agacha e olha mais de perto. Começa a surgir uma aglomeração ao redor da cena, e Stahl diz:

— Professor Pace... é você mesmo? Ciências forenses?

Uma agradável sensação de alívio percorre o corpo de Rodney. Talvez isso funcione, no fim das contas.

— Sim, sim, sou eu!

— Você... O que está fazendo aqui?

— Preciso ver o presidente desesperadamente — diz Rodney. — Tenho informações vitais para ele.

— Que tipo de informações?

Rodney revela as informações, e a expressão de irritação no rosto do agente Stahl muda de imediato. Ele agarra o braço de Rodney, coloca-o de pé e o leva apressadamente para o outro lado da rua em direção ao Suburban. Pouco antes de chegarem ao veículo estacionado, Stahl diz:

— Espera um segundo.

Os pulsos de Rodney doem de alívio quando as algemas são retiradas, e Stahl liga rapidamente para alguém pelo rádio e fala no microfone de pulso:

— Aqui é Stahl. Cancelem a minha solicitação de viatura.

Em seguida, Rodney é colocado no banco detrás do Suburban e, antes que consiga prender o cinto de segurança, Stahl já está no banco do motorista dando a partida no motor barulhento. O Suburban faz uma curva fechada em U, os pneus cantando, e se afasta da loja.

Capítulo

75

Lago Marie, New Hampshire

Estou no pórtico de casa com um bloquinho no colo, e fiz várias anotações bagunçadas sobre o meu dia de trabalho. Agora é noite, imagino que perto da hora do jantar, mas não estou com tanta fome. Acho que não sinto fome há três semanas. As luzes estão acesas, e vários insetos lutam e se chocam com as telas da varanda.

Passei as últimas horas esboçando um plano operacional, e, tirando o fato de que não tenho apoio oficial, nenhum agente até o momento, transporte, equipamento tático e definitivamente nenhuma informação útil, foi uma tarde muito produtiva.

A porta se abre com um rangido, e o agente David Stahl entra. Olho para ele, que dá um breve e melancólico meneio de cabeça.

Não preciso nem perguntar. Ele já me respondeu. O corpo de Mel ainda não foi recuperado.

Mas parece que é a vez dele de fazer uma pergunta.

— Senhor, pode me acompanhar por um momento?

— Pode esperar um pouco?

Surpresa.

— Não, senhor presidente, não pode. Preciso lhe mostrar uma coisa no porão.

Eu me levanto, carrego o bloquinho e a caneta — geralmente confio no meu destacamento, mas ainda não conheço os novos agentes — e sigo David pela sala de estar espaçosa e escura, depois por um corredor que leva a um banheiro e a uma despensa abastecida, e por fim chegamos a uma porta, que David abre para mim. Descemos a escada de madeira, as luzes já acesas, e pisamos no chão de terra batida do porão. Muitas das casas mais antigas da região ainda têm o chão do subsolo feito de terra batida, e me lembro de brincar com Samantha dizendo que, se ela se cansasse de fazer escavações, poderia tentar descobrir algo no nosso porão.

— Por exemplo, um cemitério indígena secreto — eu disse. — Isso explicaria os barulhos estranhos à noite.

— Mas não explicaria o barulho esquisito que divide a cama comigo — rebateu ela, rindo.

Isso parece ter acontecido uma vida feliz atrás.

À nossa frente está o emaranhado de canos, dutos e fios, além da caldeira e do reservatório de combustível. Foram colocadas placas de concreto nessa área do subsolo. Há uma bancada cheia de ferramentas do outro lado da parede de pedra da fundação da casa, e tem um homem esquisito sentado num banquinho de metal ao lado da bancada.

Na bancada também há um grande laptop aberto, com a tela em branco.

— Senhor presidente — diz David —, esse é o professor Rodney Pace. Foi chefe do Departamento de Ciências Forenses da Universidade de Baltimore.

O homem sorri e acena com a cabeça. Seu cabelo escuro e cheio está bagunçado e oleoso, e ele está com uma calça jeans suja e um casaco marrom rasgado e colado com fita adesiva. Ele se inclina para a frente e oferece a mão, que eu a aperto automaticamente. A pele dele é fria e seca.

— Ah, senhor presidente, é uma honra de verdade, e devo admitir que sou um ex-chefe de departamento e, infelizmente, ex-professor. — Ele se senta de volta no banquinho, encolhe os ombros e diz: — Um acontecimento infeliz envolvendo vários dos meus alunos, um acampamento e certas substâncias ilegais... Bem, é uma história sórdida. Não temos tempo para discutir o que aconteceu comigo e com a minha carreira, mas aqui estou.

Olho incrédulo para David, que diz:

— Senhor, acredite em mim, o professor Pace sabe o que diz quando o assunto é ciência forense. Antes de ser forçado a deixar a universidade, até deu algumas palestras no Centro de Treinamento Rowley, em Maryland. Ele é o melhor da área, conhece o assunto e quer lhe mostrar uma coisa.

Olho para a tela em branco do laptop aberto e sei o que está escondido ali, em longas linhas de códigos de programação, de uns e zeros: os últimos momentos da minha filha num arquivo que pode ser salvo para sempre.

— Não quero ver isso.

— Eu sei, senhor presidente — diz David. — Acredite, eu sei... mas por, favor, escute o que o professor Pace tem a dizer.

— E o que ele tem a dizer? — pergunto, ríspido.

— Senhor, confie em mim — diz David. — O senhor tem que ver isso com distanciamento. Sem nenhuma predisposição.

Meu bloco de anotações parece inútil e bobo nas minhas mãos. Sou um ex-presidente, ex-Seal e ex-pai. Meu legado é zero.

— Vá em frente — digo.

Meu visitante salta do banquinho e vai até o teclado.

— Teria sido melhor se eu tivesse o vídeo original. Reduziria a pixelização e a perda de qualidade da imagem para facilitar a minha análise, mas fazemos o que está ao nosso alcance. Por favor, preste muita atenção agora.

Ele pressiona algumas teclas.

Ouço um som, o angustiado "Mamãe, não...", quando Rodney aperta outra tecla e tira o áudio. E ali, com todas as cores, com toda a violência e com todo o excesso, estão os últimos segundos de vida da minha filha, e não desvio o olhar, não vou desviar. Nos meus tempos de Seal e de presidente, vi inúmeros vídeos de mortes sangrentas com imagem granulada, o suficiente para uma vida inteira, mas esse é o único que me fez acordar no meio da noite aos berros, com os punhos cerrados em desespero.

— O senhor viu isso? — pergunta o ex-professor. — Viu?

— Sim, vi — me forço a responder.

Pace suspira, como se eu fosse um aluno com dificuldade para tirar a nota mínima no seu curso.

— Acho que não viu, não. Nos últimos segundos. Preste atenção.

Nos últimos segundos... uma explosão de sangue atingindo a câmera, um dedo enluvado limpando a lente, o corpo na rocha, o cabelo bagunçado e, mais uma vez, os óculos caídos, abandonados.

— Ali — diz o professor num tom de voz de quem está satisfeito. — Viu aquilo? Viu?

— Vi o quê? — pergunto, sendo dominado por uma mistura de frustração, raiva e tristeza. — O que eu tenho que ver?

Ele estala a língua e reproduz o vídeo novamente, diminuindo a velocidade, bem devagar, o sabre descendo até...

Ah, Mel...

O movimento, o sangue jorrando e respingando na lente.

— Ali — repete ele, a voz cheia de impaciência, como se fosse Cassandra tentando transmitir seus conhecimentos às massas, que ignoram suas previsões, ainda que sejam palavras de Deus.

O agente Stahl faz o papel de mediador.

— Professor, por favor, as últimas semanas foram muito longas, muito complicadas. O presidente Keating está sob uma pressão tremenda. Você pode simplesmente explicar o que deveríamos estar enxergando?

— Ah, claro. Me desculpem. Vejam, quando o sangue emerge de uma ferida recente e atinge um objeto, como a lente da câmera, obtém-se um tipo de padrão de sangue e de respingos, e esse padrão é visível de certa maneira. Mas, quando o sangue não sai instantaneamente de sua fonte, ele tem outra aparência e outra reação. Foi esse segundo caso que vi nesse vídeo, e foi por isso que insisti tanto em vê-lo, senhor presidente.

Bem no fundo da minha alma, uma pequena chama acaba de ser acesa.

Ai, meu Deus, por favor, que seja verdade, penso.

Por favor.

— Professor, você está dizendo o que acho que está dizendo?

Um aceno de cabeça confiante.

— O vídeo da decapitação é falso — diz ele.

Capítulo

76

Lago Marie, New Hampshire

Estou tão perto desse pobre professor que sinto o cheiro das suas roupas e do seu suor, mas não estou nem aí.

— Explique novamente — peço. — Devagar. Com detalhes que eu possa entender. Por favor, professor.

Mas ao mesmo tempo penso: *Se você for maluco ou estiver de palhaçada com a minha cara, tem uma pá ali no canto e chão de terra logo atrás de mim.*

— Claro — diz o professor. — É um estudo que produzi anos atrás com a ajuda de alguns dos meus melhores alunos da pós. Antigamente, os investigadores forenses só olhavam para o padrão de sangue, o que hoje é conhecido como mancha. Você pode examinar uma mancha de sangue na cena de um crime e, na maioria das vezes, deduzir onde a vítima estava, em pé ou sentada, ou se ela resistiu, e como o corpo foi transportado posteriormente. Está tudo lá, se você souber interpretar a mancha.

Ele bate o dedo na têmpora e sorri. Seus dentes são amarelos. Então continua:

— Eu levei todo esse estudo a outro patamar, introduzindo o conceito de dinâmica de fluidos. Quando um fluido como o sangue é expelido, existe uma enorme diferença se é fresco ou armazenado. Eles agem de forma completamente distinta. A consistência, os níveis de oxigenação... tudo isso entra em jogo. Com isso você pode determinar se a mancha de sangue foi parte do crime real ou não, se foi usado para forjar uma cena de crime que transmita uma mensagem falsa. Eu escrevi dois artigos sobre isso para a revista *Forensic Science International*, e eles receberam respostas muito positivas dos meus colegas.

Ele bate o dedo de novo, mas dessa vez na tela.

— Isso aqui não é sangue fresco. Na verdade, se eu tivesse uma versão melhor dessa gravação, poderia argumentar fortemente que não é nem sangue humano.

A pequena chama de esperança dentro de mim cresce forte e rápido, ameaçando superar meu bom senso e meu ceticismo.

— Mas a parte anterior do vídeo... — digo. — O... O sabre e a decapitação. Essa parte é real, não é?

Ele balança a cabeça, se senta no banco e cruza os braços.

— Por que seria? Uma decapitação real seguida de um jato de sangue falso? Qual seria o objetivo? Além do mais, antes de eu ser forçado a deixar a universidade, já havia estudos em andamento por causa da preocupação com o que ficou conhecido como vídeos *deepfake*. Dá para fazer uma gravação de vídeo real da presidente Barnes, por exemplo, e trocar a roupa formal dela por uma de látex e penas, como uma dançarina de cabaré de Las Vegas, para fazer parecer que ela estava participando de um show sensual. É provável que qualquer pessoa com experiência em produção cinematográfica ou efeitos especiais seja capaz de inventar um jeito de gravar um vídeo real da sua filha e depois inseri-lo numa cena de decapitação.

O agente Stahl começa a dizer alguma coisa, mas o interrompo.

— Agora não! Todo mundo cala a boca, ninguém fala nada.

Fecho os olhos.

Me esforço para lembrar.

Quando eu era presidente, cada minuto, cada meia hora, cada hora era programada, todos os dias, até os fins de semana. Reuniões, apresentações e relatórios. Eu tinha que tomar decisões e fazer julgamentos em áreas distintas, como economia, direitos humanos, diplomacia, questões internas e política. Uma semana após o início do meu mandato, pouco depois do enterro do meu antecessor, tive uma lembrança de infância. Eu me lembrei de ter lido um livro de bolso — com a capa arrancada —, um dos poucos pertences do meu pai que voltou da plataforma de petróleo depois da sua morte.

O livro se chamava *The Multiple Man*. Foi publicado em 1976 e se passava em algum momento de um futuro imaginário, quando o mundo era tão mortal e complexo que o presidente eleito tinha seis clones secretos, cada um especialista numa área. Trabalhando em equipe, cada um usava suas especialidades para o governo coletivo durante uma era muito desafiadora.

Na época aquilo me pareceu fantasioso e excêntrico, porém, mais tarde, ao tentar lembrar todos os detalhes daquele fluxo constante de reuniões e apresentações quando ocupava o Salão Oval, tudo no livro fez sentido: um futuro de ficção científica, na página ou na tela...

Abro os olhos.

— Faraj al Ashid — digo. — O primo mais novo de Azim. Durante a preparação para aquele ataque, recebi uma série de informações sobre ele. Antes de ingressar no jihad com Azim, ele estava em Paris. Fazia faculdade de cinema. Com especialização em fantasia, ficção científica e efeitos especiais.

Me aproximo do teclado, mas logo afasto a mão.

Sinto um desejo desesperado de não estragar nada.

Tentando disfarçar o entusiasmo crescente no tom de voz, digo:

— Professor, por favor: volte para o começo do vídeo.

— Claro — diz ele, então se levanta do banco e mexe no teclado. O vídeo acelera ao contrário. Quero gritar *Falsa, falsa, falsa! A morte da minha filha é falsa!*

Então o professor põe o vídeo para passar desde o início.

O mesmo Azim al Ashid está ali, a cara fechada, a voz saindo pelos alto-falantes do laptop. Depois da saudação inicial, ele continua:

— Peço desculpas por isso não ser uma... aquilo que vocês chamam de *live*, mas uma gravação, de horas atrás, depois de sairmos da casa do sr. Macomber nas montanhas Brancas, mas aqui estamos nós, ainda nas mesmas montanhas.

— Ali! — exclamo. — Volta o vídeo de novo até o começo, antes de ele aparecer.

Segundos depois, o vídeo recomeça e eu digo:

— Pause. Bem ali.

O professor está à minha esquerda e o agente Stahl à direita.

Analiso cuidadosamente a imagem na tela — um paredão rochoso com uma borda adjacente.

— Ele disse que isso está sendo gravado nas montanhas Brancas — digo em voz baixa. — Mas olha essa formação rochosa. Toda vez que fiz trilha com Sam ou Mel encontrei vegetação nas formações rochosas. Líquen, grama ou arbustos. Nessa rocha não tem nada disso. Podemos ter certeza de que ele filmou isso aqui em New Hampshire? Ou em outro lugar?

— Senhor presidente... o senhor tem um bom ponto — diz o agente Stahl.

Bato o dedo com força na tela, que treme.

— Vamos descobrir isso agora, neste exato momento.

Então penso na noite passada, quando eu estava lá fora, na doca, na escuridão, jurando: *Azim, eu vou atrás de você.*

Agora... posso ousar acreditar em mais uma coisa?

Mel, eu vou atrás de você também.

Capítulo 77

Enfield, New Hampshire

Trent Youngblood, professor adjunto de geociências de Dartmouth, está secando o último prato do jantar quando ouve uma batida à porta, seguida pelo toque frenético da campainha.

Trent dá uma olhada no pequeno cuco bávaro pendurado na cozinha bagunçada, uma lembrança que sua esposa, Carol, comprou num passeio de barco que fizeram na Alemanha um ano atrás. O relógio parece antigo e feito à mão, mas é cafona e fabricado no Camboja e funciona com uma bateria escondida.

Para Trent, essa coisa ridícula é uma metáfora perfeita do seu trabalho: algo que parece uma coisa olhando da superfície, mas se revela outra bem diferente quando se começa a cavar.

O relógio indica que são quase nove da noite.

Quem poderia estar batendo à porta dele a uma hora dessa?

Carol está numa aula de tai chi chuan, e o filho do casal, Greg, está na Califórnia, fazendo pós na Stanford Graduate School of Business; o vizinho mais próximo fica a quase um quilômetro de distância. Em vez de atender rapidamente à porta, Trent verifica o laptop no balcão da cozinha, que está ao lado de pilhas de correspondências, e vê a imagem da câmera da campainha.

E o que o vê o deixa perturbado.

Três pessoas de casaco e boné puxado para baixo, escondendo o rosto. A pessoa que está na frente bate à porta de novo, e Trent percebe que é uma mulher negra.

Trent não é *nada* racista, mas o que uma mulher negra está fazendo ali a essa hora? Nessa área rural de New Hampshire? E o que ele deve fazer? Chamar a polícia?

Ah, claro..., pensa Trent. Imagine o que aconteceria com ele e com sua carreira se a notícia vazasse: professor universitário branco e privilegiado liga para a polícia porque uma mulher negra estava batendo à sua porta à noite. Até onde sabe, o trio pode estar perdido, querendo informações para chegar a algum lugar.

Por outro lado, quem se perde hoje em dia, em tempos de celulares com GPS?

A campainha toca de novo.

Que se dane.

Ele vai atender à porta.

Enquanto atravessa o corredor que dá para a porta de casa, Trent para por um instante, abre o armário e pega um revólver Colt calibre .357 carregado da prateleira de cima. Ele já esteve em locais de escavação em países bem violentos, e há pouco mais de vinte anos dois professores de Dartmouth foram assassinados dentro de casa por dois adolescentes idiotas da região. Trent não vai ser uma vítima essa noite.

Ele acende a luz externa, com a arma parcialmente escondida pelo quadril, destranca a porta, abre e diz:

— Posso ajudá-los?

Então a mulher negra grita "Arma, arma, arma!", e ele é jogado com violência no chão da própria casa.

* * *

Trent é levantado, tremendo de medo e raiva depois de ser desarmado. A mulher negra e um dos homens ficam parados ao lado dele, então o outro homem entra, dizendo, num tom de voz familiar:

— Professor Youngblood, sinto muito por isso. Mas a agente Washington e o agente Stahl são profissionais. Espero que não esteja ferido.

O homem tira o boné de beisebol azul-escuro, revelando o rosto do ex-presidente Matthew Keating. Trent pisca, surpreso. O fato de Keating morar na área não é nenhuma novidade — o próprio Trent já o avistou duas vezes ao longo dos anos no mercado. Mas o que ele está fazendo aqui?

— Senhor.... Ah, bom, como posso ajudar?

O rosto do ex-presidente está esgotado, envelhecido, e seus olhos parecem fundos. De repente Trent sente uma profunda tristeza por esse homem, cuja filha foi executada em rede nacional há apenas duas semanas.

— Preciso da sua ajuda — diz Keating. — Fizemos algumas pesquisas e descobrimos que você é um dos maiores especialistas em geologia de Dartmouth. Preciso que olhe para uma formação rochosa e nos diga o que vê. Pode fazer isso?

Puta merda, pensa Trent. Dois anos antes, ele e sua mulher, Carol, passaram inúmeras horas trabalhando como voluntários para eleger a vice-presidente desse mesmo homem: fizeram ligações, bateram de porta em porta, seguraram cartazes na rua durante as primárias de New Hampshire, organizaram reuniões políticas em casa que se estendiam noite adentro, com vinho, cerveja e um desejo profundo de tirar "aquele maldito assassino" da Casa Branca. Faziam piadas sobre seu sotaque texano e sua esposa "tão inteligente e preciosa". Faziam inúmeros comentários sarcásticos sobre sua presidência acidental. Distribuíam adesivos de para-choque dizendo FORA KEATING: O MAIOR ERRO DOS NOSSOS TEMPOS.

Agora, o maior erro da era está bem à sua frente.

O que Carol pensaria? O que os seus amigos pensariam?

Trent acena com a cabèça.

— Claro, senhor presidente. Posso começar quando o senhor estiver pronto.

Minutos depois, eles estão no andar de cima, dentro do escritório entulhado de Trent, com uma bancada de trabalho, estantes de livros e pastas, um computador, gabinetes de arquivos e estantes com amostras de rochas de todo o mundo. A agente começa a trabalhar, e Trent fica um pouco irritado por ela não ter se desculpado por jogá-lo violentamente no chão. Ela abre o laptop que trouxe, e segundos depois surge uma imagem.

Paredão rochoso, uma borda rochosa.

Ele já viu essa imagem antes.

Ai, meu Deus, pensa. *O lugar onde a filha desse homem triste foi assassinada.*

— Professor, dê uma boa olhada nessa rocha — pede Keating, a voz um pouco tensa. — Sei que não é uma boa imagem, mas pode nos dizer... se isso é de algum lugar nas montanhas Brancas?

Trent se inclina para a frente, olha para a imagem durante um bom tempo e por fim diz:

— Não mesmo.

A mão de Keating está em seu ombro.

— Tem certeza? O que está vendo?

Trent sente um leve orgulho infantil ao explicar seu trabalho a um ex-presidente dos Estados Unidos.

— Se fosse em algum lugar em New Hampshire, ou mesmo em Vermont ou no Maine, a superfície da rocha seria leucocrática — diz Trent. — Provavelmente teria veios de quartzo transversais e fraturas superficiais, típico do intemperismo de congelamento e degelo em rochas granitoides dessa parte do mundo. Mas a superfície dessa pedra é marrom e mostra nitidamente o leito de uma rocha sedimentar. Há ausência de grãos clásticos distintos, o que significa que essa rocha provavelmente é um calcário ou um dolomito.

A mão de Keating aperta de leve o ombro de Trent.

— Você tem como nos dizer onde fica?

— Não, não tenho — responde Trent. Uma sensação de decepção toma conta dos seus três visitantes, e ele rapidamente acrescenta: — Mas não se preocupe. Eu não tenho, mas meu avô tem. Esperem aqui. Me deem uns minutos.

Trent vai até os fichários numa seção das prateleiras lotadas, encontra o marcador que está procurando e puxa o arquivo preto antigo. O ex-presidente e seus agentes do Serviço Secreto se reúnem ao seu redor enquanto ele abre o livro, revelando fotos antigas em preto e branco e anotações de campo feitas à mão, a escrita ainda nítida mesmo décadas depois.

— Meu avô Enoch foi um grande geólogo, mas, em vez da área acadêmica, ele trabalhou para empresas de petróleo — explica Trent, folheando as páginas. — Foi assim que aprendi a amar geologia... Ele trazia amostras de rochas. Ele viajou pelo mundo inteiro, das selvas aos desertos... mas essa formação rochosa que vocês me mostraram me deu um estalo e me lembrou de uma coisa que *ele* me mostrou muitos anos atrás. Ah, aqui está.

Ele passa o dedo por duas fotos coladas lado a lado em papel glassine.

— Aqui. Praticamente igual à que está na tela do laptop, não é? Como eu disse antes, vocês podem ver a estratificação da rocha sedimentar, mas a ausência de grãos clásticos distintos significa que essa rocha é um calcário ou um dolomito. Além disso, vocês podem ver a presença de horizontes de sílica, o que limita bastante as possibilidades.

— Limita a quê? — pergunta o ex-presidente.

— Ah, não resta dúvida — diz Trent. — Líbia. Montanhas Nafusa.

Capítulo

78

Hitchcock, Maine

Samantha Keating acorda em seu quarto num hotel de beira de estrada com alguém batendo forte à porta. Ela olha a hora.

São cinco e pouco da manhã.

Ela rola para fora da cama, descalça no tapete verde-claro áspero, de short largo e camiseta da Universidade de Boston, e acende a luz da mesinha de cabeceira. Precisa de três tentativas até acertar, porque seus dedos estão tremendo e ela sabe o motivo.

Só existe uma razão para alguém estar à sua porta tão cedo assim.

Em segundos ela tira as correntes e destranca a porta, respirando fundo, tentando ficar calma apesar do frio repentino que sente nas mãos e nos pés, pensando em sua Mel, lá fora, na natureza selvagem, seus restos mortais expostos a intempéries, pássaros e coiotes e...

Samantha abre a porta.

Ainda está escuro lá fora.

Graças aos postes de luz instalados no pequeno estacionamento do hotel, Samantha vê Matt parado à sua frente. Na mesma hora, ela sente uma mistura de amor, medo e muita, muita culpa por saber que anos antes poderia ter garantido a reeleição dele e a segurança da filha, mas optou por não fazer isso, culpa por ter ignorado com frieza os vídeos desesperadamente alegres que ele mandava de casa.

Ela se apoia no batente da porta para se equilibrar.

— Ai, Matt, onde? — pergunta Samantha, a voz embargada.

Ele segura as mãos dela.

— Sam, acho que ela ainda está viva.

Samantha cai nos braços dele.

Um minuto depois Samantha está sentada na cama ainda quente, Matt ao lado dela, com o braço nos seus ombros, a mão livre segurando a dela.

— Um cientista forense apareceu lá em casa ontem, extraoficialmente, por conta própria — explica Matt. — Ele é muito respeitado, sabe do assunto, e o agente Stahl garantiu que é um homem honesto. Ele está convencido de que o vídeo do assassinato de Mel é falso.

— Mas... eu vi! Você viu!

— O sangue que atingiu a lente da câmera, perto do fim... O professor está convencido de que é falso. A forma como se movia, pingava, não caracterizava a consistência de sangue fresco. Ele acha que há uma boa chance de nem mesmo ser sangue humano.

Samantha se sente como se estivesse num daqueles brinquedos giratórios de parque de diversões de quando era mais jovem, indo em todas as direções, para cima, para baixo e para os lados, sem saber ao certo o que é verdadeiro, o que é seguro. Essa visita inesperada, Matt aparecendo sem avisar... parece bom demais para ser verdade, um sonho que ela está vivendo, um sonho em que Mel ainda está viva.

— Matt... tem certeza? Parecia tão real!

— Faraj, primo de Azim al Ashid, passou meses em Paris estudando cinema e efeitos especiais — responde ele com confiança. — Pode ter sido assim que eles fizeram o vídeo falso. E tem outra coisa.

Agora Samantha teme abrir a boca e começar a chorar, por isso apenas assente com a cabeça.

— Se a decapitação foi forjada, por que não o local também? — continua Matt, ainda segurando a mão de Samantha com firmeza. — Azim disse que ele e Mel ainda estavam em New Hampshire. Conversei com um professor de geologia de Dartmouth ontem à noite. Ele disse que a superfície da rocha no vídeo não é de New Hampshire, nem mesmo da Nova Inglaterra. O vídeo foi gravado na Líbia, nas montanhas Nafusa. Azim é de lá, e é lá onde ele gosta de se esconder.

— O hidroavião... — diz Samantha, enfim capaz de falar. — Azim levou Mel para o norte. Para um aeroporto qualquer. Foi por isso que eles atrasaram o vídeo. Eles tinham que ter tempo suficiente para levá-la para a Líbia.

— Exato.

Samantha se sente incrivelmente leve, como se pudesse sair da cama flutuando e bater no teto se Matt não a estivesse segurando com firmeza.

— Matt, você está com o tal professor forense? Ou com o geólogo?

— Não. Só os agentes Stahl e Washington.

— Mas...

Ela para. Sabe o que está sentindo, o que está prestes a dizer. *Evidências.* Você precisa de evidências sólidas antes de criar uma teoria, especialmente uma teoria como essa, tão bem-vinda, mas tão insustentável. *Eu quero acreditar,* pensa ela. *Eu tenho que acreditar, mas preciso ver as evidências com meus próprios olhos antes de começar a ter esperanças de novo. Eu preciso ver as evidências.*

— Sam, você ia dizer alguma coisa? — pergunta Matt.

Ela aperta a mão dele.

Confie nele. Confie no seu homem.

— Ia — responde ela. — Essas informações... Você acha que mais alguém tem? Alguém do FBI ou da Segurança Interna?

— Não. Pelo menos não por enquanto.

— Ótimo.

Matt solta a mão de Samantha para olhar melhor para ela.

— Sam, o que foi que você acabou de dizer?

— Você me ouviu — responde ela, sentindo-se mais forte, mais feliz. — Quais são as chances de isso continuar em segredo se alguém do governo descobrir? Alguém pode querer vazar para impressionar o marido ou a mulher, ou para obter um favor de algum repórter. Eles não estão nem aí. É só mais uma manchete, mais um depósito na conta bancária. Ou então eles demorariam para divulgar, tentando confirmar e reconfirmar, antes de fazer qualquer coisa.

Matt se levanta segurando as mãos de Samantha, depois se inclina para beijá-la e, em seguida, se afasta, ainda segurando as mãos dela.

— Sam, vou trazer a nossa menina de volta.

— Eu sei que vai. Resgate Mel com segurança e a traga para casa. Mas você vai fazer mais uma coisa.

— O quê?

Ela beija a mão dele.

— Depois de trazer Mel de volta sã e salva, você vai matar aquele filho da puta do Azim.

Capítulo 79

Lago Marie, New Hampshire

O agente do Serviço Secreto David Stahl observa um dos dois Boston Whalers da Segurança Interna nas águas cristalinas e calmas do lago e prende um bocejo. Ele bebeu três xícaras de café além do normal, mas ainda sente vontade de fechar os olhos e dormir até o sol nascer no dia seguinte.

Eles tiveram uma longa noite que se estendeu até o início da manhã seguindo de carro direto de Enfield a Hitchcock, Maine, e depois voltaram para o lago Marie. Na maior parte do tempo, pegaram estradas estreitas, e por duas vezes tiveram de desviar o Suburban de alces na pista. No caminho para o Maine, Porto deixou a agente Washington a par da situação, e agora ela faz parte do planejamento da missão de resgate. David confia que ela vai proteger Porto.

É bom poder confiar na sua equipe.

David ainda está montando uma lista mental para a missão de Porto quando ouve passos na doca. Vira e vê o agente Brett Peyton, seu suposto assistente no destacamento, se aproximar. David tem a sensação irracional de que, se Peyton ficasse na rua por tanto tempo quanto ele ontem à noite, não pareceria cansado e não teria um fio de cabelo sequer despenteado.

— Como vai, Dave? — pergunta Peyton.

— Indo.

Ele quer voltar para o escritório no celeiro, mas Peyton se posiciona calmamente na frente dele. Ainda com um sorriso no rosto, Peyton diz:

— Olha que estranho: no meu breve período aqui, acho que já descobri a raiz do fracasso desse destacamento. Tudo é muito confortável, muito solto. Como a sua viagem de carro com Porto ontem, que durou a noite toda. Sem planejamento, sem logística. Simplesmente entraram no carro e foram embora.

— Porto estava ficando inquieto, preso aqui desde que voltou da Virgínia. A agente Washington e eu o levamos para dar uma volta. O humor dele melhorou. Depois ele quis ver Harpa. Já fazia um tempo que não se viam.

— Mesmo assim, nada ortodoxo — diz Peyton com aquela expressão de sabe-tudo no rosto.

— Sabe como é, Brett. É preciso encontrar o equilíbrio entre manter o protegido em segurança e não trancá-lo num cômodo coberto por plástico-bolha. O protegido precisa estar seguro e feliz. Um baita trabalho, não é? Se você tivesse passado a maior parte da carreira em campo, e não atrás de uma mesa perseguindo criminosos virtuais, talvez soubesse disso.

— Perseguir criminosos virtuais é um trabalho importante — diz Peyton, o sorriso desaparecendo.

— Verdade, mas não tão importante quanto proteger o presidente, outros funcionários do governo e dignitários estrangeiros. Originalmente nosso trabalho era esse e reprimir falsificações. Até que anos atrás alguns idiotas decidiram que era uma boa ideia adquirir mais poder, levar o Serviço Secreto a áreas nas quais não deveria estar, como crimes cibernéticos. Que parece ser a área que você adora.

Peyton se aproxima, e agora o sorriso se foi de vez.

— Seria melhor para você e para a agência se você e todo esse destacamento pedissem demissão. Dentro de uma semana. Tenho informações confiáveis para afirmar que o diretor e o secretário de Segurança Interna enxergariam esse movimento com bons olhos.

— Mas você não tem nada por escrito, claro...

— Claro que não.

— Bem, pode ter certeza de que vou levar em consideração o que você disse, Brett. Mas enquanto isso tenho muito trabalho a fazer.

— Incluindo mais viagens nem um pouco convencionais com Porto?

A pergunta faz com que David sinta como se tivessem pregado seus pés na doca.

O que será que Peyton sabe?

— Dentro do razoável, sem dúvida — responde David com a voz controlada. — Porto não está em prisão domiciliar. Se ele quiser sair da propriedade, é o que vamos fazer.

— E se for outra viagem longa, como a de ontem à noite?

— Como eu disse, se for dentro do razoável...

— Essa é a situação, não é? Você tem um protegido num luto profundo, provavelmente se sentindo culpado pelo que aconteceu com a filha, por saber que suas ações quando presidente causaram a morte dela. Isso pode levá-lo a fazer algo... imprudente. E nosso trabalho é mantê-lo são e salvo. Certo?

David sabe que está a uns trinta segundos de jogar Peyton dentro do lago.

— Peça demissão de uma vez — continua Brett, abaixando a voz. — Você é próximo demais de Porto. Se ele fizer algo imprudente, talvez você não tente impedi-lo. David, seria bom para ele e para a agência que você fosse embora. O quanto antes.

David faz que sim com a cabeça lentamente.

— Do seu ponto de vista, Brett, tenho certeza de que isso faz sentido. Saia. Jogue a toalha. Coloque o rabo entre as pernas e vá embora.

Mas, da minha posição, posição essa que vou manter até que alguém diga o contrário, pedir demissão é outra forma de desistir.

David começa a andar, saboreando o encontrão que dá em Peyton ao passar por ele na doca.

— Se você tivesse sido marine, como eu, saberia que não sou do tipo que desiste — completa David. — E, se ainda não percebeu, Porto também não.

Capítulo

80

Primeira Igreja Congregacional de Spencer
Spencer, New Hampshire

São pouco mais de onze da manhã de domingo nessa igrejinha congregacional branca e simples erguida quando os Estados Unidos ainda eram apenas treze colônias, e estou aproveitando cada minuto aqui. Cresci numa cidadezinha construída numa encruzilhada, nas planícies do Texas, num lugar cuja história — os nativos americanos, os primeiros colonos, as fazendas de algodão, conflitos aqui e ali, a alegria da emancipação dos escravos em 1865 e os longos anos adicionais de seca e privação — caberia num panfleto.

Já aqui em Spencer, cidade fundada em 1758, a história preenche três volumes encadernados em couro, e tem um professor de história aposentado que deu aula no ensino médio da escola local trabalhando duro no volume quatro. Um dos meus passatempos relaxantes é ler a história do meu novo lar e das cidades vizinhas, aprendendo curiosidades, como o fato de que nesse condado existem cinco estações ferroviárias subterrâneas falsas para cada estação real. Elas eram usadas para ajudar escravos fugitivos a atravessar a fronteira com o Canadá, que fica perto daqui.

Mas por que tantas estações falsas?

Porque elas costumam aumentar o valor de venda de casas históricas em dez por cento.

Mais cedo, os bancos foram desaparafusados do chão e arrumados no canto da igreja enquanto eu trabalhava com outros membros da congregação na pequena cozinha nos fundos. Panquecas são minha especialidade, e é bom trabalhar duro na cozinha apertada, com risadas, piadas e brincadeiras, enquanto passamos panquecas, bacon, linguiças, ovos mexidos e rabanadas por uma abertura retangular, onde os voluntários da igreja pegam a comida quentinha e levam para os convidados.

A igreja não cobra nada por esse banquete dominical, que é organizado por voluntários, e a maior parte da comida é doada, embora haja um grande pote de vidro na entrada para contribuições. Na maior parte do tempo, esse é um lugar para conversar com os vizinhos, contar as novidades da família ou as fofocas e manter aquele vago senso de comunidade. Enquanto ajudo a lavar pratos, me sinto bem por saber que essa tradição existe há mais de dois séculos.

Pego um prato de panquecas e bacon — os voluntários comem por último —, e o agente David Stahl se aproxima e diz:

— Parece que o senhor recuperou o apetite.

— E aposto que você já comeu.

— Bom palpite, senhor. Vamos, por aqui.

Sigo David atravessando o piso de madeira, as tábuas velhas rangendo, e sou praticamente ignorado pelos convidados que terminam de tomar o café da manhã, demorando-se com suas xícaras de café e chá. Outra razão que me faz adorar morar aqui é que ninguém toma conta da vida de ninguém, no verdadeiro espírito ianque.

Eu me aproximo de uma mesinha de jogos dobrável debaixo de uma foto grande, de 1901, em preto e branco, de um pastor com cara de poucos amigos. Ali estão sentados dois homens, trinta e poucos anos, um de bigode, o outro com uma barba bem cuidada, ambos de jeans e camisa polo. O de barba está com uma camisa polo vermelha lisa, e o de bigode está de preto.

Eles acenam com a cabeça quando me sento e pergunto:

— Estão gostando da refeição?

— Excelente — responde o de barba, à minha esquerda. O companheiro confirma com a cabeça.

Uma voluntária mais velha sorri, se aproxima, deixa o café numa caneca branca lascada e eu tomo um gole revigorante. Está do jeito que eu gosto: preto com duas colheres de açúcar.

— Senhor presidente, eu... — começa o de barba.

— Pode parar por aí — interrompo, começando a comer as panquecas. — De agora em diante é Matt, tá bom?

— Com certeza, senhor.

— Caramba, e para com essa palhaçada de "senhor" também.

— Ah... — Ele faz uma pausa. — Força do hábito. Desculpa.

— Sem problema. Desde que você e o seu amigo tenham mantido outros hábitos mais apurados.

— Pode apostar — diz o outro. — Estamos prontos para ir aonde precisar.

— Qual é a situação de vocês?

— Nós dois estamos de licença por quatorze dias — responde o de barba. — E, se esse tempo não for suficiente, a gente dá um jeito. Também já estamos com todo o equipamento.

Aceno com a cabeça e continuo comendo. As panquecas estão uma delícia, claro, e, apesar de o pessoal da região ser meio apegado a tradições, adoro a insistência deles em usar xarope de bordo de verdade. A primeira vez que provei o produto original foi quando me mudei para cá, dezoito meses atrás, e desde então é só o que eu uso.

— Vocês são de que equipes? — pergunto.

— Seis — responde o da direita. — Nós dois somos da 6.

— E vocês sabem para o que estão se voluntariando, certo? Tenho certeza de que sabem, mas quero ter certeza de que vocês dois estejam plenamente cientes da situação. O que vamos fazer é extraoficial, clandestino, ilegal e, mesmo que nossa missão seja bem-sucedida, a pena de prisão é uma possibilidade real.

— Estamos dentro — diz o Seal à esquerda.

— Queremos nos vingar pelo que aconteceu com a sua filha — acrescenta o outro.

Minha filha!

Sorrio.

— O escopo da missão já aumentou desde a minha conversa com Trask Floyd. Não é apenas uma missão de assassinato. Também é um resgate. O vídeo da decapitação foi forjado. Tenho certeza de que Mel está mantida presa nas montanhas Nafusa, na Líbia.

Gosto de ver os olhares de choque no rosto dos dois. Existe um mito de que os Seals têm mais de um e oitenta de altura e são brucutus musculosos. A verdade é que o que conta para os Seals é o músculo entre as orelhas. No treinamento de seleção de Seals, em geral os recrutas mais musculosos eram os que fracassavam primeiro. Eram aqueles que resistiam e mantinham a cabeça no lugar que costumavam passar.

Enfio a mão no bolso do casaco, tiro um pedaço de papel e o deslizo pela mesa.

— Um quarto foi alugado nesse hotel em Contoocook — explico. — Vejo vocês lá amanhã ao meio-dia.

— Vai ser complicado para você — diz o Seal à direita.

— Complicado vai ser o nosso estilo de vida nos próximos dias. Mas me desculpem: antes de continuarmos eu deveria ter perguntado o nome de vocês.

— Alejandro Lopez — responde o de bigode. — Imediato, primeira classe. Pode me chamar de Al ou Alejandro.

— Certo — digo, e o outro Seal abre um sorriso como se estivesse guardando um segredo maravilhoso, e, meu Deus, está mesmo.

— Comandante Nick Zeppos — apresenta-se ele. — E, Matt, pode me chamar de Nick.

O nome dele. Essa voz familiar.

Eu conversando com ele há mais de dois anos.

Da minha cadeira na Sala de Crise.

Enfiem o corpo desse filho da puta num saco de óbito, pelo país, pelos Seals e especialmente por Boyd Tanner.

— Comandante Zeppos! — digo. — Caramba, você liderou aquela missão para capturar Azim, mais de dois anos atrás.

Ele continua sorrindo, mas não é um sorriso amigável.

É a expressão de um lobo pronto para caçar.

— É por isso que estou aqui, Matt. Dessa vez nós vamos conseguir.

Capítulo 81

Mary's Diner
Leah, New Hampshire

O agente do Serviço Secreto Brett Peyton está no Chevrolet Suburban preto da frente quando Porto decide tomar o café da manhã numa espelunca a vinte minutos de casa. Outro passeio típico para um ex-presidente muito atípico, e Peyton adoraria que o desgraçado só ficasse em casa lamentando, chorando e jogando pôquer — o jogo de cartas favorito de Brett é cribbage, no qual o jogador depende mais da inteligência que da sorte —, em vez de ficar perambulando por aí. Parece que esse cara patético precisa — e adora — se misturar com as pessoas comuns dessas cidadezinhas do norte.

A agente Kelly Ferguson, uma mulher negra magra, dirige o Suburban na dianteira, e atrás do carro dela está o segundo, com Porto no banco detrás e os agentes Stahl e Washington na frente. Havia uma pequena multidão reunida no bloqueio rodoviário da polícia estadual saudando a carreata de dois veículos, e Brett se pergunta se Porto acenou para eles através do vidro fumê.

E o estranho é que Kelly parece ter lido sua mente.

— Acha que Porto acenou? — pergunta ela.

— Vai saber.

— Tarpão não acenaria — comenta ela, usando o codinome da presidente Barnes. — Estaria muito ocupada lendo, conspirando contra os inimigos, ou ouvindo o marido. Mas Porto... ele acenaria. Ele é esse tipo de cara.

Brett dá risada.

— Você está aqui há menos de um mês. Virou pós-doutora em Porto? Ele é só um ex-presidente. Nada além disso.

— Essa é a sua opinião, nada além disso. Além do mais, isso nem é título acadêmico. Você devia estudar um pouquinho.

— Cala a boca e dirige — retruca Brett, surpreso com a raiva que acabou de sentir. A verdade é que o agente Stahl e os outros do destacamento original o estão tirando do sério. Quando foi transferido para cá, Brett esperava encontrar um grupo em estado de choque com o que aconteceu com a filha do presidente, nervoso com a demissão iminente.

Mas não foi assim que o destacamento se comportou. Eles iam de um lado para o outro, cumpriam suas tarefas e reagiam às piadas e brincadeiras de Porto como se nada tivesse acontecido. Não é segredo para ninguém que ele foi enviado para obter informações para as próximas audiências e medidas disciplinares, mas no geral o destacamento original tem ignorado sua presença solenemente.

Além de tudo, o comentário de Stahl na doca, sobre crimes cibernéticos, também feriu seu ego, pois a maior parte da carreira de Brett foi na Divisão de Investigação Criminal do Serviço Secreto, em Washington, trabalhando em investigações virtuais e outros crimes financeiros. Poucos anos atrás, ele foi transferido para o setor de Operações de Proteção, como parte da sua ascensão na carreira, mas, embora não admita isso para ninguém, ele está ansioso para sair do trabalho de campo.

A agente Ferguson acelera no Suburban, e o Mary's Diner surge na rota 115. Brett observa as picapes caindo aos pedaços e os Volvos e os Toyotas velhos no estacionamento de terra. Não há a menor possibilidade de haver qualquer crime cibernético acontecendo por aqui, e, verdade seja dita, é por isso que Brett está cansado de estar no Destacamento de Proteção Presidencial. As longas horas em pé, sem fazer nada. É isso. Ficar parado, perdendo tempo. Ele preferia estar num escritório frio e protegido em algum lugar, das nove às cinco, em frente a um computador, sendo muito mais produtivo do que se sente parado em frente a uma lanchonete onde judas perdeu as botas enquanto seu protegido come presunto com ovos e cumprimenta os moradores da região.

O Suburban para. Ele e a agente Ferguson saem do automóvel e se juntam aos agentes Washington e Stahl quando Porto sai pela porta traseira do Suburban de trás, parecendo mais relaxado e desleixado que o normal. Está de jaqueta de couro marrom surrada, boné de Dartmouth, calça jeans e tênis preto, e parece que não faz a barba há dois ou três dias.

Stahl assume a liderança e entra na lanchonete — uma construção de tijolos e madeira de um andar com telhado inclinado, à beira de um rio que corre nos fundos —, Porto logo atrás dele e Washington no fim da fila. Brett acena com a cabeça para Ferguson e diz:

— Tá bom, então...

Ferguson se posiciona nos fundos do estabelecimento enquanto ele mantém o posto do lado de fora, na porta da frente.

Não consegue evitar.

Brett boceja.

Uma névoa matinal envolve o verde-escuro das colinas arborizadas dessa parte da cidade de Leah. Tem um posto de gasolina e uma loja de conveniência do outro lado da rua, algumas casinhas à beira da estrada e, a cerca de trinta metros, uma casa amarela grande e caindo aos pedaços que o pessoal da região diz ter estilo colonial. Brett cresceu em Phoenix e trabalhou no Departamento de Segurança Pública do Arizona antes de entrar para o Serviço Secreto, e teve uma grande surpresa ao ver como tudo por aqui é *velho*. Caramba, Phoenix só foi se tornar uma cidade oficial em 1881, ou por aí, mas as pessoas aqui não acham nada de mais ter uma casa do século XVIII.

Ele boceja de novo.

Para Brett, um dia alguém deveria escrever um livro chamado *Tédio: a biografia de um agente do Serviço Secreto*.

No fone de ouvido, ele ouve do agente dentro da lanchonete:

— Stahl aqui com Porto.

Brett aproxima o pulso da boca e diz:

— Entendido.

Ferguson e uma agente de plantão na casa do ex-presidente também confirmam a mensagem.

— Lago Marie, entendido — diz uma voz feminina.

Mais de uma hora depois, Brett está andando de um lado para o outro no estacionamento de terra, não mais entediado.

Por que Porto está demorando tanto?

Ao longo da última hora, Stahl deu algumas atualizações breves, todas repetindo a mesma coisa:

— Porto está seguro.

Mas fazendo o quê? Comendo o terceiro café da manhã?

Brett aproxima o microfone de pulso da boca e diz:

— Ferguson, Porto está aí atrás ajudando a esvaziar o lixo?

— A única coisa que está acontecendo aqui é uma guerra de esquilos — responde Ferguson, e ele ouve pelo fone de ouvido.

— Stahl, aqui é Peyton — diz ele. — Qual é a situação?

Um casal mais velho sai da lanchonete, o homem dizendo:

— Não sei por que você sempre tem que dar gorjetas gordas, Jenny...

Nenhuma resposta.

— Stahl, aqui é Peyton. Responda, por favor.

O casal idoso entra num Volvo sedan azul-escuro. Ela dá a partida no motor, e eles seguem pela estrada estreita e vazia.

Que merda é essa?

— Ferguson, aqui é Peyton — diz ele, tenso. — Tem alguma coisa errada. Vou entrar.

— Encontro você lá dentro — responde Ferguson.

Ele abre o casaco leve, pega a pistola semiautomática SIG Sauer P229 e rapidamente entra na lanchonete.

Uma análise instantânea.

Mesas e cabines à esquerda.

Balcão com bancos redondos à frente, metade ocupada.

Todos viram a cabeça para encará-lo, então entra a agente Ferguson pela área da cozinha à direita.

Nada do presidente Keating.

Nem do agente Stahl.

Nem da agente Washington.

Uma mulher magra de cabelo branco com calça preta e top cor-de-rosa se aproxima, equilibrando uma bandeja no ombro esquerdo com destreza, e Brett dá um passo para ficar na frente dela.

— Presidente Keating! Cadê ele?

— Ele desceu há um tempo — responde ela, dando de ombros.

— Para onde? Para onde ele foi?

Ela usa o ombro livre para indicar o canto mais afastado da lanchonete, uma porta de madeira fechada ao lado de pilhas enormes de caixas de papelão. Ele vai até a porta, abre e vê uma escada que leva a um porão.

A luz está acesa.

A agente Ferguson está logo atrás de Peyton.

Eles descem os degraus de madeira velhos até o porão de teto baixo.

— Senhor presidente! — chama ele. — Stahl! Washington!

Ali dentro há dois freezers e algumas prateleiras cheias de enlatados. Ferguson passa por eles, e Brett ouve um chiado. Sente as mãos geladas, que agora seguram a SIG Sauer, pensando: *Uma emboscada? Outro sequestro? Por que não ouvi nenhum tiro?*

— Peyton! — chama Ferguson. — Por aqui!

Ele contorna algumas prateleiras e chega a uma velha fundação de tijolo e pedra com uma porta pesada de madeira no meio. Ferguson abre a porta com força e entra com a lanterna na mão, iluminando o interior.

Um túnel de tijolos rumo à escuridão.

Brett para ao lado de Ferguson.

— Puta merda — diz ele.

— Merda é pouco... — diz uma mulher atrás deles e dá uma risada.

Brett vira para trás e vê a senhora de calça preta e blusa cor-de-rosa, o rosto cheio de rugas sorrindo.

— O que é isso? — pergunta ele. — Uma despensa? Uma geladeira subterrânea?

— Não. Um túnel de contrabando, da época da Lei Seca.

— E onde ele dá? — pergunta Ferguson.

— Ele segue por uns trinta metros e dá na casa Trainor. Antigamente os barcos desciam o rio Trinity vindo de Ontário carregados de uísque e cerveja canadense de qualidade. Eles descarregavam todas as bebidas na casa e depois tudo era transportado para cá pelo túnel, na época em que esse lugar aqui era uma estalagem. Tempos divertidos.

— Peyton, temos que espalhar a notícia.

Antes que Brett possa responder, a funcionária enfia a mão na calça, puxa um envelope dobrado e diz:

— Você é o agente Peyton, do Serviço Secreto?

Ele faz que sim.

— Isso é para você, então — diz ela, passando o envelope.

O envelope é bege e de boa qualidade. No canto superior esquerdo está o brasão dos Estados Unidos e, abaixo dele, as palavras ESCRITÓRIO DE MATTHEW KEATING.

O nome de Brett está escrito à mão no centro.

Ele rasga o envelope, lê rapidamente a única folha e tem certeza de que tanto sua carreira quanto o ex-presidente se foram.

Capítulo 82

Hotel Autumn Leaves
Contoocook, New Hampshire

O maior quarto que o Hotel Autumn Leaves oferece está lotado essa manhã. Dentro dele estamos eu, o agente do Serviço Secreto David Stahl e os dois Seals — Alejandro Lopez e Nick Zeppos — que mais cedo desmontaram uma das duas camas e a colocaram apoiada na parede junto com o colchão.

Num canto do quarto, há bolsas de viagem de vários tamanhos empilhadas, contendo nosso equipamento, e no fino carpete azul está um mapa topográfico em grande escala da Líbia. Estamos bebendo café de um Dunkin' Donuts da região enquanto continuamos fazendo o planejamento.

É difícil explicar, mas sinto orgulho, esperança e alegria por estar na companhia desses companheiros de guerra, me preparando para voltar a campo mais uma vez. O clichê daquele famoso discurso de Henrique V, de Shakespeare, antes da Batalha de Agincourt...

Nós poucos, felizes poucos, bando de irmãos;
Pois aquele que hoje derramar o sangue comigo
Será meu irmão

... É clichê porque é verdade.

Esses homens aqui serão para sempre meus irmãos, não importa o resultado da operação.

Para o chefe do meu destacamento do Serviço Secreto, digo:

— David, quanto tempo até o Serviço Secreto se mobilizar e começar a me procurar?

— Nunca.

Até os dois Seals parecem se ajeitar para prestar atenção.

— Por quê? — pergunto.

— Depois que o senhor deixou a proteção do Serviço Secreto, passou a ser assunto do FBI — responde David. — O mesmo valeu para quando Mel foi sequestrada. O FBI assumiu o controle.

— Mas ele não saiu da proteção do Serviço Secreto — diz Alejandro, sorrindo. — Você ainda está aqui, certo?

David não sorri.

— O que estamos fazendo aqui não é proteção oficial. Assim que o... Assim que Matt fugiu, se tornou responsabilidade do FBI. A notícia provavelmente foi direto para o alto da cadeia, para a diretora Blair, e neste momento eles estão se preparando para começar as buscas. Vai ser um trabalho intenso, senhor.

— Mas não vamos ganhar tempo com a carta que deixei na lanchonete? — pergunto.

— Duvido — diz David. — O FBI não pode acreditar cegamente no que está escrito na carta. Eles vão ter que presumir que isso é parte de um plano de sequestro, talvez uma sequência ao sequestro de Mel, e reagir da forma mais adequada.

— Ótimo — digo.

Agora meus três companheiros me encaram.

— Como assim, senhor? — pergunta Nick.

— Ótimo — repito. — A essa altura, a diretora Blair informou à presidente Barnes o ocorrido. Você acha que ela vai querer que a notícia do meu desaparecimento se espalhe, ainda mais depois dos vazamentos de notícias e das matérias sobre as medidas péssimas do governo em relação ao sequestro da minha filha? Não, eles não querem mais humilhação. Essa é a maior razão pela qual os governos guardam segredos. Não porque são sensíveis demais, mas porque são constrangedores.

— Mas em algum momento a notícia vai se espalhar — diz Alejandro.

— Claro — digo. — Em um ou dois dias. Mas até lá já estaremos no norte da África, se Deus quiser e se nada der errado. E se a agente Washington percorrer uma boa distância até ser pega.

Agente do Serviço Secreto Nicole Washington — dedicada à carreira e à minha proteção —, uma mulher negra de Anacostia, em Washington, e não da parte do bairro que está sendo gentrificada com cafés e calçadas de tijolinho. Quando pedi que cumprisse essa única tarefa que tem grande chance de arruinar sua vida e sua carreira — dirigir em estradas secundárias pela zona rural do Maine carregando o meu iPhone e o Android e o equipamento de rádio de David, caso nossos agentes de busca possam rastrear esses instrumentos —, ela simplesmente acenou com a cabeça e disse:

— Será uma honra, senhor presidente.

O que eu e o país fizemos para merecer essas pessoas?

Tomo um gole de café forte.

— De volta à pergunta original. Por onde podemos fazer a incursão na Líbia? Posso fazer umas ligações, conseguir transporte particular de um dos meus apoiadores abastados... mas talvez demore um pouco para encontrar um jatinho transatlântico para nos levar até lá.

— Com todo esse equipamento que a gente está carregando, a alfândega da Líbia pode barrar a nossa entrada.

— Então o nosso transporte aéreo precisa pousar numa pista particular — afirmo. — A gente molha a mão de quem for preciso e de repente o povo da alfândega faz vista grossa. Mas e depois? Roubar ou alugar um transporte terrestre e meter o pé na estrada até as montanhas Nafusa, torcendo para ter informações úteis quando chegarmos lá?

Alejandro balança a cabeça.

— Senhor presidente, eu... desculpa, *Matt*. Não gosto dessa ideia. Estive lá seis meses atrás. A Líbia é extremamente vulnerável, sobretudo depois que se sai das cidades costeiras, como Trípoli ou Misrata. Só existem praticamente duas rodovias principais que vão para o interior saindo do oeste do país, e há uma boa chance de a gente encontrar postos de controle armados. Dependendo de quem é pago e do dia da semana, esses postos podem estar ocupados pelo exército oficial do país, pela milícia ou por membros de tribos querendo dinheiro. É confuso demais.

— Bom ponto — digo, concordando. — Além do mais, tenho certeza de que nossos amigos chineses estão por toda parte, ainda injetando dinheiro na Iniciativa do Cinturão e da Rota. Se eles virem quatro sujeitos dos Estados Unidos em qualquer pista de pouso, vai ter um veículo terrestre ou um drone nos seguindo assim que a deixarmos.

Nick se inclina sobre o grande mapa, bate nele com um dedo e diz:

— Tunísia. Entramos pela Tunísia, na base aérea em Sfax-Thyna, que fica na costa. Eles têm uma unidade do Groupe des Forces Spéciales com sede lá. Eu e um pelotão passamos cinco meses lá no ano passado, em treinamento.

Gosto do que estou ouvindo.

— Prossiga, Nick.

— Com algum... "incentivo", aposto que podemos animá-los a fazer uma missão de treinamento. E se no treinamento a gente sem querer cruzar a fronteira com a Líbia, bem... acidentes de navegação acontecem o tempo todo. Mas essa é uma base fechada. Nenhuma aeronave civil é permitida.

— Então vamos chegar lá num voo militar — digo, olhando para o mapa detalhado da Líbia enquanto minha mente visualiza um mapa da Nova Inglaterra. — Vermont tem uma unidade da Guarda Aérea Nacional em Burlington, mas só tem caças F-35 estacionados lá. Não adianta. A base da Guarda Aérea Nacional do Maine fica em Bangor, a pelo menos quatro horas de carro daqui, e, senhores, não temos quatro horas. Vai ser por Pease, na costa de New Hampshire. Em Newington. Menos de uma hora de distância, se pisarmos fundo.

— O que tem lá, Matt? — pergunta David.

— Boeings de reabastecimento, tanto um KC-135 quanto um KC-46, que é mais moderno. Ambos têm autonomia para nos levar até lá. Mas conseguir entrar numa dessas aeronaves...

Fico em silêncio, sabendo que, com as ligações certas, posso conseguir as informações necessárias e descobrir quais aeronaves de reabastecimento estão em Pease: *Será que alguma delas estará de partida nas próximas horas? A propósito, alguma delas vai para o Mediterrâneo? Seria um problema levar quatro passageiros com armamento suficiente para enfrentar um exército do Estado Islâmico?*

Mas fazer ligações significa deixar migalhas digitais para o FBI ou a Casa Branca localizarem.

O que fazer, o que fazer, o que...

Uma batida firme à porta.

Todos olhamos na mesma direção.

Outra batida, mais forte.

— Se for o FBI, estou seriamente impressionado — digo.

— Acho difícil, senhor — diz Nick. — Pagamos o quarto em dinheiro vivo. Demos identidades falsas. Não deve ter nenhum vestígio de que estamos aqui.

Outra batida, e digo:

— Dave, atende a porta. A gente não precisa de gente no estacionamento denunciando um tumulto. Nick, dobra o mapa.

— Talvez você deva se esconder no banheiro — diz Alejandro.

A sugestão me irrita. Eu me sento no canto e enfio na cabeça um boné de beisebol preto.

— Não vou me esconder, mas, Dave, se livra de quem quer que esteja aí.

Nick dobra o mapa depressa e Alejandro puxa um lençol da cama desmontada e joga sobre a pilha de mochilas pretas com nosso equipamento. Dave vai até a porta, destranca e abre.

Diante dele está uma jovem esbelta, de vinte e poucos anos, de jeans e camiseta preta com estampa vermelha do símbolo da anarquia. Tem cabelo ruivo curto, usa óculos de aro preto e diz:

— Ah, que bom, vocês ainda não partiram.

— Com licença, o que você acabou de dizer? — pergunta Dave. — E quem é você?

Ela se abaixa, pega uma bolsa para laptop e sua própria bolsa de lona preta do chão e entra no quarto parecendo completamente despreocupada. Ela me vê, larga a bolsa de lona e acena com a cabeça.

— Senhor presidente — diz. — Meu nome é Claire Boone. Agência de Segurança Nacional. Estive aqui algumas semanas atrás. Participei da ação para ajudar a encontrar a sua filha, e a situação virou uma bagunça de proporções épicas, não foi? Mas vamos fazer tudo certo dessa vez, ok?

Tiro o boné de beisebol e me levanto.

— Como assim "fazer tudo certo"?

Ela joga a bolsa do laptop na cama restante, abre o zíper, tira o laptop e se senta no colchão.

— Precisamos chegar ao Mediterrâneo o mais rápido possível, e acho que tenho uma aeronave pronta.

A mulher da NSA liga o laptop e olha para os quatro homens em silêncio, parados no quarto.

— O que foi? O gato comeu a língua de vocês? Querem que eu vá embora?

— Não — respondo e vou até ela e o laptop. — Não quero que você vá embora.

Capítulo

83

Hotel Autumn Leaves
Contoocook, New Hampshire

Enquanto o computador de Claire liga, eu pergunto:

— Eu... Como você encontrou a gente?

— Sim, também estava me perguntando isso — diz Nick. — Caramba.

— Eu também, chefe — acrescenta o outro Seal.

Minha escolta do Serviço Secreto diz:

— Senhor, eu a conheço. Ela é da NSA. Eu estava com ela no projeto de informação conjunto das agências depois da invasão à casa em Monmouth. A casa onde achávamos que Mel era mantida refém.

Claire olha para David.

— Nossa, isso não é maravilhoso? Ouvir de um homem o que eu acabei de contar a vocês segundos atrás. Faz você se sentir especial? Inteligente?

David parece perdido, e não o culpo.

Ela olha para a tela do computador e diz:

— Se querem saber como encontrei vocês, é só olhar os números. A gente usa matemática todo dia, mesmo sem perceber. Para fazer previsão do tempo, programar um software, ganhar dinheiro. Matemática é lógica. É racional. E verdadeira. Quando descobri que um aeroporto local teve um aumento inesperado no aluguel de carros, por menor que tenha sido, eu percebi. E, quando um hotel rural de beira de estrada quase falido fez um grande depósito em dinheiro? Isso também chamou a minha atenção. E quando a lista de passageiros para o mesmo aeroporto tinha dois homens com identidades e antecedentes perfeitos demais? Eu investiguei mais um pouco e descobri quem eles realmente eram.

Claire suspira de prazer.

— E por fim tem o senhor, senhor presidente. Sabe quantas cabeças estão explodindo em Washington por causa do seu desaparecimento? Vão escrever livros, preparar reportagens especiais... isto é, se o senhor chegar ao Mediterrâneo e trouxer Mel de volta.

Sinto a boca seca imediatamente.

— Você... Eles sabem que a minha filha está viva?

— Nenhuma informação concreta, infelizmente — responde ela, teclando. — Mas existem várias teorias e suposições. Parece que há evidências digitais de que o vídeo da decapitação... não consegui assistir àquilo... era um *deepfake* e que a filmagem provavelmente não aconteceu nas montanhas Brancas. Mas eles não têm nenhuma informação concreta para agir. Tem tido reuniões, debates, discussões, seminários... O senhor conhece Washington: vai demorar algumas semanas para tomarem uma decisão. E, quando se decidirem, a decisão vai estar errada... Ah, pronto, lá vamos nós.

O quarto está em silêncio, exceto pelos dedos de Claire no teclado.

— Base da Guarda Aérea Nacional em Pease, Newington. A 157ª Esquadrilha de Reabastecimento Aéreo está participando de um exercício de grande escala no leste do Mediterrâneo, na Base Naval de Rota, na Espanha. Uma das aeronaves atrasou doze horas por um problema de manutenção. É um KC-135... Parece que o prefixo dele para a próxima missão é Granito 4. Ele parte daqui a noventa minutos. Fiz o que pude, senhor presidente. Agora depende do senhor nos colocar nessa aeronave.

É como se eu estivesse sonhando que estou num set de filmagem, onde todos sabem suas falas e papéis, menos eu.

— Claire... por que você está fazendo isso?

Ela sorri.

— O senhor não me reconhece, senhor presidente?

Sinto o rosto corar um pouco de vergonha.

— Infelizmente, não.

Claire mexe no computador mais uma vez, gira o aparelho para mim e mostra uma foto no meio da tela. Tomo um susto ao reconhecer Mel, uma outra jovem e Claire Boone, mais rechonchuda e de cabelo castanho-escuro, em vez de ruivo. Elas estão sentadas na cama de Mel no quarto dela na Casa Branca.

— Eu era amiga de Mel, quando estávamos na Sidwell Friends — diz Claire, baixando o tom de voz. — Rá. Belo nome. O lugar não é tão amigável quanto dizem. Eu estava no terceiro ano do ensino médio, ela estava no nono ano do fundamental, e não sei por quê, mas foi com a minha cara. Talvez porque todo mundo vivia implicando comigo. Eu era gorda e, como vocês provavelmente podem perceber, tenho certo grau de autismo. Falo rápido demais, me sinto mais à vontade com números que com pessoas. Mas Mel fez o bullying parar. Quando eu soube que seríamos enviados para cá para ajudar nas buscas iniciais, fiz questão de participar. Então fiquei por aqui.

Ela gira o laptop.

— Depois da Sidwell, entrei para o Exército, acima de tudo para irritar os meus pais. Me tornei uma grande oficial de infantaria. Fiz mais alguns testes, a NSA gostou do meu desempenho, e entrei para o serviço clandestino da agência, me tornei agente de campo. Gosto do trabalho, mas passei tempo demais em cibercafés em Berlim e Paris respirando fumaça de cigarro, rastreando hackers e criminosos virtuais. Essa explicação basta? Precisa ouvir mais? Ou pode fazer umas ligações e colocar a gente na aeronave de reabastecimento antes que seja tarde demais? Eu estou invadindo alguns sistemas restritos nos quais não deveria estar. O senhor não vai fazer a sua parte?

— *A gente?* — pergunto. — Você vai junto?

Ela sorri.

— Gostem ou não, vocês precisam de mim, senhor presidente. Quer discutir isso ou fazer a ligação de uma vez?

— Vou fazer a ligação — respondo. — Se você me arranjar o número.

Ela abre um sorriso.

— Caramba, acho que tenho recursos para conseguir isso.

Capítulo

84

Pentágono
Arlington, Virgínia

Kimberly Bouchard, secretária da Força Aérea, está sentada à sua mesa no Pentágono, com um sanduíche de carne enlatada intacto ao seu lado. Está revisando uma papelada que explica o problema de aquisição de peças para um subconjunto com um defeito de manutenção contínuo da frota dos antigos bombardeiros furtivos B-2, quando o telefone do escritório toca e lhe dá um descanso muito bem-vindo.

— Senhora secretária — diz seu secretário, Martin Hernandez.

— Sim?

— Senhora... tem um homem ao telefone querendo falar com a senhora. Diz que é Matt Keating. O...

— Presidente Keating? — Ela esfrega os olhos e imediatamente para de pensar nos valores e nas especificações das peças. — Tem certeza?

— Ele disse que a senhora se lembraria da frase: "Eu ficaria preocupado se você tivesse sido pega num bingo da igreja." Senhora?

Meu Deus, pensa ela.

— Transfira a ligação — pede ela, então se lembra.

* * *

Mais de três anos atrás, estava sentada sozinha com o presidente Matt Keating no Salão Oval, cada um num sofá separado no meio da sala, ele de calça preta, camisa oxford azul e gravata vermelha solta pendurada na frente. Um minuto antes ela havia sido conduzida até ali pelo chefe de Gabinete Jack Lyon, que lhe lançou um olhar de desdém, pois Kimberly havia violado a primeira regra de Washington: nunca, nunca envergonhe seu chefe.

— Quer beber alguma coisa? — pergunta Keating. — Água? Coca? Algo mais forte?

Kimberly balança a cabeça. Ela quer que esse momento humilhante e constrangedor da sua vida acabe o mais rápido possível.

— Senhor presidente, ainda lamento muito que essa informação tenha sido divulgada — diz ela. — Achei que o processo de verificação de antecedentes seria confidencial, mas a notícia do meu vício...

Ela suspira e tira uma folha dobrada do bolso interno do terninho.

— Quando terminarmos aqui, vou sair e fazer uma declaração, anunciando a retirada da minha candidatura à secretaria da Força Aérea.

Keating se recosta no sofá, as mãos atrás da cabeça.

— Kimberly, me ajude a lembrar de uma coisa: o processo de verificação também revelou que você cresceu numa fazenda de gado leiteiro na Pensilvânia, foi para a Universidade de Pittsburgh com bolsa de estudos do Corpo de Treinamento de Oficiais da Reserva da Força Aérea, depois subiu na carreira, se tornou especialista em manutenção e aquisição de peças e, aparentemente entediada, você também foi para a escola de pilotos na Base Aérea Laughlin, no Texas. Até agora estou correto?

Ela faz que sim com a cabeça sem saber aonde isso vai dar. O presidente continua:

— Por fim, você se tornou piloto de uma Lockheed EC-130, aeronave de contramedidas eletrônicas. Voou em algumas partes perigosas e sombrias do mundo. Deixou a Força Aérea, trabalhou em *think tanks* e como consultora na Lockheed. No meio do caminho, desenvolveu um problema com jogos, certo? Seu marido a deixou por causa disso, correto?

Ela confirma com a cabeça, os lábios franzidos de vergonha. Ele continua:

— Depois de um tempo, você se juntou ao Jogadores Anônimos. Pagou, com juros, cada centavo que devia a bancos e pessoas com quem pegou dinheiro emprestado. Você se livrou do vício tem pelo menos quatro anos. Correto?

— Sim senhor, mas...

— Você compensou os erros. Pagou tudo o que devia. Está longe do vício.

Keating sorri para ela, que se sente totalmente à vontade.

— Agora, eu ficaria preocupado se você tivesse sido pega num bingo de igreja ou coisa assim, mas não é o caso, certo? O que aconteceu foi que um idiota rancoroso no Capitólio decidiu me atingir divulgando a verificação de antecedentes do FBI, que é confidencial, achando que isso me forçaria a demitir você. Seria uma pequena vitória para o senador ou assessor que divulgou os dados, e se você fosse destruída no meio disso... bem, é assim que se joga aqui em Washington. Deixe-me ler o discurso que você preparou.

Kimberly entrega a folha dobrada, e, sem nem olhar, o presidente a rasga ao meio, depois em quatro, então joga o papel picado na mesa de centro.

Ele se levanta e começa a dar um nó na gravata.

— É o seguinte: se você não estiver ocupada, futura senhora secretária, vamos ao Roseiral dizer à imprensa que estou com você, cem por cento.

Kimberly não sabe o que dizer. Keating acrescenta:

— E é assim que eu jogo, Kimberly. Meu povo, minhas regras. Venha comigo. É melhor chegar na hora exata por causa das redes de TV a cabo.

Kimberly segue Keating para fora do Salão Oval, ainda sem conseguir dizer nada, apenas sentindo os olhos umedecerem enquanto um sorriso começa a surgir em seu rosto aliviado.

Ao telefone, o ex-presidente diz:

— Kimberly, que bom que consegui falar com você.

— Senhor presidente, sinto muito...

— Por favor, Kimberly, odeio interromper, mas preciso de uma coisa. Preciso da sua ajuda. E não tenho muito tempo.

— O que houve, senhor presidente?

Ela nunca o ouviu com esse tom de voz dele assim antes: firme, severo, controlado.

— Tem um KC-135 partindo da base da Guarda Aérea Nacional em Pease, New Hampshire, em menos de duas horas — diz ele. — Prefixo Granito 4. Está indo para a Base Naval de Rota. Kimberly, preciso estar nessa aeronave com outras quatro pessoas. E, antes de ir para a Rota, esse avião precisa fazer escala na Tunísia. Na Base Aérea em Sfax-Thyna. Vão ser necessárias algumas medidas para permitir que o Granito 4 aterrisse.

Alguns segundos de tensão.

— Kimberly, eu preciso chegar lá com o meu pessoal. Sei que estou colocando você numa situação terrível, mas...

— É o suficiente, senhor presidente — interrompe ela. — Pode deixar. Conte comigo.

— Kimberly, eu...

Ela sente o alívio na voz de Keating.

— Você está com pressa. Acho que sei o motivo, mas não vou perguntar. Vai com Deus, senhor presidente, e faça o que tem que ser feito.

Ela coloca o telefone no gancho, pega-o de volta e fala com seu secretário.

— Martin.

— Diga, senhora.

— Me ponha na linha agora com o comandante de esquadra ou o oficial de maior patente da base da Guarda Aérea Nacional em Pease, New Hampshire.

— Sim senhora. Vou colocar a senhora em espera por um instante até fazer a conexão.

Enquanto espera, Kimberly olha a papelada enfadonha sobre peças, compras e manutenção. Pega as folhas com a mão livre e as joga para trás.

É bom fazer algo importante para variar, pensa.

Capítulo

85

Hotel Autumn Leaves

Contoocook, New Hampshire

Deixo de lado meu telefone descartável e olho para meus quatro camaradas — agora um grupo de irmãos e uma irmã —, e digo:

— Pronto. Vamos fazer as malas.

— Muito bem, senhor — diz David.

Penso por um instante, pego o celular descartável outra vez e vou para o banheiro pequeno e fedorento do quarto do hotel.

— Preciso fazer mais uma ligação antes de partirmos. Particular. Vocês entendem.

— Claro — diz David.

— Alejandro e Nick, coloquem a estrutura e a cama de volta no lugar — peço em voz alta. — Não é assim que trabalho.

Entro no banheiro imundo, tentando não respirar pelo nariz, e fecho a porta.

Pego o celular descartável, digito os números e ele chama.

Chama.

Chama.

Onde ela está?

Até que de repente, sem fôlego, Sam atende:

— Alô, quem está falando?

— Sam, é o Matt. Só queria deixar você atualizada. Providenciei o transporte. Aeronave de reabastecimento em Pease. Vamos partir em menos de duas horas. David Stahl está comigo, junto com dois Seals e uma agente de campo da NSA.

— Matt... isso é suficiente?

— Vai ter que ser, Sam. Precisamos ser poucos e agir depressa.

Então me dou conta do que acabei de fazer: pela primeira vez na vida, eu disse à minha esposa o que estou prestes a fazer. Em geral, na época em que estava na infantaria da Marinha eu avisava sobre minhas missões sussurrando: "Vou ficar fora por alguns meses em treinamento" ou "Vou ter que ficar ausente por um tempo a trabalho. Envio um e-mail quando puder".

Mas agora não.

Sam sabe de tudo: que estou indo para o exterior resgatar a nossa filha e matar qualquer um que se meta no caminho.

— Então vai em frente, Matt. Vai em frente — diz ela, a voz tensa, mas forte.

Ouço ruídos ao fundo e digo:

— Sam, você está bem? Que barulho é esse?

Ela dá uma leve risada.

— Nós dois vamos fazer viagens de última hora. Fui convidada para apresentar um prêmio na reunião anual da Sociedade Americana de Arqueologia, em Georgetown. O apresentador original pegou uma gripe, e eu vou substituí-lo. Então, que nós dois façamos boas viagens, certo? Estou no Aeroporto de Dulles, esperando o carro.

— Te amo, Sam. E não vou voltar sem ela sã e salva. Sempre que puder mantenho você informada.

— Também te amo, Matt. E sei que você vai conseguir. Droga, meu Uber chegou. Tchau, Matt.

— Tchau, Sam.

Desligo o telefone. Respiro fundo e ouço barulho vindo do quarto. Nossas mochilas lotadas de equipamentos estão sendo colocadas nos dois carros alugados.

Olho para o celular descartável.

Mais uma ligação, penso.

Mais uma ligação para acertar as contas.

Capítulo

86

A bordo do Granito 4

Base da Guarda Aérea Nacional, New Hampshire

O capitão Ray Josephs, da 157ª Esquadrilha de Reabastecimento Aéreo da Guarda Aérea Nacional de New Hampshire, está no apertado banco do piloto do lado esquerdo desse velho avião de reabastecimento KC-135, preparando-se para cruzar o Atlântico nesse voo de fim de tarde que deveria ter acontecido ontem.

Mas uma bomba do lado esquerdo do sistema hidráulico da aeronave pifou e precisou ser substituída, causando o atraso, embora não devesse ser uma grande surpresa. Esse avião de reabastecimento e algumas centenas de outros que voam ainda hoje começaram a ser usados em 1957 — são baseados no projeto do Boeing 707 da década de 1950 —, e o último foi entregue à Força Aérea em 1965.

Ray conhece algumas histórias sobre os pilotos atuais do KC-135 que voaram na mesma aeronave que os avôs na época em que estavam na Força Aérea, e ele consegue acreditar em todas elas. Essa cabine ainda está abarrotada de botões, indicadores e interruptores, sem nenhuma tela sensível ao toque. À direita de Ray, a menos de um metro, sua copiloto, a tenente Ginny Zimmerman, está revisando a pilha de documentos da missão para o voo até Rota. Assim como Ray, ela está de macacão verde com zíper padrão e coturnos verde-oliva, um fone de ouvido grande com microfone sobre o cabelo loiro curto.

— Ginny, que história é essa que eu ouvi de vocês da Delta darem uma pisada no freio? — pergunta ele.

Ela balança a cabeça e começa a folhear as páginas.

— Alguém vai perder essa queda de braço, e não vai ser a gente.

Ray dá risada e folheia o próprio fichário. Ele é piloto da United Airlines, Ginny é piloto da Delta Airlines, e servir nessa esquadrilha faz parte dos deveres de ambos como membros da Guarda Aérea Nacional de New Hampshire.

Na contracapa do fichário de checklist tem um adesivo velho e rachado de um Pegasus voando rodeado pela sigla NKAWTG, que significa *Ninguém bota pra foder sem reabastecer!*

Uma coisa engraçada que Ray aprendeu há muito tempo é que, em operações militares, amadores discutem táticas e profissionais discutem logística. E, quando a guerra é travada no ar, nada é feito sem a logística desses antigos postos de gasolina voadores, que reabastecem tudo, de caças a bombardeiros, por todo o mundo.

A tarefa de abastecer é do terceiro tripulante da aeronave — no caso, o segundo-sargento Frank Palmer, que opera a lança de reabastecimento na popa do avião. No momento, ele está na pequena cozinha do KC-135, armazenando as refeições para o voo de doze horas através do Atlântico.

Ray está prestes a perguntar a sua copiloto se ela quer começar a fazer o checklist de pré-voo quando de repente uma voz chega a ele pelos fones.

— Controle de Pease para Granito 4 — diz uma voz feminina.

Ele pressiona o botão e responde:

— Granito 4 falando.

— Um minuto — diz a controladora.

Ginny olha para Ray, que ergue as sobrancelhas e dá de ombros. Então surge uma voz inesperada.

— Capitão Josephs, aqui é o coronel Tighe.

Ray congela por um instante.

O comandante da esquadrilha? Agora?

— Sim senhor — diz ele.

— Um grupo de cinco pessoas embarcará na sua aeronave em alguns minutos — diz o coronel Tighe. — Ofereça ao grupo toda cortesia possível, dentro do razoável.

— Senhor... — A cabeça de Ray está borbulhando de pensamentos. — São passageiros do Espaço A?

Segundo os regulamentos da Força Aérea, certos funcionários — militares na ativa ou não, familiares de militar e até pessoas que receberam a Medalha de Honra — podem voar de graça no que é conhecido como Espaço A. Mas é extremamente incomum que essas pessoas subam a bordo faltando tão pouco tempo para a decolagem.

— De certa forma, sim — responde o coronel Tighe, curto e grosso. — Eles estão viajando a pedido da secretária da Força Aérea. Sei que é de última hora e extremamente incomum, mas também sei que o senhor fará dar certo, capitão.

— E o manifesto deles?

— Eu cuido do manifesto deles. Atesto a bagagem e a identificação. Novamente, sei que é de última hora, mas o destino deles será a base da Força Aérea da Tunísia em Sfax-Thyna. As providências necessárias já foram tomadas, e você terá permissão para pousar e abastecer lá. Alguma pergunta?

Ray tem mil perguntas a fazer, mas sabe que é melhor bater continência — por assim dizer — e manter a boca fechada.

— Não, coronel — responde ele. — Pode deixar com a gente.

— Ótimo. Tighe desligando.

Ao fim a transmissão de rádio, Ginny, que ouviu tudo, está encarando Ray de olhos arregalados.

— Que merda foi essa?

Ele tira o fone de ouvido e o microfone da cabeça e se levanta da poltrona.

— Não sei, mas estou prestes a descobrir. Nesse meio-tempo, calcule quanto combustível extra vamos precisar para chegar à Tunísia.

Ray sai da cabine apertada e vai para a popa da aeronave, onde não há nada além de uma plataforma de metal com argolas embutidas para segurar as estruturas de madeira e os assentos feitos de uma trama de fibra vermelha instalados em cada lateral da fuselagem. Na ponta da popa está o compartimento de reabastecimento operado pelo segundo-sargento, que é responsável por controlar a lança de reabastecimento em pleno voo. Debaixo do convés há mais de cem mil litros de combustível de jato, JP-8, armazenados. Ray vira à direita e vai até a porta de carga, que está aberta e fica do lado esquerdo da aeronave. Com as luzes da pista e dos prédios próximos, ele avista a caminhonete azul-escura com uma escada embutida na parte traseira. Cinco passageiros estão ao pé da escada, cada um carregando duas bolsas. Ray fica parado, esperando, um pouco nervoso, agitado, se perguntando como e por que esse voo transatlântico típico se transformou em uma viagem assustadora e diferente.

O segundo-sargento Palmer se aproxima dele, cabelo preto à escovinha num corte tradicional militar, a pança esticando o macacão verde.

— O que está acontecendo, capitão?

— Passageiros de última hora, Frank. Se importa de acoplar a escada de passageiros?

A escada de passageiros sobe até a porta aberta, e Frank a prende no lugar.

Os primeiros três passageiros sobem a escada, entram na aeronave, apenas acenam com a cabeça para Ray e seguem para a popa. Abaixam os assentos feitos de uma trama de fibra vermelha e prendem as bolsas, como se já tivessem feito isso antes. Embora não tivesse nenhuma experiência real com membros das Forças Especiais, Ray percebe que os três são agentes — ou pelo menos militares — pelo jeito fluido e rápido como se movimentam, sem perder tempo.

O quarto passageiro é uma surpresa: uma mulher ruiva alta usando óculos de aro preto. Ela acena com a cabeça e diz:

— Não vai passar nenhum filme a bordo, né?

Ray está prestes a responder quando o quinto passageiro sobe a escada. O piloto congela ao reconhecer de imediato o homem.

Presidente Matt Keating.

Puta merda, pensa Ray. *O que está acontecendo aqui?*

— Desculpe o incômodo, capitão, mas aprecio o gesto mais do que você imagina — diz Keating num tom afetuoso.

— Fico feliz em ajudar, senhor — responde Ray quando enfim consegue falar.

O ex-presidente vai até os outros quatro passageiros. O segundo--sargento Palmer olha para Ray, balança a cabeça e diz baixinho:

— Quase quinze anos de Força Aérea, e agora posso dizer que já vi de tudo.

Ray volta à cabine, ainda surpreso com quem acabou de ver, e coloca os fones de ouvido e o microfone de volta enquanto se espreme no banco do piloto.

— Quem está lá atrás? O que está acontecendo? — pergunta a copiloto num tom exigente.

— Ginny, você não sabe, e, acredite, nunca vai querer saber. Vamos só colocar esse pássaro para funcionar.

Capítulo 87

Salão Oval
Casa Branca

Depois que a diretora do FBI Lisa Blair atualizou Pamela Barnes sobre a busca por Matt Keating — "Estamos ocupando a área com agentes do FBI e trabalhando com as autoridades locais sem fazer alarde para a imprensa, mas ele cobriu bem os próprios rastros, senhora presidente" —, a presidente olha mais uma vez para a cópia impressa do bilhete que Matt Keating deixou no Mary's Diner, no interior do estado de New Hampshire.

— O que significa essa última frase? — pergunta a presidente para a diretora.

Blair olha para o agente do FBI mais velho sentado ao lado dela. Ambos estão cara a cara com Barnes, de frente para a mesa do Resolute.

— Prefiro que o dr. Abrams explique, senhora presidente — responde Blair. — Ele é o melhor psicólogo forense do FBI.

Barnes levanta a mão.

– Só um momento. Quero ler essa porcaria de novo.

Ela olha mais uma vez para a caligrafia clara e marcante do seu antecessor, a mensagem dirigida ao chefe da Segurança Interna, que é o responsável pelo Serviço Secreto.

Caro secretário Charles,

Escrevo esta mensagem por vontade própria, sem coação ou ordens de qualquer agência externa. Minha decisão de deixar minha residência no lago Marie é pessoal e foi tomada contrariando os fortes conselhos e recomendações de meu destacamento do Serviço Secreto.

Ninguém da equipe deve ser culpado ou repreendido pela minha decisão, e, na verdade, elogios devem ser feitos ao chefe do destacamento, David Stahl, que decidiu me acompanhar, sabendo do dano irreparável que isso causará à sua carreira.

Sobre o motivo e o destino da minha viagem...

Vou dar uma volta lá fora e talvez demore um pouco.

Atenciosamente,
Matt Keating

Barnes balança a cabeça. Essa maldita caligrafia. A mesma maldita arrogância de um ano e meio atrás, quando ela leu a carta que ele tinha colocado naquela mesma mesa.

A carta escrita de um presidente para outro deixada na mesa do Resolute é uma tradição em respeito à transição pacífica de poder, mas naquele 20 de janeiro o filho da puta teve de ir além.

Barnes se concentra no dr. Clint Abrams, psicólogo forense do FBI, e pergunta:

— Diga, o senhor acha que ele está dizendo a verdade, que não está sob pressão?

Bem-vestido num terno cinza, o dr. Abrams é um homem magro e completamente careca, exceto por duas sobrancelhas brancas espessas. Ele diz:

— Sim, acho. Sem dúvida. A caligrafia é firme, não está trêmula nem demonstra nenhum sinal de hesitação. O tom que ele usa é forte, confiante, e é muito improvável que tenha escrito isso com uma arma na cabeça ou uma faca no pescoço.

Barnes bate o dedo na folha.

— Mas e essa última linha? A citação. De onde é isso? O que significa?

— É uma frase histórica — responde o psicólogo do FBI. — Do capitão do exército britânico Lawrence Oates. Ele estava na expedição de Robert Scott ao polo sul em 1912. Eles pretendiam ser os primeiros a chegar ao local, mas foram superados por Roald Amundsen, da Noruega, por cerca de seis semanas.

— Tenho certeza de que é tudo muito fascinante, mas o que Keating quer dizer com isso? — pergunta Barnes.

— Quando a expedição Scott estava voltando para o acampamento-base, acabou sendo retardada por causa do mau tempo e alguns membros ficaram bastante doentes — responde o psicólogo. — Oates foi um deles, com uma gangrena grave nos pés, e ele sabia que sua situação poderia acabar matando todo mundo. Durante uma forte nevasca, ele saiu da tenda e disse exatamente essas palavras: "Vou dar uma volta lá fora e talvez demore um pouco." Esse gesto é considerado um dos grandes atos de autossacrifício e um exemplo da lendária calma britânica diante do perigo.

— Mas Keating não é britânico, não está com gangrena e com certeza não está saindo para uma nevasca — comenta Barnes.

— Do meu ponto de vista, senhora presidente, ele está se gabando ou fazendo uma declaração. Matt está dizendo que talvez esteja se sacrificando por um bem maior e não se importa com isso.

— Resgatar a filha — diz Barnes. — Mas não temos certeza se ela está viva. Ou onde pode estar. Ainda estamos apurando essas informações.

— Isso é verdade, senhora presidente, e...

Ouve-se uma batida forte à porta e o marido e chefe de Gabinete de Barnes entra, o rosto vermelho, incompatível com o smoking que está usando para um evento de arrecadação de fundos naquela noite um pouco mais tarde.

— Pegamos ele — declara Richard. — Está tentando voar para fora do país a bordo de um avião de reabastecimento da Força Aérea, numa base em New Hampshire. Parece que está acompanhado de alguns militares. Ele não está mais desaparecido, senhora presidente.

— Para onde a aeronave está indo?

— Rota, na Espanha.

— Sudoeste da Espanha, certo? — diz ela. — Um pulo para chegar ao norte da África.

Richard concorda.

— Exatamente, senhora presidente. A julgar pelos homens armados que o acompanhavam, pelo jeito está conduzindo uma busca pela filha.

Droga, pensa Barnes, sabendo que tipo de tempestade política e midiática está prestes a se abater sobre ela, caso a notícia de que Matt Keating está partindo numa missão de resgate por conta própria se espalhe.

Quem está no comando? Ela ou o ex-presidente?

— Diretora Blair, ele não pode conduzir operações militares sozinho — diz Barnes, virando-se para a diretora do FBI. — Você tem que enviar agentes para lá e impedi-lo.

— Impedi-lo de fazer o quê? — responde a diretora do FBI num tom cético. — Ele é ex-militar e ex-presidente. Tenho certeza de que cobrou alguns favores para embarcar na aeronave da Força Aérea, mas isso não contraria a lei federal, senhora presidente.

Barnes encara Blair, olhar frio com olhar frio, sabendo que em algum momento essa desgraçada nomeada por Keating vai ter o que merece.

— Pois bem — diz Barnes.

Ela pega o celular. Não tem tempo para ficar discutindo com essa diretora teimosa do FBI. O protocolo para o que está prestes a fazer seria passar pelo seu secretário de Defesa, mas no momento ele está em viagem pela Coreia do Sul e pelo Japão, e ela sabe que não tem tempo para lidar com a burocracia do Departamento de Defesa.

— Senhora presidente, em que posso ajudar? — pergunta o secretário dela, Paul McQuire, do outro lado da linha.

— Paul, preciso entrar em contato com o Centro de Comando Militar Nacional do Pentágono imediatamente — diz Barnes.

— Claro, senhora presidente. Um momento, por favor.

Um breve momento de silêncio ensurdecedor. O marido de Barnes, a diretora do FBI e o psicólogo forense estão olhando para ela. Apesar de sua antipatia por militares, de vez em quando é bom ser comandante em chefe.

— Senhora presidente, estou com a coronel do exército Susan Sinclair na linha — diz o secretário.

— Coronel Sinclair? — diz Barnes.

— Sim, senhora presidente — diz uma voz feminina.

— Há um avião-tanque da Força Aérea partindo da Base Aérea em Pease, New Hampshire. O voo vai para Rota, na Espanha. Quero essa aeronave no chão. Não é para sair sem a minha permissão expressa. Entendido, coronel?

Uma breve hesitação, e Barnes imagina a coronel presa em algum lugar nas profundezas do Pentágono — com todas as telas de computador, equipamentos, procedimentos e planos memorizados — e então recebendo uma ligação como essa.

E daí?, pensa Barnes. *Faça o seu trabalho.*

— Sim, senhora presidente. Entendido.

— Ótimo. Não quero saber se você tiver que entrar em contato com o Estado-Maior Conjunto, com o comandante da base ou com o próprio piloto, mas esse avião não pode decolar.

— Compreendido, senhora presidente.

— Ótimo. Entre em contato com o Escritório de Comunicações da Casa Branca quando tiver a confirmação, para eu ter certeza de que a aeronave não vai decolar.

— Sim, senhora presidente.

— Muito bem.

Barnes desliga o telefone, olha para a diretora Blair e diz:

— Não me interessa como você vai fazer isso, ou quais leis vão ter que ser violadas ou distorcidas, mas quero que os agentes do FBI sigam até Pease e escoltem Matt Keating para fora do avião. Diga que estamos fazendo isso para a proteção dele próprio, ou que temos preocupações sobre seu estado mental atual, ou que precisamos interrogá-lo sobre um assunto criminal qualquer... Não me importa o que vai dizer. Tire Keating daquele avião da Força Aérea.

— Pode levar um tempo, senhora presidente — diz Blair. — Vamos precisar nos alinhar com a segurança e com os comandantes da base para que eles permitam que nossos agentes entrem lá.

— Com o avião no chão, não me importa quanto tempo vai demorar.

Pamela vê o olhar de aprovação do marido, Richard, e sente que está fazendo a coisa certa.

De fato, é uma sensação boa.

— Mas quero que isso seja feito — finaliza a presidente.

A diretora Blair começa a se levantar, acompanhada pelo dr. Abrams.

— Claro, senhora presidente.

Capítulo

88

A bordo do Granito 4

Base da Guarda Aérea Nacional, New Hampshire

Estou no assento feito de uma trama de fibra vermelha, instalado na lateral da fuselagem interna do KC-135, colocando o cinto de segurança. Ao meu lado, o agente David Stahl diz:

— Bem diferente da última vez que você voou de Pease, certo?

Não consigo evitar um sorriso. David está certo. O interior do Força Aérea 1 é como um hotel de luxo. O sistema de comunicações é de primeira, as refeições são sofisticadas e o dormitório pode ser comparado a uma suíte quatro estrelas, embora vez ou outra tenha um pouco de turbulência.

Eu estive no Força Aérea 1 e bem nessa base durante aquela brutal temporada de primárias eleitorais, quando minha vice-presidente estava comandando uma campanha de insurreição contra mim. Depois que fui derrotado na convenção de Iowa, vim de avião até aqui para uma campanha de última hora que me deu uma vitória apertada e esperança de que poderia vencer Pamela Barnes.

Aquela esperança morreu, mas estou apostando que a minha sorte vai mudar nessa aeronave simples da Força Aérea, onde estou bebendo água engarrafada e comendo barrinhas energéticas enquanto tento ficar à vontade nesse velho banco de fibra. Sem janelas, sem visão externa, apenas o isolamento verde e cinza da fuselagem.

Faço duas ligações rápidas para o exterior: uma para Danny Cohen, do Mossad, e outra para o general de divisão Ahmad Bin Nayef, do Diretório de Inteligência Geral da Arábia Saudita, e conto meus planos a eles.

Ambos me desejam sorte e me informam que continuam trabalhando para localizar Azim al Ashid.

À minha frente estão Nick Zeppos, Alejandro Lopez e Claire Boone. Alejandro está recostado no assento desconfortável, de braços cruzados, olhos fechados.

Claire está jogando no iPhone.

Nick está discutindo com alguém num telefone via satélite, então sorri para mim, desliga o telefone, desafivela o cinto de segurança e anda até mim, ainda sorrindo.

Ele se agacha na minha frente e precisa erguer a voz quando o zumbido dos motores a jato aumenta e começamos a taxiar para a única pista da base aérea.

— Tenho ótimas notícias, senhor... quer dizer, Matt. Ótimas notícias.

— Diga.

— Acabei de falar com um amigo meu que está servindo num pelotão da Equipe 6. Eles estão numa missão de treinamento na Tunísia. Adivinhe onde estão alocados.

Quase não consigo acreditar no que estou ouvindo.

— Sfax-Thyna.

Ele faz que sim com a cabeça e dá um tapa no meu joelho ao se levantar.

— Exato, Matt. São mais dezesseis Seals nos acompanhando... e você sabe que eles vão topar assim que a gente chegar e informar a situação. Transporte, comunicações, armamento pesado... nossas chances acabaram de aumentar pra caramba.

Trocamos um soquinho de cumprimento e ele volta para o outro lado da aeronave.

— Boa notícia, Matt — diz David.

— Precisamos de qualquer boa notícia. — O zumbido do motor a jato aumenta ainda mais, e sei que estamos a segundos da decolagem.

Fecho os olhos, como meu irmão Alejandro à minha frente.

Estive em aeronaves militares inúmeras outras vezes, de olhos fechados exatamente assim, ouvindo o barulho dos motores — seja a jato ou hélice — e me preparando para a próxima missão. Bem treinado, bem equipado, indo a algum lugar em nome de Deus e da pátria, mas a verdade é que nunca fomos em nome de Deus e da pátria.

Nós fomos por causa da nossa equipe, dos nossos amigos, dos nossos companheiros de guerra.

Essa noite não vai ser diferente.

E também vamos pela minha família.

Os motores roncam mais alto, a aeronave avança devagar, e penso: *Mel, estamos chegando... Aguenta firme, estamos chegando...*

Está virando realidade.

E, em alguns segundos, tudo vai por água abaixo.

O som dos motores perde força, até que o KC-135 para.

— Mas que diabos foi isso? — diz David.

Até Alejandro, que estava cochilando, abre os olhos.

Nós aguardamos.

Claire continua jogando no iPhone.

A porta de metal da cabine se abre, e o capitão Josephs sai, envergonhado, se aproxima de mim e balança a cabeça.

— Desculpe, senhor — diz ele. — Recebemos ordens de não decolar. Não vamos a lugar nenhum essa noite.

Capítulo 89

Missão Permanente da República Popular da China
Nova York, Nova York

Jiang Lijun, do Ministério de Segurança de Estado da China, está andando pela rua 35, leste, perguntando-se por que seu chefe, Li Baodong, o convocou de volta à missão. Jiang não cede à tentação de apressar o passo. Para observadores de plantão, uma caminhada casual não significa nada, mas, se demonstrasse pressa, geraria dúvidas, aumentaria a atenção sobre si.

Ele não vai se apressar essa noite, por mais que esteja com raiva. Minutos atrás, ele estava com a esposa, Zhen, e a filha, Li Na, durante um raro tempo livre, adorando ver a criança dar os primeiros passos trôpegos pela sala de estar enquanto ele e Zhen batiam palmas e a encorajavam.

Mas pouco depois seu relógio de pulso vibrou, ele entrou em seu pequeno escritório, fez a ligação e, ao sair do escritório, disse abruptamente a Zhen:

— Trabalho.

Apenas uma palavra, mas ele viu a mágoa nos olhos dela, e até Li Na pareceu notar a mudança no humor dos pais. Os gritinhos da filha foram a última coisa que Jiang ouviu ao deixar o apartamento.

Ao chegar à entrada da missão, Jiang se pergunta outra vez se está ficando velho demais ou pai demais para continuar nessa posição, morando no exterior e tendo de correr às pressas para cumprir missões.

Como seu próprio pai encarou esses mesmos desafios quando estava a serviço do país?

Jiang franze a testa. Ele poderia fazer essa pergunta ao pai se não fosse pelos malditos estadunidenses que o mataram.

Onze minutos depois, ele está no porão de concreto da missão, escritório do seu supervisor gordo. Jiang se senta, e Li Baodong pisca lentamente por trás dos óculos de armação dourada grossa e diz:

— Chegou rápido, Lijun. Bom para você, já que está prestes a partir de Nova York.

— Como assim, camarada? — pergunta Jiang, com um medo repentino. Está sendo transferido? Voltando para casa desonrado? Sendo rebaixado e humilhado entre seus pares?

— Sim, você vai para a Líbia. Em breve.

— Mas a Líbia... por quê? — pergunta Jiang. — Não vou lá há dois anos.

Os olhos do cogumelo gordo à sua frente brilham de raiva.

— Porque o seu amigo Azim al Ashid está de volta à Líbia, e temos informações confiáveis de que Mel Keating continua viva e sendo mantida em cativeiro por ele.

— Mas o vídeo da execução...

— Os estadunidenses acreditam que o vídeo pode ser falso... um pouco de "magia cinematográfica" — diz Li, tamborilando os dedos gordos sobre a mesa. — Nossos especialistas concordam. E nossa embaixada em Trípoli recebeu informações confiáveis de que Azim al Ashid e o sobrinho estão lá. Você vai para a Líbia resgatar a filha do ex-presidente. Custe o que custar.

Jiang se surpreende com o que está ouvindo.

— Duvido que ele mude de ideia, considerando nosso último encontro.

Li arqueia uma sobrancelha preta e espessa.

— Ah, sim. Seu encontro com Azim em New Hampshire. Você relatou que Azim não iria entregar Mel Keating a você, por mais que tenha argumentado, ameaçado e oferecido dinheiro.

— Correto, camarada. — Jiang confirma com um gesto de cabeça.

Li olha fixamente para ele, que de repente se sente desconfortável. Jiang já viu esse olhar do *pàng mógū* — cogumelo gordo — antes, e ele sabe o que significa: uma armadilha está prestes a ser ativada, e Jiang sabe que é o alvo.

— Bem, vamos nos lembrar do que aconteceu aquele dia — diz seu chefe, então vira de frente para o computador, digita alguma coisa e gira a tela para que ele e Jiang possam ver o que está sendo exibido.

Um vídeo do alto mostrando uma lagoa, depois árvores, um estacionamento de terra e...

Um carro alugado no Canadá.

Dois homens próximos, conversando.

Jiang tem a sensação de que seus braços e pernas pararam de funcionar.

— Parece familiar? — pergunta Li num tom de desprezo.

Tentando passar confiança para a voz, Jiang diz:

— Sim. Lagoa Williams. Onde me encontrei com Azim al Ashid.

— Muito bem. Pode explicar isso, então?

Li pressiona outra tecla, o som sai dos alto-falantes, e o estômago de Jiang parece querer sair pela boca enquanto ele se ouve falando com aquela criatura líbia algumas semanas atrás.

— *Parabéns, Azim. De um profissional para outro, essa operação foi impressionante. Deve ter levado anos...*

Um pouco de estática — felizmente! —, mas o vídeo continua passando enquanto Li se recosta na cadeira, as mãos cruzadas sobre a barriga gorda.

— *Obrigado...*

— *Mas e agora, Azim?*

— *Você sabe...*

Mais estática.

— Você achou que eu deixaria você executar uma missão tão importante sem usar nossa própria vigilância? — diz o chefe de Jiang com toda a calma. — Infelizmente, o programa do nosso drone ainda tem problemas de captação de áudio.

O vídeo continua, e Jiang sente o suor escorrendo pelas costas.

Mantenha o rosto calmo, diz para si mesmo. *Não demonstre nem um pingo de emoção.*

Principalmente quando o vídeo passar os segundos finais do encontro.

A voz de Jiang:

— *Posso fornecer verbas, transporte, armas. Algumas informações...*

— *Por que você faria isso por mim?*

— *Isso é problema meu. Estou colocando minha carreira e minha vida em risco...*

— *... vou pensar na sua oferta generosa e extraoficial.*

Mais estática, então a tela fica preta, e o chefe corpulento de Jiang suspira e coloca o monitor de volta na posição inicial, com visão particular da tela.

— Não parece que você estava tentando convencer Azim al Ashid a libertar Mel Keating, não acha?

Jiang tenta se manter relaxado, o rosto impassível.

— Essa gravação... tem partes faltando.

— Ah, então as partes em que você segue as ordens e tenta convencer Azim a libertar a filha do presidente... São essas que faltam. Que conveniente.

Jiang dá de ombros levemente.

Não se entregue, pensa Jiang. *Faça Li falar.*

O chefe balança a cabeça, a papada balançando.

— Você vai partir para a Líbia imediatamente, vai se encontrar com seus antigos contatos e informantes e resgatar Mel Keating. Compreendido? Faça o que for preciso. Resgate a garota.

Jiang fica quieto, as emoções a mil, sabendo que passou muito perto de ser executado por desobedecer a ordens.

— Algum problema? — pergunta Li.

— Sei que a ordem vem de Beijing, mas odeio ajudar os estadunidenses.

— Por causa do que fizeram com a sua família em 1999?

— Entre outras coisas. Mas, sim, odeio os estadunidenses porque eles mataram meu pai.

— Você pensaria diferente se eles não tivessem matado seu pai?

— Mas mataram. Bombardearam a nossa embaixada — responde Jiang, tentando manter o tom de voz calmo e contido. — A Força Aérea dos Estados Unidos bombardeou a embaixada sem nenhum motivo e tentou atribuir a culpa a um mapa impreciso.

Li sorri e coça a orelha esquerda.

— Sim, foi uma desculpa bem esfarrapada, não foi? Mas muita gente quer acreditar nos estadunidenses estúpidos e trapalhões que fizeram chover bombas, então essa história acabou colando. Mas o que aconteceu lá não foi sem motivo.

— Como assim, camarada? — pergunta Jiang, e é só o que consegue dizer.

Li balança a cabeça com tristeza.

— Durante os bombardeios da Otan para convencer os sérvios a parar de massacrar os vizinhos muçulmanos, os sérvios abateram uma aeronave furtiva dos Estados Unidos, um F-117 Nighthawk. Os sérvios reuniram todos os destroços que puderam e fizeram um acordo.

— Um acordo?

— Sim, um acordo. A Otan estava bombardeando completamente os sistemas de comunicações militares sérvios. Então eles nos ofereceram os destroços do F-117, o que nos daria uns cinco anos de avanço em tecnologia furtiva, e em troca teríamos que permitir que eles transmitissem ordens militares e informações do porão de nossa embaixada. Nunca tivemos certeza se a Otan rastreou a fonte das transmissões, mas o bombardeio estadunidense destruiu a instalação militar sérvia na nossa embaixada. Eles disseram que foi um engano e nós fingimos que acreditamos. Perdemos três dos nossos queridos camaradas, incluindo seu pai, mas ganhamos muita tecnologia roubada dos Estados Unidos.

Jiang umedece os lábios secos.

Li se inclina sobre a mesa.

— Deixe de lado o seu ódio irracional pelos estadunidenses por causa da morte do seu pai e faça o seu trabalho — diz num tom de voz duro. — Resgate a filha do presidente e coloque-a sob nossa custódia. Beijing precisa de alguma coisa para destravar nossas relações com Washington, e essa garota é a chave. Agora saia da minha frente.

Jiang se levanta, quase tropeça na cadeira e sai da sala, pensando em quantas vezes ele e sua mãe queimaram papéis joss em memória do seu pai, incluindo mansões de papel elaboradas, para honrar seu espírito no além e para jurar vingança por sua morte desnecessária.

Agora Jiang sente como se toda a sua vida e toda a sua motivação tivessem se transformado numa oferenda de papel joss muito delicada e bem-feita, mas pronta para virar cinzas com apenas uma faísca.

É hora de fazer o que é certo.

Resgatar a filha do presidente para seu partido e seu país.

Capítulo

90

Universidade de Georgetown
Washington, D.C.

Samantha Keating está em seu quarto no Hotel e Centro de Convenções da Universidade de Georgetown, em Washington, D.C. Daqui a dez minutos, ela participará de um coquetel de recepção do encontro anual de cinco dias da Sociedade Americana de Arqueologia. Está cansada mas animada, pois sabe que Mel está viva e que neste exato momento Matt e sua equipe estão a caminho para resgatá-la.

Matt vai conseguir, pensa ela.

Samantha não se permite pensar em mais nada.

Está surpresa com o mero fato de ter vindo ao encontro. Nesses últimos dias uma angústia constante tem tomado conta dela: anda de um lado para o outro, lê um jornal, coloca-o de lado, vê TV por alguns segundos e logo muda de canal.

Mas pelo menos aqui em Georgetown ela estará ocupada com alguma coisa, em vez de ficar sentada naquele hotel no Maine, encarando o telefone, vendo os minutos se arrastarem, perguntando-se quando Matt chegará à Líbia.

Esperando, sempre esperando.

Não.

É melhor estar fazendo alguma coisa, mesmo que para isso tenha de voltar à cidade que odeia há anos.

Na abertura oficial do encontro anual amanhã à noite, ela apresentará o Prêmio Gene S. Stuart de melhor artigo de arqueologia publicado no ano passado num jornal ou periódico, e está sentindo frio na barriga, torcendo para que, no momento em que entregar o prêmio amanhã, outro prêmio já tenha sido entregue a ela do outro lado do mundo.

O retorno seguro de Mel.

Seu momento de calma e esperança é interrompido pelo toque do iPhone.

Ela pega o celular, vê o número privado e se dá conta de que é um dos celulares descartáveis de Matt.

Sam olha para o relógio.

Eles não deveriam estar sobrevoando o Atlântico nesse momento?

Ai, meu Deus, tem algo de errado.

Ela atende o telefone.

— Matt?

— ... suspensa.

O sinal do celular é horrível.

Ela se aproxima da janela e põe o dedo no ouvido esquerdo.

— Matt, não estou ouvindo você! O que disse?

— ... a decolagem foi suspensa. Ainda estamos em Pease.

— Quem fez isso?

De repente a recepção melhora.

— A ordem veio direto do Pentágono — responde seu marido, a voz tensa, cheia de raiva. — O que significa que a secretária da Força Aérea teve o pedido negado. E isso só pode ser a Casa Branca, Sam.

Ela fecha os olhos com força.

— E agora?

— Estou tentando encontrar opções, Sam, mas a situação não me parece nada boa...

O sinal cai por alguns segundos.

— ... Não vou desistir. Confia em mim, Sam. Não vou desistir. Aguenta firme. O piloto está saindo da cabine de novo... tenho que ir.

Ele desliga, e ela abaixa o telefone.

Ele não vai desistir.

— Nem eu — diz ela.

Sam revira a bagagem por alguns segundos, pega a bolsa, um embrulho leve, e sai do quarto.

Espera um bom tempo em frente ao elevador.

Continua esperando.

Ding!

Um casal mais velho, bem-vestido e que parece estar saindo para jantar se junta a Samantha. Ela entra no elevador, pressiona o botão do saguão com urgência e olha para a porta se fechando pensando: *Rápido, rápido, rápido.*

O elevador começa a descer.

— Com licença... — diz o homem.

Samantha o ignora, observando as luzes do painel que indicam os andares piscarem.

A Casa Branca impediu o avião de Matt de decolar.

De alguma forma a presidente Barnes ou o marido dela descobriram sobre o voo de Matt.

— Com licença, senhora — insiste o homem. — A senhora não é...

Ding!

A porta se abre.

— Não — rebate Samantha e atravessa apressada o saguão, mantendo o foco, evitando chamar a atenção, ignorando as poucas pessoas chamando por ela: "Ei, dra. Keating! Dra. Keating!"

Enfim do lado de fora.

— Posso ajudar, senhora? — pergunta um porteiro bem-vestido.

— Um táxi, por favor.

Ele ergue o braço e um táxi verde se aproxima. Ela revira a bolsa, tira duas notas de um dólar e coloca na mão do porteiro.

Entra no táxi.

— Para onde, senhora? — pergunta o taxista.

— Casa Branca.

Ele se vira para trás sorrindo, o olhar de um morador de Washington que sabe muito mais que essa turista.

— Senhora, já é tarde. Não permitem turistas a essa hora.

— Sem problema. Me leve ao portão da Casa Branca da rua 15, noroeste. E seja rápido.

O taxista acelera pela West Road e Samantha se recosta no banco, a mão no rosto, esperando ter coragem para fazer o que precisa ser feito.

Capítulo

91

Salão Oval

Casa Branca

A presidente Pamela Barnes se afasta da mesa do Resolute e pega a maleta de couro macio que contém sua leitura noturna, realizada nos aposentos da família. Memorandos, e-mails impressos, informes. As noites em que relaxava, bebericava seu uísque e folheava o *Washington Post* ou o *New York Times* ficaram para trás.

Atraído pelo amor por cavalos de corrida, Richard está em Georgetown, num evento de caridade para a Fundação Equus. Como Pamela sempre foi alérgica a cavalos e queria muito passar a noite na Casa Branca, Richard foi sozinho.

O que é ótimo.

Depois de descobrir o plano maluco de Matt Keating para a missão de resgate no exterior — as últimas notícias são de que agentes do FBI estão a caminho da aeronave detida —, Barnes sente que só precisa de uma noite tranquila.

Sente um calafrio ao pensar no que poderia ter acontecido se Keating realmente tivesse ido para o exterior. E se ele fosse morto? Ou capturado?

E ela tenta esquecer o que Richard lhe disse pouco antes de sair: *Pam, e se ele tivesse conseguido? Seria pior do que ele ser capturado ou morto.*

É verdade, por mais que ela odeie admitir.

A porta curva do Salão Oval se abre, e um dos membros da sua equipe, Lydia Wang, de terninho preto, entra, parecendo preocupada.

— Senhora presidente...

— O que foi?

— Senhora, o Serviço Secreto relatou uma situação no portão da rua 15, noroeste.

— O quê, um invasor? Alguém está fazendo uma ameaça?

— Não, senhora. É Samantha Keating. Diz que precisa falar com a senhora imediatamente e que não vai aceitar um não como resposta.

Minutos depois Barnes está de volta à sua cadeira, as mãos cruzadas sobre a mesa. A maleta de couro no chão.

Uma raiva gélida percorre seu corpo como um rio violento descendo a montanha e empurrando tudo o que vê pela frente.

A porta se abre, e Samantha Keating entra. Está bem-vestida, mas com o cabelo desgrenhado e o rosto tenso, fazendo seu nariz proeminente parecer ainda maior.

— Senhora presidente — diz ela, aproximando-se da mesa. — Obrigada por me receber assim, de uma hora para outra.

— Fico feliz — responde Barnes, mentindo e pensando: *Como ousa me ameaçar, como ousa voltar para um lugar a que não pertence, como ousa...*

Barnes tem noventa por cento de certeza do motivo pelo qual Samantha está ali, mas nem a pau vai dar o primeiro passo.

Samantha que faça o que tem de fazer.

Barnes aponta para uma das cadeiras em frente à mesa. Ela não se levanta, não oferece a mão para cumprimentar Samantha nem tenta abraçá-la.

— Sente-se — diz Barnes, sem se preocupar em oferecer uma bebida ou qualquer outra coisa. — E, por favor, pode ser rápida? Tenho uma pilha de documentos oficiais para revisar e assinar antes mesmo de pedir o jantar.

Samantha se senta e diz:

— Vou ser rápida. Tem um avião da Força Aérea prestes a decolar de uma base em New Hampshire. Meu marido e algumas outras pessoas estão nele. Por favor, deixe o avião levantar voo.

Barnes abre um sorriso hostil.

— Por que razão no mundo eu faria uma coisa dessas?

— Porque é a coisa certa a fazer, senhora presidente. Matt está numa missão. Por favor, deixe-o prosseguir.

Barnes balança a cabeça com firmeza.

— Não. Sem chance.

— Por favor.

— Não — responde Barnes rapidamente. — Esse país tem uma presidente, uma política externa, um Departamento de Defesa. Não posso permitir que seu marido saia numa missão clandestina, por mais triste que ele esteja. Acredite em mim, Samantha, estamos fazendo todo o possível para levar os assassinos de Mel à justiça.

— A questão é exatamente essa. Matt acha que ela ainda está viva.

Como ele conseguiu essa *informação?*, pensa Barnes.

— Talvez. Nossos próprios profissionais de inteligência e militares estão explorando essa possibilidade — admite Barnes. — Mas isso não significa que vou permitir que um ex-presidente dos Estados Unidos use uma aeronave militar por motivos pessoais. Não importa o quanto ele esteja sofrendo. Não posso permitir que isso aconteça.

— Pamela...

— *Senhora presidente,* se não se importa. E, além de tudo o que eu disse, não posso permitir que um ex-presidente corra o risco de ser ferido, capturado ou morto.

Barnes faz questão de olhar para o relógio de pulso.

— Agora, Samantha, como eu disse antes, tenho muitos documentos para revisar e assinar essa noite. Lamento não poder permitir que Matt voe para o exterior. Preciso pedir a vocês que confiem nos profissionais envolvidos no caso. Se houver evidências de que Mel está viva, vamos rastreá-la e encontrá-la. Não vamos permitir que nada nos atrapalhe.

— Como quando você se recusou a pagar o resgate? — retruca Samantha, a voz tão baixa que Barnes tem que se esforçar para ouvir. — É isso que quer dizer com não permitir que nada atrapalhe?

Barnes se levanta da cadeira, se agacha e pega a pasta.

— Não acredite em tudo o que lê nos jornais e na internet. Achei que tivesse aprendido isso quando estava na Casa Branca.

Samantha permanece sentada.

— E não há nada que faça você mudar de ideia?

Barnes está de pé, atrás da mesa, perguntando-se como, em nome de Deus, pode tirar essa mulher dali sem precisar que o Serviço Secreto a agarre pelos braços e a arraste para fora.

— Nada — responde Barnes.

Samantha enfia a mão na bolsa, tira um objeto e o coloca com delicadeza no meio da mesa do Resolute.

— E que tal uma coisa que pode destruir o seu mandato nas próximas quarenta e oito horas?

Capítulo

92

Salão Oval
Casa Branca

Samantha Keating sente uma intensa satisfação ao ver a presidente olhar para o pendrive e, em seguida, sentar-se lentamente à mesa histórica que já foi de Matt.

Ela se lembra de todas as vezes que viu Matt derrotar seu destacamento do Serviço Secreto no pôquer noite adentro, mesmo quando as cartas não estavam a seu favor. Certa vez ele disse: *Sam, tudo depende do jeito como você se comporta. Se você consegue manter a calma e o controle, pode ganhar com um par de dois. Mas, se o seu oponente vir seus olhos vacilarem, suas mãos tremerem ou você desviar o olhar... ele vai deitar e rolar.*

Pôquer de alto risco, pensa Samantha.

É o que ela está jogando essa noite.

— O que é isso? — pergunta Barnes.

— Um pendrive. Com um vídeo.

Samantha mantém a boca fechada.

Quem ceder e falar primeiro, perdeu, pensa.

Ela encara Barnes, e Barnes a encara também.

— Tudo bem. O que tem no vídeo e por que devo me importar?

Samantha prossegue com tranquilidade.

— Na semana que vem, vai fazer três anos que o seu marido foi para Macau, para comparecer a uma recepção e à festa de 80 anos de um dos investidores do cassino dele — começa ela, proferindo as palavras que treinou durante a corrida de táxi de quinze minutos até a Casa Branca. — Você estava servindo como vice-presidente na época, então Richard foi para lá sozinho.

— Não me lembro disso. Desculpe — responde a presidente, balançando a cabeça.

— Ah, mas ele com certeza esteve lá. Tem matérias, fotos e uma série de postagens em blogs, incluindo algumas críticas ao seu marido por estar num território controlado pela China.

— O que tem no vídeo, então? Richard cantando "Parabéns pra você" em mandarim para algum apparatchik do Partido Comunista Chinês? — pergunta Barnes, tentando usar um pouco de humor.

— Não. O vídeo mostra o seu marido tendo relações sexuais com três pessoas num quarto de hotel, e nenhuma delas parece ter atingido a puberdade.

O rosto da presidente fica pálido, e ela diz:

— Não acredito. Vai me dizer que esse pendrive apareceu magicamente na sua caixa de correio na Universidade de Boston? Depois de ter sido forjado em alguma instalação cibernética em Moscou ou Beijing? Não me venha com essa, Samantha. Você não tem vergonha, não?

Samantha esperava essa reação.

— Quando Richard estava hospedado no Golden Palace Macau, um ex-aluno meu da pós estava no mesmo prédio, trabalhando para uma multinacional respeitada, atualizando o software de segurança da empresa. Ele viu o ocorrido, apesar de Richard estar carregando um dispositivo de bloqueio de sinais. O problema é que os chineses sabem driblar esses aparelhos. Enfim, meu ex-aluno ficou tão chocado com o que viu que resolveu registrar as atividades do seu marido. Tenho certeza de que ele adoraria testemunhar sobre o que viu e gravou.

— E ele só te deu esse pendrive agora? — exigiu saber Barnes.

Fica calma, pensa Samantha. *Foco no alvo.*

— Não. Ele me deu esse pendrive logo depois que você declarou que concorreria contra Matt pela indicação do partido.

Barnes abaixa o olhar para o pendrive preto, encarando-o como se fosse um réptil venenoso, pronto para sair correndo pela mesa e mordê-la.

— Mas...

— Mas por que eu não usei naquela época, durante as primárias? — pergunta Samantha. — Porque eu não sou como você. Ou como o seu Richard. Eu não usaria isso para ganhar uma eleição. Era repugnante demais sequer considerar essa hipótese.

Silêncio por alguns segundos.

Samantha bate o dedo de leve no pendrive e continua:

— Mas vou usá-lo para salvar a minha filha. Faça a ligação e permita que o avião decole com Matt e sua equipe, e eu não divulgo o vídeo.

— Vai em frente. Pode divulgar. Quem vai acreditar em você? Ninguém vai tocar nisso. É muito...

— Repulsivo — completa Samantha. — Horrível. Ah, tenho certeza de que a grande mídia não vai tocar nisso mesmo. Mas sei de alguns sites que adorariam publicar essa história. E dentro de um dia isso vai virar notícia no mundo inteiro. Aí, as tais "organizações de notícias legítimas" vão ser obrigadas a noticiar, e as imagens estarão por toda parte.

Outra pausa. Samantha vê o rosto de Barnes lutando contra as emoções e diz:

— O acordo é: faça a ligação agora, e eu nunca vou divulgar esse vídeo.

— Isso não basta — responde Barnes, a voz tensa. — Quero o pendrive e quero a sua garantia de que não existe nenhuma cópia.

— Não existem cópias, e não vou entregar o pendrive.

Samantha pega o pendrive e o coloca no bolso do paletó.

— Pamela, faça a ligação.

Rosto inexpressivo, pensa Samantha.

Silêncio.

O tique-taque de um relógio antigo no Salão Oval.

Uma sirene distante na rua.

Barnes pega o telefone.

— Paul, me conecte novamente com o Centro de Comando Militar Nacional.

Barnes espera.

Samantha espera.

— Coronel Sinclair? Aqui é a presidente Barnes. Estou anulando minha ordem anterior de segurar o voo da Guarda Aérea Nacional em Pease. Entre em contato com o comandante da esquadrilha. O voo deve partir imediatamente.

Ela bate o fone no gancho.

— Feito. Satisfeita?

Samantha se levanta e diz:

— Boa noite, senhora presidente. Fico feliz que tenhamos nos entendido.

Dez minutos depois, Samantha Keating está na rua 15, noroeste, com a Casa Branca às costas, as pernas tremendo, o estômago revirando violentamente, como se ela estivesse prestes a vomitar.

Ela se recompõe e se esforça para chamar um táxi no trânsito intenso.

Enquanto espera, põe a mão na bolsa e faz um carinho no pendrive — que contém um backup das suas considerações para a apresentação de amanhã à noite.

Matt, obrigada pela aula de pôquer, pensa ela.

Agora vá buscar a nossa menina.

Capítulo

93

A bordo do Granito 4
Base da Guarda Aérea Nacional em Pease, New Hampshire

A cabine de um KC-135 de cinquenta anos já é naturalmente apertada, ainda mais com Palmer e eu tentando nos enfiar ali dentro junto com o piloto e a copiloto para ficarmos a par da situação. Parece uma daquelas sessões de foto antigas da revista *Life*, com um bando de universitários dos anos cinquenta tentando caber dentro de uma cabine telefônica.

Na pista abaixo de nós, estão três homens: um de macacão da Força Aérea e dois de ternos executivos. Os dois civis ficam fazendo gestos com os braços, mas o oficial da Força Aérea — usando um bibico azul-marinho com uma insígnia de coronel — está parado de braços cruzados.

— Pode nos dizer quem é o coronel ali embaixo?

— É o coronel Tighe, comandante da esquadrilha — responde o capitão Josephs.

— E os outros dois homens?

— Agentes do FBI do escritório de Portsmouth. Estão exigindo acesso à aeronave para garantir que o senhor esteja aqui por vontade própria e não mantido em cativeiro. O coronel Tighe diz que não vai ser possível.

— Por quê?

— O senhor se lembra da caminhonete com a escada que usou para subir? — pergunta o capitão Josephs. — Aparentemente, ela não está funcionando no momento. Pneu furado, motor não dá partida... algo assim.

— Não tem uma escada que saia da fuselagem e que seja usada pela tripulação?

— Claro — diz Josephs, abrindo um sorriso. — A escada retrátil. Mas é só para a tripulação. O FBI quer usá-la para acessar a aeronave e interrogar o senhor. O coronel Tighe diz que quem não pertence à Força Aérea só pode usar essa escada se participar de um módulo de treinamento de segurança de quatro horas de duração.

A copiloto também está sorrindo. Josephs continua:

— Como o senhor pode ver, eles estão tendo uma troca de opiniões honesta e aberta sobre outros métodos de embarque.

Lá embaixo, a discussão prossegue.

— Capitão, quando eu era Seal, costumávamos chamar a Força Aérea de Força "Arreia".

Dou um tapinha no ombro dele e me viro de volta para a popa da aeronave.

— Retiro tudo o que disse e mais um pouco.

— Agradeço, senhor, mas só estamos adiando o inevitável — diz o capitão em voz alta. — Em algum momento o coronel Tighe vai perder a disputa, e os agentes do FBI vão entrar.

— Entendido — digo, e volto para a popa.

Os quatro membros da minha equipe estão reunidos no meio do caminho para o interior quase todo vazio da aeronave.

— Os federais estão aqui, querendo subir a bordo para se certificar de que estou vivo e bem — digo.

— E garantir que esse avião não decole também — completa David Stahl.

— Não tem outro jeito de sair daqui? — pergunta Claire.

— Só pela porta de carga por onde entramos e a escada da tripulação na parte superior — responde Nick Zeppos.

— Podemos pegar o machado de incêndio da aeronave e abrir a fuselagem num ponto de acesso de emergência de incêndio, mas isso deixaria nossos anfitriões bem irritados — acrescenta Alejandro. — E até o FBI acabaria percebendo que tem alguém tentando escapar.

— E então, senhor? Fugimos daqui? — pergunta Nick.

— Se for preciso... — respondo. — Certo, esqueçam o machado de incêndio. Vamos sair pela escada da tripulação e...

De repente o segundo-sargento sai da cabine e solta:

— Opa! O que vocês, passageiros, estão fazendo em pé, parados aí? Sentem-se e apertem os cintos. Esse pássaro vai decolar em alguns minutos.

Encaro o homem por um segundo abençoado.

— O que houve?

— Muito, muito fora da minha alçada, senhor — responde ele. — Só sei que a controladora de voo de Pease entrou em contato com o capitão Josephs e disse que ele estava autorizado a decolar. A ordem veio direto do Pentágono. Isso foi tudo o que ela escreveu.

O primeiro motor ganha vida. Em seguida o segundo. Por fim, os dois últimos.

— O que acha, Matt? — pergunta o agente Stahl.

— Acho que precisamos seguir as ordens do segundo-sargento.

Volto para o meu assento, coloco o cinto, e o agente Stahl se senta ao meu lado e faz o mesmo. À minha frente, Nick Zeppos e Alejandro Lopez também se afivelam, e Claire Boone está segurando o cinto com uma das mãos enquanto joga no celular com a outra.

O segundo-sargento verifica todos os nossos cintos, acena com a cabeça e diz:

— Parece que o senhor ainda sabe o que faz, senhor presidente.

— Uma pena que a maioria dos americanos não tenha acreditado nisso poucos anos atrás — digo.

— Eles é que saem perdendo — diz ele, indo para o próprio assento. — Aliás, nós é que saímos perdendo, senhor.

A velha aeronave começa a se mexer, taxia, então faz uma curva e para.

Posso imaginar a conversa lá da frente entre o piloto e a copiloto, fazendo seu trabalho profissionalmente, mas, lá no fundo, com certeza estão pensando: *É para isso que estamos aqui? Para trabalhar nessas operações secretas e aturar esses pedidos aleatórios de Washington?*

O ronco dos motores aumenta.

Estamos perto.

Mas...

Outra ordem do controle de Pease pode nos manter no chão.

A lâmina de uma turbina poderia se soltar de um desses motores antigos, causando uma explosão.

Os dois agentes do FBI podem dar uma de J. Edgar Hoover e colocar o veículo oficial no meio da pista, forçando o piloto a abortar a decolagem.

Mais rápido agora.

A aceleração me empurrando para o lado.

O avião decola fazendo um movimento arqueado.

Estamos no ar.

Um rangido metálico quando o trem de pouso se fecha, e meus olhos se enchem de lágrimas.

Estamos partindo.

Mel, vamos buscar você.

Olho o meu relógio de pulso.

Um voo de pouco mais de doze horas para a Tunísia.

Durante essas horas estaremos sobrevoando o Atlântico e não teremos nenhuma notícia de nada, mas meus amigos das agências de inteligência israelense e saudita estarão trabalhando para encontrar Azim al Ashid, que está de volta ao norte da África, bem na área deles.

Tivemos sorte ao decolar nos Estados Unidos.

Será que nossa sorte vai continuar depois do desembarque no norte da África? Será que teremos informações relevantes?

Olho o relógio mais uma vez.

Estamos no ar há cerca de dez minutos, rumo ao leste.

Mel, penso, *cadê você?*

PARTE QUATRO

Capítulo 94

Em algum lugar no noroeste da Líbia

Mel Keating está na traseira de uma van branca imunda estacionada num vilarejo minúsculo. Avaliando a situação, tem certeza de que está na Líbia.

A nuca ainda dói da pancada da lâmina cega do sabre que levou mais de uma semana atrás. Ela tem certeza de que seus pais acreditaram em sua morte desde então. Sofre mais pela dor e pela agonia que esse miserável do Azim causou aos seus pais do que a ela mesma.

Mel sentiu vergonha ao perceber que tinha sujado a calça quando achou que ia ser decapitada. Pôde lavar as roupas num riacho lamacento e colocá-las de novo depois de secar ao sol, estendidas sobre uma pedra, mas só passou água nelas.

Ela se sente imunda, o cabelo está horrível, e os tornozelos e os pulsos doem nos pontos presos por algemas descartáveis. Mas houve um ponto positivo naquele dia.

Mel pediu a um dos sequestradores que a algemasse com as mãos para a frente, e não nas costas. O cara — cujo nome ela não sabia, mas o chamava de Alfa, porque foi a primeira pessoa que conheceu após a filmagem da execução falsa — sabia um pouco de inglês, e, depois que ela começou a chorar e falou que estava com dor nos pulsos e coceira nas costas, ele disse:

— Um beijo. Você me dá um beijo, e eu faço isso por você.

A simples ideia de beijá-lo na boca deixou Mel horrorizada — ficaria tentada a morder e arrancar seu lábio inferior —, mas Alfa ofereceu a bochecha barbuda. Ela se forçou a imaginar que estava beijando um coiote imundo, e ele cortou as algemas que a prendiam com as mãos nas costas e colocou um novo par com as mãos para a frente.

— Bem-vinda à Líbia — disse ele, rindo, como se achasse graça em fazer esse favorzinho a ela.

Imbecil. Vai pagar caro por esse favorzinho.

Ela corre os olhos pelo interior da van outra vez. Metal enferrujado, cobertores e travesseiros velhos nos fundos. À frente, uma fileira de bancos de passageiros vazia e, mais à frente, os bancos do motorista e do passageiro.

É madrugada, e no banco do motorista está o sequestrador que ela nomeou Beta. Ele está armado com um AK-47 — a arma preferida de revolucionários e idiotas espalhados pelo mundo, disse seu pai anos atrás, e Beta definitivamente é um idiota.

Está dormindo.

O outro sequestrador, Alfa, estava no banco do carona até vinte minutos atrás, quando, ao que tudo indica, uma mulher apareceu e começou a falar com ele pela janela aberta. Mel não a viu, mas ouviu sua voz e verificou o resultado: Alfa sussurrou algo para Beta, a porta se abriu e Alfa se foi.

Agora estão só os dois — Mel e Beta.

Apesar de ser madrugada, a lâmpada de um poste de rua ilumina o interior da van. Mel se mexe e vê que Beta continua dormindo profundamente, roncando.

Agora é a sua chance.

Mel se ajeita até se posicionar da melhor forma possível. Ela se lembra da vez em que o pai, ainda pensando em se candidatar ao Congresso, convidou alguns amigos Seals para ir à sua casa. Naquele dia, além de beberem, contarem histórias e se divertirem no quintalzinho dos fundos, eles fizeram algumas brincadeiras mais físicas.

Um dos jogos consistia em amarrar ou vendar alguém. Quem conseguisse se libertar primeiro, ganhava uma caixa de cerveja Lone Star.

Na época Mel era criança, mas ela se escondeu no quintal e ficou assistindo.

E aprendendo.

Agora Mel está de joelhos diante de um eixo de metal sobre o pneu traseiro direito. Aproxima os pulsos algemados do rosto e percebe que a trava da algema está sobre a mão direita. Ela morde a ponta livre e puxa sem parar, até as algemas girarem e a trava ficar exatamente entre as mãos.

Ela levanta os braços o mais alto que pode, arqueia as costas para trás e baixa os pulsos algemados com força no eixo de metal.

A dor sobe pelos braços e ela cai para trás, tentando fazer o mínimo de barulho possível.

Ai, droga!

Ela volta a puxar as algemas.

Ainda presas.

Mais uma vez.

Novamente ergue os braços, a ponta dos dedos roçando o teto de metal, e novamente...

Dói ainda mais que antes.

Ela morde o lábio inferior. Lágrimas brotam dos seus olhos.

Por que não está funcionando?

Devia funcionar.

Tem que funcionar.

Seus pulsos estão latejando de dor.

A apenas alguns metros, Beta está num sono profundo, e a música de um rádio lá fora fica mais alta.

Mel também ouve uma mulher e um homem rindo. Imagina ser Alfa, se divertindo, e se lembra de ter beijado aquele rosto ossudo e fedorento, de se sentir assustada e humilhada. Ela respira fundo, ergue os braços doloridos novamente, e...

Bum!

Mel cai para trás de novo, respirando com dificuldade, livre.

Ela massageia os pulsos e tira as algemas descartáveis arrebentadas.

Quase chora de alegria.

Meus pulsos e meus braços estão livres.

Ela se remexe, os pés amarrados à frente, e encontra uma rebarba de metal perto da porta traseira. Chega para a frente, esfrega o plástico no metal até que...

Um estalo baixo.

Ela perde alguns segundos esfregando os tornozelos doloridos.

E agora?

Uma fúria incandescente toma conta dela quando pensa no sequestro, no assassinato de Tim, nos maus-tratos que sofreu, nas vezes que foi carregada de um lado para o outro, quando foi drogada — ah, é... foi por isso que ela apagou depois de tomar aquele café da manhã em New Hampshire — e acordada com um tapa dentro de um edifício de pedra e tijolo perto do mar, cujo cheiro conseguia sentir.

Então no porta-malas de um carro por um caminho esburacado, e...

A lâmina cega do sabre batendo forte no seu pescoço, fazendo-a se contorcer de dor. O AK-47 está logo ali. É só pular a fileira de bancos, pegar a arma, soltar a trava de segurança, puxar o gatilho e tirar Beta de ação para sempre.

Então sair da van, encontrar Alfa e fazer o mesmo com ele...

E depois?

Uma adolescente armada? Quantos terroristas estão espalhados por ali? Onde estão Azim e seu primo Faraj? O que eles fariam se ela saísse da van de repente e começasse a atirar? E quantas balas ela tem? O cartucho-padrão do AK-47 tem trinta balas. Será que tem algum cartucho sobressalente por ali?

Cala a boca, pensa Mel.

Você está perdendo tempo.

Ela vai para os fundos da van, encontra a trava e gira.

Um clique.

Está aberta!

Faz frio lá fora. Ela pega um cobertor, envolve os ombros e a cabeça, sai...

Droga!

A estrada parece ser só terra e pedras e ela torce o pé direito. O tornozelo lateja, causando uma dor lancinante.

Bela fuga, hein, pensa Mel.

Ela avança fazendo o mínimo de barulho possível, finalmente vendo os arredores, uma espécie de vilarejo. Algumas construções de pedra de um e dois andares. Estrada de terra e becos. Dois postes de luz piscando. A van em que ela estava e dois SUVs, talvez Suburbans. Luzes acesas nas construções próximas. Um cachorro latindo em algum lugar.

Bater à porta e pedir ajuda?

Não, aqui não!

Vai que ela bate a uma porta e Azim atende?

Ela cobre o corpo com o cobertor imundo, começa a mancar para longe dos veículos estacionados, tentando ir depressa, sabendo que em algum momento Beta vai acordar ou Alfa vai voltar, e, quando isso acontecer, vai ser o inferno na terra.

Mel tenta acelerar, tropeça e cai.

Fecha os olhos com força, rola para a beira da estrada e começa a chorar em silêncio. Só tem o short e o moletom dos Estados Unidos, as meias e o cobertor fedorento nos ombros.

Pai, pensa. *Pai, me encontra, por favor.*

De olhos fechados, ela para de chorar.

Aguarda.

* * *

Minutos se passam.

Mel abre os olhos.

Agora adaptados ao escuro.

Acima dela a vista é incrível, o céu noturno do deserto com inúmeras constelações visíveis. Sua mãe lhe ensinou a história das estrelas e como seus ancestrais humanos as batizaram, e Mel encontra a famosa Ursa Maior. Ela segue as duas estrelas no arco da constelação com os olhos até localizar a Ursa Menor.

Polaris.

A Estrela do Norte.

Mel se levanta sem olhar para onde estava deitada.

Olha apenas para o norte.

Ao norte está o mar Mediterrâneo, e à beira-mar há cidades e vilas. Está certa de que lá vai encontrar pessoas que falam inglês e que vão ajudá-la.

Mel começa a andar de novo, vendo os contornos da estrada de terra sob a luz das estrelas, e, mesmo com o tornozelo direito latejando e os pulsos doendo, ela sorri enquanto as lágrimas caem.

Está livre.

Capítulo

95

Em algum lugar no noroeste da Líbia

Azim al Ashid está sentado confortavelmente num sofá estofado, um copo de chá preto adoçado na mão e um prato de tâmaras, uvas e biscoitos numa mesa à frente. Ele sorri graciosamente para seu anfitrião dessa noite, Omar al Muntasser.

Omar é um sujeito gordo, barbudo, usa camisa e calças largas de algodão branco e mexe num cordão de contas de efeito calmante com seus dedos rechonchudos. Em qualquer outra noite, Azim se levantaria tranquilamente do sofá estofado, se posicionaria atrás de Omar, agarraria seu cabelo e cortaria o pescoço do homem gordo.

Omar sorri — suas palavras parecem mergulhadas em mel —, mas ele não cede.

— Meu querido amigo Azim, peço desculpas novamente, mas não tenho como hospedar você e seus amigos essa noite — diz Omar. — Vou lhes dar de comer, abastecer seus veículos e preparar refeições e bebidas para onde quer que sua jornada os leve, mas não posso oferecer hospedagem. Me desculpe.

A sala de estar do homem é cheia de tapeçarias, fotos emolduradas de Omar Mukhtar, o mais famoso líder da resistência da Líbia e herói pessoal de Azim, e de Ahmed al Trbi, maior jogador de futebol da Líbia.

Três dos filhos de Omar estão encostados na parede, armados com pistolas, olhando para Azim com raiva, sabendo que a presença dele coloca seu pai e suas famílias em perigo. Agora há pouco Omar "permitiu" que o primo de Azim, Faraj, saísse para verificar quanto de gasolina seria necessário para encher o tanque dos dois Suburbans e da van. Azim sabe que Omar, um líder tribal e um ex-aliado, usou esse estratagema para ficar a sós com ele.

— Meu abençoado amigo Omar, novamente, estou honrado por estar sob seu teto e na presença de seus filhos fortes e devotos, mas me pergunto: que tipo de exemplo você está dando a eles ao recusar a um velho amigo uma hospitalidade tão simples?

— Ah, mas não estamos vivendo um momento simples, como quando você começou seu jihad — retruca Omar, balançando a mão. — Antigamente você poderia morar e montar base aqui, não haveria muita preocupação, e os vizinhos estariam sempre dispostos a ajudar. Mas hoje? Os russos, os turcos e os chineses estão espalhados por nossas terras, com dinheiro, influência e armas, e agora os estadunidenses estão chegando.

— Os estadunidenses estão sempre chegando — diz Azim. — Até serem massacrados, como aconteceu na Somália, no Iraque e no Afeganistão. Logo depois, eles vão embora.

Omar continua sorrindo, mas ao mesmo tempo balança a cabeça com veemência.

— Dessa vez é diferente. Você assassinou a filha do ex-presidente. Os estadunidenses são de fato um povo fraco, mas, quando se mexe com uma das suas crianças, ainda mais uma tão famosa assim, eles não vão desistir até que você esteja morto.

— É um risco que sempre me senti confortável em encarar — diz Azim, a raiva crescendo dentro dele.

— Sim, o risco que você corre é bastante admirável. Mas sua presença aqui está colocando a minha família e o meu povo em risco. — Omar aponta para o teto. — Neste exato momento, um drone estadunidense pode estar sobrevoando minha casa, agentes da CIA podem estar vendo as imagens de vídeo geradas por esse drone, vendo você entrar aqui... e então haverá uma chuva de mísseis sobre nossas cabeças. Muitos de nós morreremos, mulheres e crianças também, mas você acha que os estadunidenses vão se preocupar com isso? Não. A única preocupação deles é que você esteja morto. Minha família e eu seríamos, como dizem, um dano colateral.

— Omar, meu amigo...

— Não — interrompe Omar, levantando-se da cadeira. — Chega. Seus veículos foram reabastecidos, e nós lhe demos água e comida. Saia. Agora.

Azim se levanta lentamente, faz um aceno rápido com a cabeça para Omar e diz baixinho:

— Estou em dívida com você por me oferecer abrigo, mesmo que por pouco tempo. Mas um dia os chineses, os russos, os turcos e até os estadunidenses vão embora. E você vai ficar, e eu também. E nos encontraremos de novo, querido amigo.

— Se você estiver vivo até lá, ansiarei por esse encontro.

A porta da casa é aberta, e Azim passa pelos filhos zangados de Omar e se aproxima de uma escada de concreto, que dá para um modesto pátio de azulejos. Pequenas lâmpadas elétricas iluminam o caminho do lado de fora, e Faraj está de pé no pátio, junto com os dois homens que estavam tomando conta da filha do presidente.

Pela cara dos três, Azim sabe o que aconteceu.

— Como? — pergunta.

Faraj começa a responder, mas Azim muda de ideia.

— Não, mais tarde — diz Azim, pois sabe que os filhos de Omar estão olhando e não quer dar a eles nenhuma satisfação ou motivo para fofoca, que seria repassada ao pai deles e, então, aos homens daqui da tribo e a outras pessoas espalhadas por essas montanhas.

* * *

Poucos minutos depois o comboio de três veículos sai da vila de Omar. No Suburban da frente, Azim manda seu motorista, Taraq, encostar, então reúne todos no brilho dos faróis do veículo.

Eles têm uma conversa confusa que dura dois ou três minutos, na qual os dois homens encarregados de proteger Mel Keating culpam um ao outro pela fuga da garota, e, quando eles param de chorar e implorar, Azim pega sua pistola Beretta calibre 9mm e dá um tiro na cabeça do primeiro. O homem cai no chão, e seu companheiro sai correndo. Azim dispara duas vezes e acerta o sujeito nas costas, então se aproxima do homem já no chão e dá um último tiro na testa.

Respira fundo.

Azim continua furioso.

Ele se vira para seu primo Faraj e diz:

— Pegue esses dois e arraste para o deserto. Deixe os corpos para os pássaros e os ratos.

Faraj grita a ordem para o grupo de capangas, aproxima-se de Azim e pergunta:

— E agora, Azim?

Azim coloca a pistola ainda quente no coldre escondido na cintura.

— Agora vamos encontrar Mel Keating e terminar o serviço.

Capítulo

96

Ala residencial
Casa Branca

A presidente Pamela Barnes está sozinha, segurando um copo de Glenlivet com gelo, numa sala de estar no segundo andar da Casa Branca nos chamados aposentos familiares. Toma outro gole, o gosto forte é refrescante, mas ela afasta a tentação de virar toda a bebida e servir outra dose.

Só um copo, pensa.

Esse é o máximo que se permite, apesar do dia que acabou de ter. Diante dela está uma TV grande, com o som desligado, no History Channel. O documentário da noite é sobre o prédio onde ela está morando, quando e como foi construído.

Outro golinho, para tentar racionar, e ela pensa, amargurada, em seu antecessor, John Adams, cujas palavras foram gravadas na cornija de pedra de uma lareira na Sala de Jantar de Estado em 1945:

Oro aos céus para que conceda a maior das bênçãos a esta casa e a tudo que a habitará no futuro. Que apenas homens honestos e sábios governem sob este teto.

Ela abaixa o copo e sussurra:

— Acho que você nunca imaginou que nós, mulheres, governaríamos, hein, Johnny?

A porta se abre e seu marido e chefe de Gabinete, Richard Barnes, entra, ainda de smoking, mas com a gravata desamarrada e pendurada no pescoço, as pontas pendendo sobre a frente da camisa branca engomada. Ele esfrega o rosto e diz:

— Cara, que noite. Vou beber mais alguma coisa.

— Sente-se, Richard.

— Claro, só um segundo. Estou com uma sede que precisa ser saciada.

— Agora, Richard — ordena Pamela e espera. Feito um menininho repreendido, Richard se aproxima e se senta no sofá ao lado da poltrona confortável da mulher. A TV no History Channel continua no mudo.

Silêncio.

Richard enfim fala.

— Matt Keating está sob custódia?

— Digamos que sim — responde ela, olhando para a TV, que mostra a redecoração de interiores feita por Jacqueline Kennedy, as cores e a dor da história ainda fortes. — Ele está sob custódia, sim, mas sob a custódia da Guarda Aérea Nacional de New Hampshire, cruzando o Atlântico, exatamente como queria.

Richard se remexe no sofá, a raiva surgindo em seu rosto.

— Como isso aconteceu? Que oficial da Força Aérea desobedeceu às ordens? Quem deixou isso acontecer?

— Você — responde Pamela. — Você deixou isso acontecer, Richard. Você.

Ele parece irritado e confuso.

— Desculpa, Pamela, mas não sei do que você está falando.

Ela se abaixa e pega a maleta.

— Aqui dentro está a papelada do dia, informes e análises sobre vários problemas mundiais. Mas não tem um único documento aqui dentro me contando os detalhes de uma viagem que você fez a Macau quase três anos atrás, quando eu era vice-presidente. Foi na época em que você vendeu aquele terreno para a construção de um cassino. E foi a Macau para comemorar o aniversário de um dos investidores. Não foi?

Richard começa a esfregar as mãos.

— Isso... faz um tempo, Pamela. Três anos.

— Não tem problema. Enquanto você estava na farra agora à noite, fui surpreendida por informações sobre o que aconteceu durante essa viagem. No Golden Palace Macau. Você se divertiu à beça. Mas em algum momento, por volta das duas da manhã, horário local, você recebeu três visitantes na suíte. Três jovens visitantes.

O rosto de Richard se fecha ainda mais. O queixo parece estar tremendo.

— Tenho certeza de que você achou que tinha coberto todos os rastros. Lembro muito bem que na época você trouxe um brinquedinho e me mostrou, um dispositivo militar de interferência de sinais que bloqueava a gravação de vozes ou imagens numa sala. Mas o dispositivo não funcionou, Richard. Tem uma gravação das suas... atividades naquela noite.

Richard esfrega as mãos mais rápido, quase freneticamente.

— O que... O que isso tem a ver com Matt Keating?

— Estou desapontada com você, Richard. De novo. Você não enxerga o óbvio? Em troca de o vídeo não ir a público, tive que deixar Matt Keating partir.

— Quem tinha esse vídeo? — pergunta ele. A voz, antes forte, está trêmula.

— Samantha Keating. Ela veio aqui umas três horas atrás, me disse que tinha recebido um pendrive com o vídeo de um ex-aluno da pós que estava trabalhando em Macau e viu você, Richard. Ele também estava lá, atualizando o software de segurança do hotel. Samantha fez um acordo comigo. Eu deixei o marido dela partir, e ela nunca divulgaria esse vídeo.

— Mas deixar Matt sair assim... Você devia ter blefado, Pamela. Exigido mais tempo, pedido para revisar o vídeo e checar...

Barnes quase deixa cair o copo.

— Checar? Pelo amor de Deus, Richard, você acha que eu queria ver cinco segundos que fossem desse vídeo?

Ele não responde. Olha para o carpete.

Ela suspira.

— Amanhã à tarde você vai anunciar sua renúncia como meu chefe de Gabinete por motivos de saúde. Eu, claro, vou aceitar com lágrimas e tristeza, visto que sua saúde é muito importante para mim. Daremos uma breve coletiva de imprensa no Roseiral. Você vai dizer algumas palavras bonitas, eu vou dizer palavras ainda mais bonitas. Vai ser uma despedida maravilhosa, Richard, mas antes disso quero que você pegue as suas coisas do escritório e saia da Casa Branca.

— Mas... Mas eu não estou doente, Pamela! — protesta ele, esforçando-se para fazer as palavras saírem.

— Você não *está* doente. Você *é* doente!

Ela remexe os cubos de gelo no copo.

— Mas você pode continuar sendo primeiro-cavalheiro. Você vai sorrir, ficar de boca fechada e não vai falar com a imprensa ou qualquer outra pessoa do governo. Vai viajar muito nos próximos meses, enquanto planejamos minha reeleição. Mas no que diz respeito à política aqui na Casa Branca, Richard, seus dias acabaram.

— Mas... Pamela, por favor...

A TV mostra Pat Nixon. Pobre Pat Nixon... uma primeira-dama que nunca pareceu se dar bem nesta chamada Casa do Povo.

— Richard, eu não posso ter você como chefe de Gabinete. Existe um risco enorme de você cair em desgraça pública qualquer dia desses se a inteligência chinesa tiver acesso ao mesmo vídeo que a sra. Keating.

Ele se levanta lentamente e seca os olhos com a áspera mão direita.

— Então é isso, Pamela?

Barnes toma um gole do gelo derretido com gosto de uísque.

— Quase. Essa noite... você não é bem-vindo no meu quarto.

— Mas... para onde eu vou?

— Tem dezesseis quartos nessa casa — responde ela, curta e grossa. — Encontre um.

Capítulo

97

Em algum lugar no noroeste da Líbia

O horizonte começa a clarear, e Mel Keating percebe que o sol está prestes a nascer e que as últimas estrelas acima vão sumir no céu. Seus pés doem, seu tornozelo direito não para de latejar, e ela está desesperada de sede. Sabe que o sol deixará o dia ainda mais quente, mas pelo menos conseguirá *ver*. Desde que escapou dos homens de Azim al Ashid algumas horas atrás — não tem ideia de quanto tempo ao certo —, ela se manteve na estrada de terra, agradecendo o fato de a pista seguir para o norte, na direção da Estrela Polar. Nas pausas para descansar, Mel saía da estrada e ia para a areia, onde em determinado momento algum bicho rastejou por suas pernas e a fez dar um grito tão alto que poderia ser ouvido por quilômetros.

Por duas vezes durante a longa noite, ela ouviu o som de um veículo em alta velocidade se aproximando, os faróis iluminando muito à frente, e em ambas as ocasiões ela correu para o deserto, se jogou no chão e se cobriu com o cobertor imundo, rezando para não ser encontrada por escorpiões e aranhas.

Em certo momento um veículo parou nas proximidades, perto o suficiente para que ela conseguisse ouvir vozes distantes e o zumbido do motor em ponto morto. Um holofote portátil foi aceso e varreu os dois lados da estrada. Mel fechou os olhos, lembrando-se de quando era uma criança com medo de fantasmas no quarto e pensava: *Se eu fechar os olhos, não consigo vê-los, e eles não conseguem me ver.*

Se eu fechar os olhos, não consigo vê-los, e eles não conseguem me ver.

Mel manteve os olhos fechados até ouvir um grito de decepção, depois o ronco do motor e o veículo partindo.

Mesmo assim ela não saiu do lugar, e essa foi uma decisão inteligente, porque o veículo — talvez uma caminhonete — parou de repente, e o holofote continuou apontando para todos os lados, como se quisesse pegá-la saindo de seu esconderijo.

Está ficando mais claro.

A sede só aumenta, e ela mastiga a língua e a parte interna das bochechas, tentando produzir um pouco de umidade.

Nada.

Pega uma pedrinha do chão, coloca na boca, mastiga. Começa a salivar um pouco, mas, meu Deus, isso não ajuda em nada mesmo.

Mel sabe que o jeito tradicional de sobreviver no deserto é andar de noite, quando o tempo fica fresco, se esconder do sol e guardar energia e água durante o dia. Encontrar um lugar com sombra. Procurar uma depressão no terreno arenoso, onde talvez haja plantas. Cavar o solo, encontrar água. Encontrar um pedaço de metal que reflita a luz do sol e enviar um SOS para qualquer aeronave que esteja sobrevoando a região.

São ideias maravilhosas, mas só valem se você estiver perdido sozinho no deserto, pensa Mel. Não se estiver sendo caçado por assassinos brutais à espreita como Azim e seus asseclas. Se esconder nessas areias e pedras significa não se mexer, mas ela tem de continuar se movendo, tem de encontrar água, abrigo e, com sorte, pessoas.

Pessoas que possam ajudá-la.

Que falem inglês.

E encontrar um caminhão, um carro ou uma moto para aumentar a distância entre ela e Azim.

Com o sol nascendo, a paisagem começa a surgir com mais clareza diante dos olhos de Mel. Areia, pedras, arbustos rasteiros. A estrada de terra por onde está andando, com sulcos ocasionais nos trechos mais desgastados pelos pneus. Montanhas baixas e planaltos por todos os lados. Bons lugares para se esconder; não admira que Azim a tenha trazido para esse lugar.

Onde quer que seja *esse lugar*.

Está ficando cada vez mais claro.

Ela começa a olhar atentamente para as laterais da estrada. Avista latas vazias, caixas de papelão amassadas e sacos de lixo de plástico branco, que provavelmente vão durar mais mil anos.

Ali.

Uma caixa de madeira quebrada, algumas ripas boas. Mel se ajoelha e puxa a ripa mais longa, arrancando-a. Num trecho de terra plano, ela enfia a ripa cerca de quinze centímetros no solo, se senta e olha para os pés.

Que estrago.

Sem tênis ou botas desde o sequestro, ela só tem as meias boas de caminhada. Com o passar dos dias, as meias ficaram bem surradas — com vários rasgos e partes gastas. Os pés estão cheios de bolhas e cortes, mas, sem água e sabão para lavá-los e bandagens para protegê-los, não adianta tirar as meias.

Mel pega dois sacos de lixo e enrola bem os pés, depois arranca uns fios longos e soltos da ponta do cobertor e amarra as sacolas o mais apertado possível.

Faz um calor escaldante, e ela está num estado deplorável, mas pelo menos seus pés ficarão mais protegidos.

O sol está mais alto agora.

Mel vai até a ripa de madeira que fincou na terra. Uma sombra se estende da madeira apontando para o oeste, já que o sol está no leste. O que significa que... o norte é para lá.

Mel enxerga uma rocha de formato estranho se projetando de um pico próximo. *Lá. Segue na direção dessa rocha, e você vai estar indo para o norte.*

Para o norte, para o mar, para as aldeias e os vilarejos.

Mel retoma a caminhada, mancando por causa do tornozelo torcido, o cobertor em volta da cabeça e dos ombros, então a estrada de terra se divide em duas: esquerda e direita.

E agora?

A esquerda está mais para o norte.

Então para o norte ela avança, o estômago roncando, a boca muito, muito seca.

Pai, pensa. Ah, se ele ainda fosse presidente, imagine o que poderia estar fazendo agora. Todos os agentes do FBI e da CIA no mundo estariam atrás dela, e todos os drones e satélites aéreos também estariam procurando por ela.

Mas e daí?, pensa ela.

Azim não precisou dizer, mas Mel sabe que ele queria que os pais dela pensassem que ela estava morta com aquela execução falsa.

Seu pai e sua mãe... provavelmente juntos no lago Marie, em luto por ela — caramba, talvez até preparando o velório.

Que mórbido: um velório para uma pessoa viva.

Ela continua em frente, andando o mais depressa que pode. O único sinal de vida que vê são um ou dois pássaros ao longe, indiferentes.

O som viaja longe por essa terra seca, e, quando ouve o barulho do motor se aproximando às suas costas, Mel sai da estrada e se encolhe atrás de algumas rochas caídas. Surge uma nuvem de poeira que se estende por uns trinta metros, então uma pequena picape Toyota branca surrada aparece com quatro pessoas amontoadas no banco da frente, a traseira transbordando de caixas de papelão e sacos de pano amarrados com várias cordas.

A picape passa fazendo um estrondo, a tampa da caçamba abaixada, onde estão sentadas duas mulheres e duas crianças, os pés pendurados para o lado, rindo enquanto tentam se manter no mesmo lugar a cada solavanco.

Mel toma uma decisão rápida.

Ela se levanta com um pulo, grita, agita os braços.

Balança os braços, tira o cobertor da cabeça e o sacode ao ar.

— Socorro! — grita.

A picape continua seu caminho, desaparecendo numa nuvem de poeira.

O som do motor começa a perder força.

Mel chuta uma pedra e começa a chorar sem lágrimas, perguntando-se o que fazer, como sobreviver, por quanto tempo mais é capaz de continuar caminhando.

Joga o cobertor de volta nos ombros.

Ela escuta o som do motor de novo, e segundos depois a picape volta em marcha à ré. As duas mulheres e as duas crianças, usando mantos bege e pretos cobertos de areia, olham para ela com espanto.

Mel pensa nas muitas coisas que aprendeu com o pai, e uma delas é: *Esteja sempre atenta ao que está ao redor. Sempre!* Foi assim que ela soube de imediato, lá no monte Rollins, quando estava dentro daquela lagoa isolada com Tim, que os dois homens se aproximando eram encrenca. Eles não se encaixavam no lugar.

Mas esse grupo... homens, mulheres, crianças, uma caçamba cheia de caixas e pertences.

Mel não acredita que eles sejam jihadistas.

Ela avança mancando, a boca seca rachada, e, mesmo sem forças, se esforça para dizer em voz alta:

— Por favor... socorro... Vocês podem me ajudar? Por favor...

As mulheres logo começam a falar num idioma que ela não entende — e que não soa exatamente como árabe. Uma delas coloca uma criança no colo, a outra faz o mesmo, e ambas gesticulam para Mel se aproximar.

Mel se aperta entre as mulheres e se senta em cima da tampa traseira de metal. A mulher à sua direita grita algo para o motorista, e o Toyota dá uma arrancada.

Mel quase cai, mas as mãos fortes das mulheres a mantêm sentada, e as duas riem dela, que também ri, agora sem sentir dor nenhuma.

Capítulo

98

Al Sheyab, Líbia

Azim al Ashid está sentado à sombra no pátio da casa de um líder tribal local que permitiu que ele e seus companheiros descansassem durante o dia quente do deserto, ao contrário do desleal Omar al Muntasser. Os veículos de Azim estão estacionados nas proximidades, cobertos por lona, e em breve chegarão veículos vindos de Badr, um vilarejo maior, para que ele possa continuar a viagem.

Azim está fazendo um desjejum tardio: café, dois ovos e *sfinz* quando seu primo Faraj aparece, puxando uma jovem pelo pulso. Azim ergue a cabeça, limpa os dedos num guardanapo de pano bege e diz:

— E então?

Faraj empurra a mulher para a frente de Azim. Ela está de olhos arregalados, amedrontada, com uma túnica preta que a cobre dos pés à cabeça. Está de tênis da Nike pretos cobertos de areia.

— Tire a túnica — ordena Azim.

Faraj puxa o tecido, e a mulher solta um grito. Faraj dá um tapa no rosto dela, a segura e a força a ficar de frente para Azim.

Ele a encara por um tempo. A mulher baixa os olhos. O corpo, o rosto, a estrutura óssea... É, vai funcionar. Ela parece estar no fim da adolescência, e Azim diz:

— Você se saiu bem, primo.

— Obrigado.

Azim não resiste ao impulso de pensar na esposa, Layla al Ashid, nas três filhas, Amina, Zara e Fatima — que sem dúvida estão no paraíso agora — e no fato de que, quando estavam vivas, ele jamais se permitiria estar num quarto sozinho com outra mulher, independentemente da idade, para evitar a tentação.

Mas agora?

Agora Azim faz o que é preciso para se vingar.

— Onde você a encontrou? — pergunta ele.

— Numa feirinha ao sul de Brak. É francesa. Já foi casada com um jihadista do Estado Islâmico da Síria. Ele foi morto e... aqui está ela.

— Realmente muito bom. E a caça a Mel Keating?

— Continua — responde Faraj, fechando a cara. — Tenho certeza de que vamos encontrá-la, primo.

Azim volta para seu café da manhã.

— Eu também. Mas não com você parado aqui junto com essa garota triste. Volte à caçada... e quero que a menina seja localizada até hoje à noite.

Azim sente que Faraj está com raiva, mas e daí?

Faraj sabe qual é o seu trabalho, e, mais importante, o seu lugar.

— Sim, Azim — diz ele, então sai, puxando a adolescente, e ela começa a chorar baixinho enquanto se aproximam da porta, falando francês em tom de súplica.

Azim dá de ombros e continua o café da manhã.

Capítulo

99

Autoestrada 19, Líbia

Jiang Lijun, do Ministério de Segurança de Estado da China, está sentado no banco traseiro de um Land Rover Defender cheio de gente quicando pela estrada esburacada, indo para o sul, rumo às montanhas Nafusa, esforçando-se ao máximo para manter abertos os olhos cansados. Dois outros Defenders estão à frente, quicando e sacudindo, levantando nuvens de poeira.

O carro dá um solavanco, e ele bate a cabeça no teto e quase racha o crânio, e ao seu lado Walid Ali Osman ri. Ele é um ativo de longa data de Jiang, que contratou Walid, um líder tribal e dez membros da mesma tribo para ir às montanhas Nafusa encontrar Azim al Ashid e libertar a filha do presidente.

Walid, um homem magro e barbudo, está de farda camuflada bege, assim como Jiang, que além disso usa um colete à prova de balas. No coldre lateral ele carrega uma pistola QSZ-92 calibre 9mm, fabricação chinesa, com quatro cartuchos sobressalentes. Tenta não bocejar de novo. Foi um dia brutalmente longo. Começou em Nova York, onde ele nem teve tempo de voltar para casa antes de pegar um voo da Turkish Airlines que, por fim, o trouxe a Trípoli.

Um dia longo, sem fim à vista, e, quando chegou a Trípoli, seu primeiro pensamento foi que seu chefe o havia colocado numa missão suicida. Ele foi enviado sozinho à Líbia para resgatar Mel Keating sem nenhum apoio! Mas Jiang teve de obedecer às ordens do chefe, caso contrário seria levado a uma salinha de aço com chão de terra no porão da embaixada, onde levaria um tiro atrás da cabeça.

O carro dá outro solavanco, e Walid ri mais uma vez enquanto eles percorrem uma paisagem estéril de terra, pedras e arbustos, com montanhas escarpadas e planaltos surgindo ao longe.

— Parece que ainda tem muito lugar onde os meus amigos chineses podem investir na tal Iniciativa de Suspensório e da Rota, hein? — diz Walid.

— Iniciativa do Cinturão e da Rota — corrige Jiang. — É esse o nome.

O líder tribal dá risada.

— Chame como quiser, mas é só um jeito de um país rico e distante espalhar riquezas, tentando comprar influência e amizade. — Um tapa no joelho de Jiang. — O que acha disso, amigo?

— Você está aqui comigo, não está? — responde Jiang.

Walid dá outra risada. Depois de chegar a Trípoli, a sorte sorriu para Jiang, porque ele conseguiu fazer contato com Walid, que agora estava lá. Por isso, talvez — só talvez — essa missão suicida tenha se tornado um pouco menos mortal.

Outro solavanco violento. Mesmo com portas e janelas bem protegidas, a poeira arruma um jeito de entrar pelas frestas do Defender. Na frente, o motorista resmunga e pragueja enquanto seu companheiro no banco do carona segura um AK-47 com uma das mãos e um telefone via satélite com a outra, gritando com alguém do outro lado da linha.

Jiang deveria estar pensando e planejando o que fazer quando Azim for localizado, mas ainda está abalado por causa da última conversa com o chefe, Li Baodong, no porão do prédio da missão chinesa da ONU em Nova York.

O pai de Jiang morreu pelo país.

Agora ele está sozinho com esses bárbaros do deserto, quicando e avançando por essa estrada no meio do nada, para resgatar a filha de um presidente estadunidense, e ele sente que deveria ter gritado com seu chefe em Nova York.

Seu cogumelo gordo idiota, se você tivesse me contado a verdade sobre meu pai meses atrás, eu teria resgatado Mel Keating quando ela estava sendo mantida em cativeiro em New Hampshire!

Azim e o primo, por sua vez, estariam mortos ou na Baía de Guantánamo. Mel Keating estaria de volta em segurança e com os pais.

E Jiang não estaria ali, no meio do deserto, acelerando rumo a uma possível morte solitária e sangrenta nas montanhas cada vez mais próximas. O Defender treme, quica, sacode. Dessa vez sua cabeça acerta o teto acolchoado.

Se ele sobreviver, essa vai ser sua última missão de campo.

Chega.

Mesmo que isso signifique retornar a Beijing em desgraça, ser mandado para algum escritório distante, alocado no coração do Tibete — aquele lugar ingrato — ou no meio do turbulento povo uigur. Para Jiang já deu. Ele quer viver e ser um bom pai para sua filha por muitos e muitos anos.

O homem com o telefone via satélite vira para trás, diz alguma coisa num tom de urgência para Walid, que bate palmas de alegria.

— Conseguimos! — anuncia. — Um agrupamento familiar a menos de uma hora, *inshallah*! Surgiram boatos de que uma adolescente estadunidense está numa casinha lá nesse momento, recebendo cuidados como hóspede.

— Mais rápido — diz Jiang. — Precisamos ir mais rápido.

Walid dá um tapinha no ombro do motorista, diz algo e, em seguida, repete uma série de palavras semelhantes para o homem segurando a arma e o telefone no banco do carona. Os dois Land Rovers à frente aceleram, assim como esse.

Talvez eu sobreviva a esse dia no fim das contas, pensa Jiang.

Capítulo 100

Residência da família Abrika, Líbia

Mel Keating toma outro gole satisfatório da água levemente gelada num copo de metal e conclui mais uma vez que é o melhor líquido que já engoliu na vida. Está descansando num quartinho dentro de uma casa de pedra e gesso, deitada numa pilha de tapetes e travesseiros, enquanto uma senhora — talvez a avó da família — supervisiona duas jovens que lavaram e estão agora secando delicadamente os pés machucados de Mel. As três estão de túnica preta larga com um lenço colorido envolvendo a cabeça, e as duas mais novas parecem ter a idade de Mel. Elas conversam e riem no que Mel imagina ser um dialeto árabe.

A água! Ela nunca provou algo tão delicioso, tão refrescante, tão gratificante. A água parece lavar delicadamente a poeira e acabar com a sede e a sensação de secura que davam a Mel a impressão de estar mascando bolas de algodão. Os pés ainda doem, mas é uma dor agradável, parte do processo de limpeza e cura.

Ainda assim, por mais confortável que esteja, Mel está nervosa, com medo, se assustando a cada barulho ou alvoroço. Ela sabe que

Azim al Ashid está lá fora à sua procura, e estar aqui não é exatamente como se esconder em Georgetown, com todos aqueles prédios, ruas e becos. Está numa planície rochosa desértica ao pé das montanhas e imagina que não haja outro vilarejo num raio de muitos quilômetros.

Por mais revigorada que esteja se sentindo, Mel precisa dar o fora dali.

Pouco tempo atrás ela teve um ataque de pânico quando uma das jovens tirou seus óculos deixando-a imediatamente cega, mas a jovem voltou um minuto mais tarde com os óculos lavados e secos com todo o cuidado. Mel ficou com vergonha do medo que sentiu.

Outra mulher entra no quarto, com um lenço azul-claro cobrindo a cabeça, e coloca uma bandeja de cerâmica no colo de Mel. Nela tem bolinhos marrons cobertos de mel, que parecem as panquecas que o seu pai faz — e essa lembrança a faz chorar. Ela come um, depois dois, toma outro gole de água e diz:

— Me desculpe, mas alguém aqui fala a minha língua, por favor?

A mulher que serve os bolos sorri.

— Sim, eu falo... um pouco. Fiz faculdade em Trípoli por dois anos...

— Ai, meu Deus, obrigada, muito obrigada por me pegar na estrada. Eu estava com tanta sede... e perdida.

A mulher dá um passo atrás.

— Meu nome é Tala Abrika. E o seu?

Mel hesita. Tudo bem, ela foi resgatada, mas quem são essas pessoas? Pode confiar nelas? Será que são amigas de Azim al Ashid?

Ela ainda sente a água na boca, que não está mais seca.

— Meu nome é Mel. Mel Keating. Obrigada mais uma vez por me resgatar.

Tala sorri e acena com a cabeça.

— É o que nós fazemos.

Mel mordisca mais um dos deliciosos bolinhos enquanto as outras mulheres no quarto conversam entre si.

— Ouvi dizer que o povo líbio é gentil e amável com estranhos — diz Mel a Tala.

— Não somos líbios — explica Tala, o sorriso perdendo força. — Somos amazigh, o que alguns chamam de povo berbere.

Mel percebe a expressão sombria que surgiu nos olhos escuros de Tala e sente que cometeu um erro.

— Desculpe. Não quis ser desrespeitosa.

— Não se preocupe. Nós, amazigh, que vivemos aqui e nas montanhas Nafusa, fomos caçados, mortos e oprimidos por todos os homens perversos que governavam a Líbia pelo crime de sermos diferentes. Foi só nos últimos anos que tivemos algo parecido com paz.

As outras mulheres continuam rindo e conversando e saem do quarto. Sozinhas, Tala encara Mel com seus olhos escuros penetrantes e, num tom firme, pergunta:

— Como você se perdeu, Mel Keating? Uma jovem estadunidense como você, vestindo roupas erradas, sem calçado, em nossas terras?

Mel se lembra das vezes que ouviu o pai contar histórias inacreditáveis com os amigos Seals sobre como, apesar dos anos de treinamento e experiência, às vezes só é preciso seguir o instinto, escutar o que ele diz, o que se sente.

Mel segue seu instinto.

Confia nessa mulher.

— Fui sequestrada nos Estados Unidos por terroristas e trazida para cá. Eu escapei ontem à noite. Por favor, pode me ajudar? Você tem um celular?

— Sim, mas não tem... como se diz mesmo?... sinal aqui — diz Tala, séria. — É preciso dirigir até Miraz para conseguir fazer o aparelho funcionar.

— Por favor...

Tala abre um sorriso.

— Meu primo, Abu Sag, vai passar aqui em algumas horas. Ele levará você até Miraz. Lá você vai poder fazer sua ligação. E você ficará segura, Mel Keating. *Mushiiyat Allah*, você ficará segura.

* * *

Mel está com sapatilhas pretas macias que a mulher mais velha colocou em seus pés enfaixados, e ela até consegue cochilar um pouco. É acordada quando Tala volta e diz:

— Rápido. Meu primo Abu chegou.

Tala ajuda Mel a se levantar. Apoiando-se em Tala, Mel é levada para fora da casa e conduzida a um pátio de terra batida. Vê a velha caminhonete que a pegou mais cedo e agora também um Toyota Land Cruiser cinza chumbo estacionado perto. Um jovem barbudo atarracado, de calça jeans e camisa branca abotoada, sai do banco da frente, sorri e acena em sua direção.

As outras mulheres estão na entrada da casa. Além dessa, há outras três casas semelhantes, de um só andar, construídas em semicírculo. Há cabras e galinhas vagando por ali, e duas casas têm antena parabólica.

Tala aperta a mão de Mel.

— Boa viagem, Mel Keating. Espero que nos encontremos novamente.

Mel sente um nó na garganta ao se lembrar do que sua mãe lhe disse uma vez, anos atrás: *A maioria das pessoas é boa, Mel. O problema é que as más recebem muita atenção.*

— Eu também — responde ela, por fim.

Abu acena.

— Venha. Vamos, mocinha, vamos!

O interior do Land Cruiser cheira a incenso e canela, e no espelho retrovisor há miçangas e bugigangas penduradas. Abu é um motorista agressivo e imprudente, e Mel descobre que o cinto de segurança não funciona, então o amarra na cintura com um nó e torce pelo melhor.

O rádio está alto, e Abu está cantando. A estrada não é exatamente uma estrada — não passa de uma pista larga e esburacada de terra batida —, mas Abu dirige como se pudesse fazer isso de olhos fechados.

O sol está alto, e um azul intenso preenche o céu, nenhuma nuvem à vista.

— Quando chegarmos a Miraz, deixo você usar o meu telefone, certo? — diz Abu.

— Está bem.

Ele abre um sorrisinho malicioso.

— Você vai me dar algo em troca?

Ótimo..., pensa Mel.

— Vamos fazer um acordo depois que eu terminar a ligação — diz ela.

Abu dá risada, e eles continuam pela estrada larga e vazia cruzando o deserto.

Então Abu diz:

— Ah, olhe. Olhe ali. Ali na frente.

O para-brisa está imundo de areia e poeira, e Mel só consegue enxergar o que Abu está vendo quando já estão bem perto.

Três SUVs estacionados em fileira, um grupo de homens ao redor do primeiro carro estudando um mapa no capô.

Abu passa batido.

— Viu aquilo? Viu?

— O quê? — pergunta Mel. — O que era?

— Um homem do Japão. Ou da China. Ali, com os outros. — Outra risada. — Totalmente perdido, hein?

— Sei como é.

Minutos depois, Abu pragueja alguma coisa em árabe e bate o dedo no painel acima do volante.

— Ah, que idiota! Esqueci de reabastecer. Estamos ficando sem gasolina.

Com uma das mãos Mel segura o cinto de segurança e com a outra a maçaneta da porta. *Se esse palhaço vier com o papo de "Estamos sem combustível", eu pulo para fora do carro assim que ele desacelerar,* pensa ela.

— Mas não se preocupe — continua ele. — Ali na frente. Na encruzilhada. A família Dajout. Um posto de gasolina, uma lojinha. Mel, quer uma Coca-Cola gelada? Quer?

E como ela quer!

— Quero. Seria ótimo.

Abu assobia, dá um tapa no joelho dela — tudo bem, ela vai deixar essa passar — e diz:

— Vai ser um prazer. E, ao contrário da ligação, vai ser de graça.

A estrada se alarga, e Mel vê duas caminhonetes entrarem na frente deles levantando nuvens de poeira, e tem três casinhas enfileiradas, com outras caminhonetes estacionadas nas proximidades. Do lado de fora, homens conversam, alguns de camisa e calça, outros com uma túnica branca que vai até os pés.

Abu para num beco estreito e diz:

— Só uns minutinhos, mocinha. Vou reabastecer, vou buscar a Coca que prometi e, em breve, você vai fazer sua ligação.

Uma risada, então ele sai, fecha a porta e vai para a entrada dos fundos do prédio mais próximo. Outro caminhão passa fazendo barulho pela estrada principal. Mel esfrega de leve um pé dolorido no outro.

Para quem ligar? Como ligar?

É claro que o número da polícia dos Estados Unidos não vai funcionar.

Mas tem um número que o agente David Stahl a havia feito memorizar quando seu pai estava na Casa Branca.

Use esse número e nós vamos encontrar você, explicou ele na época.

Mas será que também funciona no exterior?

Talvez, se ela conseguisse descobrir como fazer uma ligação internacional da Líbia.

Qual é o código internacional para ligar para os Estados Unidos?

Ela não sabe, mas talvez Abu possa descobrir.

Mel desamarra o cinto de segurança e está se abaixando para esfregar os pés de novo quando a porta do motorista se abre.

Ela olha para a esquerda e trava.

Quem está olhando para dentro é Faraj al Ashid, sorridente e satisfeito.

Ao lado dele, Abu bebe uma garrafa de Coca-Cola com toda a calma.

— Mocinha, você acha mesmo que eu arriscaria a segurança da minha família por você, uma estrangeira? — pergunta Abu.

Faraj agarra o ombro de Mel com força.

— Venha — ordena. — Azim está ansioso para ver você.

Mel dá um tapa — forte! — na cara dele e se solta, abre a porta do passageiro, pula e quase grita com a dor que sente no pé direito. Ela corre o mais rápido que pode pelo beco e vê uma estrada à frente. Talvez possa acenar para alguém, gritar por ajuda, ou...

Dois homens armados com pistolas bloqueiam a saída do beco.

Mel se vira.

Faraj e Abu se aproximam, relaxados e confiantes.

— Mas eu não quero ver Azim — diz ela por fim.

Faraj ri, agarra o ombro de Mel e começa a puxá-la, e, quando ela passa por Abu, dá uma cotovelada que faz a garrafa de vidro acertar na cara do sujeito com toda a força.

Capítulo

101

A bordo do Granito 4
Mar Mediterrâneo

Estamos a cerca de quinze minutos da base da Força Aérea da Tunísia em Sfax-Thyna quando Claire Boone — amiga de Mel e agente da NSA — sai do banheiro do KC-135, se aproxima de mim e se agacha. Ao meu lado, o agente David Stahl está dormindo profundamente, com fones de ouvido e braços cruzados.

— Matt... — diz ela.

— Diga.

Ela se inclina para a frente, para que eu possa ouvi-la melhor.

— Vamos estar meio ocupados assim que chegarmos ao solo. E eu jamais me perdoaria se não usasse essa oportunidade para perguntar sobre um mistério que vem me incomodando há anos. O que você escreveu na carta para a presidente Barnes? Digo, a que você deixou na mesa do Salão Oval no Dia da Posse. O texto costuma ser divulgado, mas esse não foi. Por quê?

A minha vontade é de gritar com ela: *Com tudo o que está acontecendo, você está preocupada com isso?*, mas sou salvo quando o segundo-sargento Palmer aparece e diz:

— Certo, pessoal, vamos pousar. Sentem-se e apertem os cintos.

Claire se levanta, nota a expressão no meu rosto e corre para o seu lado da fuselagem.

A aeronave se inclina algumas vezes, o ronco do motor muda, e sinto o KC-135 mergulhar e perder altitude conforme nos aproximamos da pista de pouso. O avião não tem janelas nem escotilhas que me permitam avaliar nossa aproximação e, como tantas outras vezes na minha carreira militar, deposito minha confiança e minha fé na tripulação.

O trem de pouso chia e trava na posição, a aeronave faz mais uma curva no ar, então o KC-135 pousa suavemente, os reversores de empuxo entrando em ação, desacelerando o avião rapidamente.

Os guerreiros da minha pequena equipe acordam ou ficam atentos conforme a aeronave desacelera, e o segundo-sargento Palmer se aproxima e diz:

— Bem-vindos à Tunísia, pessoal. Desafivelem os cintos, peguem seus equipamentos e venham comigo. Vamos colocar vocês no chão. Não tem escada externa disponível, então vocês vão ter que sair pela escada de tripulação.

Seguimos em fila indiana até o compartimento da tripulação na proa da aeronave, e o segundo-sargento coloca a mão na massa. Primeiro levanta uma parte da cabine de comando e revela uma grade de metal amarela, que logo é removida. Depois, abaixa uma escada de metal e a trava. Por fim, se abaixa e abre uma pequena escotilha na parte inferior da fuselagem. O piloto se levanta, e Nick Zeppos desce primeiro, seguido por Alejandro Lopez. David passa nossas mochilas para os dois Seals lá embaixo.

Enquanto isso fico inquieto trocando o pé de apoio, tentando esperar a minha vez, o tempo todo pensando que preciso chegar ao chão e começar a trabalhar.

Paciência, penso. *Tenha paciência, senão você vai se apressar demais e pôr tudo a perder.*

Eu me aproximo da escada, e o capitão Josephs oferece a mão em cumprimento, enquanto a copiloto verifica alguns papéis. Troco um aperto rápido.

— Boa sorte, senhor — diz ele. — Estaremos orando pelo senhor e por sua equipe.

— Obrigado, capitão.

Observo a paisagem da base aérea de Sfax-Thyna, e não há muito para ver. Estamos na ponta de um aeródromo comercial pertencente a um pequeno destacamento da Força Aérea da Tunísia, com alguns galpões e edifícios num canto. Vejo quatro monomotores de treinamento e alguns helicópteros — uns Hueys mais antigos e Black Hawks mais novos. Mais além da cerca do aeródromo há algumas construções de um andar espalhadas pela área. A paisagem é plana e ocre, e o ar é úmido, mas não muito quente.

Já estive em lugares piores.

Nick Zeppos conversa com um homem de farda verde-escura, coturnos pretos e boné bege. Os dois riem, e Nick dá um tapa no ombro do sujeito e me diz:

— O quartel-general temporário está pronto. Por aqui.

Andamos rápido, e um caminhão de combustível passa a toda em direção ao KC-135. Vejo a tripulação do Granito 4 reunida em frente ao avião, esticando as pernas e esperando a aeronave ser reabastecida.

Vamos, vamos, penso.

Nick nos leva a um pequeno prédio de concreto e metal que parece uma instalação de manutenção, com bancadas, pallets e ferramentas penduradas nas paredes. Está quente e abafado lá dentro, não tem ar-condicionado. Alejandro e David começam a liberar espaço nas bancadas, e Nick diz:

— Aguenta firme, senhor... quer dizer, Matt. Vou entrar em contato com o pelotão dos Seals, ver se podemos fazer uma reunião dentro de uma hora.

— Parece ótimo, Nick — digo.

Abro minha bolsa, tiro uma garrafa de água morna e tomo um longo gole.

— O pelotão dos Seals que está aqui... No que eles podem contribuir? — pergunta David.

— Em primeiro lugar, dezesseis operadores profissionais — respondo. — Provavelmente dois Black Hawks, com sorte da última versão furtiva, o que significa que vai ser muito mais fácil cruzar a fronteira sem sermos notados. Equipamento de visão noturna, armas de baixo calibre, fuzis de precisão, lança-granadas, explosivos para arrombar portas ou barreiras e pelo menos um médico. David, não temos como fazer isso sem eles.

Com as bancadas liberadas, David e Alejandro começam a trabalhar. Abrem suas bolsas, retiram suas armas e diversos equipamentos. Levo a minha para lá e começo a fazer o mesmo.

Olho o relógio.

Uma da tarde, horário local.

— Claire, a que horas é o pôr do sol? — pergunto.

— Um minuto, senhor — responde ela. Enquanto nós três descarregamos nossas armas, Claire está com o laptop da NSA a todo vapor.

Prioridades.

— O pôr do sol local é... às sete e quarenta e um, Matt — responde ela.

Reflito sobre o que ela falou. Não existe a menor chance de fazermos uma incursão cruzando a fronteira durante o dia.

Nem logo depois do pôr do sol.

Não... o melhor horário é sempre o mesmo: no meio da noite. Grande parte dos inimigos está dormindo, drogada ou bêbada, e os que ficam de guarda em geral estão de saco cheio ou morrendo de sono.

A boa notícia é que temos pelo menos quatro horas — meio dia de trabalho — para preparar e praticar com o pelotão dos Seals fortemente armado para a ação dessa noite.

E a má notícia?

Na verdade, são muitas. Ainda não sabemos a localização de Mel, apenas que ela está em algum lugar a cento e cinquenta quilômetros a leste, nas montanhas Nafusa na Líbia.

E, mesmo que esteja em algum lugar agora, onde estará daqui a cinco horas?

Tanta coisa com que se preocupar, para planejar.

A porta se abre, o comandante Nick Zeppos entra de cara fechada, e sei que as más notícias estão prestes a piorar.

— Desculpe, Matt — diz ele, o olhar desanimado. — Os Seals foram chamados para ajudar uma unidade francesa ao sul.

Todos ficamos em silêncio. Penso no que acabei de dizer ao meu agente do Serviço Secreto.

David, não temos como fazer isso sem eles.

— Eles partiram e só voltam daqui a alguns dias — diz Nick.

Capítulo
102

Montanhas Nafusa, Líbia

Cada osso e músculo de Jiang Lijun está latejando de dor por causa dos trancos violentos que ele suportou na última meia hora. Está no único Land Rover Defender que sobe as montanhas íngremes. Está no banco detrás, ao lado de Walid Ali Osman. Na frente estão o motorista e um homem armado. Os outros dois Land Rovers estacionaram cerca de meio quilômetro atrás. Os homens armados que antes estavam nesses veículos estão subindo a pé rapidamente à frente do carro de Jiang para dar cobertura quando ele e Walid finalmente chegarem ao complexo habitado por Azim al Ashid e seus seguidores — informação passada uma hora atrás por um dos membros da tribo de Walid.

O Land Rover quica, balança, cambaleia. Essa estrada de terra faz com que a estrada percorrida anteriormente parecesse a rodovia G45 ao sul de Beijing. Desde a reunião em Nova York, Jiang enviou três e-mails a Azim, dizendo que estava a caminho, mas nenhuma das mensagens recebeu resposta.

Outro solavanco.

Walid mostra um rádio portátil.

— Meus homens estão a caminho. Quando chegarmos à casa de Azim, vou avisar a eles e o combate vai começar, então resgataremos a garota estadunidense.

O ronco do motor aumenta conforme a subida fica mais íngreme. Eles passam tão perto dos paredões de rocha que Jiang poderia tocá--los se as janelas estivessem abertas.

— Você acha que Azim e os homens dele vão ficar parados enquanto você fica falando no rádio? — pergunta Jiang.

Walid ri.

— Eu sei o que estou fazendo. O rádio vai ficar no meu bolso. Quando estiverem posicionados, só preciso apertar o botão de transmissão três vezes... É um sinal. Só preciso fazer isso.

— E eles sabem que não podem machucar nenhuma mulher que encontrarem, certo? Não sabemos como Mel Keating está vestida, ou onde...

O Land Rover chega ao topo.

Tem um homem bloqueando o caminho com um AK-47 pendurado no ombro. Está de jaqueta militar verde-escura, calça branca e turbante preto na cabeça.

O veículo diminui a velocidade e para.

O homem se aproxima.

É Faraj al Ashid, primo mais novo de Azim.

Pela primeira vez desde que voltou a esse maldito país, Jiang sente uma pontada de otimismo.

Azim é um fanático, um jihadista, um sujeito frio e calculista quando toma uma decisão e a coloca em prática.

Seu primo Faraj está mais para um seguidor, um sujeito mais culto e, dependendo do dia, mais aberto a ouvir a voz da razão.

A presença de Faraj é um presente para Jiang, que está repensando a estratégia que montou com Walid nas últimas horas.

Jiang desafivela o cinto de segurança.

— Me deixe ir lá falar com ele. Talvez eu consiga chegar a uma solução que não envolva tiros.

— Se você acha... — Walid parece cético. — Mas ainda espero receber meu pagamento, mesmo que não haja luta.

— Se eu convencer Faraj a libertar a garota sem combate, eu pago e ainda dou um bônus a você e aos seus homens. Fique aqui dentro.

Ele coloca o pé no chão de terra compactada e levanta os braços para Faraj enquanto começa a andar na direção do primo de Azim. Jiang está com sua pistola visível, presa no coldre. Ele quer tranquilizar Faraj, mostrar que sua visita não representa ameaça.

Faraj sorri.

— É você, não é!? Jiang Lijun... Que surpresa!

O primo de Azim se aproxima, os braços estendidos, e Jiang pensa: *Ah, não, um abraço fedido, não...*, mas Faraj apenas segura e aperta as mãos de Jiang.

— Azim me disse hoje mais cedo que você estava vindo para cá, para nossa pequena casinha afastada. Que honra! Que maravilha! O que o traz aqui?

Jiang força uma risada em resposta e abaixa as mãos rapidamente.

— Negócios, é claro... negócios que gostaria de discutir com seu primo.

Faraj dá um passo para trás, também sorrindo, mas balança a cabeça.

— Azim está sempre disposto a conversar... exceto quando não está. Ele me disse que não iria responder aos seus últimos e-mails. Falou: "Se aquele chinês quer falar comigo, ele que venha às minhas montanhas." Então aqui está você. Nas montanhas dele. Como você o encontrou?

— Meus guias — diz Jiang — e minha própria inteligência.

— Para nossa sorte, os estadunidenses não são tão sábios quanto você. E seu negócio... tem a ver com a filha do presidente, certo?

— Sim. Quero oferecer um... acordo. Um consenso. Uma proposta que talvez sirva aos interesses de ambas as partes. Talvez você possa convencê-lo a considerar minha oferta: entregar Mel Keating para mim em troca de várias recompensas.

Faraj coça o queixo, onde uma barba cresce lentamente.

— Não sei, Lijun... Como eu disse, ele está sempre disposto a conversar — responde e faz uma pausa. — Exceto quando não está.

Faraj ergue o braço direito, faz um movimento circular com a mão, e há uma explosão nas rochas acima e à esquerda dele, um *vum* rápido e outra explosão, esta atrás de Jiang.

Jiang cai no chão automaticamente cobrindo a cabeça e os ouvidos, enquanto a explosão ecoa e ressoa atrás dele.

Ele tenta se levantar. Faraj pega a pistola de Jiang no coldre lateral e agarra seu ombro para colocá-lo de pé.

Jiang vira a cabeça.

O Land Rover está de cabeça para baixo, queimando intensamente, nuvens pretas de fumaça subindo, as chamas crepitando, e até os pneus estão queimando.

Faraj está ao lado de Jiang, com o braço sobre seu ombro.

Tiros rápidos são disparados a distância, e Jiang sabe que os combatentes de Walid estão sendo abatidos um por um.

Agora ele está sozinho com Faraj, exceto pelo combatente que está descendo das rochas atrás dele, segurando um lançador de granadas RPG-7 em condições precárias. Jiang sente uma dor no peito, e não por ter caído no chão.

Talvez fosse mais fácil estar dentro do veículo destruído, pensa.

Faraj aperta o ombro de Jiang.

— Agora que cuidamos dos seus... guias, como você mesmo os chamou, é hora de se encontrar com Azim. Tenho certeza de que vocês dois terão muito o que conversar.

Jiang pisca os olhos com força ao encarar o fogo incandescente. Ele escuta um grito breve vindo de dentro do veículo destruído.

— Isso se você tiver sorte — acrescenta Faraj.

Capítulo

103

Montanhas Nafusa, Líbia

Mel Keating está em sua segunda sessão de exercícios da tarde e, embora esteja satisfeita por ter recebido essa pequena indulgência, seu tornozelo direito ainda dói muito. Ela anda arrastando o pé no chão de terra batida enquanto é seguida por dois homens de calça bege, jaqueta militar e boné, cada um segurando um AK-47. Os dois são jovens, com barba desgrenhada e olhar nervoso. O pai de Mel diria que os dois têm péssima disciplina com armas, porque seus dedos estão dentro do guarda-mato do gatilho — o que significa que um tropeço, desequilíbrio ou espirro forte pode disparar um tiro.

Os pulsos de Mel estão algemados e amarrados a um cinto de couro largo preso na parte traseira. Nada mais de algemas descartáveis. Mesmo com essa amarra extra, os guardas estão nervosos, e por um bom motivo. Eles são responsáveis por Mel, e ela tem certeza de que Alfa e Beta não receberam apenas uma avaliação de desempenho ruim por causa da sua fuga.

Provavelmente um tiro na cabeça de cada, pensa ela, ou coisa parecida.

Ela continua a caminhada arrastada se afastando da casa de pedra que é sua prisão atual. Há outras cinco construções de pedra no vilarejo, complexo ou campo de treinamento terrorista, dependendo do ponto de vista. Todas elas têm apenas um andar, embora sejam de tamanhos e formatos variados. Há mais ou menos uma dúzia de combatentes no local, sem presença de mulheres nem crianças. No pequeno edifício ao lado de onde está sendo mantida em cativeiro há um aglomerado de antenas comuns e parabólicas escondido por uma rede suspensa e uma lona. O mesmo tipo de camuflagem é usado para cobrir quatro picapes Nissan pretas.

Talvez eles tenham conseguido um desconto comprando todos da mesma cor, pensa ela, com amargura.

Ao fim da caminhada, ela dá meia-volta e começa a andar a passos lentos de volta ao cativeiro. As construções ficam numa área plana, com declives rochosos íngremes atrás e à direita, a estrada estreita de terra batida e cascalhos à esquerda e, à frente, um trecho de paredão rochoso oco e desgastado que se eleva até dar num planalto. Lá em cima estão dois homens de vigia, armados e usando binóculos. Faz frio, e não há uma nuvem no céu.

Alguém solta um grito. Azim al Ashid sai da maior construção acompanhado por dois de seus lacaios, e ouvem-se risadas e gargalhadas. Mel queria estar com os braços livres para poder atacar o guarda mais próximo, roubar seu AK-47 e acabar com todos eles.

Azim vai na direção de Mel, ainda sorrindo, e ela está tranquila, lembrando-se da recepção que teve horas atrás, quando Faraj a trouxe até aqui. Mel pensou que seria espancada, surrada ou até pior, mas Azim estava de bom humor, sorridente, e se limitou a dar um tapinha de leve em sua bochecha.

— Você foi uma menina muito travessa — disse ele, e, pensando em retrospecto, ela queria ter tido presença de espírito para morder os dedos dele na hora.

Azim diz algo em árabe aos dois guardas, que dão um passo atrás. Em seguida ele se vira para Mel e diz:

— Permita-me acompanhá-la de volta ao seu quarto.

Mel volta a andar em ritmo lento.

— E que quarto... Aquilo deve ter sido um estábulo. Ainda fede.

— Pode até ser, mas nós lhe demos o melhor quarto. Por que não está agradecida?

Mel não quer encarar seu sequestrador e mantém o olhar fixo à frente.

— Quer a minha gratidão? Peça aos seus homens que me tirem daqui e me levem para a embaixada dos Estados Unidos em Trípoli. Vou ficar tão agradecida que vou colocar seu nome na minha lista de cartões de Natal.

Ele ri, mas Mel continua ignorando-o, sem olhar para ele.

Azim começa a falar quando uma há explosão ao longe.

Mel para e olha para a estrada estreita que sai do acampamento. Não tem certeza, mas, pelo som, também pareceu ouvir algumas rajadas de tiros.

Sente um aperto no peito e cerra as mãos algemadas. Será? Será que alguém veio atrás dela? Agora? Uma tentativa de resgate? Será que ela deveria começar a correr para longe de Azim?

— Ah, pronto — pergunta Azim e olha o relógio. — Bem na hora.

Mel se esforça para controlar a voz.

— O que está acontecendo?

— Ué, não ouviu? — pergunta ele num tom de voz leve. — Tinha uma equipe de resgate a caminho. Meu primo e meus homens acabaram com eles antes que chegassem aqui.

Mel vira a cabeça para o outro lado sem querer que Azim veja as lágrimas nos seus olhos, a decepção no seu rosto, mas isso foi demais, tudo isso está sendo demais, e ela começa a chorar.

Tão perto!

— Ah, não chore, Mel Keating. Não foram os estadunidenses. Nem os britânicos nem os franceses. Acredite se quiser, mas uma pessoa da China, sua poderosa rival, tentou arrancar você das minhas mãos.

Que mundo estranho, há uma nação rival tentando salvar você. Agora chega de chorar, está bem?

Eles chegam à porta principal do edifício de pedra, que está protegida por guardas. Azim diz:

— Conforme-se com o seu destino. Você está aqui, comigo, para sempre. Papai não vem buscar você. Mamãe não vem buscar você. Ninguém vem buscar você. Nós, muçulmanos, acreditamos que Alá escreveu no *al lawh al mahfuz* tudo o que aconteceu e tudo o que acontecerá, e o que acontecerá será como está escrito. Isso significa que nossos destinos já foram determinados por Alá.

Mel decide ignorar a conversa fiada. Ela arrasta os pés no chão, e Azim pergunta:

— O que é isso?

— Posso estar morando num celeiro de pedra, mas não cresci em um. Estou tirando a sujeira e a poeira dos pés.

Perto deles há dois homens armados, um de cada lado da porta pesada de madeira, protegendo-a. Azim abre a porta, faz um gesto com a cabeça e diz:

— Primeiro você, Mel.

Ela segue para a escuridão.

Capítulo 104

Base Aérea de Sfax-Thyna, Tunísia

Depois que o comandante Nick Zeppos anuncia a partida do pelotão de Seals do qual eles dependiam, a sala quente e fedorenta fica em silêncio, e Matt Keating parece enrijecer e crescer alguns centímetros. Com a barba crescida, as roupas que está usando e a expressão nos olhos castanho-escuros, para Nick ele não parece um ex-presidente dos Estados Unidos: Nick enxerga um operador dos Seals.

— Comandante — diz Matt num tom duro e de poucos amigos —, você prometeu transporte e agora não temos. Vá lá fora e arrume algo para a gente.

— Sim senhor — diz Nick.

— Não quero saber se você vai subornar ou ameaçar um piloto ou se vai sequestrar ou alugar uma aeronave. E, se não tiver um helicóptero ou uma aeronave de asa fixa por aí, arrume um caminhão. Ou um quatro por quatro. Porque de uma forma ou de outra, Nick, nós vamos cruzar a fronteira da Líbia hoje à noite e vamos para as montanhas Nafusa. Não vou esperar inteligência nem transporte. Nós vamos partir hoje à noite para resgatar a minha filha.

— Deixa comigo, senhor — responde Nick e sai apressado do prédio.

Do lado de fora, Nick segue em direção às poucas aeronaves no fim da pista e começa a avaliar as opções e as possibilidades. Percebe que transporte não é problema, mas de que adianta ter transporte sem informações sobre o que fazer? Sabe que os amigos do presidente Keating no Mossad e no serviço de inteligência saudita estão trabalhando duro para localizar Azim al Ashid, mas por experiência própria Nick também sabe que uma boa informação vem de forma orgânica. Não pode ser forçada ou apressada, porque quando isso acontece as informações obtidas são de baixa qualidade, o que leva a uma missão ruim e a vítimas.

Nick ouve o ronco baixo dos motores, e o KC-135 da Guarda Aérea Nacional de New Hampshire que os trouxe até ali decola rumo ao seu destino original de Rota, na Espanha. Ele sente uma pontada de inveja daquela tripulação. Eles são militares, têm um trabalho a fazer e, embora esse trabalho possa ser desafiador, eles nunca precisam quebrar regras e regulamentos para cumprir suas tarefas.

Nick relembra uma frase vital da doutrina dos Seals: "Esperamos inovação."

Então vamos inovar, pensa ele.

À medida que se aproxima da área de montagem de aeronaves, ele ouve outro motor, mais fraco, então olha para cima e esquadrinha o céu claro da Tunísia. Dois helicópteros Black Hawk estão se aproximando vindos do sul para fazer um pouso. Eles se movem praticamente juntos, e Nick admira as habilidades dos pilotos quando um helicóptero pousa com rapidez e cuidado e depois o outro faz o mesmo. As fuselagens são pintadas de preto com um círculo branco e, dentro dele, uma lua crescente vermelha e uma estrela.

Membros da equipe do aeródromo saem correndo do galpão mais próximo em direção aos helicópteros enquanto os rotores perdem velocidade, e, quando as tripulações saem dos Black Hawks e tiram o capacete de voo, Nick trava, pasmo.

Ele reconhece um dos pilotos, parceiro de um treinamento que ocorreu aqui no ano passado.

Isso é que é inovação!

Nick volta a andar quando vê o piloto alto de bigode preto e espesso se afastar sorrindo, brincando com o copiloto e dois membros da tripulação. Nick grita:

— Joe! É você, Joe?

O homem que ele chama de Joe para, olha e sorri enquanto Nick se aproxima.

— Comandante Zeppos? O que você está fazendo aqui? — pergunta Joe num inglês com leve sotaque árabe e francês.

Nick estende a mão, e imediatamente é cumprimentado por Youssef Zbidi, também conhecido pelos instrutores dos Seals como Joe, capitão do Groupe des Forces Spéciales do Exército tunisiano. A mão livre de Joe segura uma maleta de couro e seu capacete. Ele está de macacão de voo verde-escuro, o nome na tarjeta está escrito em árabe. As dragonas mostram sua patente: três estrelas.

— Estou trabalhando — responde Nick.

— Sério? Isso, sim, é uma surpresa. Eu certamente teria sido informado de sua vinda. Você não veio para se juntar ao pelotão dos Seals que está aqui tem três semanas, certo? A essa altura eles estão bem longe, ajudando uma unidade francesa ao sul.

— Não. É outra coisa. Altamente confidencial. Extraoficial. Joe, eu preciso muito da sua ajuda.

— É importante? — pergunta Joe.

— Muito — responde Nick, pensando: *Vamos conseguir, vai dar certo, vamos conseguir.*

Mas, em apenas um segundo, o humor do capitão Zbidi muda da água para o vinho: ele franze as sobrancelhas e fica de rosto carrancudo.

— Quando nos falamos da última vez, comandante Nick, você me disse que minhas habilidades de voo eram horríveis. Disse que eu devia pilotar brinquedo infantil em parques de diversão nos Estados Unidos. Você não só disse que eu voava feito um porco andando no gelo mas feito um porco *bêbado* andando no gelo.

Ai, puta merda, pensa Nick, e o capitão Zbidi cospe no chão entre os dois.

— Por que eu deveria ajudar você?

Capítulo

105

Base Aérea de Sfax-Thyna, Tunísia

Com Nick buscando transporte, deixo esse problema de lado e volto ao trabalho. Quando se faz parte de uma equipe de Seals, aprende-se rapidamente que é preciso confiar que seus colegas vão cumprir as tarefas, enquanto se concentra na própria parte da missão. Nick está encarregado de nos transportar para a Líbia.

Tenho que me concentrar na minha tarefa atual: preparar meu equipamento.

Abro minhas duas bolsas, pego as partes do meu fuzil Colt M4 desmontado e começo a montá-lo, inserindo o ferrolho no receptor. Vou montando outras partes e componentes, e é quase reconfortante a maneira como minha memória muscular assume o controle e me permite montar o fuzil. Posso fazer isso na chuva, na selva, no escuro, e os cliques e os estalos satisfatórios parecem me acalmar.

Alejandro Lopez e David Stahl também estão ocupados com a mesma tarefa, e Claire Boone — mais rápida que todos nós — já está com seu fuzil M4 montado e trabalhando em sua arma principal, o laptop da NSA, com fones sem fio nos ouvidos.

Depois de conectar o receptor superior ao inferior, testo o M4 puxando o ferrolho e apertando o gatilho.

Clique.

Hora de preparar a munição.

Abro caixas de munição calibre 5,56mm e começo a carregar pentes de trinta cartuchos, forçando cada cartucho no pente de metal carregado com mola. Decido colocar um carregador no fuzil e levar mais seis carregadores em bolsas.

Em seguida é a vez da minha pistola SIG Sauer P226 com munição de 9mm. Coloco um pente com vinte cartuchos na pistola e mais quatro nas bolsas.

— Matt — chama Claire do outro lado da sala quente e fedorenta.

— Sim! — respondo, enquanto tento encontrar as bolsas para a munição da pistola dentro da mochila. — Só um segundo.

— Você não tem um segundo — diz Claire mais alto. — Vem aqui logo.

Levanto a cabeça.

— O quê?

Claire tira os fones de ouvido e diz:

— A CNN Internacional disse que Azim al Ashid está prestes a soltar outro vídeo, dessa vez ao vivo.

Largo tudo que estou segurando e corro até Claire, que acrescenta:

— E Mel vai estar no vídeo.

Estou em pé atrás de Claire, que está sentada. Alejandro está à minha esquerda, e David, à minha direita. Claire aperta algumas teclas, e a âncora do jornal da CNN Internacional em Londres diz:

— ... notícia de última hora: a CNN acaba de receber a notícia de que em poucos minutos o terrorista mundialmente famoso, Azim al Ashid, fará uma transmissão ao vivo para a rede Al Jazeera... e... esperem um segundo...

A âncora desvia o olhar. Ela olha para a câmera de novo, e suas palavras seguintes quase me fazem suspirar de alívio.

— Parece que a filha do presidente, Mel Keating, está viva e bem... e que o vídeo da execução divulgado semanas atrás era falso. E... vamos à transmissão...

Estou com as mãos nas costas da cadeira de Claire, e meus dedos apertam o metal quando uma imagem entra em foco: minha filha, Mel Keating, o rosto cansado, imundo, com seus óculos, um manto preto cobrindo a cabeça e os ombros e o cabelo todo desgrenhado. O vídeo ao vivo é granulado, não tão nítido quanto o primeiro que vi no Hotel Saunders, na Virgínia.

Ela está segurando um jornal com as mãos sujas de terra, o papel está balançando de leve em suas mãos trêmulas.

— Ah... — É tudo o que consigo dizer.

Mas por dentro estou gritando para mim mesmo: *Ela está viva, ela está viva, agora não é só mais uma esperança, ela está ali e está viva.*

A voz calma e feliz de Azim al Ashid se torna audível quando ele começa a falar na transmissão.

— Bom dia, Matt Keating — diz ele. — Como pode ver, tenho ótimas notícias para você. Mel Keating está viva e bem.

— Matt, ela está segurando uma cópia do *Daily News Egypt* de hoje, um jornal em inglês do Cairo — avisa Claire.

Azim dá uma risada que dura um segundo de crueldade.

— Então eu enganei você, não foi? Como o Ocidente fez inúmeras vezes com meu povo ao longo dos anos, desde o Acordo Sykes-Picot durante a sua Primeira Guerra Mundial, que dividiu terras que não pertenciam a você entre britânicos e franceses, passando pela Declaração Balfour, que permitiu aos sionistas invadir e expulsar os árabes, e chegando à sua chamada guerra ao terror e às invasões fundamentadas em histórias fantasiosas sobre armas de destruição em massa.

Estou ouvindo as palavras de Azim, mas não paro de olhar para Mel. Vejo seu olhar para a câmera, como se estivesse se esforçando para manter a calma. O jornal não para de tremer.

— Então eu menti para você — continua Azim. — Fiz você e sua esposa viverem de luto por algumas semanas... para dar a vocês só um gostinho do que venho sentindo desde que você, Matt Keating, matou minha mulher e minhas filhas. Agora minhas mentiras acabaram. Agora é a hora da verdade, de dizer o que vai acontecer a seguir.

Azim faz uma pausa, então, devagar e com clareza, diz:

— Você acabou com minha família. E, conforme me permite a lei, devo ser devidamente compensado, e essa compensação, Matt Keating, é que a sua filha agora é minha.

— Que merda é essa? — sussurra David.

— Sua filha agora é *minha* filha, para pagar pelo que você fez com minha família. Em breve ela vai receber um novo nome e vai se juntar a mim pelo resto da vida, e eu vou criá-la como se fosse minha. E você deve refletir sobre isso. Ainda está com tanta pressa para me encontrar? Para me matar? Para lançar bombas e foguetes contra mim? Pois então pense bem, Matt Keating, porque, se fizer isso, o dano colateral, que você adora usar como desculpa, será sua filha adolescente. Me deixe em paz. Me deixe viver. Porque, ao fazer isso, você deixará sua filha viver. *Masalama*, Matt Keating.

O vídeo fica mudo, e observo minha filha por mais alguns segundos, até que a tela fica preta.

— Puta merda — sussurra Alejandro, e essas palavras resumem tudo.

O desgraçado me colocou numa posição muito difícil. Mel deixou de ser sua prisioneira e agora é sua "filha", o que significa que ela ficará perto dele hoje, amanhã e pelos próximos anos.

Ele está me desafiando a tentar resgatá-la, a atacá-lo e colocar Mel em perigo iminente.

Aquele maldito desgraçado.

Um telefone começa a tocar, e eu grito:

— Alguém pode atender essa porcaria? Estou tentando pensar aqui.

— Matt, é o seu telefone — diz David.

* * *

Volto para onde estão minhas mochilas e equipamentos, pego meu celular descartável — NÚMERO PRIVADO, diz a tela de identificação — e atendo dizendo:

— Diga.

— Matt? — pergunta uma voz animada.

— Sim — respondo, reconhecendo a voz de Danny Cohen, do Mossad. — Danny, o que foi?

Com alegria na voz, Danny diz:

— Nós a encontramos. Sabemos onde Mel está localizada. Sem margem para dúvida.

Capítulo

106

Montanhas Nafusa, Líbia

Jiang Lijun, do Ministério de Segurança de Estado da China, está numa salinha com paredes e teto de pedra, sentado numa cadeira de madeira, acorrentado a ela pelos tornozelos e pelos pulsos. Tem uma porta de madeira trancada a dois metros dele, e, de cada lado da porta, janelinhas quadradas que dão para fora bloqueadas por barras de metal. O chão é de terra.

Ele está sentado em silêncio, calmo, não sabe se tem uma câmera de vigilância em algum lugar de olho nele. Não vai dar a ninguém lá fora o prazer de vê-lo se sacudir ou testar as correntes.

Para evitar pensar no que, sem dúvida, serão suas últimas horas de vida, relembra a história do almirante Zheng He, que partiu, mais de seiscentos anos atrás, com gigantescas frotas de exploradores e mercadores a bordo de navios que esmagariam os navios europeus da época. Em suas viagens, ele se tornou um dos primeiros chineses a desembarcar e explorar a África.

Claro que não foi nessa parte da África, mas, se os governantes da época tivessem seguido os passos do almirante Zheng — o equivalente do século XV à atual Iniciativa do Cinturão e da Rota —, ah, a história teria sido muito diferente.

A porta é destrancada e aberta, e Azim al Ashid entra sorrindo. Do lado de fora, estão dois homens de Azim armados, que olham para Jiang como se nunca tivessem visto um chinês na vida.

— Lijun — diz Azim —, admiro sua dedicação e sua persistência por vir até aqui e passar por tantas dificuldades para falar comigo.

— É o meu trabalho.

— Ah, é? E era seu trabalho trazer um esquadrão de assassinos, para atacar a mim e aos meus homens?

— Você sabe como essas terras são perigosas — responde Jiang com cautela. — Eu só estava sendo cauteloso com os recursos disponíveis. Nenhum plano para atacar você foi sequer considerado.

Azim sorri.

— Tenho certeza. — Ele se vira, vocifera uma ordem, e uma cadeira dobrável de metal é trazida. Ele se senta. — Bem, aqui está você. Na última vez que conversamos, ainda nos Estados Unidos, você disse que admirava o que eu havia feito e que estava preparado para me oferecer ajuda. Essa oferta se mantém? Ainda deseja ajudar?

— A situação mudou. E minha oferta também.

— Entendo. Algo mais?

— O fato de eu estar aqui é um sinal claro de que seu paradeiro pode ser descoberto. Se os estadunidenses souberem que Mel Keating está viva...

— Agora sabem — interrompe Azim. — Acabei de fazer uma transmissão ao vivo mostrando que ela está viva. E obrigado pelo aviso. Não pretendo ficar nessas montanhas por muito mais tempo. Prossiga.

— Sabendo que ela está viva, os estadunidenses não vão parar de procurá-la e tentar matar você. Entregue-a a mim, e vou devolvê-la a eles. Meu governo oferecerá a você uma recompensa generosa e atenderá a qualquer desejo ou necessidade que tiver. Mas me entregue a garota.

Azim parece refletir sobre a proposta, mas Jiang não se deixa enganar. Tem um ar zombeteiro nos olhos castanho-escuros do terrorista.

— Ah, sim, você e seu país mercantil, sempre dispostos a fazer trocas e negociações e a lucrar. Tenho certeza de que é isso que você quer dizer com *recompensa*, certo? Grandes somas de dinheiro. Uma mudança segura para outro país. Uma vida de lazer, conforto e riqueza. Mas só se eu liberar a garota para você.

Azim se levanta rapidamente, agarra a cadeira e continua:

— Mas há pessoas no mundo, meu amigo, que não precisam de riqueza ou luxo. Que só respondem a Deus. Hoje, mais tarde, vou lhe mostrar o que quero dizer com mais detalhes. E então você será libertado em segurança para voltar para casa, para dizer aos seus mestres que finalmente conheceu um homem que não pode ser cortejado ou subornado para renegar as próprias crenças.

Azim sai, a porta se fecha atrás dele e é trancada novamente.

Jiang suspira. Vivo por enquanto, mas duvida que Azim esteja dizendo a verdade.

Por que Azim o libertaria?

Ele está sozinho.

Mas não vai ficar assim por muito tempo.

Poucos minutos depois, a porta é destrancada e reaberta, e desta vez é o primo de Azim, Faraj, que entra segurando com a mão direita uma bolsa cáqui quadrada, que coloca no chão de terra.

Ele fecha a porta e diz:

— Você fez uma oferta ao meu primo. Repita para mim.

— Mel Keating é libertada em segurança, sob minha custódia, e ele será amplamente recompensado.

— Detalhes. Quero detalhes.

— Vinte milhões de euros, em qualquer conta bancária confidencial que ele tenha ou que nós possamos abrir. Transporte seguro para qualquer lugar do mundo e residência gratuita. Nova identidade para que os serviços secretos estadunidense, britânico e israelense jamais o encontrem.

Faraj acena com a cabeça.

— Esse negócio vale apenas para Azim ou para qualquer um?

Jiang está abismado, mas de uma forma agradável.

— Vale para qualquer um que entregue Mel Keating a mim e nos tire de Trípoli em segurança.

— Então eu vou fazer isso. Não meu primo. Estou cansado do jihad, de comer comida estragada, de dormir em cavernas, sempre com medo de um drone lançar um míssil na minha cabeça. Você e eu vamos fechar esse acordo.

Fascinante, mas Jiang não sabe se Faraj e Azim estão armando alguma para ele. Será que os dois primos, que juntos já derramaram tanto sangue, estão de fato se desentendendo? Ou isso é apenas parte de um plano?

Será que Faraj está preparando uma armadilha para ele?

Hora de ter cautela.

— Não sei se posso confiar em você — diz Jiang. — E não sei se trair Azim parece o certo a ser feito.

Faraj atravessa a salinha com chão de terra batida, aproxima-se de Jiang e se agacha para ficar no nível dos olhos do chinês.

— Você vai cooperar comigo e vai me pagar, senão vou dizer a Azim que foi você quem assassinou a família dele há três anos — diz Faraj. — E não os estadunidenses.

Jiang está paralisado, incapaz de dizer uma palavra sequer.

— E agora? Como parece? — completa Faraj.

Capítulo

107

Base Aérea de Sfax-Thyna

— Danny, por favor, conte mais — peço ao ex-chefe do Mossad. — O que você descobriu?

— Aquele vídeo de Mel era uma transmissão ao vivo mesmo — explica ele num tom de voz triunfante. — Não era gravação. Nossa Unidade 8200 conseguiu descriptografar o conteúdo assim que começou a ser divulgado e descobriu que estava sendo transmitido a partir de um simpatizante de Azim no Qatar, que retransmitiu a outro simpatizante com conexões com a Al Jazeera. Mas, Matt, o melhor de tudo foi que identificamos de onde vinha a transmissão original.

A Unidade 8200 de Israel, o equivalente à Agência de Segurança Nacional dos Estados Unidos, são profissionais em todos os sentidos possíveis quando o assunto é inteligência de sinais, códigos e descriptografia. Depois que tomei posse como presidente e fui informado sobre os vários problemas e áreas de risco do mundo inteiro, também descobri que a Unidade 8200 era tão boa quanto a NSA e, em algumas áreas, até melhor.

— Danny, de onde veio a transmissão?

— Líbia, montanhas Nafusa. Seguem as coordenadas: trinta e um graus, cinquenta e quatro minutos, trinta e seis vírgula setenta e oito segundos ao norte, e onze graus, dezenove minutos, três vírgula sessenta e seis segundos a leste.

Pego uma caneta e anoto os números vitais na palma da mão.

— Confirmando, Danny: coordenadas de trinta e um graus, cinquenta e quatro minutos, trinta e seis vírgula setenta e oito segundos ao norte, e onze graus, dezenove minutos, três vírgula sessenta e seis segundos a leste.

— Perfeito. É onde ela está, Matt. Que Deus a abençoe.

Desligo e vejo que o comandante Nick Zeppos e outro homem entraram no pequeno galpão de manutenção.

— Matt — diz Nick —, esse é o capitão Youssef Zbidi, piloto de Black Hawk do Groupe des Forces Spéciales do Exército tunisiano, as Forças Especiais do país. Eu tive a... honra de trabalhar com o capitão Zbidi no ano passado num treinamento.

Demoro um segundo para anotar as coordenadas num papelzinho e passá-lo para Claire Boone e depois vou até Nick.

— Capitão Zbidi — cumprimento, acenando com a cabeça.

O piloto está de macacão de voo, é marrom e musculoso e tem um bigode espesso. Seu rosto vai mudando lentamente de cético para espantado.

— Falei com Joe... esse foi o apelido que demos para ele na época — diz Nick. — Contei o que vamos fazer. Claro que ele não acreditou em mim, mas eu o convenci a pelo menos vir aqui e ver com os próprios olhos.

Neste momento percebo um arranhão abaixo do olho esquerdo de Nick e que a bochecha direita do piloto do Exército tunisiano parece inchada.

Convenceu mesmo...

— Capitão Zbidi, então você já sabe o que vamos fazer — digo. — Pode nos ajudar?

Zbidi acena com a cabeça e diz:

— Só peço uma coisa. Faça isso... e vou ajudar vocês.

A parte cansada, sobrecarregada e mercenária dentro de mim se pergunta o que o piloto quer — dinheiro, cidadania estadunidense, barras de ouro —, e dou a ele a única resposta que posso.

— Com certeza — respondo. — O que é?

Ele dá um passo à frente, abre um leve sorriso e estende a mão direita.

— A honra de apertar a mão do presidente dos Estados Unidos.

Dou um aperto rápido de mão. Ele sorri para mim e para Nick e diz:

— Pelo senhor e para resgatar sua filha, minha aeronave e minha tripulação são suas.

Minutos antes, eu estava tão exausto e deprimido que a sensação era de que ia começar a me arrastar no chão, mas isso mudou. Estou acelerado, cheio de energia.

— Consegui. Aqui está — diz Claire.

Começo a me dirigir a Claire quando meu telefone volta a tocar. Fico tentado a ignorar, mas, como são poucas as pessoas que sabem o número desse telefone, atendo.

— Keating falando.

Outra voz familiar.

— Matt, você está bem? Pode falar?

É Ahmad Bin Nayef, ex-vice-diretor do Diretório de Inteligência Geral da Arábia Saudita.

— Ahmad, claro! — respondo. — O que foi?

Então fico eufórico, porque ele diz:

— Conseguimos a localização de Mel. Sabemos onde ela está.

Me sinto tonto de tanto alívio. Minutos atrás eu não tinha a menor ideia de onde minha garota era mantida em cativeiro, e agora tenho dois dos melhores serviços de inteligência do Oriente Médio me dando informação de última hora.

Duas fontes confirmando o paradeiro de Mel.

O ápice de informação que se pode receber.

— São as montanhas Nafusa, na Líbia?

— Isso. Tem um mensageiro que leva suprimentos especiais para o primo de Azim, Faraj. Mercenários que trabalham para nós o encontraram quando ele estava saindo do complexo de Azim. Esse mensageiro foi... interrogado e entregou a localização. Confessou que há rumores de que tem uma prisioneira muito importante lá, uma jovem, filha do ex-presidente dos Estados Unidos. Matt, estou muito feliz por você!

— Ahmad, muito obrigado — digo com um nó na garganta. — Samantha e eu estaremos eternamente em dívida com você.

— Precisa de mais alguma ajuda? Se me der vinte e quatro horas, talvez eu consiga um pelotão.

— Não temos tempo, Ahmad, mas obrigado. Partimos hoje à noite.

— Então *adhhab mae allah*, meu amigo. Vou lhe passar as coordenadas de onde ela está sendo mantida. Lá você vai encontrar pelo menos uns vinte e cinco terroristas, então tome cuidado.

Ahmad me passa as coordenadas de forma lenta e eficiente, e eu as anoto num papel e...

Tem algo de errado.

— Ahmad, pode repetir?

— Claro.

Ele repete, e eu anoto as coordenadas mais uma vez. Com o telefone ainda na mão, vou até Claire e lhe entrego a folha.

— Claire, a inteligência saudita está dizendo que essas aqui são as coordenadas onde Mel está sendo mantida. Pode verificar?

— Claro — diz ela e começa a digitar. A essa altura todos nós, incluindo o piloto tunisiano, estamos parados em silêncio, formando um semicírculo atrás dela.

O laptop de Claire exibe um mapa topográfico das acidentadas montanhas Nafusa. Ela aperta uma tecla, e um triângulo vermelho aparece piscando na tela.

Estou longe de ser especialista em mapeamento por computador, mas também vejo que tem outro triângulo vermelho, que já estava piscando anteriormente.

— Claire... — digo.

Ela se vira na cadeira e olha para mim.

— Sinto muito, Matt — lamenta ela. — As coordenadas não batem. Os israelenses dizem que ela está num lugar, os sauditas, em outro. Cerca de vinte quilômetros de distância.

Capítulo

108

Montanhas Nafusa, Líbia

Jiang Lijun permanece sentado e quieto, sem ousar dizer uma palavra, se mexer nem fazer qualquer coisa que atraia ainda mais a atenção de Faraj, mas o primo de Azim se levanta e diz:

— Podemos avançar um pouco, está bem? Vamos dizer que você acabou de passar os últimos dez minutos negando tudo o que eu falei. Muito bem. Agora é minha vez de falar.

Faraj vai até a bolsa que trouxe e começa a abrir o zíper.

— Três anos atrás, a família de Azim foi morta quando os Seals atacaram o vilarejo onde moravam. Tenho certeza de que você se lembra do episódio... especialmente porque estava servindo na sua embaixada aqui quando a invasão aconteceu.

Ele para de abrir a bolsa e diz:

— Horrível, não é? Uma mulher e as três filhas, todas inocentes, mortas numa explosão. A notícia corre o mundo, e Matt Keating vai à TV se desculpar pela operação militar fracassada.

Ele faz uma pausa.

— Mas e se os estadunidenses não tiverem sido os culpados?

— Não sei do que você está falando — diz Jiang.

Faraj ri.

— Ah, não me insulte ainda, caro Lijun. Me deixe terminar de falar, e então você pode me insultar. Depois que a invasão acabou e os corpos foram enterrados, fiquei incomodado com a notícia. Conversei com sobreviventes que estavam lá na noite do ataque. Todos me contaram a mesma história. Os estadunidenses chegaram, o combate começou, mas, antes de eles chegarem à casa onde a família de Azim morava, ela explodiu.

— Com certeza foi um míssil Hellfire.

— Ah, não, não tenho tanta certeza. Por que os estadunidenses usariam um míssil Hellfire com tantos soldados deles por perto? Por que expor os próprios soldados a um perigo desnecessário? E, depois de tudo, quando fui investigar o caso com um bom amigo meu, um homem que chamamos de Engenheiro... bem, a primeira coisa que descobrimos foi que a explosão veio de dentro do prédio. Não de fora. E é fácil identificar isso estando lá.

Jiang permanece em silêncio. O suor começa a escorrer pela nuca.

Faraj abre a bolsa.

— O Engenheiro... é um estudante especialista em eletrônicos e explosivos e se formou com louvor pela Universidade Americana de Beirute. Que ironia, hein? Mas ele me disse que tivemos sorte de a explosão ter ocorrido no interior do prédio, caso contrário pistas e equipamentos importantes ainda estariam lá dentro. E ele estava certo.

Jiang encara a mochila de Faraj com medo. O que tem ali dentro? Um maçarico? Uma tesoura de poda? Facas afiadas?

— Você devia ter visto o Engenheiro trabalhando — continua Faraj. — Muito metódico, muito lento, mas, depois de dois dias de busca, ele encontrou. Tinha um dispositivo de acionamento eletrônico dentro de uma remessa de granadas de morteiro de 82mm armazenada lá. Granadas de morteiro enviadas a Azim por... você. E o dispositivo era acionado por uma ligação de celular.

Faraj enfia a mão na bolsa, tira uma, depois duas...

Latas?

Jiang arregala os olhos ao ver o familiar logotipo azul e branco de um alpinista escalando um pico e os caracteres chineses ao lado.

Cerveja Snow.

— Como... — começa Jiang.

Faraj abre uma lata com habilidade e a aproxima dos lábios de Jiang, que dá uma golada refrescante da bebida gelada. Faraj recua, abre a segunda lata e também toma um longo gole.

— Meu primo só quer saber de Alá, jihad e vingança. Eu, por outro lado, aprecio as tecnologias que o Ocidente nos proporcionou. Como essa aqui. — Ele dá um chutinho na bolsa. — Um cooler a bateria. Engenhoso, né? Como o explosivo que você prendeu às granadas.

— Obrigado pela cerveja. Muito refrescante.

Faraj ri.

— Nossa, parece que você não se incomoda com nada. Não me admira que seja um agente do serviço secreto tão bom. Imaginei que fosse continuar negando tudo, mesmo que eu estivesse arrancando as suas bolas com uma serra. Mas faz sentido... faz todo o sentido. Azim foi um aliado seu por muitos anos, mas sempre chega um momento em que o aliado se torna um fardo, uma vergonha. Ele deve ser aposentado. E, naquela noite, três anos atrás, sabe-se lá como, você descobriu que os estadunidenses iam atacar Azim. Então lhe ocorreu, meu amigo inteligente, que uma única ligação sua poderia aposentar seu aliado e matar ou humilhar os estadunidenses. Como dizem, só vitórias.

— Você é um bom contador de histórias, Faraj.

Faraj se aproxima e oferece a lata de cerveja outra vez. Jiang pensa nas competições de bebedeira da época em que estudava em Columbia, então engole.

Com a lata vazia, Faraj recua e diz:

— Mas Azim sobreviveu e a família dele morreu. E as suas ações provavelmente causaram a derrota eleitoral de Matt Keating. No fim das contas, uma boa troca, certo? Mas o trato dessa noite é o seguinte: mais tarde vou ter uma oportunidade para matar Azim. Quando isso estiver concluído, você vai fazer os preparativos para o meu pagamento, para a minha nova identidade e para o meu novo lar. E só então vai pegar a garota.

— Preciso de tempo para arranjar isso — responde Jiang.

Faraj termina sua cerveja.

— Eu tenho todo o tempo do mundo. Mas lembre-se: você, não.

— Hein?

Faraj coloca as duas latas vazias no cooler, fecha o zíper e se levanta.

— Se me trair, os parentes e os amigos de Azim vão saber o que fez, e você não vai chegar ao fim dessa semana vivo.

Capítulo 109

Montanhas Nafusa, Líbia

Mel Keating está sentada na cela, no chão de terra batida e pedra, os joelhos dobrados junto ao peito, os braços segurando as canelas. Está pensando e observando, e, droga, não gosta do que está vendo.

Ou melhor, do que *não* está vendo.

A cela de pedra tem uma lâmpada pendurada num cordão preto que passa por um buraco no batente da porta, uma prateleira de madeira com garrafas de água, biscoitos, balinhas de frutas e...

Só.

Nada de privada.

E o mais importante:

Nada de cama.

O que significa que Azim não planeja mantê-la ali por muito tempo.

Mas disse que ela será dele "para sempre".

Existem muitas maneiras de interpretar isso, e nenhuma delas é boa.

Mel tem dificuldade para se levantar porque seu tornozelo continua muito dolorido. Lágrimas brotam em seus olhos, e não são só de dor.

Encurralada.

Meu Deus, ela está totalmente encurralada.

Ela se levanta, vai até a prateleira, bebe um pouco de água, come alguns biscoitos de água e sal e, em seguida, as balinhas. Uma delas parece ser de xarope de cereja, e ela fica com os dedos todos vermelhos.

Interessante.

Mel roça os dedos vermelhos uns nos outros por um tempo, depois lambe para limpá-los e toma outro gole de água.

Respira fundo, tenta fazer os braços e as pernas pararem de tremer por saber que ninguém vai resgatá-la. Seus pais acham que ela está morta. Azim é um terrorista assassino, mas sobre uma coisa ele tem razão: ela está sozinha.

É hora de dar o fora daqui.

Mas como?

Ela anda pela cela apertada, roçando os dedos na rocha, olhando e avaliando, e...

É uma rocha.

A única maneira de entrar e sair dali é por aquela porta fortemente trancada.

Claro, pensa, *eu vou arrombar a porta, derrotar os guardas armados do lado de fora e depois fugir para a liberdade, mancando.*

Ela dá um chute na porta com o pé bom e começa a bater com os punhos, gritando:

— Ei, ei, ei!

Por fim, dá um passo atrás.

Ótimo: agora os dois pés estão doendo.

Espera.

Um segundo.

A porta está sendo destrancada!

Ela abre para dentro da cela, e há dois homens armados do lado de fora encarando Mel, ambos jovens de 19 ou 20 anos, barba rala, calça branca, colete marrom sobre uma camisa azul-escura. O que está mais perto dela tem um AK-47 pendurado no ombro por uma bandoleira, e seu companheiro, alguns metros atrás, está com seu AK-47 apontado para Mel. Atrás dos dois há um corredor que leva à porta principal da casa que dá para fora. O corredor é ladeado por antigos estábulos de pedra cheios de mantimentos, garrafas de água, caixas de munições e armas.

— Sim? — diz o primeiro homem.

— Você sabe quem eu sou, certo? — pergunta Mel, pensando rápido. — A filha do ex-presidente. Não sei quanto estão recebendo aqui, mas meu pai vai pagar muito, muito mais se vocês me libertarem.

O primeiro homem se vira para o segundo, ri, se vira de volta para ela e pergunta:

— Ah, é?

— Certo, certo — diz Mel. — Meu pai vai garantir que vocês dois possam ir para os Estados Unidos... com suas famílias. Começar uma vida nova. Seguros e protegidos. E ele vai pagar o que vocês quiserem, eu prometo. É só vocês me tirarem daqui.

— Ã-hã, ã-hã — diz o rapaz, e Mel pensa: *Sério? Vai ser fácil assim?*

Então ele dá um passo à frente, tira a arma do ombro, empurra Mel com o cano do fuzil, dá outra risada, sai da cela e fecha e tranca a porta.

Não, pensa ela, dando meia-volta, os olhos marejados de lágrimas. *Não vai ser fácil assim.*

Mel corre de novo os olhos pela cela. Sem banheiro e sem cama.

Com um frio no estômago, Mel sabe que o "para sempre" se aproxima cada vez mais.

Capítulo 110

Base Aérea de Sfax-Thyna, Tunísia

De volta ao telefone, digo:

— Ahmad, tem alguma coisa errada. Tem certeza de que são essas as coordenadas?

— Positivo, Matt. Eu estava lá durante o interrogatório do mensageiro, e nós verificamos mapas de satélite e outros recursos junto com ele. Essas são as coordenadas.

— Mas ele viu Mel?

— Não. Só ouviu histórias sobre ela no acampamento. Sobre uma jovem muito importante sendo mantida em cativeiro lá, a filha do presidente. Matt, qual é o problema?

Esfrego a testa e continuo olhando para o laptop de Claire, os dois malditos ícones piscando, tão distantes um do outro.

— O problema é que o Mossad me disse que ela está detida em outro lugar nas montanhas Nafusa, a cerca de vinte quilômetros de distância. O vídeo de Azim al Ashid mais cedo foi ao vivo. Os israelenses conseguiram rastrear a origem da transmissão. Não é o mesmo local que sua fonte passou para você.

Ahmad suspira.

— A eterna luta, não é mesmo... Inteligência humana versus interceptação de dados.

— Pode falar com o mensageiro de novo? Só para ter certeza?

Um segundo de hesitação.

— Infelizmente, não, Matt. O mensageiro... não está mais disponível.

Com essa única frase, Ahmad acabou de me dizer que o mensageiro está morto. Morreu no interrogatório, ou foi abatido enquanto tentava fugir, ou um rival de Ahmad e apoiador de Azim deu sumiço nele e o matou para impedi-lo de falar mais.

— Entendo — digo. — Tem mais alguma coisa que você possa me dizer?

— Não, Matt. Lamento.

A ligação é finalizada.

A sala está silenciosa, e todos me encaram enquanto tomo uma decisão de vida ou morte. Apesar das histórias contadas por assessores presidenciais interesseiros e do que se vê em filmes, não existem tantas decisões presidenciais verdadeiramente de vida ou morte. Na verdade, a maioria das decisões presidenciais já foram tomadas no momento em que um pedido ou memorando chega à mesa do presidente. As decisões são tomadas em assembleias, reuniões de gabinete e conferências no Capitólio, e quando chegam ao Salão Oval são quase mera formalidade.

Mas agora não.

Os dois ícones piscando parecem zombar de mim.

— Senhor... — começa Nick, então para.

Sei o que ele está pensando, o que todos estão pensando. Não temos recursos para fazer duas missões esta noite.

Só uma.

Mas qual delas?

Ahmad tem razão. Inteligência humana versus interceptação de dados. Esquerda ou direita. Cara ou coroa.

Para onde vamos?

Tudo depende de mim.

Está tudo nos meus ombros.

O fardo do comando.

E agora?

— Claire. Repasse o vídeo de Mel, mas sem som, por favor.

Seus dedos se movem com agilidade e o vídeo reaparece na tela do laptop, e fico olhando para o rosto triste de Mel, os dedos sujos segurando o jornal egípcio do dia, a expressão exausta, os olhos cansados por trás dos óculos, a imagem granulada.

E é então que surge uma lembrança antiga.

Depois que o meu pai morreu no golfo do México, os dois irmãos dele — meus tios — decidiram ajudar minha mãe a me criar. Fazíamos viagens para caçar, eu bebia cerveja, mesmo sendo menor de idade, e aprendi a jogar pôquer. Eles me ensinaram o jeito certo de dar as cartas, de apostar e, o mais importante, de interpretar as pistas. A leitura do oponente. A capacidade de perceber se ele está blefando. Tudo se resume a...

Os olhos, garoto. Sempre olhe nos olhos. Se eles estão impassíveis, então o cara não está blefando. Mas se o cara pisca, desvia o olhar, encara o chão... é porque não tem nada de bom na mão.

Os olhos.

O olhar de Mel na tela é firme e focado, e, mesmo com a qualidade péssima do vídeo, tudo fica óbvio.

— Não é Mel! — exclamo, quase gritando. — Essa não é a minha filha!

Alguns membros da equipe murmuram, e eu continuo:

— David, vem aqui. Dá uma olhada. Me diz o que você vê.

O agente do Serviço Secreto David Stahl, que passou mais de quatro anos ao lado de Mel, dá um passo à frente, se inclina por cima de Claire e encara fixamente a tela. Estou louco para dizer o que vejo, mas preciso ficar de boca fechada.

Preciso que ele tire as próprias conclusões.

David dá um passo para trás.

— Matt, você está certo. Essa não é a Mel... Os olhos...

— Mel tem miopia num olho e astigmatismo no outro — digo a todos. — Por causa dos óculos, se você estiver olhando nos olhos dela, um olho vai parecer maior que o outro. — Toco na tela. — Essa garota... Ela parece Mel, mas não é ela.

Quase fico tonto com a variedade de emoções que senti nos últimos minutos.

— Os olhos dessa garota são perfeitos — continuo. — A minha filha está no outro local. E nós vamos chegar lá o quanto antes para resgatá-la.

Capítulo 111

Montanhas Nafusa, Líbia

Mel Keating está sentada no escuro, porque agora há pouco, com os dedos úmidos, ela desenroscou a única lâmpada da cela, mas a deixou no bocal. Com os óculos nas mãos, ela se esforça para relaxar, ouvir, pensar e ficar quieta.

Certa vez seu pai disse: *Sempre que você se sentir presa e desamparada, respire fundo, fundo mesmo, e olhe para tudo como se fosse a primeira vez. Você pode se surpreender com o que é capaz de encontrar.*

Ela chora.

Pai, estou dando o meu melhor, juro por Deus, pensa ela. *Mas estou presa e morrendo de medo, e sei o que vai acontecer comigo hoje à noite, de verdade. Agora é sério.*

Me ajuda, por favor.

Alguma coisa roça sua nuca.

Mel grita, dá um tapa na parte de trás do pescoço e coloca os óculos de volta.

Aranhas.

Insetos.

Escorpiões.

Que raio foi isso?

Ela se atrapalha na escuridão, a mão para o alto — *Meu Deus, e se tiver um rato aqui querendo morder os meus dedos?* —, e encontra a lâmpada ainda quente, enrosca com força, e a bendita luz volta à cela.

O que roçou no seu pescoço?

Não tem nada no chão.

Ela olha para cima. Parece que não tem nada voando.

Mas tinha alguma coisa no seu pescoço. Disso ela tem certeza.

Mel quer muito continuar de pé, mas se força a voltar para onde estava sentada.

Com a luz acesa e os óculos, ela se senta e espera.

Ela ouve uma conversa baixa do outro lado da porta. São homens de Azim, que também usam esses velhos estábulos como quartos.

Uma música baixa.

Alguém atira com o fuzil, e ouve-se um *rá-tá-tá* abafado.

Mel congela.

Uma leve cócega na nuca.

Ela coloca a mão na nuca lentamente, mas não sente nada.

Só que a cócega continua.

Mel se levanta depressa, vai até a parede atrás dela e leva a mão a uma área perto do teto. Lambe os dedos, encosta-os na parede de pedra e terra e...

Uma leve corrente de ar.

Uma brisa.

Mel começa a cavar freneticamente a parede, e a terra começa a cair. Nesse ponto da parede, as pedras estão soltas, e ela cava sem parar.

A terra continua caindo.

O vento aumenta.

Ai, meu Deus, por favor, pensa.

Ela tira tudo da prateleira e arranca a madeira do suporte de metal. Equilibra a prateleira numa pedra e usa a sola do pé bom para quebrá-la.

Pega o pedaço maior, que tem uma ponta afiada e irregular, e volta ao trabalho.

O filete de pedra e terra que estava caindo antes se transforma numa enxurrada. Ela estava escavando uma velha chaminé, um bebedouro ou um comedouro de animais que havia sido fechado junto com a parede.

Mel bate insistentemente a madeira na abertura cada vez maior.

A porta do quarto é tão grossa que ela tem certeza de que ninguém consegue ouvi-la.

Ótimo.

Ela vai dar o fora desse lugar.

Capítulo

112

Base Aérea de Sfax-Thyna, Tunísia

Para a nossa representante da NSA, digo:

— Claire, precisamos de toda e qualquer informação que você puder descobrir sobre esse local.

— Pode deixar, Matt — diz ela, e seus dedos voam pelo teclado.

Nosso pequeno grupo está reunido atrás dela. Ouço sussurros, levanto a mão e digo:

— Calem a boca! Claire está trabalhando. Não atrapalhem.

E então se faz silêncio enquanto Claire sussurra para si mesma e alterna várias telas e links, e, no momento em que descubro o que Claire está vendo, ela já mudou e está três links à minha frente.

— Aqui — diz ela.

"Aqui" é uma imagem aérea de um terreno montanhoso, rochedos e desfiladeiros estreitos, duas áreas planas separadas pelo que parece ser uma parede rochosa e desfiladeiros estreitos.

Sem vegetação.

Ou veículos.

Ou construções.

— Claire, qual é a data e a origem dessa imagem? — pergunto.

— Lamento, Matt. Tem dez anos. Agência de Mapeamento de Defesa. É o melhor que posso fazer.

— Droga, tem que ter alguma coisa melhor que isso — digo.

— Você já tentou... — começa a perguntar Nick, e ela o corta com um tom desafiador.

— Você tem uma ideia melhor? Tem? Qualquer um de vocês? Alguém quer se sentar na frente do teclado?

Merda, penso.

— Desculpa, Claire — digo, querendo mantê-la focada. — Você é a especialista aqui. Vamos dar espaço e deixar você trabalhar em paz.

Claire solta um suspiro alto de frustração, volta a trabalhar e eu vejo:

Linhas de código.

Mapas do norte da África.

Elementos orbitais globais.

Mais linhas de código.

— Preciso de um telefone via satélite — avisa Claire. — Agora.

Nick se afasta, volta e entrega seu telefone via satélite. Ela pega o aparelho, morde o lábio inferior por um instante e começa a apertar uma série de números enquanto falamos em voz baixa atrás dela.

— Rapazes, adoro todos vocês, mas calem a porra da boca, tá? — esbraveja ela.

Todos calamos a boca.

A ligação aparentemente é atendida, e numa voz monótona Claire diz:

— Acesso.

Um ou dois segundos se passam. Ela fala:

— Bravo, Oscar, Oscar, Novembro, Eco. Um, quatro, nove, quatro.

Ouço um avião decolar nas proximidades. Consigo ouvir David respirando ao meu lado.

— Extensão doze.

Mais alguns segundos, e o tom de Claire muda de imediato.

— Oi, Josh, como vão as coisas aí em Cheyenne? Com saudade da luz do dia? Não? Ah, mas você é tão branco que provavelmente pegaria fogo se fosse à praia.

Ela ri.

Nick olha para mim e eu o encaro para que mantenha a postura e a boca fechada.

— Josh, preciso de um favor — diz Claire. — Extraoficial. É...

Ela para.

— Josh. Josh... Caramba, escuta... eu preciso te lembrar que você me deve uma? Preciso? Você nunca teria chegado no nível 12 de *Universal Conflict* sem mim...

Ela espera, esfregando os olhos e a testa.

— Josh, não me faz implorar... Tá? Não...

Espera.

Espera.

Mel, tão perto... tão longe.

Claire corrige a postura, olha para mim, sorri.

— Josh, perfeito. Você é um amor... sério. Tá, preciso de uma varredura completa do seguinte local, todos os ângulos, todos os espectros.

Claire lê as coordenadas fornecidas por Ahmad Bin Nayef devagar.

Então repete.

Espera.

— Obrigada pela leitura, Josh — diz Claire. — Você tem um satélite Jason que vai conseguir nos dar uma boa visualização ao vivo em cerca de dez minutos. Só preciso disso.

Outra pausa.

— Claro, mas você consegue se safar, tenho certeza. Essa porcaria ainda tem problemas de estabilização. Sei que você agendou a calibração para esse satélite. É só fazer antes do previsto. Diz que é só um teste, nada além disso.

Ela dá outra risada.

— Como eu sei? Esqueceu onde eu passo o meu tempo? Tá, vou deixar você trabalhar... e vou ficar te devendo essa. De verdade.

Claire desliga o telefone via satélite, devolve o aparelho a Nick e se inclina para a frente.

— Cara, acho que vou vomitar... Uau.

Ela corrige a postura, esfrega os olhos e diz:

— Tá bom, vamos ver o que são essas coisas.

De repente a tela fica preta.

Uma linha de letras e números verdes aparece na parte superior do monitor e...

Uma vista aérea nítida de montanhas, vales e cumes com uma iluminação verde fraca. A imagem sobe lentamente para o topo da tela, e tenho uma sensação engraçada. Como presidente, é muito comum poder dar uma olhada "por baixo dos panos" e ver o que nossos sistemas militares e de inteligência têm a oferecer, e esse é, sem dúvida, um desses momentos. É como se estivéssemos voando a cerca de quinze ou vinte metros do solo.

Ao vivo.

À noite.

— Construções — diz Claire. — Olha aí. Muitas mudanças aconteceram de dez anos para cá.

— Meu Deus — sussurra Alejandro.

São seis construções em semicírculo, aparentemente de pedra ou tijolo, de formatos e tamanhos variados. Uma área plana na frente, borrões brancos se movimentando, algo que parece ser um paredão de rocha ao sul, e um trecho de planalto antes de dar para um despenhadeiro.

— Pessoas — diz Claire. — E, olha... tem uma estrada que sobe até o planalto pela esquerda. Que fica a oeste.

Esses borrões... Algum deles poderia ser Mel? Cerro as mãos com força.

— Veículos — continua Claire — Quatro caminhonetes.

— Contei doze cabeças — diz Nick.

— No fim da estrada tem dois guardas, um de cada lado, vigiando — acrescenta Alejandro.

— Claire, você está gravando isso, certo? — pergunto.

— Ã-hã — responde ela.

Observo as construções que parecem brilhar por causa da câmera de visão noturna do satélite de vigilância. Seis construções.

Mas onde está Mel?

Provavelmente conseguimos atacar uma construção, talvez duas, sem sermos sobrepujados. Mas será que Azim tem planos de fugir com Mel caso seja atacado? Ou até mesmo de atirar nela antes que seja resgatada? Temos tempo para manter a vigilância em todas as seis construções para descobrir em qual delas Mel está?

Onde...

— O que é isso? — pergunto.

— O quê? — diz Claire.

Eu me inclino por cima dela e bato o dedo na tela com delicadeza.

— Bem ali — digo. — Aquilo.

Claire minimiza a transmissão ao vivo e abre uma gravação de vídeo.

Reproduz, aumentando o tamanho e a nitidez.

— Cacete! — solta David.

Partindo da construção maior, que parece ter sido erguida na base de um pico rochoso, uma linha tênue se estende pelo chão de pedra e terra batida no meio do complexo.

E no fim dessa linha, já na entrada da construção, parece que há a ponta de uma seta já meio apagada.

Alguém fez uma seta no chão apontando diretamente para a construção central.

Com um graveto ou arrastando o pé.

Minha filha esperta.

Bom trabalho, Mel.

— Mel está lá — digo. — É essa a construção. Hora de colocar a mão na massa, pessoal.

PARTE
CINCO

Capítulo 113

O ataque a Nafusa

Depois de uma hora de instruções, planejamento e mais planejamento, saímos noite adentro em fila, depressa, percorrendo a pista até o helicóptero Black Hawk do Exército tunisiano, os rotores já em movimento. Estamos equipados e armados, todos carregando mais ou menos as mesmas coisas, mas cada um com suas próprias peculiaridades e preferências na forma de se preparar.

Quanto ao armamento, estou levando um fuzil Colt M4 calibre 5,56mm totalmente automático com mira de laser infravermelho, e no coldre de peito está uma pistola SIG Sauer P226 calibre 9mm; pentes extras para cada arma em bolsas. Na cabeça está um capacete balístico nível III, com dispositivo de visão noturna ATN PVS14 estendido, virado para cima. Também estou de colete balístico Point Blank nível III, e no colete tático que vai por cima levo outros equipamentos: garrafas de água, kits de primeiros socorros individuais, gaze de combate QuikClot para controle de sangramento, pilhas sobressalentes, uma faca Ontario Mark 3, uma multiferramenta Gerber e uma mochila pequena com outros itens importantes.

Engraçado: o equipamento é pesado e volumoso, mas quando o coloco parece que a memória muscular entra em ação, e não me sinto nem um pouco sobrecarregado conforme ando pelo asfalto da pista.

Sinto que posso andar assim a noite toda.

Todos nós estamos carregando rádios portáteis de banda única Motorola SRX 2200, as frequências já sintonizadas, e headsets Peltor ComTac para nos falarmos em solo.

Esta noite a comunicação vai ser simples, vamos usar só os nomes, nada de sobrenomes, e o piloto do Black Hawk usará o apelido Joe, dado pelos Seals.

Quanto mais simples, melhor.

Claire está carregando uma arma extra, um fuzil de ferrolho Remington calibre .308 com mira telescópica acoplada, já que ela será nossa atiradora de longa distância essa noite. Depois de uma breve mas acalorada discussão no galpão de manutenção, descobrimos que ela atirava melhor que todos nós.

Faz duas horas que o sol se pôs. Em tempos normais a missão aconteceria às duas ou três da manhã, que é o melhor horário para atacar, pois há menos inimigos acordados ou em estado de alerta, mas não estamos em tempos normais. Eu sei a localização de Mel. Estou me arriscando ao ir mais cedo.

Conforme nos aproximamos do helicóptero, terra e cascalho voam na nossa direção. Estamos de cabeça abaixada, e relembro as últimas duas horas no nosso quartel-general temporário.

Olhando para o laptop de Claire na esperança de determinar os pontos de entrada e saída, Joe apontou para uma pequena área a oeste do complexo e disse:

— Este *wadi* aqui. Posso deixar vocês aqui. Fica a mais ou menos um quilômetro e meio da casa de Azim. É bem estreito e mil metros mais baixo. Deve bloquear os ruídos o suficiente para que vocês não sejam notados.

Fiz que sim com a cabeça e disse:

— Aqui. Essa área plana em frente às construções, logo depois desse muro baixo de pedra... vamos marcar com bastões luminosos infravermelhos para a hora da exfiltração. Prepare-se para nos buscar quarenta e cinco minutos depois. Não podemos ficar mais tempo que isso.

— Ah, eu queria um atirador de porta no Black Hawk — disse Joe.

Nick, Alejandro e eu mantivemos a boca educadamente fechada. Estávamos felizes por Joe não ter um atirador, porque não treinamos com um e não sabíamos se o atirador de Joe seria bom de fato. O pior que poderia acontecer seria chegar à área de exfiltração e ser abatido por fogo amigo.

— Esses dois pontos de guarda — disse Nick. — Alejandro e eu vamos na frente e eliminamos antes da fase final da operação.

Olhei para o relógio.

Tinha chegado a hora.

— Matt, só para não ter confusão. Alguma regra de combate? — perguntou David.

— É um resgate — respondi. — Nada mais. Não quero saber se vamos encontrar documentos, discos rígidos ou projetos de bomba suja. Mel é nosso único objetivo. Nenhum prisioneiro vai voltar no helicóptero com a gente. Nem cadáveres.

Todos fizeram que sim com a cabeça, e na hora fiquei abismado com a composição desse grupo estranho: um piloto das Forças Especiais da Tunísia, dois Seals, uma agente de campo da NSA, um agente do Serviço Secreto e um ex-presidente. Um estranho bando de irmãos e uma irmã, sem dúvida.

— Tirando Mel, não tem nenhum inocente lá — acrescento. — Matem todo mundo que encontrarem pela frente: armados ou desarmados, fugindo ou atacando.

* * *

No último instante, enquanto me aproximo do Black Hawk, sinto uma pontada de dúvida: estou fazendo a coisa certa? Essa é de fato uma missão de resgate ou uma tentativa de um pai furioso e humilhado se vingar do que aconteceu com a filha?

Bastaria uma breve ligação minha, de Nick ou de Alejandro para o Comando de Operações Especiais Conjuntas dizendo onde Mel está para arrumarem profissionais prontos para o combate.

Mas esse é o xis da questão.

Estar pronto para o combate.

Ao contrário do que alguns programas do History Channel podem levar os espectadores a acreditar, as Forças Especiais não estão armazenadas num lugar qualquer, equipadas e prontas, presas numa coleira, prontas para partir a qualquer momento. Não. Elas têm que ser acionadas, se planejar, se preparar. Depois disso, ligações teriam que ser feitas, subindo a cadeia de comando, e talvez — só talvez —, quando o sol nascer amanhã, uma unidade possa estar a caminho das montanhas Nafusa.

Tarde demais.

Um por um, entramos no helicóptero e assumimos nossas posições nos bancos de lona. Na cabeça de cada um há um headset com microfone pendurado. Tiro meu capacete balístico, coloco o fone de ouvido e digo:

— Joe, Matt falando. Todos a bordo.

— Obrigado, Matt — agradece Joe. Em seguida o chefe de equipe do helicóptero fecha a porta, sorri e faz sinal de positivo, então esperamos.

E esperamos.

E esperamos.

— Joe, o que está acontecendo? — pergunto pelo sistema de comunicação interno.

— Ah, senhor presidente, um pequeno problema.

— O que aconteceu?

Um breve chiado de estática.

— Parece que a torre de controle não gosta da ideia de fazermos um voo de treinamento noturno não anunciado. E tem um coronel correndo para cá para nos impedir.

Nick Zeppos é o único outro membro usando o equipamento de comunicação do Black Hawk, e ele me encara com uma expressão preocupada.

— Joe, o que você está planejando? — pergunto.

Ele dá uma risadinha.

— Um problema de comunicação, só isso.

O som dos motores aumenta, e o helicóptero dá uma leve balançada conforme decolamos e partimos noite adentro rumo ao leste.

Mel, só mais alguns minutos, penso.

Só mais alguns minutos.

Capítulo 114

Mel Keating faz uma pausa rápida e observa o progresso que fez. Usando o pedaço de madeira irregular da prateleira, ela alargou o buraco o suficiente para conseguir passar a cabeça e os ombros, mas suas mãos estão cheias de cortes e bolhas.

E daí?

Mel toma um longo gole da água morna da garrafa e fica de pé sobre a pilha de terra e pedra para escavar mais acima.

Ela empurra, empurra, empurra.

Raspa, raspa, raspa.

Pedras e terra caem do teto em seus cabelos e entram em sua boca, mas ela continua cavando freneticamente.

Raspando.

Empurrando.

Ela para.

O que é isso?

Vozes do outro lado da porta.

A respiração de Mel se acelera.

Se alguém destrancar a porta e entrar, o que ela vai dizer? Que de repente se sentiu inspirada pela carreira da mãe e decidiu começar uma escavação arqueológica nas últimas horas de vida?

Não, pensa Mel, afastando-se da pilha de terra e pedra e se aproximando da porta.

Se alguém abrir a porta, ela vai pegar esse pedaço de madeira cheio de farpas e enfiar no pescoço do primeiro que entrar.

Sem implorar, sem chorar.

Vai fugir botando pra quebrar.

Ela espera.

As vozes somem.

O som distante de música tocando num rádio.

— Beleza — sussurra Mel.

Sobe de novo na pilha de terra.

Empurra, raspa, empurra...

De repente a ripa de madeira desliza, e uma rajada de ar frio desce e acaricia seu rosto imundo e suado.

Conseguiu abrir caminho para o lado de fora!

Mel tosse, limpa o rosto e logo volta ao trabalho.

Muito perto.

Muito, muito perto.

Mais pedras e terra se soltam e caem.

Ela faz força para cima e...

Cai.

Uma dor terrível no tornozelo direito, uma dor que irradia pela perna e pela coluna.

Mel rola de lado, cerra o punho, tenta respirar fundo.

Levanta, pensa. *Levanta.*

Você é filha de dois pais durões e determinados.

Prova que é mesmo filha deles.

Mel se levanta, pulando com o pé bom, pega o pedaço de madeira e recomeça a martelar.

Nada vai detê-la agora.

Nada.

Capítulo

115

Os primeiros duzentos e quarenta quilômetros da viagem são sobre águas calmas, o famoso golfo de Sidra, e Joe diz baixinho pelo sistema de comunicação:

— Senhor presidente, a partir de agora estamos no espaço aéreo líbio.

— Entendido, Joe — digo e olho para meus companheiros dentro do Black Hawk. Como em tantas outras missões de que participei, cada pessoa aqui está em seu próprio mundo. Não tem gargalhadas, discursos, palavras de encorajamento. Todos estamos sentados em silêncio, alguns bebendo água mineral, outros apenas olhando para fora ou tentando dormir.

O ruído constante dos motores, o interior iluminado de vermelho, as correias e os equipamentos — tudo me é muito familiar. Estive dentro de Black Hawks como esse inúmeras vezes, seja em missões de treinamento ou em operações reais, e é como estar com um velho amigo, exceto por uma coisa.

Essa não é uma operação oficial ou um exercício de treinamento.

O buraco é mais embaixo. Estamos indo resgatar a minha filha.

E, embora seja possível esperar, ou até justificar, o fracasso num treinamento ou numa operação real, essa noite é diferente.

Sem falhas.

Isso não pode acontecer.

Não vou permitir.

Avançamos noite adentro, acima do deserto rochoso e da paisagem noturna da Líbia.

Um estalo nos fones.

— Dois minutos, senhor presidente — informa Joe. — Dois minutos.

— Entendido — respondo.

Tiro o fone de ouvido, coloco o headset Peltor ComTac, levanto dois dedos para o restante da equipe e digo em voz alta:

— Dois minutos! Dois minutos!

Colocamos os capacetes balísticos, baixamos e ligamos o equipamento de visão noturna. Imediatamente tudo dentro do helicóptero ganha um brilho verde fantasmagórico.

— Avancem com firmeza e rápido. Vamos resolver isso! — grito.

O ângulo de aproximação e a velocidade do Black Hawk mudam, e o chefe da equipe do Black Hawk se junta a nós, destrancando a porta de correr e a empurrando para abri-la.

O ar frio da noite entra, o solo vai se aproximando, os paredões de pedra estão perigosamente perto. Subimos e depois descemos um pouco até o *wadi* estreito que Joe escolheu mais cedo. A velocidade do helicóptero muda de novo, e nós baixamos, baixamos, pairamos...

E lá vamos nós, um por um.

Nick Zeppos é o último a sair, e nos reunimos, as cabeças baixas, enquanto o Black Hawk ganha altitude e se afasta. Estamos sozinhos.

Eu me levanto.

— Checagem de comunicação — digo. — Matt falando.

— Claire.

— Nick.

— Alejandro.

— David — diz a última voz.

— Todos funcionando em alto e bom som — anuncio, olhando para todos os lados, verificando os rochedos e os penhascos acima.

Nada.

— Nick e Alejandro, vão na frente — digo. — Seguiremos em dez minutos.

— Entendido — diz Nick.

— Entendido — repete Alejandro.

Eles sobem pelas rochas feito cabras-monteses, avançando aos saltos, e o aperto no meu peito diminui um pouco.

Chegamos furtivamente. Nada de tiros, morteiros ou coisas do tipo. O som do Black Hawk agora é um zumbido distante. Não tem lua essa noite, mas o céu está tão limpo e sem nuvens que a luz das estrelas nos dá uma excelente visibilidade, mesmo sem os óculos de visão noturna.

Olho para o relógio e seus numerais reluzentes.

Dez minutos se passaram.

— Vamos lá, pessoal — digo e começamos a subir também.

Depois de mais quinze minutos de escalada e caminhada, parando a cada poucos minutos para verificar os arredores, chegamos à estrada de terra estreita e íngreme que leva ao complexo de Azim al Ashid. Todos nos ajoelhamos para nos esconder atrás de rochas e pedregulhos próximos.

Observo a área lentamente, os 360 graus.

Tudo quieto, sem vida.

O fuzil M4 — já sem a trava de segurança e com um cartucho na câmara — está firme nas minhas mãos enluvadas.

Meu fone de ouvido permanece em silêncio.

Mais acima na estrada, Nick e Alejandro estão executando suas tarefas, e sei que é melhor não incomodá-los. Olho para a estrada íngreme e estreita. Dias atrás, Mel passou por aqui, viu esses mesmos paredões rochosos, respirou o mesmo ar da montanha.

Tão perto.

— Matt, aqui é Nick. — Eu ouço pelo fone.

— Fala, Nick — respondo.

— Matt, tudo certo por aqui. Esperando Alejandro.

E agora não tem mais volta. Um homem ou adolescente sonhando com glória, com o jihad e com o paraíso, sentado na terra fria, trabalhando em seu turno como guarda de um dos terroristas mais procurados do mundo, silenciosamente leva uma bala de 5,56mm de uma arma com supressão de ruído entre os olhos.

— Entendido, Nick — sussurro. — Bom trabalho.

Próximo: Alejandro.

Nós esperamos.

Nada se move, nada chama a nossa atenção na noite escura.

Tudo é iluminado pela luz verde fantasmagórica dos óculos de visão noturna.

Eu espero.

Olho o relógio.

Minutos lentos se passam.

— Nick, aqui é Matt — digo. — Posição.

— Matt, aqui é Nick — responde ele. — Esperando Alejandro.

É o que todos estamos fazendo.

Esperando.

Mudo o pé de apoio, a impaciência começando a me corroer.

Deixa o cara fazer o trabalho dele, penso.

Mas muitas coisas podem ter dado errado no curto período de tempo desde que pousamos.

Alejandro pode ter sofrido uma emboscada.

Ou pode ter tropeçado e caído numa fenda.

Ou pode não ter encontrado o guarda, que mudou de posição.

E que pode estar nos vendo neste exato momento e alertando Azim pelo rádio portátil de que um grupo armado está se aproximando.

Aperto o botão de transmissão.

— Alejandro — sussurro. — Aqui é Matt. Posição.

Sem resposta.

Novamente:

— Alejandro, aqui é Matt. Posição.

Nada.

Sinto que tudo está começando a dar errado.

Capítulo

116

Jiang Lijun olha para a frente quando a porta é destrancada, e Faraj entra com uma lanterna na mão direita.

— Chegou a hora — diz Faraj, que se aproxima e se ajoelha para destrancar os cadeados que prendem as correntes de Jiang à cadeira.

— Por que tão tarde? — pergunta Jiang.

— Azim teve que esperar a refeição e depois queria ficar um tempo a sós com o motorista dele, Taraq. Está planejando empacotar as coisas e dar o fora daqui com todo mundo mais tarde, ainda essa noite, depois que terminar a tarefa.

Jiang esfrega as mãos e os tornozelos, levanta-se e pergunta:

— Que tarefa?

Faraj dá um passo atrás e larga as correntes e os cadeados no chão de terra batida.

— Ele quer que você testemunhe a morte de Mel Keating, para que possa voltar a Beijing e dizer aos seus mestres que conheceu um verdadeiro homem de Deus, que não pode ser subornado nem tentado pelas riquezas dessa vida. E então ele planeja usar uma dublê nos próximos anos, divulgando um vídeo aqui e ali, para atormentar Matt

Keating e fazê-lo pensar que a filha dele continua viva. Em algum momento, daqui a algumas décadas, depois de Keating viver anos de angústia, meu primo planeja contar a verdade e revelar a localização da ossada de Mel Keating. É a vingança final.

Jiang dá um passo à frente.

— Mas... você não pode permitir isso.

Faraj gesticula com a lanterna.

— E não vou. Venha comigo. Vou dar um jeito no meu primo, depois vamos resgatar Mel Keating.

Jiang pensa rápido.

— Minha pistola. Me devolva, por favor.

Faraj balança a cabeça.

— Agradeça por termos deixado você manter o colete à prova de balas. É tudo de que vai precisar.

Jiang segue Faraj para a escuridão do complexo, feliz porque, sim, está de colete e por saber que dentro dele tem alguns itens escondidos que serão úteis nos próximos minutos. Felizmente, esses guerreiros corajosos e idiotas não perderam tempo revistando-o bem quando foi capturado.

Ainda assim gostaria de ter sua pistola QSZ-92 calibre 9mm em mãos.

Mas vai seguir em frente.

Quando se está planejando, querer não é poder.

Eles levam apenas alguns minutos para chegar a uma grande construção no centro do complexo. A noite está estrelada, e tem duas fogueiras acesas em velhos barris de petróleo. Jiang balança a cabeça ao perceber o descuido dos homens de Azim. Eles não têm nenhuma disciplina.

— Ah, primo! — exclama Azim. — Que bom que nosso amigo chinês está com a gente. Por favor, venham. Que noite histórica!

Azim está diante de uma porta de madeira pesada, e Jiang respira fundo o ar frio da montanha. Uma linda noite para fazer o que precisa ser feito e, principalmente, para viver.

Jiang se permite sentir esperança de sobreviver a essa noite. E decide tentar mais uma vez, não importa o que Faraj tenha oferecido.

— Azim, estou mais uma vez satisfeito em vê-lo... e mais uma vez é meu dever perguntar: você vai libertar a garota sob a minha custódia? E nenhum pagamento será feito ou oferecido. Eu volto aos meus superiores em Beijing e falo com eles de você, não apenas um homem de Deus mas também um homem de misericórdia.

Na penumbra, Jiang vê Azim abrir um sorriso e logo depois falar algo para um dos homens que montavam guarda na entrada. Ambos riem.

Bem, valeu a tentativa, pensa Jiang.

— Uma boa tentativa, mas não tenha medo, Jiang — diz Azim. — Você vai sobreviver a essa noite. Dou minha palavra. Você e o Ocidente às vezes esquecem a importância de Deus, das promessas, da autodisciplina. Como meu querido primo Faraj.

Faraj fica tenso, e Jiang dá um passo cuidadoso para trás.

— Faraj é leal, inteligente e um bom guerreiro para se ter ao lado — continua Azim. — Mas é seduzido pela tecnologia. Como drones. Ou coolers a bateria para bebidas proibidas. Ou dispositivos de escuta.

Azim se aproxima rapidamente de Faraj e passa o braço por sobre o ombro do primo.

— Mesmo que nenhuma dessas tecnologias seja necessária. Por exemplo, um homem bom com ouvidos bons escutando por uma janela aberta pode lhe dizer tudo o que precisa saber.

Faraj se move depressa, mas Azim é mais rápido — tira uma faca do colete e crava no peito do primo.

Capítulo 117

E então, como uma voz vinda do céu, Alejandro responde:

— Matt, aqui é Alejandro.

— Alejandro, aqui é Matt. Fala.

— Desculpa pela demora, Matt. Meu cara saiu do posto, foi tirar água do joelho. Apaguei o sujeito no meio do mijo.

Um agradável alívio percorre o meu corpo.

— Nick, Alejandro, prossigam. Encontraremos vocês nos pontos de partida.

Eu, David e Claire nos levantamos ao mesmo tempo e voltamos a andar — o único som é o barulho dos coturnos pisando no cascalho da estrada de terra enquanto subimos. Não estamos correndo, mas também não estamos indo devagar. Estamos apenas sendo metódicos e fazendo tudo à perfeição, nossas cabeças olhando de um lado para o outro, sempre atentos, enxergando tudo, avaliando.

A estrada se alarga.

Há aglomerados de rochas e pedregulhos de ambos os lados.

O terreno fica plano.

Seguimos para a direita, andando por entre rochas e cascalho.

Levanto a mão.

Fazemos uma pausa.

Vozes.

Avançamos mais devagar e nos espalhamos.

Olho por uma abertura entre as rochas. As construções estão começando a aparecer.

Dois barris de petróleo pegando fogo.

Homens armados andando em pequenos grupos de dois ou três.

Risadas.

Sacudindo com a brisa, ouço o som de uma lona grande que cobre quatro picapes. Me junto a Nick e Alejandro em silêncio, enquanto David e Claire continuam avançando e se escondem atrás da mureta de pedra baixa, em frente à construção central.

Construção essa que agora está bem visível, próxima aos picos rochosos.

Mel está lá dentro, penso.

Minha filha está ali.

Bem ali.

Só mais alguns segundos.

Tudo o que aconteceu nas últimas semanas — o sequestro, o assassinato do namorado dela, Tim, o horror macabro do vídeo da decapitação, as pistas esperançosas de que ela ainda estava viva e minha própria jornada até aqui —, todas essas lembranças e pensamentos percorrem meu corpo enquanto fico ali no solo frio e pedregoso na Líbia.

Agora minha filha está a menos de cinquenta metros de mim, me esperando.

Olho o relógio.

Está quase na hora.

Capítulo
118

Dentro da cela Mel Keating se inclina, tossindo e engasgando depois que um monte de terra cai na sua boca e no seu nariz.

Ela se levanta, pega a última garrafa de água e toma um gole.

Está perto.

Mel tampa a garrafa de água.

Coloca a garrafa debaixo da blusa e começa a abrir caminho pelo buraco.

A cabeça passa.

Os ombros.

Ela se contorce.

Os cotovelos colados no corpo, avançando, avançando...

Ela para.

Fica travada.

Cacete!

Ela recua devagar, quase perdendo os óculos no processo — cacete de novo! — e volta ao chão, respirando com dificuldade.

Pega o pedaço de madeira.

Escava um pouco mais.

Mais pedras caem.

Pronto.

Deve ser o suficiente.

Tem que ser o suficiente.

Mel sobe de volta no montinho de terra.

Vozes ficam cada vez mais altas e mais próximas.

Ela olha para cima, na direção do buraco, e se convence de que está vendo o céu noturno e as estrelas.

Liberdade.

Alguém começa a destrancar a porta.

O tempo acabou.

Capítulo

119

Azim conduz Jiang Lijun até a construção de pedra, feliz em ver o agente de inteligência chinês em silêncio e numa postura humilde. Por muito tempo esse estrangeiro "controlou a carteira", distribuindo dinheiro, armas e suprimentos quando convinha a ele próprio e aos seus mestres, mas agora Azim está no comando. Ele mostrará a Jiang a mulher mais procurada do mundo — Mel Keating, a filha do presidente — e o poder da sua mão e da sua lâmina.

E depois o chinês será libertado.

Azim mentiu muitas vezes ao longo dos anos de jihad, mas pelo menos desta vez está dizendo a verdade.

— Venha, venha, e em poucos minutos você estará livre — diz Azim.

Azim passa pelos velhos estábulos lotados de suprimentos e armas empilhadas, iluminados por lâmpadas no teto, e passa por dois dos seus homens agachados tomando chá. Franze a testa ao lembrar o quanto Faraj gostava da cerveja dos infiéis — e para na porta de madeira trancada da cela de Mel.

Um terceiro homem armado acena com a cabeça e dá um passo para o lado.

Azim olha para Jiang.

O rosto do agente chinês não demonstra nenhuma emoção.

Azim pega a chave, destranca a porta e abre.

A porta trava.

Ele a empurra de novo.

A porta abre um pouco, mas trava outra vez logo em seguida.

O que está acontecendo?, pergunta-se Azim.

— Ei, você! — diz ele a um combatente. — Me ajuda a abrir a porta.

O soldado prende o AK-47 no ombro e se junta a Azim para abrir a porta. Eles empurram juntos por alguns longos segundos, até que algo se solta e a porta se abre.

Azim rapidamente percebe o que aconteceu.

Mel colocou um pedaço de madeira quebrada embaixo da porta para bloqueá-la.

— Não funcionou, não é, Mel? — diz Azim ao entrar.

A cela está vazia.

Mel não está lá.

— Quê? — grita ele, atordoado.

Azim vasculha a cela e vê um monte de terra e alguma coisa se mexendo — um par de pés desaparecendo num buraco.

Capítulo 120

Ao enfiar o pedaço de madeira no vão da porta, Mel ganhou alguns preciosos segundos e, sim!, funcionou, funcionou, funcionou!

Ela chuta, usa os cotovelos novamente e passa a cabeça pelo buraco, as mãos livres para cima, se segurando no telhado de argila e pedra. Ela se contorce e se sente como uma rolha saindo de uma garrafa de champanhe.

Mel rola para o lado, se deita no telhado, respira fundo algumas vezes.

Saiu.

E agora?

A montanha é quase um penhasco de tão íngreme.

E a estrada está fora de cogitação. Fica muito fácil de ser localizada. E aquela área plana ali com a mureta de pedra? Não, exposta demais.

Do outro lado do complexo há um aglomerado de rochas e pedregulhos, e parece mais fácil chegar lá. Tem mais lugares para se esconder e se esquivar. Ela está com uma garrafa de água presa na roupa e ainda tem os chinelos da velhinha simpática que a acolheu.

Mel rasteja até a beira do telhado, olha para baixo e não vê nenhum movimento, embora isso vá mudar em questão de minutos, quando Azim sair correndo da construção e começar a criar uma confusão dos infernos.

Ela se abaixa com o máximo de silêncio possível e se pendura na beira do telhado com as mãos na borda afiada das pedras.

Mel se joga, feliz por, no último instante, se lembrar de cair com o pé bom, e não o machucado.

Então sai correndo para a liberdade.

Capítulo

121

Jiang Lijun entra na cela. À sua frente está o guarda com o AK-47, e diante dele está Azim, esticando os braços e tentando agarrar os pés de Mel Keating, que vão sumindo rapidamente pelo buraco.

Jiang aproveita a situação e age rápido.

Enfia a mão por baixo do colete e da camisa, passa por duas barrinhas energéticas e uma frasqueira de água e segura um tubo de cerâmica invisível em detectores de metal.

Puxa-o para fora, encosta a ponta na base do crânio do guarda de Azim e dá um puxão num anel de plástico na ponta de um cabo de náilon.

Puf.

A arma de disparo único enfia sua única bala calibre .32 na cabeça do homem, matando-o na hora.

O sujeito cai.

Azim começa a se virar para trás.

Jiang puxa o AK-47 do morto.

A bandoleira está presa no corpo.

Azim não diz uma palavra, apenas enfia a mão dentro do colete e puxa uma faca.

Jiang consegue tirar o AK-47, mas o fuzil está na posição inversa, com o cano apontado para Jiang, a coronha voltada para Azim, que se aproxima.

Muitos anos atrás, quando estava fazendo treinamento de combate, um dos instrutores disse a Jiang:

Corra para uma arma, fuja de uma faca.

Jiang bate a coronha de madeira do AK-47 na testa de Azim, que cambaleia e cai para trás.

Jiang sai correndo da cela, fecha a porta, desejando ter a chave.

Perde dois segundos procurando algo para amarrar ou bloquear a porta.

Nada.

Abaixa a cabeça, põe o AK-47 no ombro, começa a avançar pelo corredor, passa pelas baias do estábulo, pelos suprimentos, pelos dois homens armados bebendo chá, que felizmente o ignoram.

Sai da construção e sente o ar frio da noite.

Parece que alguém removeu o corpo de Faraj dali, e Jiang está feliz com isso, pois Faraj é — era — um sujeito inteligente, que descobriu o que de fato aconteceu quando a família de Azim foi morta.

Que bom que ele está morto.

Mas cadê Mel?

Ela não iria para a estrada. Muito longe, muitos homens andando por aí. Ela é pequena, frágil e chamaria atenção por não estar armada.

Lá.

Para o leste, onde tem um aglomerado de pedregulhos e rochas que dão para um barranco.

Jiang avança.

Também há um transponder escondido em seu colete.

Assim que pegar Mel e girar o botão, uma equipe contratada com um helicóptero estará a caminho para buscá-los e levá-los à embaixada chinesa em segurança.

Ele pega mais um dispositivo — um pequeno monóculo de visão noturna —, posiciona-o no olho esquerdo e...

Lá está ela, exatamente como Jiang imaginava.

Dirigindo-se para as rochas.

Capítulo 122

Depois de semanas de medo, tristeza e terror, estou no lugar certo, posicionado. Estou com Alejandro e Nick perto das quatro picapes, vigiando o lado oeste do prédio onde Mel é mantida em cativeiro.

As fogueiras nos dois barris de petróleo continuam acesas, com três ou quatro homens armados ao redor delas, tentando se manter aquecidos. Outros homens entram e saem das construções próximas, todos armados.

Não tem nenhum inocente aqui, penso, *exceto a minha menina.*

— Matt, David falando. — Eu ouço pelo rádio.

— David, fala.

— Claire e eu estamos em posição — sussurra David. — Só para você saber, tem atividade na porta principal. Tangos armados entrando e saindo.

— Viu Mel?

— Negativo. Nenhum sinal dela.

— Entendido. Equipe, ligar o laser.

Ligamos os lasers infravermelhos, que são invisíveis a olho nu, mas visíveis com os óculos de visão noturna e extremamente úteis para localizar os alvos. Imediatamente surgem cinco linhas finas apontadas para os cinco homens armados perto da construção.

— Contagem regressiva começando... agora.

— Entendido — respondem todos, quatro vozes diferentes.

— Três.

Minha menininha, Mel, aos 5 ou 6 anos, gritando porque caiu em cima de um formigueiro, correndo para mim de braços abertos: "Papai, papai, papai!"

— Dois.

Mel aos 12 anos, caindo do cavalo numa aula de equitação, deitada imóvel no chão por longos segundos angustiantes, até que a vejo começar a se mexer enquanto corro a toda pelo curral.

— Um.

Mel nadando no lago Marie com nuvens carregadas no horizonte, quando um raio cai numa árvore do lado oposto do lago, e eu entrando numa canoa e remando freneticamente até ela. Quando chego, ela ri e me pergunta: "Pai, que preocupação é essa?"

— Já.

Atacamos numa emboscada padrão em formato de L, com Claire e David abatendo qualquer ameaça perto da porta principal, enquanto eu — um ex-Seal — e os outros dois Seals da ativa eliminando todos dentro da zona de extermínio a oeste do edifício. Ouvimos apenas baques abafados, pois todos estamos usando silenciadores nos fuzis M4.

Cinco homens caem, depois mais dois, e David avisa pela escuta:

— Porta principal limpa, Matt.

— Entendido — digo.

Nick e Alejandro se juntam a mim, e avançamos rapidamente pela área aberta com chão de rocha e terra batida, enquanto Claire e David nos dão cobertura até chegarmos à porta.

Técnica e moralmente falando, acabamos de matar sete homens, e tudo o que consigo pensar neste momento é: *Antes você do que eu, minha equipe e minha filha.*

Chegamos à porta de madeira pesada com dobradiças grandes, e Alejandro se põe a trabalhar rápido. Ignoramos os dois corpos no chão.

Ele cola um explosivo na fechadura, e viramos a cabeça quando ela explode e a fechadura se abre. Nick imediatamente segura a maçaneta e abre a porta.

Alejandro está logo atrás de Nick e atira uma granada de atordoamento, depois outra, e o som pesado sai pela porta da frente.

Quem está nas outras construções certamente sairá correndo para ver o que aconteceu e será abatido por David e Claire.

Nick entra, vira para a esquerda.

— Limpo!

Alejandro vira para a direita.

— Limpo!

Avanço por um corredor de pedra, sentindo o cheiro de fogos de artifício das granadas de atordoamento, passo por algumas pilhas de armamentos, caixas de armas, uma ou duas lâmpadas ainda acesas após a explosão das granadas e...

Um homem sai de uma das baias, piscando os olhos com força e portando um AK-47.

O treinamento, a experiência e a memória voltam de imediato.

Atiro uma vez na testa e duas no peito.

Viro para a esquerda. Cobertor, mantimentos e um bule.

— Limpo! — grito.

Nick e Alejandro me seguem, ouço mais três disparos próximos, e logo depois Nick diz:

— Limpo!

Tem outra porta à frente.

Está entreaberta.

Alejandro abre a porta com uma pancada com o ombro, e *merda, merda, merda,* e grito "Mel!" ao ver um corpo no chão, sangue ao redor da cabeça, pensando: *Tarde demais, tarde demais, ai, merda, chegamos tarde demais!*

Nick se ajoelha e diz:

— Matt, é um cara. Relaxa.

Dou uma rápida olhada no quarto.

Tem um montinho de terra num canto.

Avanço e olho para cima.

Alguém abriu passagem por essa chaminé, ou cano de drenagem, ou seja lá o que for.

Mel esteve aqui?

Ou foi levada embora?

— Senhor, aqui — chama Alejandro.

Ele aponta para uma rocha plana com mais ou menos um metro de largura e altura que faz parte da parede oposta.

Tem letras e números pintados ali.

MK
603

— As iniciais dela, talvez... mas e os números? — diz Nick.

— Seis zero três — digo. — Código de área de New Hampshire.

Toco as letras. Parecem pegajosas. Foram escritas com frutas ou algo assim.

Minha garota muito, muito inteligente.

— Parece fresco — digo. — Gente, ela esteve aqui, ela esteve aqui há pouco tempo. Vamos!

Avançamos em fila indiana, Nick na liderança, eu no meio e Alejandro na retaguarda.

— Claire, David, aqui é Matt — falo.

— Fala — respondem os dois.

— Mel esteve aqui, mas parece que pode ter escapado — digo. — David, vai para a mureta de pedra ao sul. Nick e Alejandro vão cuidar das construções e da área a oeste. Eu vou para o leste, para aquela área rochosa. Claire, sobe nessa construção aqui e nos dê cobertura.

Ouço um coro de "Entendido", saímos em disparada da construção e nos separamos para encontrar minha filha, e penso de novo: *Garota inteligente.*

Mas, por favor, Deus, que não seja inteligente demais.

Temos que encontrá-la nos próximos minutos, antes que nosso piloto tunisiano volte para nos resgatar, porque não vou embarcar no Black Hawk sem ela.

Capítulo

123

Cerca de trinta segundos depois de descer do telhado dos velhos estábulos, Mel Keating tem a impressão de que sua visão noturna ruim estragou tudo: ela ainda não tinha ido muito longe quando de repente esbarra em alguém andando na escuridão. Tenta dar meia-volta e continuar andando para outro lado, mas o cara diz alguma coisa.

Ela ignora, segue em frente.

Outra frase em árabe, e então *merda, merda, merda,* um segundo cara armado também começa a falar, então eles a agarram e a apalpam, até que um deles percebe quem é ela, e depois o outro.

Ela se debate, se contorce, tenta chutar os dois, mas eles são fortes e a seguram. Começam a arrastá-la de volta para as construções, e um deles grita:

— *Alshaikh! Alshaikh! Alshaikh!*

E, como naqueles filmes de terror em que o monstro sai da escuridão para te pegar, Azim al Ashid aparece furioso, segurando uma pequena lanterna tática, seguido por um cara armado. Fala rápido em árabe com os dois idiotas que a seguram, então diz:

— Mel Keating... agora você vai ter o que merece desde o dia maldito em que nasceu.

Duas explosões altas ecoam e assustam todos. Em seguida ouvem-se tiros abafados, e Mel grita para ele, sem ter certeza, mas querendo provocar o desgraçado:

— E por falar em ter o que merece... ouviu isso, babaca? São o meu pai e os amigos dele vindo me buscar e matar todos vocês!

E, como num passe de mágica, ela ouve o som do projétil viajando e atingindo o homem que a segura à esquerda, que cai imediatamente, e de novo o mesmo som, dessa vez atingindo o cara atrás de Azim. Mel cai no chão, rola de lado e começa a rastejar para longe dos tiros.

Vou me esconder nas pedras, pensa.

Bom lugar para se esconder até o pai, os Seals, os Rangers ou quem quer que esteja aqui aparecer.

Ela continua rastejando no chão de terra cheio de pedras, mantendo a cabeça baixa.

Capítulo

124

Nick Zeppos e Alejandro Lopez se encaminham para o lado oeste da construção, e Claire os avisa pela escuta:

— Olhos abertos, pessoal. Tem um monte de tangos saindo da duas construções mais próximas de vocês.

— Entendido — diz Nick, e a garota da NSA não está brincando mesmo, porque as três construções mais próximas de onde Mel era mantida em cativeiro... caramba, tem um monte de caras armados saindo por portas e entradas laterais, e um até saiu pela janela.

A melhor cobertura que têm é uma pequena berma de terra, e eles se jogam no chão e começam o trabalho. A cobertura não é lá essas coisas, porque, cada vez que eles abatem um cara que sai correndo de uma das casas gritando *"Allahu Akbar"* e atirando para todos os lados com uma metralhadora, outros dois correm e assumem suas posições em torno do terreno rochoso próximo às construções. Esses tangos começam a disparar, e terra e pedras voam por todo lado quando as balas atingem a berma em que Nick e Alejandro estão escondidos.

Pff pff pff.

Pff pff pff.

Nick e Alejandro se mantêm calmos e atiram num ritmo constante.

— Recarregando! — avisa Nick quando o ferrolho recua e trava, então tira o carregador vazio da M4, coloca um cheio, destrava o ferrolho e volta a atirar, seguindo a linha fina de guia para sua visão a laser infravermelho.

Segundos depois, Alejandro repete Nick e grita:

— Recarregando!

Nick mantém o foco, mirando em um alvo atrás do outro e ouvindo um estalo alto quando Claire, na cobertura, derruba um dos tangos.

No início os terroristas saíam correndo atirando para todo lado e torcendo para acertar alguma coisa, segurando os AK-47 e disparando assustados até esvaziar o pente inteiro, mas alguns deles sabem o que estão fazendo e respondem aos tiros com disciplina e agressividade.

— Adoraria que alguém tivesse uma Warthog lá em cima — comenta Alejandro.

— Eu também — concorda Nick.

De repente Nick vê uma luz cintilante se aproximando, grita "Granada!" e se encolhe, segurando o capacete balístico, e...

Bum!

Ele olha para cima e vê outra.

Bum!

— Merda! — xinga Nick, voltando à posição anterior, revidando os tiros, derrubando um tango e depois outro que tentaram avançar demais.

Está tudo muito quieto à sua direita.

Nick vira. Alejandro está encolhido de lado.

— Al, você está bem? — pergunta Nick. — Você está bem?

Alejandro geme.

— Eu pareço bem, *cabrón*? — Ele geme de novo. — Um estilhaço acertou o meu pulso direito. Parece que essa merda quebrou. Me ajuda a pegar a minha SIG Sauer.

Nick rapidamente saca a pistola de Alejandro do coldre e a entrega ao parceiro. Ergue a M4 a tempo de derrubar dois tangos que estavam a apenas dois metros de distância.

Pff pff pff.

— Claire, aqui é Nick — chama ele pelo rádio. — Precisamos de mais cobertura.

Mais dois tiros de M4. Um som mais alto ecoa quando Alejandro, ferido, usa a pistola calibre 9mm.

— Claire, precisamos de ajuda aqui.

Mas Claire não responde.

Capítulo

125

Jiang Lijun fica agachado e se movimenta em zigue-zague. Sabe que os estadunidenses estão no local, mas continua determinado a pegar Mel Keating primeiro e levá-la de volta em segurança, para o bem do seu país e da sua carreira.

No entanto, ele precisa tomar cuidado porque a oeste está havendo um enorme tiroteio e ele não quer ser pego no fogo cruzado entre os estadunidenses e os homens de Azim. Os soldados dos Estados Unidos atirariam nele porque está carregando um AK-47, e os homens de Azim atirariam só porque estão com medo e atirando em tudo que aparece pela frente.

Ele se esconde atrás de uma pilha de sucata e barris de petróleo amassados, faz uma varredura com seu monóculo de visão noturna e, sim, ali está ela, escondida atrás daqueles dois rochedos rachados.

Agora.

Jiang avança para se esconder atrás da pilha de sucata, se aproxima da posição de Mel e grita:

— Mel! Mel Keating! Seals dos Estados Unidos! Venha para cá, estou vendo você!

* * *

Anos atrás, o pai de Mel deixou que ela e sua mãe observassem um exercício noturno, e, nossa... a situação agora se parece muito com o que ela viu naquele dia. Muitos tiros, alguém usando uma arma de ferrolho de alto calibre — fácil de identificar por causa do estrondo e dos disparos mais espaçados —, e agora granadas estão sendo arremessadas.

— Mel! — grita alguém num tom de voz forte. — Mel Keating! Seals dos Estados Unidos! Venha para cá, estou vendo você!

Ah, uma maravilhosa onda de alívio e alegria percorre o corpo de Mel ao ouvir seu nome, ao ouvir quem está ali para resgatá-la, e devem ser os amigos do seu pai, aqueles que iriam a qualquer lugar a qualquer momento para resgatar um dos seus.

— Estou indo! — grita ela em resposta e anda com dificuldade por entre as pedras, até que vê uma figura agachada. Só consegue enxergá-la por causa do fogo no lado oeste da área.

— Anda, anda! — diz o sujeito. — Precisamos tirar você daqui.

— E eu não sei disso? — grita ela, quase rindo. — Estou chegando!

E aqui está ela, pensa Jiang.

A filha do presidente, depois de todo esse tempo, de todos os contratempos e viagens, surgindo por entre as rochas e pedras rachadas.

— Aqui — diz ele, agarrando a mão de Mel. — Por aqui.

Ele segura a mão dela, e ela ri e então...

Recua.

Puxa a mão e se solta.

— Quem é você?

— Sou um Seal.

— De que equipe?

— Hein?

— De que equipe? — repete ela, afastando-se rapidamente. — E isso é um AK, não uma M4 ou uma HK. E você não está usando o equipamento certo. Cadê o seu capacete balístico? Seus óculos de visão noturna?

Mel tenta fugir, e Jiang a agarra pela gola da blusa e tenta segurá-la. Ela morde a mão dele, que grita:

— Droga, garota, estou tentando resgatar você!

No telhado da construção onde Mel era mantida em cativeiro, Claire Boone está se divertindo muito, embora jamais vá admitir isso para alguém da agência, sobretudo quando tiver de fazer o debriefing ao fim dessa operação não autorizada.

Atirar em bandidos do alto é como ser o cosplayer mais fodão do mundo. Um dos problemas do autismo de Claire é que a mente dela está sempre trabalhando, sempre a mil, e ela está pensando nos desenvolvedores de jogos que conhece, e talvez pudesse entrar em contato com alguns deles com um investimento e uma ideia para um jogo de tiro chamado *Overwatch,* claro...

Ela faz uma varredura no lado sul, vê o agente do Serviço Secreto David Stahl atrás da mureta de pedra caindo aos pedaços, e ele parece bem, então faz uma varredura no lado oeste e, caramba... os dois Seals estão numa baita enrascada. Claire dispara três tiros, os cartuchos usados tilintando no telhado de pedra.

Ela quer continuar atirando nos imbecis que estão colocando Nick e Alejandro em perigo, mas tem suas responsabilidades nessa missão, e que responsabilidades, então se vira para o leste e logo localiza a mira de laser infravermelho da arma de Matt Keating — o ex-presidente; Claire ainda não acredita que está com ele nessa. Ela continua a varredura e de repente para.

Um cara segurando um AK-47 numa das mãos está lutando contra alguém menor, mais leve e, glória a Deus, de cabelo comprido.

Claire aponta cuidadosamente a arma para o sujeito maior enquanto ouve vozes pelo fone, mas ignora e puxa o gatilho com delicadeza, como fez milhares de vezes em treinos e na vida real. E não há nada mais real que essa noite louca e fria nas montanhas da Líbia.

Capítulo

126

A voz calma de Claire no meu fone me faz parar no meio da busca que estou realizando há vários minutos em vão, procurando, me ajoelhando, olhando para todo lado, o tempo todo tentando conter o medo que me diz: *E se você não conseguir encontrá-la?*

— Matt, acabei de derrubar um tango armado que estava segurando Mel — avisa Claire. — Ela está trinta metros a leste da minha localização, perto de um monte de sucata. Vai buscá-la.

Vai buscá-la!

Viro a cabeça e vejo a pilha de sucata. Um segundo atrás eu estava exausto, com dor no quadril, frustrado e com medo, mas agora, correndo até minha filha, me sinto como se fosse vinte anos mais jovem.

Vai buscá-la!

Essas palavras vão fazer a felicidade arder dentro de mim pelo resto da vida, junto com a lembrança dos instrutores gritando: "Parabéns, senhores: a Semana do Inferno acabou!"; de Samantha dizendo: "Aceito"; do médico dizendo: "É uma menina saudável!"; e de Samantha me beijando intensamente certa noite no Texas e sussurrando: "Parabéns, congressista."

Corro o mais rápido que posso, com a arma ainda em punho, e ao mesmo tempo faço uma varredura, olhando para todos os lados. Quando me aproximo da pilha de sucata, grito:

— Mel, é o papai! Fica parada! Chego aí num segundo!

Vai buscá-la!

Contorno a pilha de metal enferrujado e barris de petróleo. Vejo um corpo caído no canto esquerdo e outra pessoa curvada perto de mim, parecendo cavar um buraco no chão. Continuo correndo mais alguns metros e digo:

— Mel, é o papai, vamos. Mel, sou eu.

A pessoa se levanta, se vira rapidamente, e é Azim al Ashid, e, enquanto ergo a M4 para disparar, sinto sua faca penetrar fundo em mim.

Capítulo

127

O agente do Serviço Secreto David Stahl ouve o tiroteio acontecendo a cerca de setenta metros, mas se concentra no seu trabalho, que é fazer uma varredura na longa mureta de pedra, e até agora não encontrou nada.

Pelo fone, ouve a conversa calma entre os dois Seals e Claire, que está no alto da construção disparando tranquilamente projéteis encamisados calibre .308 contra os terroristas que tentam se aproximar de Nick e Alejandro. Daqui a um minuto, David vai parar a varredura e voltar para o complexo.

A voz calma de Claire coloca um sorriso no rosto de David e causa uma onda de alegria que percorre seu corpo frio e cansado.

— Matt — diz ela —, acabei de derrubar um tango armado que estava segurando Mel. Ela está trinta metros a leste da minha localização, perto de um monte de sucata. Vai buscá-la.

David pressiona o botão de transmissão no rádio.

— Matt, aqui é David. Precisa de mim?

Ele se mantém agachado e começa a subir de volta o caminho ao longo da mureta de pedra, ainda se protegendo, porque não sabe quantos jihadistas podem estar nessas montanhas, aproximando-se para ajudar Azim al Ashid e seus homens.

— Matt, aqui é David. Posso ajudar?

Ainda sem resposta.

Ele para.

— Claire, aqui é David. Você tem visão de Matt e Mel?

— Agora não — responde ela de imediato. — Quando vi pela última vez, Mel tinha caído no chão e Matt estava se aproximando. Ambos estão atrás de uma pilha de sucata. Eu...

— Pausa! Pausa! — interrompe Nick, a voz tensa. — David, uma ajudinha aqui cairia muito bem.

David está dividido. Sua responsabilidade no Serviço Secreto é com o ex-presidente e sua filha. É para lá que ele deveria ir.

Mas essa noite ele é um marine.

E, uma vez marine, sempre marine.

Nunca se deixa alguém para trás, nunca se recusa um pedido de ajuda.

— Nick, estou a caminho — avisa David e começa a correr para o som dos tiros.

Azim sente a força percorrer seu corpo ao derrubar o ex-presidente no chão, o fuzil nas mãos de Matt voa para longe e até seu rádio de comunicação cai. Azim também sente a alegria de cravar uma faca no homem que matou sua família.

Eles estão lutando perto de um monte de metal enferrujado e barris de petróleo. Acima de Matt Keating, Azim observa seu inimigo e se dá conta de que ele está velho e fora de forma. Ah, o infiel fraco está resistindo, segurando os pulsos de Azim, mas ele tem certeza de que só precisa de mais alguns segundos para acabar com isso. Mesmo com a cabeça latejando por causa da coronhada do maldito espião chinês — e Azim pretende demorar uma semana para matar Jiang assim que encontrá-lo —, ele sente a força da ira da justiça fluindo pelo corpo.

Na escuridão da noite, Azim força os pulsos de Matt para baixo e diz:

— Só você e eu, Matt Keating, e você não tem Serviço Secreto, Exército, drones nem satélites do seu lado. É como nos velhos tempos: o forte contra o fraco, e, depois que eu matar você, vou encontrar a sua filha e acabar com ela também.

Azim faz força de novo, todo o peso do seu corpo em cima do presidente, sabendo que está a segundos de acabar com a vida dele.

Capítulo

128

Sinto uma dor lancinante no pulso esquerdo, e uma pequena parte racional dentro de mim sabe que Azim me cortou até o osso, mas a parte racional maior está percebendo que esse filho da puta me pegou de jeito. Ele é musculoso, tem levado uma vida espartana nos últimos anos — ao passo que eu fui perdendo força depois de entrar na política — e está em cima de mim, usando toda a força do seu ódio.

Meu equipamento de comunicação está desligado, meu fuzil está caído em algum lugar, e tenho uma faca e uma pistola SIG Sauer nos coturnos, mas no momento poderiam muito bem estar nos Estados Unidos de tão inúteis que são.

Com a mão esquerda seguro o pulso direito de Azim, e com a mão direita, o pulso esquerdo dele, e talvez seja tonteira ou excesso de adrenalina, mas tenho certeza de que consigo ver a luz das estrelas refletindo na faca afiada que ele empunha com a mão direita.

Tento empurrar, chutar, rolar, mas ele não deixa, impede cada movimento meu, enquanto me pressiona cada vez com mais força. Está murmurando palavras de vingança e destruição e de Alá, e a verdade é que não estou prestando atenção ao que ele está falando e certamente não vou responder, porque não posso gastar força nem oxigênio.

É fácil ver o que vai acontecer.

Meu pulso esquerdo cortado vai falhar em alguns segundos e, com a mão da faca livre, ele vai golpear o meu pescoço. Então, quando tiver certeza de que estou morto, ele vai atrás de Mel.

Enfim decido gritar:

— Mel! Foge! Sai daqui! Vai para a mureta de pedra ao sul!

Ah, droga, gastei parte da força que me resta, e Azim ri, volta a derramar palavras de vingança e morte, e, sim, meu pulso esquerdo está fraquejando, doendo, e sei que estou a segundos de partir.

É quase pacífico.

Vai ser rápido, e Mel se juntará aos outros e ficará em segurança.

Mas continuo lutando.

Me pergunto se terei um funeral de Estado — o primeiro ex-presidente a não morrer na cama.

— Desiste, Matt Keating, desiste... — diz Azim. — Prometo que vou ser rápido... mais rápido do que você quando matou minha esposa e minhas filhas...

Tento torcer e afastar sua outra mão, mas seu pulso forte mal se mexe. Se eu tentar usar as duas mãos para segurar a mão da faca, ele vai usar a mão livre para me estrangular.

Uma versão mais jovem de mim conseguiria usar a força das pernas para se levantar e desequilibrá-lo, mas não sou mais jovem.

E muito em breve não vou ser mais eu mesmo.

— Mel! — grito pela última vez. — Corre!

O sangue escorre pelo meu pulso, que treme, perde a força e está perto, muito perto de ceder.

Pá!

Azim engasga e cai para trás. Livre dele, me sento rapidamente, puxo minha SIG Sauer, me jogo em cima de Azim, pressiono o cano da pistola bem debaixo do queixo dele e digo:

— Você fala demais.

Puxo o gatilho duas vezes e explodo o alto da cabeça de Azim.

Eu me sento, exausto.

Uma sombra se aproxima.

Está segurando um pedaço comprido de metal.

Uma voz hesitante.

— Pai, é você?

— Ah, Mel! Sim, sim, sou eu!

E nós nos abraçamos e choramos, e a parte de mim que é pai simplesmente não quer mais soltá-la, mas a parte Seal — *Tem mais terroristas por perto? Meu Deus, como meu pulso está doendo!* — diz:

— Vamos, querida, vamos tirar você daqui.

Capítulo

129

Mel me ajuda a recuperar meu equipamento e, com o rádio de comunicação, aviso:

— Pausa! Pausa! Aqui é Matt. Estou com Mel. Recuem para o ponto de exfiltração. Recuem para o ponto de exfiltração.

Mel começa a avançar, e eu digo:

— Espera aí. Pode tirar essa mochila de mim?

— Pai, você está ferido?

— Só um arranhão. Vamos, Mel, rápido.

A mochila cai no chão, e eu digo:

— Abre, coloca o que está aí dentro e vamos dar o fora daqui.

Ela abre o zíper, tira um colete à prova de balas que ajudo a colocar, depois um pequeno capacete balístico, que ela coloca sem minha ajuda. Agora que está vestida para uma zona de fogo, coloco o braço esquerdo ensanguentado sobre os ombros dela e começo a avançar o mais rápido possível, ainda atento aos arredores, minha M4 na mão direita.

A quantidade de tiros diminuiu drasticamente, o que significa que a maioria dos homens de Azim está morta, ferida ou subiu as montanhas para se proteger. Vejo o ponto de exfiltração e, com os óculos de visão noturna, enxergo movimento na área e dois feixes de laser infravermelho sondando a região em busca de alvos.

— Matt chegando! — grito ao escalar a mureta de pedra. Mel está comigo e imediatamente diz:

— Meu pai está ferido. Alguém pode ajudar?

David se aproxima. Quando Mel o vê, fica incrédula e pergunta, empolgada:

— Agente Stahl? É você?

Ele se ajoelha na minha frente, começa a cortar a manga da minha farda e responde:

— Claro, Mel. Só porque você está do outro lado do mundo não significa que não vamos protegê-la. — Então ele olha para mim e diz: — Meu Deus, Matt, o que você arranjou aqui?

— Azim me cortou — respondo.

David derrama água na ferida, e eu estremeço e viro o rosto para o outro lado. Então ele pergunta:

— E cadê Azim agora?

— Em outro lugar, tentando explicar o que tem feito nos últimos anos.

Estou cansado e com dor no pulso — parece que está pegando fogo —, mas Mel está sentada bem ao meu lado, protegida, e olho ao longo da mureta e vejo que Nick está vigiando o complexo, Alejandro, com a mão enfaixada, está fazendo o mesmo, e Claire Boone está...

Checando outra pessoa?

— David, quem é aquela pessoa com Claire? — pergunto. — Não vamos levar prisioneiros.

Ele pressiona um chumaço de gaze de combate QuikClot no meu pulso para estancar o sangramento e começa a enrolar meu pulso, fazendo uma bandagem de compressão para o ferimento.

— Você vai precisar levar pontos assim que voltarmos para a Tunísia.

— Sim, eu sei, mas quem é o cara com Claire?

David ri.

— Um chinês. Diz que é representante da Companhia de Engenharia Civil da China. Tem cartão de visita e identificação oficial. Claire diz que o viu atracado com Mel minutos atrás e achou que era um terrorista. Deu um tiro no sujeito, mas ele estava de colete e só quebrou umas costelas. Claire ouviu o cara pedindo ajuda quando estava voltando para cá.

Flexiono o pulso.

Ainda dói.

Olho o relógio.

Estamos no solo há cinquenta e cinco longos minutos.

Cadê o Black Hawk?

Ligo o rádio, troco a frequência e grito:

— Joe, Joe, Joe, aqui é Matt! Venha, por favor!

Nick dispara um tiro.

— Joe, Joe, Joe, aqui é Matt! Qual é o seu status?

Sem resposta.

— Droga — digo.

— Quem é Joe? — pergunta Mel.

— Piloto das Forças Especiais da Tunísia. Ele trouxe a gente e iria nos levar de volta. Está um pouco atrasado, só isso. — Olho para David e digo: — Se for preciso, vamos levar uma caminhonete deles.

Com voz desanimada, ele responde:

— Foi mal, Matt. A gente... As caminhonetes estão totalmente esburacadas. Uns terroristas tentaram se esconder atrás delas. Nós três transformamos as caminhonetes em peneira.

Ótimo, penso. *Que maravilha.*

E agora?

Coloco o braço ileso sobre os ombros de Mel e dou uma apertadinha no ombro dela.

Então, quando o vento muda de direção, ouço ao longe o melhor som que um operador em território inimigo pode ouvir: o barulho dos rotores do helicóptero.

O resgate está chegando, cortesia da Sikorsky Aircraft.

— Preparem-se para a exfiltração! — grito, então pego os bastões luminosos infravermelhos, quebro-os para ativar os produtos químicos e jogo na pequena área plana e pedregosa onde estamos. Invisíveis a olho nu, para Joe e seu copiloto, que estão de óculos de visão noturna, os bastões funcionarão como um sinalizador que eles não têm como não ver. Nick e Alejandro fazem o mesmo que eu. Para os caras das Forças Especiais da Tunísia lá no alto, aqui embaixo deve estar parecendo a Times Square à noite.

— Mais uns minutos, querida — digo a Mel. — Só mais uns minutos.

Mel não diz nada, e logo fico preocupado, mas presto atenção e ouço minha filha chorando com o rosto no meu corpo.

Capítulo

130

Faraj al Ashid sabe que está morrendo, mas também sabe que ganhou muitos minutos de vida por ter fugido rapidamente depois de ter sido esfaqueado pelo próprio primo, aquele cachorro imundo. Em vez de matar Faraj de uma vez, a ferida vai matá-lo eventualmente — e é uma ferida mortal, por mais que tenha tentado enfaixar o local.

Ele rasteja para onde acha que os estadunidenses estão escondidos, pois esses insolentes falam gritando e a voz deles é transportada com facilidade pelo ar frio. Faraj não ousa ficar de pé nem se mover rapidamente, mas ele avança aos poucos, arrastando seu AK-47 na mão direita.

Alá... que dor terrível sente no peito!

Enquanto rasteja pelo terreno acidentado e se aproxima da mureta de pedra, ocorrem-lhe últimas lembranças: da infância em Trípoli, de sobreviver às guerras civis e aos ataques de milícias, de conseguir a bolsa de estudos de cinema, de viver em Paris e aprender muito, e de cometer *Haraam*, fornicando com prostitutas voluntárias e bebendo e comendo alimentos proibidos.

O jihad, que para seu primo era um chamado, lhe parecia mais uma estrada para a redenção, algo que salvaria sua alma em algum momento. Porém, depois de anos de derramamento de sangue e combate, Faraj estava cansado, queria sair dessa vida. Mas Azim — aquele *Ya Ibn el Sharmouta* — o impediu.

Nossa, dói tanto!

O som do helicóptero fica mais alto. A aeronave está pronta para resgatar os estadunidenses, e talvez até Mel Keating, e levá-los de volta ao conforto de suas vidas seguras.

Ocorre mais uma lembrança a Faraj antes de deixar este mundo e se entregar à escuridão do desconhecido.

Ele se lembra das aulas de treinamento para os recrutas inexperientes que chegavam aos vários acampamentos e complexos do primo. As primeiras coisas que Azim mostrava aos jovens eram vídeos de vários ataques jihadistas ao longo dos anos, do ataque ao USS *Cole* aos bombardeios a embaixadas dos Estados Unidos no continente africano e o sucesso absoluto que foi a queda das Torres Gêmeas em Manhattan, além de ataques em ônibus e metrôs em Londres e outros em Bruxelas, Paris e Berlim...

Faraj observava a expressão de êxtase daqueles jovens e ouvia suas gargalhadas e seus gritos de satisfação ao ver cidadãos sendo esquartejados ou caindo para a morte de prédios altos, mas não enxergava guerreiros sagrados ali, nem no passado nem agora.

Apenas jovens sem futuro que sentiam prazer em destruir coisas, matar pessoas, pisar em criaturas. É o que Faraj aprendeu em Paris quando era jovem e vulnerável: chama-se niilismo.

Agora faz sentido.

Ele pega o AK-47, se certifica de que a trava de segurança está solta e, enquanto o helicóptero desce, Faraj fica de pé e puxa o gatilho, curtindo os últimos momentos como um assassino.

Capítulo

131

Nosso voo de exfiltração atrasou, mas chegou, e eu levanto a voz e digo:

— Mel entra primeiro, depois Alejandro e o chinês, e nós vamos depois.

Os bastões de luz se espalham conforme o Black Hawk desce. Terra e cascalho voam na nossa direção, e então tudo vai para o inferno.

Somos alvejados por tiros vindos do solo. Eu e Nick nos viramos para as balas, e com os óculos de visão noturna e o localizador de laser infravermelho vejo um homem cambaleante atirando com um AK-47. Nick e eu o fuzilamos quando Mel grita:

— Pai, fui atingida!

Corpos tombam aqui e ali enquanto o atirador dispara mais algumas balas antes de cair no chão de terra, e Mel é puxada para baixo de alguém, depois é empurrada para dentro do helicóptero. Claire ajuda o chinês a embarcar e eu empurro Alejandro para dentro, David está no chão, mas Nick e eu o arrastamos para dentro, então o helicóptero levanta voo e o comandante tunisiano fecha a porta.

Nosso piloto, Joe, grita da frente:

— Foi mal o atraso... Problemas de comunicação de verdade. Tentamos dar um jeito, mas aí desistimos e viemos.

Não respondo. Estou pisoteando freneticamente pernas e braços esticados até chegar a Mel, o rosto pálido por trás dos óculos. Claire arranca o moletom imundo e esfarrapado de Dartmouth de Mel — e sinto uma dor profunda ao pensar na última vez que vi esse casaco, aquele dia incrivelmente ensolarado no lago Marie e Mel saindo em segurança para uma trilha. Ela olha, apalpa Mel e diz:

— Está tudo bem, senhor presidente... quer dizer, Matt. Merda. Ela vai ficar bem. Parece pior do que é de verdade.

Mel se vira para Claire e diz:

— Claire Boone... o que você está fazendo aqui?

Claire revira um kit de primeiros socorros aberto dentro do Black Hawk.

— Participando do resgate do seu belo rostinho, pelo que parece.

O helicóptero ganha altitude e velocidade, e não consigo conter o sorriso ao ver Mel e Claire juntas. Então me viro para o lado e o sorriso se desfaz.

David Stahl está deitado de costas, sem capacete, olhos abertos, mexendo a boca, ficando pálido. Nick está tentando colocar freneticamente uma intravenosa no braço de David, e Alejandro está desesperado tentando, com apenas uma das mãos, estancar o sangramento do enorme ferimento no pescoço de David.

Eu me ajoelho e tiro Alejandro do caminho, e, depois que Nick insere a agulha, se levanta e pendura a bolsa de soro num cabo, ele me olha e diz:

— Eu vi tudo, Matt. Os tiros começaram, e David empurrou Mel no chão e se jogou em cima dela. Como manda o Serviço Secreto.

Coloco um chumaço de gaze de combate QuikClot no ferimento de David e pressiono outro por cima, mas os dois rapidamente ficam encharcados de sangue, então coloco outro, e depois outro, e todos ficam encharcados em segundos.

Alejandro assobia alto para a cabine e diz:

— Joe! Bota esse pássaro para voar! Qualquer cidade ou vilarejo próximo que tenha um hospital! Leva a gente para lá. Vamos!

Nick me ajuda a colocar mais bandagens e compressas na ferida de David, mas trocamos um olhar e sabemos o que vai acontecer em breve. A cada segundo que passa David fica mais e mais pálido.

Seus olhos vacilantes focam em mim, e ele sussurra:

— Esperança, Esperança, Esperança...

— Isso aí — diz Nick. — Não desiste, tenha esperança, amigo, já, já você vai estar num hospital. Aguenta firme, David, tenha esperança.

— Não, ele está usando o codinome de Mel no Serviço Secreto — digo, os olhos marejando de lágrimas. — Eu sou Porto, minha esposa é Harpa... e Mel é Esperança. — Levanto a cabeça e grito: — Mel, vem aqui, agora!

Mel se esforça para manter o equilíbrio, o braço enfaixado, enquanto o helicóptero acelera. Claire vem atrás dela, o Black Hawk sacudindo e dando solavancos. Mel se ajoelha ao lado de David, e eu digo:

— David, olha. Ela está aqui. Mel está bem. Esperança está bem. Você fez o seu trabalho.

Mel começa a chorar baixinho, pega a mão direita de David e aperta, e eu pego a mão esquerda dele e faço o mesmo.

— David, bom trabalho — digo. — Você salvou a minha filha. Você salvou Esperança.

Os olhos de David perdem o foco.

Ele sorri.

Sussurra:

— Que bom.

E morre.

Capítulo 132

Universidade de Georgetown
Washington, D.C.

Rollie Spruce é aluno da pós em direito em Georgetown, mas esta noite está trabalhando em turno duplo como bartender numa convenção no hotel e centro de conferências da universidade.

Os pés estão doloridos, a boca está seca da farra da noite anterior, e as mãos tremem de leve enquanto ele prepara drinques e serve vários copos de cerveja para os participantes da convenção que lotam o local esta noite.

O fato, porém, é que esses caras — arqueólogos e outros tipos de escavadores de terra — podem até ser especialistas em suas áreas de atuação, mas também são especialistas em beber por horas e no fim dar gorjetas como se eles próprios fossem estudantes da pós sem um centavo no bolso.

Anos antes, em Vermont, seu pai lhe disse:

— Rollie, aprenda um bom ofício, como o de bartender. Você sempre vai arrumar trabalho. Nos momentos bons as pessoas gostam de beber, e nos maus, ainda mais.

Um bom conselho, e em certas noites ele de fato ganha uma grana com gorjetas, mas esta noite definitivamente parece que vai voltar para casa de bolso vazio.

Ele parou um minuto para lavar uns copos de drinque quando uma mulher sentada à mesa no canto ao lado começa a gritar.

— Mas que... — diz Rollie. Ele se apoia no bar para ver o que está acontecendo, então ouve gritos, berros, aplausos, e a mulher que estava gritando alguns segundos atrás agora está sendo abraçada e beijada por um bando de pessoas.

Um homem se afasta da mesa, corre até Rollie e diz:

— Rápido, parceiro, uma garrafa de champanhe. O melhor que você tiver! Manda para a nossa mesa... Ah, que se dane, champanhe para todo mundo! Bebidas por minha conta!

Rollie não precisa ouvir outra vez e logo começa a trabalhar, enquanto mais pessoas começam a gritar e aplaudir. Ele percebe muita gente se levantando para olhar a TV instalada em cima do bar. Minutos atrás, estava passando uma partida de beisebol do Washington Nationals, mas agora tem um âncora de um canal de notícias sorrindo e falando para a câmera.

Rollie não sabe o que está acontecendo, mas na tela atrás do âncora há uma imagem de Mel Keating, a filha do ex-presidente — que Rollie sempre achou bonita de um jeito meio nerd —, e pelo que vê, parece que ela está viva e foi resgatada em algum lugar no norte da África.

Legal, pensa Rollie enquanto se ajoelha diante do frigobar para ver quantas garrafas de champanhe estão geladas.

Parece que vai ser uma boa noite, afinal.

EPÍLOGO

Capítulo

133

Aeroporto Internacional de Bangor
Bangor, Maine

Estamos indo de volta para casa num avião de passageiros Boeing C-40 da Força Aérea, que nos foi oferecido após uma alegre ligação para a secretária da Força Aérea Kimberly Bouchard, que logo despachou a aeronave para Sfax-Thyna, na Tunísia, para nos buscar.

Temos dois passageiros a menos quando pousamos em Bangor: primeiro, o chinês que alegou ser da Companhia de Engenharia Civil da China, inocentemente pego no meio do fogo cruzado.

Durante a fuga no Black Hawk, Mel disse que de inocente ele não tinha nada, e eu me certifiquei de que, quando chegássemos à Tunísia, o cidadão chinês calado e ferido fosse colocado sob a custódia de um homem e uma mulher de aparência durona que supostamente eram representantes do Departamento de Estado da nossa embaixada na Tunísia.

Eles iriam fornecer ajuda e assistência ao homem, antes, claro, de ele ser levado à embaixada do seu país em Túnis.

O outro passageiro ausente, os restos mortais do corajoso e dedicado agente especial do Serviço Secreto David Stahl, está várias horas atrás de nós, num avião de transporte C-17 rumo à Base da Força Aérea em Dover, Delaware.

Foi um voo longo e silencioso, com fileiras de assentos vazios ao nosso lado. Nick e Alejandro dormiram muito e comeram a comida de bordo da Força Aérea, enquanto Mel e Claire passaram algumas horas contando as novidades e fofocando sobre quem foi para onde e quem está fazendo o quê.

Mas agora Mel está deitada, esticada em duas poltronas, debaixo de um cobertor, a cabeça no meu colo, dormindo. Espero que ela não tenha pesadelos.

Fiquei acordado a maior parte do tempo. Em geral, depois do fim de uma missão, as Forças Especiais fazem uma reunião de avaliação da missão, mas não desta vez. A única avaliação que está acontecendo é na minha memória, enquanto repasso o que aconteceu, como aconteceu, o que poderia ter sido melhor. Embora eu nem consiga expressar minha gratidão por minha filha estar dormindo no meu colo nesse momento, um preço terrível foi pago.

Pelo comunicador, o piloto avisa:

— Passageiros, preparar para o pouso.

Uma aviadora sênior fardada sai da cabine, acorda Nick, Claire e Alejandro, pede que apertem os cintos, então se aproxima de mim e de Mel, sorri e balança a cabeça.

— Você está bem, senhor presidente — diz ela.

— Obrigado.

O avião pousa, taxia por alguns minutos e para. Mel acorda e boceja. Dou outro abraço nela e digo:

— Espera aí. Quase me esqueci de devolver uma coisa para você.

Pego a aliança do bolso da calça, o presente de Samantha no aniversário de 16 anos de Mel, coloco no dedo dela, e seus olhos lacrimejam.

— Pai... Meu Deus, eu estava morrendo de medo de contar para a mamãe que talvez tivesse perdido a aliança.

— Bem, agora não precisa mais contar.

A porta da frente é aberta, e uma escada de embarque é engatada na porta. Nick e eu tentamos ajudar Mel a descer as escadas, mas ela nos afasta.

— Estou ferida, gente, não aleijada.

Ela desce até a pista sozinha, segurando-se com força nos corrimãos.

Um Chevrolet Suburban preto com vidro fumê está esperando ao nosso lado, o motor ligado. Nick, Alejandro e Claire vão até ele com suas mochilas pretas, e Mel e eu os seguimos. Trocamos abraços e apertos de mão — meu pulso está doendo, mas bem —, e eu digo a eles:

— Não sou capaz de expressar quanto a minha esposa e eu devemos a vocês. Temos uma dívida eterna com cada um.

— Não se preocupe, senhor — diz Nick. — Foi bom acertar as contas pela captura e crucificação de Boyd Tanner. Alguns anos atrasado, mas a gente conseguiu, né? Além do mais, nunca estivemos aqui. Nem lá. Alejandro e eu estamos de licença. Ele machucou o braço fazendo alguma coisa. Oficialmente, foi isso que aconteceu.

Mais uma rodada de apertos de mão.

— Boa viagem para vocês — digo. — E para você também, Claire.

— Você vai à reunião da Sidwell no fim do ano? — pergunta Claire a Mel.

— Meu Deus, não tem a menor chance — responde Mel.

— Boa. Nem eu. Vê se não some, tá?

— Pode deixar.

Eles entram no Suburban e vão embora, Mel engancha o braço no meu, e nos dirigimos às poucas estruturas que compõem o Aeroporto Internacional de Bangor. Em torno do aeroporto tranquilo há um pinheiral. Um grupo de pessoas sai correndo de um prédio próximo, batendo palmas e comemorando, e à frente está minha mulher, Samantha, que poucos segundos depois já está sufocando Mel e depois a mim, então nós dois juntos, e assim passamos alguns minutos preciosos, chorando.

Uma cadeira de rodas é trazida, e Mel diz:

— Não, não preciso disso.

— Você vai se sentar nessa cadeira de rodas agora mesmo, mocinha, e sem discussão — diz Samantha.

Mel dá de ombros, se senta e estremece de dor quando coloca os pés enfaixados e com chinelos nos suportes de metal, e vejo que as pessoas sorridentes ao meu redor são o destacamento do Serviço Secreto do lago Marie: agentes Stacy Fields, Ron Dalton, Paula Chin, Emma Curtis e Nicole Washington.

A agente Washington — que me acompanhou junto com David Stahl quando escapamos do Mary's Diner, e que ficou andando de carro com nossos celulares para despistar os agentes do FBI da nossa trilha — dá um passo à frente. Dou um abraço nela e pergunto:

— Você está bem? Foi pega?

Ela ri.

— Não. E fiquei decepcionada por isso. Acho que o FBI não rastreou nada — diz ela, rindo.

Todos os agentes estão usando uma fita preta na lapela, e me lembro de novo de David, seu sacrifício e seu dever na Líbia, muito, muito longe de casa, onde ele poderia ter ficado em segurança.

Mas David não era desse tipo.

Madeline Perry, minha chefe de Gabinete, se aproxima e me abraça, depois abraça Mel e por fim Samantha, com lágrimas no rosto, diz:

— Ah, senhor presidente, o senhor conseguiu... o senhor conseguiu... Bem-vindo de volta, bem-vindo de volta, senhor.

Sorrio para ela e digo:

— Sem dúvida não consegui nada sozinho.

— Senhor... — diz ela. — Imagino que o senhor não esperasse isso tão cedo, mas tem uma grande presença da imprensa no terminal.

— Grande quanto? — pergunta Samantha, atrás da cadeira de rodas de Mel e com as mãos nos ombros dela.

— Mais de cem jornalistas... Senhor, poderia dar uma breve declaração? Por favor? Diga alguma coisa agora, e talvez eles deixem o senhor em paz pelo resto do dia.

Mel franze a testa, e Samantha olha para o terminal, dá de ombros e diz:

— Ah... por que não?

Seguimos em direção ao terminal, Samantha segurando a mão de Mel e eu empurrando a cadeira de rodas até entrarmos no andar térreo do edifício. Há policiais do estado do Maine e do município de Bangor para nos escoltar, todos com uma faixa preta no distintivo.

Olho para a agente Washington e digo:

— Nicole, me faça um favor: pode ir na frente abrindo caminho entre os jornalistas? Quero um momento a sós com minha chefe de Gabinete.

Nós nos separamos, e encontro uma salinha vazia atrás de uma pilha de bagagem, entro nela com Maddie e nos sentamos, ela ainda sorrindo.

— Senhor, bem-vindo de volta ao lar! Mal posso esperar para saber como o senhor conseguiu e o que aconteceu lá.

— Nem eu mesmo consigo acreditar.

— Devo dizer que tenho recebido e-mails e mensagens o dia todo, de todas as grandes editoras de Nova York. Seu livro vai ser um best-seller mundial instantâneo assim que for publicado.

— Tenho certeza disso, mas, Maddie, só quero saber uma coisa antes de começarmos a falar sobre livros.

— Claro, senhor — diz ela, obviamente feliz, os olhos reluzindo. — O que é?

— Maddie, por que você me sabotou?

Capítulo

134

Aeroporto Internacional de Bangor
Bangor, Maine

Tenho que dar crédito à minha chefe de Gabinete. Ela não tenta argumentar, não nega, não diz nada.

Mas o brilho no seu olhar se apaga.

Permanece sentada comigo, a salinha carregada com um silêncio pesado.

— Pouco antes de partirmos para pegar aquele voo naquele avião de reabastecimento em Pease, eu fiz duas ligações. Uma para Samantha e outra para você, porque achei que merecia saber o que eu ia fazer. Quando chegamos em Pease, quase não tivemos permissão para sair. A Casa Branca ordenou que a aeronave não decolasse. Para quem você ligou? Richard Barnes?

O rosto de Madeline empalidece aos poucos.

— Não — responde. — Felicia Taft, assistente dele. Eu... contei para ela.

Espero um minuto e pergunto:

— Por quê?

Os olhos dela ficam marejados de lágrimas.

— Eu estava com medo pelo senhor. Com medo de ser ferido, capturado ou morto. Com medo de a missão fracassar. De o senhor acabar... matando Mel em vez de resgatá-la. Não queria que o seu nome, o seu legado, fosse um fracasso. Imaginei que, se Mel ainda estivesse viva, profissionais seriam acionados.

— Essa era uma decisão que cabia a *mim* tomar, não acha?

— Sim senhor, mas eu também estava pensando no futuro... na fundação que o senhor queria criar para os veteranos de guerra. Sem o senhor... ela nunca iria para a frente. Milhares de veteranos continuariam sofrendo ou morrendo todos os anos.

Quero ser rápido.

Minha família reunida está esperando por mim.

— Então feche o contrato do livro, Maddie. O melhor contrato que puder. E, depois que o contrato for assinado e eu começar a escrever, quero que você administre a fundação. Vamos chamá-la de Fundo Memorial Boyd Tanner e David Stahl, e você estará no comando.

— Mas, senhor... — diz Maddie, confusa.

Eu me levanto.

— Isso significa que você não é mais minha chefe de Gabinete. Não posso mais confiar em você, Maddie, mas posso confiar o suficiente para administrar a fundação. Faça um bom trabalho em memória de Boyd e David.

Ela apenas acena com a cabeça.

— Lamento muito, senhor.

— Eu também — respondo, então saio.

Um policial prestativo do Maine me leva até minha família, que está me esperando num corredor do lado de fora do terminal principal. Ouço o vozerio nas proximidades. Olho para Mel e Sam e pergunto:

— Prontas?

As duas fazem que sim com a cabeça.

Entramos no terminal, que tem o piso de cerâmica preto e branco mais feio que já vi e, assim que aparecemos, começamos a ouvir aplausos e perguntas. Há uma mesinha com um amontoado de microfones no meio. Samantha empurra a cadeira de Mel até a mesa. Fico em pé à esquerda dela enquanto minha esposa fica do outro lado.

Por fim ergo a mão e digo:

— Silêncio, por favor, silêncio. Vou responder a tantas perguntas quanto possível... mas vocês têm que entender que a minha família está muito cansada. — Aponto para um âncora de um dos canais locais de Portland. — Fale.

— Senhor presidente, quem se juntou ao senhor nessa missão de resgate? Podemos falar com essas pessoas?

— Amigos muito bem treinados que me ajudaram na coleta de informações, no planejamento e na execução do plano. Eles pediram para permanecer anônimos, e vou respeitar o desejo deles. Próximo.

O próximo jornalista é um sujeito grosseiro de uma rede de TV a cabo, que construiu a carreira caçando escândalos do governo Keating e, como não encontrou nenhum, ficou ainda mais desconfiado. Ele pergunta:

— Senhor, é verdade que ao executar essa missão arriscada e não autorizada o senhor está expressando seu descontentamento e sua desconfiança em relação ao governo Barnes?

A pergunta silencia a sala e, depois de alguns segundos, respondo:

— Não. Próximo.

— Senhor, parece que o senhor está ferido. Como isso aconteceu?

Levanto o pulso.

— Eu me cortei. Foi só isso.

— Senhor, Azim al Ashid está morto? E o senhor participou da morte dele?

— Azim al Ashid está agora numa posição em que não machucará nem matará mais inocentes. E isso é tudo o que vou dizer sobre o assunto.

— O senhor pediu permissão ao governo Barnes antes de sair do país para resgatar sua filha?

Sorrio.

— Não tive tempo. Só mais uma pergunta, por favor.

Meu pomposo amigo, repórter da TV a cabo, se intromete mais uma vez e pergunta:

— Senhor, não está com medo de o governo Barnes processá-lo com base na Lei Logan?

Abro um sorriso para todos e respondo:

— Jake, você sabe tão bem quanto eu que a Lei Logan só se aplica a cidadãos que fazem diplomacia não autorizada com uma potência estrangeira. — Faço uma pausa. — O que quer que eu tenha feito na Líbia, definitivamente não foi diplomacia.

Muitas gargalhadas com a resposta, e, quando o barulho diminui, digo:

— Que tal algumas perguntas para a minha filha? Ela é a verdadeira heroína aqui.

A imprensa imediatamente foca nela. Espero que Mel seja ela mesma nas respostas, e ela não decepciona.

— Mel, como você está se sentindo?

— Exausta. Dolorida. Meus pés estão arrebentados, e parece que uma bala passou raspando pelo meu braço direito.

— Sentiu medo?

— O tempo todo.

— Você agradeceu ao seu pai?

Mel para por um instante e responde:

— Cara, que pergunta idiota. Alguém tem uma pergunta inteligente?

Algumas risadinhas, e alguém grita:

— De qual comida você mais sentiu falta?

— Cheeseburger. Estou louca para comer um cheeseburger.

— De onde? — pergunta uma voz na parte de trás. — McDonald's? Burger King? In-N-Out?

— Ah, vamos lá... — responde Mel. — Não tem In-N-Out na Costa Leste. Além do mais, o meu pai faz o melhor cheeseburger do mundo. Vou esperar o dele.

Então é a vez de Samantha, e um âncora de um canal de Boston diz:

— Sra. Keating, quais são os seus planos agora?

A pergunta parece pegar Sam desprevenida, porque ela abaixa os olhos, balança a cabeça rapidamente e olha para mim enquanto responde.

Ela está chorando baixinho, mas sorrindo, e fico chocado ao perceber que estou fazendo a mesma coisa.

Dizem que políticos nunca devem chorar em público, mas neste momento não estou nem aí.

Nós conseguimos.

— Acho que é hora de tirar um ano sabático, de passar muito mais tempo com a minha família — responde Samantha em voz baixa.

Uma pergunta que dá seguimento à anterior:

— Mas sabemos que semanas atrás a senhora fez uma descoberta histórica no Maine, revelando a primeira aldeia basca encontrada na América do Norte. Não quer voltar ao trabalho?

Mais uma vez o olhar amoroso e calmo de Samantha está direcionado a mim, lágrimas escorrendo pelo seu rosto. Olho para ela, sentindo um amor mais forte que nunca, eterno, enquanto nós dois envolvemos nossa filha com amor e gratidão.

— Não — responde Samantha. — É para isso que servem os fins de semana e os alunos da pós.

Capítulo 135

Missão Permanente da República Popular da China
Nova York

Numa sala de jantar lotada no prédio da missão, Jiang Lijun está se sentindo empapuçado e dolorido. Está de barriga cheia após uma refeição de oito pratos em sua homenagem, embora não esteja se sentindo muito honrado, não depois do que aconteceu na Líbia. Tem duas costelas quebradas, onde a bala da atiradora estadunidense acertou seu colete, e isso porque ele teve a sorte de ter se virado no último segundo, o que fez a bala simplesmente ricochetear nele, em vez de matá-lo.

A sala está cheia de bandeirolas e decoração vermelha, e inúmeros pratos foram servidos — aperitivos de tofu e água-viva, tigelas de sopa ilegal de barbatana de tubarão, pato a Pequim, vegetais, lámen etc. Supervisionando todo o banquete está o chefe de Jiang, Li Baodong, entretido pela mulher de Jiang, Zhen, e por sua filha, Li Na, que balbucia e ri com toda a atenção que está recebendo.

Mais de vinte membros da missão estão aqui, e Jiang recebe sorrisos e cumprimentos. Por fim, quando parece que Jiang e sua família vão poder voltar para casa, Li Baodong se aproxima de Zhen e diz:

— Minha querida, se for possível, preciso de alguns minutos a sós com o seu herói.

Zhen está balançando Li Na no colo e dando gominhos de tangerina para a filha, que acena a cabeça com prazer. Jiang se levanta e segue o chefe, que passa pela cozinha da missão e entra num pequeno escritório sem decoração com duas cadeiras e uma mesa de metal.

Li Baodong dá uma piscadela enquanto se acomoda largando o seu peso na cadeira atrás da mesa, tira uma garrafa e dois copos da última gaveta e enche os copos com um líquido escuro.

— Um huangjiu especial — diz. — Muito caro, muito raro. Contrabandeado para cá dentro de uma mala diplomática. Tome um bom gole. Você merece.

Jiang obedece e, quando coloca o copo vazio na mesa, Li diz:

— Está se divertindo?

— Sim, mas...

— Mas o quê?

— É desconfortável. Considerando...

— Considerando que você fodeu tudo? Semanas atrás você recebeu uma tarefa simples: ir até as montanhas de New Hampshire e resgatar Mel Keating. Em vez disso, você desobedeceu às minhas ordens, saiu numa missão de vingança pessoal... e, quando teve uma segunda chance de fazer o seu trabalho, também fodeu tudo. Seu idiota: era para você resgatar a garota, colocar os estadunidenses em dívida com a gente e destravar as relações entre os países.

— Mas eu...

— Mas, em vez disso, você colocou *a gente* em dívida com os estadunidenses, ao se permitir ser capturado e ter os ferimentos *tratados* pelas agências de inteligência dos Estados Unidos em Túnis antes de ser liberado para nós. Você virou motivo de chacota, garoto. Foi isso que você conseguiu fazer!

— Mas eu não disse uma palavra a eles!

— Mas nem precisava... É óbvio que eles tiraram fotos de alta qualidade das suas características faciais, isso sem contar que coletaram suas impressões digitais e amostras de DNA. Neste exato momento eles estão analisando todas essas informações nos bancos de dados, e daqui a algumas horas vão descobrir todas as redes que você estabeleceu aqui e em quaisquer outros lugares.

A dor nas costelas de Jiang continua latejando. O estômago se revira de náusea.

— Os estadunidenses estão fazendo exigências — continua Li. — Dizem que você interferiu no resgate da filha do presidente. Estão dizendo que não tem negociação nem qualquer movimentação para melhorar as relações até que a sua situação seja definida, Jiang Lijun.

Jiang começa a suar. Sente um gosto metálico na boca.

— Definida como? — pergunta ele, surpreso com o próprio tom de voz fraco.

— Permanentemente — responde seu chefe de pronto. — Lamento dizer, mas você nunca vai sair dos Estados Unidos.

— Vai me entregar aos estadunidenses? — pergunta Jiang, horrorizado.

— Claro que não. Eu jamais faria algo assim com um dos meus oficiais.

A visão de Jiang começa a ficar turva. Ele olha para a mesa.

A bebida de Li permanece intocada. Tranquilamente, seu chefe diz:

— Nada mau para um cogumelo gordo, hein? Pense nisso, meu caro Lijun: quando tudo estiver resolvido, você será um herói, como o seu pai, e o partido vai cuidar da sua esposa e da sua filha. Isso eu prometo.

Jiang tenta falar, mas sua língua e sua mandíbula não se mexem, e em breve nada mais funcionará.

Capítulo 136

Ala residencial
Casa Branca

A presidente Pamela Barnes está sozinha na sala de estar da ala residencial da Casa Branca, os pés descalços sobre um pufe, tomando seu Glenlivet diário com gelo, assistindo ao jornal do MSNBC nesse fim de tarde, o som desligado.

As últimas horas foram exaustivas. Barnes se recusa a assistir a qualquer noticiário com o som ligado porque não suporta os parabéns e as palavras alegres que saem da boca de âncoras traíras e de especialistas em assuntos militares e das Forças Especiais que debatem, com admiração, a missão não autorizada, porém bem-sucedida, de Matt Keating para resgatar a filha.

E quanto ao governo Barnes?

Caramba, o que mais ela pode fazer além de emitir um comunicado de imprensa alegre elogiando Matt Keating e sua equipe de guerreiros anônimos, incluindo o agente do Serviço Secreto morto em combate?

Que, aliás, está voltando para casa.

A TV exibe imagens ao vivo da Base da Força Aérea de Dover, em Delaware. Um jato da Força Aérea acabou de pousar, e seis marines de farda azul se encaminharam para a popa da aeronave e agora estão marchando enquanto carregam o caixão de metal coberto com a bandeira dos Estados Unidos do falecido ex-marine e agente do Serviço Secreto David Stahl.

Ela toma outro gole revigorante.

Horas antes, Felicia Taft, sua chefe de Gabinete, disse que os pais de Stahl e o congressista da Califórnia em quem ele votou avisaram que nenhum membro do governo Barnes seria bem-vindo na cerimônia na Base da Força Aérea de Dover.

Em vez disso, junto com o chefe do Serviço Secreto — e não o secretário de Segurança Interna — estão Matthew Keating, Samantha Keating e Mel Keating, tranquilamente sentada na cadeira de rodas. Ao lado deles estão vários membros do Serviço Secreto e da família Stahl.

Que imagem, que visão, enquanto o caixão é retirado da aeronave com toda a solenidade.

Richard, eu adoraria um dos seus conselhos hoje, pensa Pamela.

Mas Richard está em Iowa, tentando agradar alguns produtores de leite irritados com a mais recente política comercial do governo Barnes. As convenções de Iowa acontecerão mais cedo do que todos imaginavam, e ela precisa se preparar para os desafios de concorrer a um segundo mandato.

Barnes se levanta e vai até uma mesa. Vira a cabeça e olha de novo para a TV, que exibe um mapa do noroeste da Líbia com desenhos de uma incursão dos Rangers do Exército no complexo de Azim al Ashid, e a notícia é que muitos documentos, plantas e discos rígidos foram apreendidos.

Boas notícias, claro.

Mas não particularmente para ela.

Ela abre a gaveta do meio da mesa e tira o envelope bege que encontrou na mesa do Resolute no Dia da Posse, mais de dezoito meses atrás. Pega a carta escrita à mão em papel timbrado da Casa Branca e relê mais uma vez as palavras do seu antecessor, seguindo uma tradição de quase quarenta anos no Dia da Posse.

Cara Pamela,

Meus sinceros parabéns pela vitória após uma batalha política histórica, uma boa luta na arena implacável do ambiente partidário em que vivemos hoje.

Hoje você se torna presidente de um povo orgulhoso e bom, que é decente em corações e ações. Eles anseiam por uma nação em paz, que seja próspera e líder no mundo.

Você tem minhas orações, meu apoio e minha boa vontade para os meses desafiadores que virão pela frente. Você está iniciando uma jornada incrível, vivida por poucos ao longo dos anos, e deve se sentir honrada por ter sido escolhida pelo povo dos Estados Unidos.

Que Deus abençoe você e sua família.

Atenciosamente,
Matt Keating

Barnes faz uma pausa.

Ah, se esse maldito Seal tivesse parado por aí.

Mas ele não fez isso.

P.S.: Apesar do que escrevi acima, Pamela, pretendo estar cara a cara com você novamente daqui a quatro anos.

Barnes pega a folha de papel histórica, amassa, faz uma bola e a joga no chão.

Termina de tomar a bebida numa golada só.

Decide que é hora de tomar outra dose.

AGRADECIMENTOS

Pela ajuda e pela experiência inestimáveis, os autores desejam agradecer ao primeiro-sargento Matt Eversmann (reformado), do 75º Regimento de Rangers do Exército; ao capitão Joe Roy, piloto de KC-135 da Força Aérea dos Estados Unidos; ao ex-chefe de Gabinete da Casa Branca John Podesta; e a Richard Clarke, coordenador nacional de segurança e contraterrorismo nas Casas Brancas de Clinton e Bush (43º presidente).

Agradecimentos especiais também a Tina Flournoy, chefe de Gabinete de Bill Clinton; Steve Rinehart; Oscar Flores; Deneen Howell; Michael O'Connor; e Mary Jordan.

Este livro foi composto na tipografia Palatino Lt Std,
em corpo 11/16, e impresso em
papel off-white no Sistema Cameron da
Divisão Gráfica da Distribuidora Record.